DER GROSSE LIEBESROMAN

Von der gleichen Autorin erschienen außerdem
als Heyne-Taschenbücher

Wildes Liebesglück · Band 28/44
Auf den Wogen der Leidenschaft · Band 28/53
Paradies der Leidenschaft · Band 28/59
Sündige Liebe · Band 28/67

JOHANNA LINDSEY

Die Sprache des Herzens

ROMAN

Deutsche Erstveröffentlichung

WILHELM HEYNE VERLAG
MÜNCHEN

DER GROSSE LIEBESROMAN
Band 28/79
im Wilhelm Heyne Verlag, München

Titel der amerikanischen Originalausgabe
SO SPEAKS THE HEART
Deutsche Übersetzung von Uschi Gnade

Printed in Germany 1984
Umschlagfoto: Avon Books, New York
Umschlaggestaltung: Atelier Ingrid Schütz, München
Gesamtherstellung: Ebner Ulm

ISBN 3-453-84079-8

1

Frankreich, im Jahre 972

Brigitte de Louroux seufzte, ohne die fette Gans aus den blauen Augen zu lassen, die vor ihr auf dem Küchentisch lag. Ihre Stirn legte sich vor lauter Konzentration in Falten, während sie die Federn ausrupfte, wie sie es erst kürzlich gelernt hatte. Es war eine Hausarbeit, die dem siebzehnjährigen Mädchen neu war, aber es war nur eine von vielen Arbeiten, an die sie sich allmählich gewöhnte. Matt strich sie sich eine Strähne ihres flachsblonden Haares aus dem Gesicht.

Das Blut der geschlachteten Gans hatte ihre Schürze und auch den Saum des braunen Wollgewandes bespritzt, das sie darunter trug. Brigitte hatte sich den Großteil ihrer schmucken Garderobe bei den Schmutzarbeiten verdorben, die ihr jetzt aufgezwungen wurden. Diese Plackerei, so gestand sie sich ein, hatte sie sich allerdings selbst – in ihrer Sturheit – ausgesucht.

Auf der anderen Seite des Tischs stand Eudora, deren Arbeit Brigitte ausführte. Eudoras braune Augen ruhten wohlwollend auf ihr, bis Brigitte aufblickte und wie zur Entschuldigung lächelte.

»So ist es nicht recht!« fauchte Eudora, deren Augen plötzlich zornig aufgerissen waren. »Ich, die ich mein Leben lang im Haushalt Eures Vaters gedient habe, und das mit Freuden, muß müßig herumstehen, während Ihr arbeitet.«

Brigitte senkte den Blick, und ihre blauen Augen verschleierten sich. »Das ist immer noch besser, als in das einzuwilligen, was Druoda mit mir vorhat«, murmelte sie.

»Sie ist grausam.«

»Da möchte ich dir fast zustimmen«, sagte Brigitte sachte. »Ich fürchte, die Tante meines Bruders kann mich nicht leiden.«

»Dieses hinterhältige Weib!« erwiderte Eudora hitzig.

Althea, Eudoras Mutter, kam durch die Küche zu ihnen herüber. Sie schwenkte einen großen Löffel. »Das ist noch zu freundlich, Eudora. Druoda zwingt uns, sie als Herrin anzureden, aber sie ist eine nichtsnutzige, dumme Kuh. Sie wird fetter und fetter, und ich habe abgenommen, seit sie hierhergekommen ist. Sie hat gesagt, sie schneidet mir die Finger ab, wenn ich beim

Kochen nasche, aber ich frage dich eins: Wer kann kochen, ohne abzuschmecken? Wenn ich koche, muß ich das Essen abschmekken, und trotzdem sagt sie, ich darf es nicht. Was kann ich da noch tun?«

Eudora grinste. »Du kannst ihr Essen mit Hühnermist würzen und hoffen, daß sie nicht dahinterkommt. Das ist es, was du tun kannst.«

Brigitte lachte. »Das würdest du nicht wagen, Althea. Sie würde dich schlagen oder dich rauswerfen. Vielleicht würde sie dich sogar umbringen.«

»Ach, wie recht Ihr doch habt, gnädiges Fräulein.« Althea kicherte, und ihr massiger Körper wogte. »Aber schon der Gedanke hat mir gutgetan. Ich habe die Vorstellung genossen wie eine Süßigkeit.«

Eudora wurde gleich wieder ernst. »Für uns ist es furchtbar, seit Druoda die Herrschaft hier übernommen hat. Sie ist eine grausame Herrin, und ihr feiger Mann tut nichts dagegen. Baronin Brigitte verdient es nicht, wie der unwürdigste Leibeigene auf dem Gut behandelt zu werden.« Eudoras Zorn wuchs an. »Sie ist die Tochter des Hauses, und ihr Halbbruder hätte nach dem Tod ihres Vaters Vorkehrungen für sie treffen sollen. Jetzt, wo er...«

Eudora unterbrach sich und senkte beschämt den Kopf, doch Brigitte lächelte. »Schon gut, Eudora. Quintin ist tot, das ist mir klar.«

»Ich wollte doch nur sagen, daß er Vereinbarungen mit seinem Lehnsherrn hätte treffen sollen. Es ist grausam, daß Ihr einer Frau wie Druoda gehorchen sollt. Sie ist mit ihrem Mann hierhergekommen, sobald der Baron gestorben ist, um Quintins Gnade zu erflehen. Damals hätte er sie schon abweisen sollen. Jetzt ist es zu spät. Sie scheinen zu glauben, daß dieses Lehen ihnen und nicht Euch gehört. Euer Stiefbruder war ein großartiger Mann, aber in dem Fall...«

Brigitte brachte sie mit einem scharfen Blick aus ihren zornentbrannten blauen Augen zum Schweigen.

»Du tust Quintin unrecht, Eudora. Mein Halbbruder konnte nicht wissen, daß Druoda mich von Graf Arnulf fernhalten würde. Aber der Graf ist unser Lehnsherr und jetzt mein rechtmäßiger Vormund – ganz gleich, was Druoda sagt –, und er wird meine Angelegenheiten regeln. Ich muß ihn nur erreichen.«

»Und wie wollt Ihr ihn erreichen, wenn Druoda nicht zuläßt, daß Ihr Euch von dem Gut entfernt?« fragte Eudora hitzig.

»Ich werde einen Weg finden.« Brigittes Stimme fehlte es an Überzeugungskraft.

»Wenn Ihr wenigstens irgendwo eine Familie hättet.« Althea schüttelte seufzend den Kopf.

»Es gibt niemanden. Du solltest es doch am besten wissen, Althea, denn schließlich warst du hier, als mein Vater Baron von Louroux wurde. Er hatte nur wenige Familienangehörige, und der letzte ist beim Feldzug des Königs umgekommen, als Lothringen wieder zurückerobert werden sollte. Von seiten meiner Mutter gab es niemanden, denn sie war Graf Arnulfs Mündel, als sie den Baron geheiratet hat.«

»Gnädiges Fräulein, Druoda läßt Euch jetzt schon schuften wie einen minderen Leibeigenen. Bald wird sie Euch auch wie einen solchen schlagen«, sagte Eudora ernst. »Wenn Ihr wißt, wie Ihr Graf Arnulf erreichen könnt, dann müßt Ihr schnell handeln. Könntet Ihr einen Boten schicken?«

Brigitte seufzte. »Wen, Eudora? Die Leibeigenen würden mir mit Freuden einen Gefallen tun, aber sie brauchen eine Erlaubnis, um das Gut zu verlassen.«

»Leandor würde Euch helfen. Oder einer der Vasallen«, sagte Eudora beharrlich.

»Druoda hält Leandor auch auf dem Gut fest«, sagte Brigitte. »Sie läßt ihn nicht einmal zur Abtei von Bourges gehen, um Wein zu kaufen. Außerdem hat sie die Vasallen meines Bruders davon überzeugt, daß Walafrid, ihr Mann, hier Seneschall wird, sobald sie mich verheiratet hat, und daß sie einen Mann für mich finden wird, der sie nicht veräußert, und das sagt sie nur, damit sie ihr um meinetwillen Gehorsam leisten. Graf Arnulf von Berry lebt mehr als einen Tagesritt entfernt. Wie kann ich zu ihm gelangen?«

»Aber ...«

»Sei still, Eudora!« fauchte Althea und warf ihrer Tochter einen warnenden Blick zu. »Du bringst unsere Herrin ganz durcheinander. Soll sie etwa *allein* über Land reisen? Und Dieben und Verbrechern zum Opfer fallen?«

Brigitte erschauerte trotz der Hitze des Küchenfeuers und des Schweißes, der in Perlen auf ihrer Stirn stand. Sie starrte die halbgerupfte Gans düster an und dachte, daß ihre Zukunftsaussichten nicht schlimmer sein konnten.

Eudora warf der Tochter des Barons einen mitfühlenden Seitenblick zu. »Warum geht Ihr nicht ins Freie und füttert Wolff, Mylady? Ich rupfe die Ente für Euch fertig.«

»Nein. Wenn Hildegard reinkäme und sähe, daß ich nicht

arbeite, würde sie zu Druoda laufen. Als Mavis sich dagegen verwahrt hat, daß ich diese Arbeit tue, ist sie geschlagen und davongejagt worden. Ich konnte nichts tun, um meiner alten Freundin zu helfen. Die Soldaten befolgen Druodas Anweisungen, nicht meine. Und als ich dann noch hören mußte, daß Mavis auf der Landstraße umgekommen, von Dieben getötet worden ist! Als ich Mavis verloren habe, war es, als hätte ich meine Mutter noch einmal verloren.« Brigitte verlor zusehends die Fassung.

Eilig wischte sie sich die Tränen ab. Mavis war vom Tag ihrer Geburt an ihr Kindermädchen gewesen. Die alte Keltin war ihr eine zweite Mutter gewesen, und seit dem Tod ihrer Mutter war sie ihrem jungen Schützling ein Trost und eine Hilfe gewesen.

»Geht schon, Fräulein.« Althea drängte Brigitte sachte vom Tisch. »Füttert Euren Hund. Er heitert Euch immer wieder auf.«

»Ja, geht ruhig.« Eudora ging um den Tisch herum und nahm Brigittes Platz ein. »Ich kümmere mich um die Gans, und wenn Hildegard reinkommt, kriegt sie was zu hören.«

Brigitte lächelte bei der Vorstellung, was die beiden der fetten Dienerin erzählen würden, die für Druoda spionierte. Sie nahm ein Tablett mit Abfällen für Wolff. Nachdem sie sich von Althea deren eigenen Wollübermantel über die Schultern hatte hängen lassen, verließ sie behutsam die Küche; sie warf einen Blick in den großen Korridor. Zum Glück waren nur zwei Diener da, die frische Binsen auf den Boden streuten, und die beiden sahen nicht auf.

Sie kannte alle Leibeigenen des Hauses beim Namen, denn sie gehörten praktisch zur Familie; alle, bis auf Hildegard, die mit Druoda und Walafrid gekommen war. Vor Quintins unerwartetem Tod und dem unerwünschten Wandel im Status seiner Tante, die erst zu Gast war und dann zur Herrin wurde, war es ein glücklicher Haushalt gewesen.

Die Luft war frisch, und der Wind trieb aus Westen die Gerüche der Tierställe herüber. Brigitte ging in diese Richtung. Sie ging am Pferdestall und am Ziegenstall und an den Schlafstellen der Hausangestellten vorbei, die gegenüber von den Ställen untergebracht waren. Neben den Ställen lagen der Schafpferch, der Schweinekoben. Wolff war mit den anderen Jagdhunden in einer großen Scheune neben dem Schweinestall eingesperrt. Das hatte Druoda angeordnet. Wolff, Brigittes Haustier, hatte bisher nichts anderes als Freiheit gekannt und war jetzt im selben Maß wie Brigitte ein Gefangener.

Ihr Vater hatte Wolff vor sieben Jahren in dem Wald gefunden, der sich über einen Großteil des Landes zwischen Louroux und der Loire erstreckte. Brigitte war gerade zehn Jahre alt geworden, als der Baron den Welpen mit nach Hause brachte. Man konnte deutlich sehen, wie groß das Tier einmal werden würde, und der Hund war bestimmt nicht als Haustier für Brigitte gedacht gewesen. Doch sie hatte sich auf den ersten Blick in Wolff verliebt, und trotz des Verbots, dem Hund nahe zu kommen, konnte sie es nicht lassen, ihn immer wieder aufzusuchen. Es stellte sich bald heraus, daß Wolff ebensosehr an Brigitte hing wie sie an ihm, und so bestand kein Anlaß zur Sorge. Jetzt war Brigitte volle einsachtundfünfzig groß, und doch reichte ihr Kinn nicht weit über Wolffs riesigen weißen Kopf. Wenn er sich gar auf die Hinterbeine stellte, überragte er sie um dreißig Zentimeter.

Wolff hatte gewußt, daß sie kommen würde, und er erwartete sie bereits ungeduldig am Scheunentor. Es mutete fast unheimlich an, aber Wolff schien immer zu wissen, was Brigitte gerade tat. In früheren Zeiten war es oft vorgekommen, daß er gewußt hatte, wann sie das Gut verließ; wenn er an der Leine lag, hatte er sich losgerissen und sich unterwegs zu ihr gesellt. Es war Brigitte nie möglich gewesen, ohne Wolff wegzugehen, ganz gleich, wohin. Doch jetzt gingen sie beide nirgends mehr hin.

Brigitte lächelte ihm zu, als sie das Tor öffnete, ihn ins Freie ließ und das Tor wieder schloß. »Du kommst dir wohl vor wie der Größte, weil du nicht mit deinen Freunden warten mußt, bis dich der Hofmarschall füttert.« Als sie sich vorbeugte, um ihm um den Hals zu fallen, hingen ihre langen strohblonden Zöpfe über seinen gewaltigen Kopf. Zwar hatten die meisten Frauen in Berry die Sitte der langen Leinenumhänge beibehalten, die das Haar bedeckten, aber Brigitte hatte diese Überwürfe nie gemocht. Sie hatte beschlossen, daß ihre Zöpfe keineswegs unschicklich waren, und sie fühlte sich freier, wenn ihr Kopf nicht ständig bedeckt war. Zum Kirchgang trug sie jedoch immer einen weißen Leinenumhang.

Ihre Unterkleider waren gewöhnlich aus brauner gesponnener Wolle und bei warmer Witterung aus einer leichten Baumwolle, die blau oder gelb gefärbt war. Die Kleider, die sie darüber trug, waren in der Regel blau, im Sommer aus hellblauem Leinen und im Winter aus Wolle in einem dunkleren Blau.

»Du kannst dich bei Althea dafür bedanken, daß sie mich aus dem Haus geschickt hat, denn sonst wäre ich jetzt nicht bei dir.«

Wolff bellte zum Haus hinüber, ehe er sich auf sein Fressen stürzte. Brigitte setzte sich lachend neben ihn und lehnte sich an die Tür des Hundezwingers. Sie blickte über die hohe Mauer, die den Gutshof umgab.

Man konnte kaum über die Mauer sehen, es sei denn, man sah direkt in die Baumwipfel hinauf. Das gesamte Gut – der Hof, die Ställe, die Hütten der Dienstboten und der Garten – war von einer sechzig Zentimeter dicken Steinmauer umgeben, die schon vor langer Zeit durch das Alter geschwärzt worden war und Schrammen von Schlachten aufwies. Zu Brigittes Lebzeiten war das Gut nicht mehr belagert worden, aber ihr Großvater hatte etliche Schlachten geschlagen, um sein Lehen zu halten, und ihr Vater hatte in seiner Jugend etliche Angriffe auf sein Erbe erlebt. In den vergangenen zwanzig Jahren hatte es so viele Kämpfe gegen die Sarazenen gegeben, daß fast niemand in Frankreich noch genügend Männer hatte, um seine Nachbarn zu überfallen. Brigitte konnte die Wipfel der Obstbäume im Süden gerade noch erkennen. Als die Obstbäume im vergangenen Jahr geblüht hatten, war ihr Leben noch ganz anders gewesen. Vor einem Jahr hatte sie Quintin und Mavis noch gehabt. Das Lehen, auf dem sie ihr ganzes Leben verbracht hatte, war an Quintin gefallen, und ihr war ein Anteil als Mitgift zugestanden. Jetzt gehörte alles ihr, aber sie konnte es nicht verwalten. Sie brauchte einen Ehemann, da sonst das Lehen an Graf Arnulf zurückfallen würde.

Brigitte sann über ihre Erbschaft nach. Es war ein reicher Landstrich, viele Morgen fruchtbaren Bodens, im Herzen Frankreichs gelegen; in den Wäldern gab es Wild im Überfluß, und das Dorf war gut erhalten. Das alles hatte siebenundzwanzig Jahre lang Thomas de Louroux gehört, ihrem Vater.

Das Gutshaus war prächtig. Baron Thomas hatte es selbst an der Stelle wiederaufgebaut, auf der das alte Gutshaus gestanden hatte, das bei einem Überfall eines aufbegehrenden Vasallen des Grafen Arnulf niedergebrannt war. Die Hälfte des nahe gelegenen Dorfes war ebenfalls abgebrannt, und viele der Leibeigenen waren dabei umgekommen. Die Stroh- und Lehmhütten des Dorfes hatte man mühelos ersetzen können, die Leibeigenen dagegen nicht. Im Lauf der Jahre war das Dorf jedoch gewachsen, und jetzt gab es viele Leibeigene, die von Louroux und dem Land abhängig waren. Zum Schutze aller war eine halbe Meile weiter nördlich auf einem kahlen Hügel ein Bergfried erbaut worden.

Brigitte blickte jetzt in diese Richtung, und sie sah den hohen Turm aufragen, der von der Nachmittagssonne angestrahlt wurde. Quintin war dort geboren worden. Ein ungewöhnlicher Ort für eine Niederkunft, aber die erste Gemahlin, die sich Thomas de Louroux genommen hatte, hatte dort gerade die Vorräte überprüft, als ihre Wehen eingesetzt hatten.

Baron Thomas war gerade erst einer der Vasallen des Grafen Arnulf geworden, als er Leonie aus der Gascogne geheiratet hatte. Baronin Leonie war die Tochter eines Ritters ohne Landbesitz gewesen, aber ihre Armut hatte ihren Mann in dessen Liebe nicht beirren können. Sie bereitete ihm viel Glück und schenkte ihm kurz nach ihrer Eheschließung einen prächtigen Sohn. Doch das Glück war nicht von Dauer. Als Quintin vier Jahre alt war, war ihre Mutter anläßlich der Heirat ihrer einzigen Schwester Druoda mit einem Schreiber namens Walafrid von der Gascogne in ihre Heimat gereist. Als sie auf der Rückreise nach Louroux durch Aquitanien zog, wurde sie mit allen ihren Begleitern von ungarischen Straßenräubern niedergemetzelt.

Thomas war außer sich vor Kummer, und Graf Arnulf, der die Trübsal seines Günstlings nicht mehr mit ansehen konnte, drängte ihn, sein schönes Mündel Rosamond von Berry zu heiraten. Das tat Thomas denn auch nach einer schicklichen Trauerzeit, und die bezaubernde Rosamond gewann sein Herz. Auch ihre großzügige Mitgift war ein Segen für Louroux. Hatte je ein anderer Mann das Glück gehabt, zwei Frauen zu lieben und mit beiden glücklich zu werden?

Nach ein paar Jahren gebar Rosamond eine Tochter, die sie und Thomas Brigitte nannten, und tatsächlich zeigte sich ihre hehre Schönheit schon, als Brigitte noch ein Säugling war. Quintin war damals acht Jahre alt und bereits ein Edelknabe des Grafen Arnulf, auf dessen Burg er seine Fertigkeiten in der Kriegführung erwarb. Brigitte war ein glückliches Kind, das von seinen Eltern geliebt und von seinem Halbbruder Quintin angebetet wurde. Sie sah ihn zwar nur, wenn er zu Besuch nach Hause kam, aber sie hätte ihn nicht mehr lieben können, wenn er ihr leiblicher Bruder gewesen wäre und seine gesamte Zeit in ihrer Nähe verbracht hätte.

Es war ein wunderbares Leben, bis Brigittes Mutter gestorben war. Damals war Brigitte zwölf gewesen. Noch im selben Jahr erlitt sie einen zweiten Verlust, als Quintin, der zwei Jahre vorher den Ritterschlag erhielt, mit dem Grafen Arnulf zu einer Pilgerfahrt ins Gelobte Land aufbrach. Ihr Vater tröstete sie nach Kräften, obwohl er selbst von Kummer überwältigt war. Im Lauf der kommenden Jahre verzog er sie gewaltig. Brigitte wurde hochmütig und launisch, doch ihr Stolz sollte bestraft werden, als drei Jahre darauf ihr Vater starb.

Zum Glück kehrte Quintin 970, kurz nach dem Tod des Barons, nach Hause zurück und trat das Erbe des Barons von Louroux an. Wenige Monate später trafen Druoda und ihr Gemahl ein und ersuchten Quintin, sie aufzunehmen. Er schlug seiner Tante und deren Mann die Bitte nicht ab. Druoda war demütig und anspruchslos. Abgesehen von den Mahlzeiten hatte Brigitte ihre Anwesenheit im Hause kaum je zur Kenntnis genommen. Ihr Bruder war mit der Absicht nach Hause zurückgekehrt, dort zu bleiben, und alles andere war Brigitte gleich. Sie trösteten einander über den Tod ihres Vaters hinweg.

Dann war vor wenigen Monaten der Abt des Klosters Cluny in Burgund von Sarazenen entführt worden, als er auf dem Großen Sankt Bernhard die Alpen überquerte. Der Graf von Burgund war außer sich und bat seine Nachbarn um Hilfe, denn er wollte das Land von den Räuberbanden der Sarazenen befreien, die seit mehr als einem Jahrhundert alle westlichen Alpenpässe und den Süden Frankreichs unsicher machten. Graf Arnulf hatte nie Streit mit den Sarazenen gehabt, aber er war auf Burgund als Verbündeten angewiesen, und daher sandte er viele seiner Vasallen mit deren Rittern aus, um gegen die Sarazenen zu kämpfen. Auch Quintin war in die Schlacht gezogen.

Quintin war von dieser Aufgabe begeistert. Das Leben eines Ritters bestand aus Kriegen, und er hatte mehr als ein Jahr müßig zu Hause gesessen. Er nahm die meisten seiner Vasallen und deren Männer und auch die Hälfte der Soldaten mit, die den Bergfried bewachten. Er ließ keine anderen Edelleute als Charles und Einhard zurück, die alt und kränklich waren; im übrigen blieb nur Stephen auf dem Gut, dessen Aufgaben in haushaltliche Belange fielen.

Quintin war eines schönen Morgens losgeritten, und damals hatte Brigitte ihren Halbbruder zum letzten Mal gesehen. Sie konnte nicht genau sagen, wann Quintins Schildknappe Hugh die Nachricht von Quintins Tod überbracht hatte. Sie wußte nur, daß es mehrere Monate her war, seit sie aus ihrem Schock erwacht war und man ihr gesagt hatte, es seien Wochen vergangen, von denen sie nichts bemerkt hatte. Sie konnte sich nur zu deutlich an Hughs Worte erinnern. »Baron Quintin ist gefallen, als die französischen Edelleute ein Quartier der Freibeuter bei der Rhonemündung angegriffen haben.« Ihre Qualen hatten von da an nicht nachgelassen.

All diese Todesfälle in ihrer Familie hatten Brigitte so sehr betäubt, daß sie die Veränderungen nicht bemerkte, die sich im

Haus vollzogen, und sie fragte sich auch nicht, warum Quintins Vasallen nicht zurückkehrten oder warum Hugh sich wieder auf den Weg zur Südküste gemacht hatte. Mavis versuchte, ihr klarzumachen, daß sie die Veränderungen nicht übersehen durfte, vor allem die Veränderungen, die sich in Druodas Verhalten zeigten. Aber erst als Wolff zu den anderen Hunden gesperrt worden war, fing Brigitte an zu verstehen.

Brigitte hatte Druoda zur Rede gestellt. Das war der Zeitpunkt, zu dem sie erstmals erkannte, daß Druoda nicht die Frau war, für die sie sie gehalten hatte.

»Belästige mich nicht mit solchen Kleinigkeiten, Mädchen! Ich habe Wichtigeres im Kopf«, hatte Druoda gebieterisch gesagt.

Brigitte war in Zorn geraten. »Aber mit welchem Recht...?«

»Mit vollem Recht!« war ihr Druoda ins Wort gefallen. »Als einzige Angehörige deines Bruders und somit als deine einzige Angehörige steht es mir Rechtens zu, hier den Befehl zu übernehmen. Du bist noch nicht mündig und brauchst einen Vormund. Natürlich wird man Walafrid und mich damit betrauen.«

»Nein!« hatte Brigitte zurückgegeben. »Graf Arnulf wird mein Vormund sein. Er wird sich um meine Angelegenheiten kümmern und meine Interessen wahren.«

Druoda war fünfzehn Zentimeter größer als Brigitte. Sie war dicht an sie herangetreten und hatte auf sie heruntergeblickt. »Mein Kind, in dieser Angelegenheit hast du nichts mitzureden. Du kannst dir deinen Vormund nicht aussuchen. Wenn du ohne Verwandtschaft dastündest, wäre Graf Arnulf als der Feudalherr deines Bruders dein Vormund. Aber du bist nicht allein, Brigitte.«

Druoda hatte gelächelt und selbstgefällig hinzugefügt: »Du hast mich und Walafrid. Graf Arnulf wird uns die Vormundschaft übertragen.«

»Ich werde mit ihm sprechen«, hatte Brigitte zuversichtlich erwidert.

»Wie denn? Ohne einen Begleiter kannst du Louroux nicht verlassen, und ich werde dafür sorgen, daß niemand mit dir das Gut verläßt. Graf Arnulf wird nicht hierherkommen, weil er noch gar nicht weiß, daß Quintin tot ist.«

Brigitte keuchte. »Warum hat man ihn nicht benachrichtigt?«

»Ich habe es für das beste gehalten, erst abzuwarten«, sagte Druoda beiläufig. »Bis du verlobt bist. Wozu einem Mann zur Last fallen, der so beschäftigt ist, wenn ich dir ebensogut auch ohne seine Hilfe einen Mann suchen kann?«

»Du willst mir einen Mann aussuchen? Niemals!« Brigittes Stimme wurde vor Empörung lauter. »Ich werde mir selbst einen Mann aussuchen. Mein Vater hat mir versprochen, daß ich die Wahl treffe, und Quintin war damit einverstanden. Das weiß Graf Arnulf ganz genau.«

»Rede doch keinen Unsinn. Ein Mädchen in deinem Alter ist zu jung, um eine derart wichtige Entscheidung zu treffen. Allein der Gedanke!«

»Dann heirate ich eben gar nicht!« fuhr es Brigitte spontan heraus. »Ich werde in einen Nonnenorden eintreten!«

Druoda lächelte und begann, im Zimmer auf und ab zu gehen. Während sie sprach, dachte sie nach. »So, wirst du das wirklich tun? Eine Dame, die noch keine schwierigeren Arbeiten ausgeführt hat, als das Spinnrad zu bedienen? Nun gut, wenn du Novizin werden willst, kannst du augenblicklich anfangen, dich in verschiedenen Beschäftigungen zu üben.« Wieder lächelte Druoda. »Du hast wohl nicht gewußt, daß Novizinnen Tag und Nacht arbeiten wie gemeine Dienstboten?«

Brigitte hatte trotzig das Kinn in die Luft gereckt, aber sie hatte nichts darauf erwidert.

»Du kannst noch hier und heute anfangen. Ja, das kann dir nur guttun.«

Brigitte hatte in ihrer Sturheit eingewilligt. Sie wollte Druoda zeigen, daß sie eine gute Novizin abgeben würde. Sie wich auch nicht von ihrem Vorhaben ab, als sie ein paar Tage später in ihr Zimmer kam und feststellen mußte, daß ihr gesamtes Eigentum verschwunden war. Druoda hatte sie dort erwartet und ihr mitgeteilt, daß Novizinnen keine prächtigen Unterkünfte zustanden und daß sie fortan in einer der Hütten der Diener wohnen würde.

Dennoch war Brigitte nie auf die Idee gekommen, fortzugehen. Selbst damals nicht, als sie den Edelmann Stephen gebeten hatte, dem Grafen Arnulf eine Nachricht zu übermitteln, und er sich geweigert hatte. Sie hatte nie daran gedacht, allein zum Grafen zu gehen. Doch als Mavis mit nichts weiter als den Kleidern, die sie auf dem Leib trug, aus dem Haus gejagt worden war, hatte man Brigitte einsperren müssen, denn sonst wäre sie mit ihr davongelaufen. Drei Tage später wurde Brigitte wieder freigelassen.

Die Zeit, die sie verloren hatte, konnte Brigitte nicht zurückhalten. Sie ging direkt zum Stall, ohne sich über die Folgen bewußt zu werden, die es mit sich bringen konnte, wenn sie das Gut allein verließ. Leandor, der Gutsverwalter von Louroux, malte ihr erst deutlich die Gefahren aus, als er sah, daß sie ihr Reitpferd sattelte.

»Geht nur, und Ihr riskiert, daß Ihr vergewaltigt und ermordet werdet«, hatte Leandor gesagt, den Brigittes Unbesonnenheit erboste. »Ich kann Euch nicht alleine gehen lassen.«

»Ich werde aber gehen, Leandor«, hatte Brigitte entschlossen gesagt. »Wenn ich Mavis nicht in der näheren Umgebung finde, reite ich zur Burg des Grafen Arnulf und ersuche ihn um Hilfe. Es ist längst an der Zeit, daß er von den üblen Taten der Tante meines Bruders erfährt. Ich hätte schon eher losreiten sollen.«

»Und wenn Ihr überfallen werdet?«

»Das würde niemand wagen. Es steht eine zu hohe Strafe darauf, einer Dame ein Leid anzutun. Ich muß Mavis finden.«

Leandor senkte den Kopf. »Ich wollte es Euch nicht sagen, aber man hat Euer Kindermädchen gestern abend gefunden. Sie ist tot.«

Brigitte wich zurück. »Nein«, flüsterte sie kopfschüttelnd. »Nein, Leandor.«

»Eine Frau ist alleine nicht sicher, nicht einmal eine Edelfrau wie Mavis. Und Ihr riskiert angesichts Eurer Schönheit mehr als Mord.«

Der Tod ihrer Freundin hatte Brigitte schon ins Wanken gebracht. Leandors grausige Voraussagen hatten ihre Entschlossenheit, das Gut alleine zu verlassen, endgültig zum Einstürzen gebracht. Sie würde warten. Eines Tages würde Graf Arnulf kommen.

Bis dahin sollte Druoda glauben, sie beabsichtige weiterhin, ins Kloster zu gehen. Vielleicht konnte sie Druodas ehestifterische Bemühungen damit hinauszögern, zumindest für eine Weile.

2

Arles, eine alte Stadt im Herzen der Provence, war vor vielen hundert Jahren an der Rhone erbaut worden. Als einstige bedeutende römische Ansiedlung wurde es Klein-Rom genannt, und man fand dort noch heute römische Altertümer, darunter einen Palast, der von Konstantin erbaut worden war, ein Amphitheater und eine Arena, die noch intakt war.

Arles war Roland von Montville fremd, aber eine unbekannte

Stadt würde für den jungen Ritter keine Schwierigkeit darstellen. Seit er seine Heimat in der Normandie vor sechs Jahren verlassen hatte, hatte sich Roland vielen Herausforderungen gestellt, und er hatte erfahren, wie sehr es ihm wahrhaft an Bildung mangelte.

Man hatte Roland das Schreiben gelehrt, was auch unter Edelleuten nicht gang und gäbe war, und er war ein erfahrener Krieger, doch häufig mußte sich Roland von nicht gelehrten französischen Edelleuten als ungehobelten Bauern bezeichnen lassen, denn er kannte keine Feinheiten. Roland war wie sein Vater, der immer zum ungeschlachten Landadel gehört hatte und sich auch nie ändern würde.

Roland war nur allzu bewußt, daß ihm der Schliff fehlte. In den Jahren, die vergangen waren, seit er Luthor von Montville verlassen hatte, hatte er seinen Vater mehr als einmal dafür verflucht, daß er ihn auf diesem Gebiet im Stich gelassen hatte. Die Damen fühlten sich von ihm gekränkt. Ritter niedereren Standes lachten ihn aus, weshalb es im Lauf der Jahre nicht nur gelegentlich zu Krawallen gekommen war.

Roland bemühte sich. Er ließ sich von seinem Schildknappen ein ziemendes Benehmen bei Hofe beibringen, aber seine neuerlernten Manieren wirkten steif, und er kam sich albern dabei vor. Wie konnte man achtzehn Jahre rauher Aufzucht abschütteln? Das war kein leichtes.

In Arles traf Roland zu seinem Erstaunen einen Ritter, der ebenfalls bei Luthor Unterricht bekommen hatte. Roger von Mezidon hatte eine schwarze Seele, falls es das gab, und Roland hatte gehofft, diesen Mann nie wiederzusehen. Roland hatte sich noch nicht von seinem Staunen erholt, als er von Gui von Falaises angesprochen wurde, der nach Arles gekommen war, um Roland zu suchen.

»Die Anweisungen deines Vaters waren so deutlich wie immer«, sagte Gui, nachdem Roland und er einander umarmt und die Neuigkeiten ausgetauscht hatten. Sie hatten einander seit sechs Jahren nicht mehr gesehen, waren aber früher die engsten Freunde gewesen. »Wenn ich dich nicht finde, soll ich mich nicht auf seinem Gut blicken lassen!«

»Wenn das so ist, hast du deinen Herrn nicht enttäuscht«, erwiderte Roland trocken.

Es gefiel ihm nicht, daß Gui seinem Vater die Untertanentreue geschworen hatte, aber er mußte sich sagen, daß Gui Luthor nicht so gut kannte wie er.

»Damit, daß ich dich gefunden habe, ist nur die Hälfte meines

Auftrags erledigt«, gab Gui zu. »Die zweite Hälfte besteht darin, dich zurückzuholen.«

Roland war schockiert, und es kostete ihn Anstrengung, es nicht zu zeigen. »Wieso?« fragte er scharf. »Ist mein Vater schon so vergreist, daß er vergessen hat, wie er mich aus dem Haus jagte?«

»Bist du immer noch verbittert, Roland?« In Guis grünen Augen stand tiefe Betroffenheit.

»Du weißt doch, daß ich nur für den König von Frankreich kämpfen wollte, der der Feudalherr unseres Herzogs war. Aber Luthor war dagegen. Er hat mich zu einem harten Krieger gemacht, aber er wollte mich meine Fähigkeiten nie erproben lassen. Mein Gott, in meinem ganzen Leben war ich noch kein einziges Mal aus Montville rausgekommen, und da saß ich also, achtzehn Jahre alt und gerade zum Ritter geschlagen, und mein Vater wollte mich zu Hause festhalten wie ein Wickelkind. Das war mehr, als ich ertragen konnte.«

»Aber dein Handgemenge mit Luthor war auch nicht schlimmer als sonst«, erwiderte Gui. »Er hat dich geschlagen, wie er dich immer geschlagen hat – Mann gegen Mann mit der bloßen Hand.«

Rolands dunkelblaue Augen wurden dunkler. »Ja, du hast es selbst gesehen, aber du hast die Worte nicht gehört, die anschließend gefallen sind. Ich gebe zu, daß mich ebensoviel Schuld trifft, denn schließlich hat er mich mit seiner selbstgefälligen Sicherheit herausgefordert, mit der er behauptet hat, er würde niemals gegen mich verlieren, nicht einmal, wenn er am Rand des Grabes stünde. Wenn er sich damit nicht vor seiner Frau und seinen Töchtern aufgespielt hätte, hätte ich nicht gesagt, daß ich auch ohne seine Erlaubnis gehen und wahrscheinlich nie mehr zurückkehren würde. Aber ich habe es im größten Zorn gesagt, und er hat darauf gesagt: ›Dann geh, und sei verdammt! Ich werde dich nie zu mir rufen.‹«

»Ich wußte nicht, daß es soweit gekommen ist. Aber das ist sechs Jahre her, Roland, und Worte, die im Zorn gesprochen worden sind, sollte man nicht ein Leben lang nachtragen.«

»Aber er hat es nun mal gesagt, und mein Vater macht keinen Rückzieher. Dieser Mann macht selbst dann keinen Rückzieher, wenn er etwas falsch gemacht hat und es ganz genau weiß.«

Sein Freund runzelte die Stirn. »Es tut mir leid, Roland. Ich wußte nicht, daß ihr euch so sehr zerstritten habt. Du bist gegangen, und ich wußte nur, daß du dich mit Luthor gestritten hast, aber nachdem du fort warst, wollte er nicht mehr über die

Sache reden. Jetzt verstehe ich, warum er nie sicher war, ob du wieder nach Hause kommen würdest oder nicht. Aber ich weiß, daß der alte Streithahn dich vermißt hat. Ich bin sicher, daß er eher nach dir hätte schicken lassen, wenn er eine Möglichkeit gefunden hätte, es zu tun, ohne sein Gesicht zu verlieren. Du kennst doch Luthor. Er ist unglaublich stolz.«

»Du hast mir noch nicht erzählt, aus welchem Grund er die Verbannung aufgehoben hat.«

»Dein Vater will, daß du da bist, um sein Lehen für dich zu beanspruchen, falls er stirbt«, sagte Gui abrupt.

Die Farbe wich langsam aus Rolands Gesicht. »Luthor liegt im Sterben?«

»Nein! Das wollte ich damit nicht sagen. Aber es braut sich Ärger zusammen. Deine Stiefschwester Brenda hat geheiratet.«

»Dann hat die alte Hexe also doch noch einen Gefährten gefunden«, sagte Roland kichernd. »Der Kerl muß ein Dummkopf sein, der noch dazu abscheulich aussieht.«

»Nein, Roland, sie hat Thurston von Mezidon geheiratet.«

»Rogers Bruder!« entfuhr es Roland.

»Genau der.«

»Wieso? Thurston war ein gutaussehender Kerl, der viel Erfolg bei den Damen gehabt hat. Warum sollte er Brenda wollen? Nicht nur, daß sie so zänkisch ist wie ihre Mutter, sondern sie ist noch dazu ein reizloses Geschöpf.«

»Ich glaube, ihre Aussteuer hat ihn gereizt«, stimmte Gui zögernd zu.

»Aber ihre Mitgift war nicht groß.«

»Ich habe gehört, daß sie ihn vom Gegenteil überzeugt hat. So sehr war sie von ihm verzückt. Es heißt auch, er habe sie in der Hochzeitsnacht fast totgeschlagen, als er herausgefunden hat, daß ihre Mitgift weniger als die Hälfte dessen betrug, was er sich erwartet hatte.«

»Es war wohl das, was sie verdient hat«, sagte Roland beiläufig.

Es war kein Geheimnis, daß Roland seine beiden älteren Stiefschwestern nicht mochte. Von frühester Kindheit an hatte er viel unter ihnen gelitten, und niemand war zu seinem Schutz dagewesen. Inzwischen empfand er wirklich nichts mehr für die beiden, nicht einmal Mitleid.

»Und was ist mit meiner Schwester Ilse?« setzte Roland das Gespräch fort. »Lebt sie immer noch mit ihrem Mann bei Luthor?«

»Aber ja, Geoffrey zecht zu gern, als daß er ein Gutshaus auf sein kleines Lehen bauen würde«, sagte Gui verächtlich. »Aber es hat sich etwas Entscheidendes geändert. Geoffrey hat sich plötzlich ganz eng mit Thurston angefreundet.«

»Na und?«

»Für Luthor bedeutet das Übles. Er hat einen Schwiegersohn, der wütend über Brendas Mitgift ist und einen größeren Anteil von Montville haben will. Sein anderer Schwiegersohn lebt unter seinem Dach und ist mit Thurston befreundet. Luthor hat das Gefühl, er braucht jetzt Rückendeckung, da sich seine beiden Schwiegersöhne wahrscheinlich gegen ihn verbündet haben.«

»Was hat Luthor zu befürchten? Er hat genügend Männer.«

»Du solltest Thurston nicht unterschätzen. Sein Ehrgeiz und seine Habgier reichen für zwei Männer aus. Er plündert in der Bretagne und in Maine, und er hat ein ziemlich großes Heer angehäuft, so viele Männer, daß Luthor seinetwegen Verstärkung nach Montville geholt hat. Es kommt mit Sicherheit zu einem offenen Krieg, wenn Luthor nicht vorher schlicht ermordet wird.«

»Du glaubst, daß Thurston zu solchen Mitteln greifen würde?«

»Ja, Roland, das glaube ich. Es ist bereits zu einem Zwischenfall gekommen, der sich mit nichts erklären läßt. Und falls Luthor sterben sollte, während du nicht dort bist und Montville für dich beanspruchen kannst, würden Thurston und Geoffrey es für sich beanspruchen, und du würdest ein Heer von der Stärke der Armee des Herzogs brauchen, um es zurückzuerobern.«

»Und was ist, wenn ich Montville nicht haben will?«

»Das darfst du nicht sagen, Roland! Du kannst doch nicht einfach die Pferde aufgeben, die du liebst. Und das Land, das Luthor dir vermachen will!«

Roland fuhr sich mit einer Hand durch sein dichtes, gewelltes Haar. Es bestand kein Anlaß, Gui etwas vorzumachen. »Du hast recht, ich will das Land und die Pferde haben. Das ist aber auch das einzige, was ich von Luthor will.«

»Dann kommst du also mit nach Hause?« fragte Gui hoffnungsvoll. »Obwohl du gesagt hast, daß du nicht zurückkommst?«

»Ich bin in vieler Hinsicht wie mein Vater, Gui, aber wenn ich eine Dummheit ausspreche, stehe ich nicht bis zum Grab dazu. Vielleicht ein paar Jahre lang, aber nicht auf alle Zeiten.« Roland kicherte. »Wozu man sagen muß, daß auch er sich hat erweichen lassen. Oder zumindest scheint es so.«

»Du hast dich verändert, mein Freund. Ich kann mich an viele Schlägereien mit Roger von Mezidon erinnern, weil du eine Bemerkung nicht zurückgezogen hast. Bist du auf deinen Wanderungen auf diesen Lumpen gestoßen?«

»Er ist hier. Mit dem Grafen von Limousin.«

Gui war überrascht. »Wir haben von Rogers Heldentaten gehört. Er hat Ländereien im ganzen Land erworben. Ich frage mich, woher er die Zeit hat, so vielen Herren zu dienen.«

»Er ist genauso habgierig wie sein älterer Bruder Thurston.«

»Hast du denn auch mit Roger gesprochen?« fragte Gui eifrig.

Roland zuckte die Achseln. »Er hat sich nicht in dem Maß mit mir angelegt, in dem er es früher getan hat, aber er ist sich nicht mehr sicher, ob er mich übervorteilen kann.«

»Seit ich dich das letztemal gesehen habe, bist du größer geworden, und du hast auch mehr Muskeln als damals. Ich möchte wetten, daß du jetzt sogar größer als Luthor bist, und mir ist bisher noch niemand begegnet, der auf ihn runterschauen könnte.«

Roland grinste. »Jedenfalls bin ich über Roger hinausgewachsen. Zu seinem großen Leidwesen.«

»Hast du dich in anderer Hinsicht auch verändert?« wagte sich Gui vor. In seinen grünen Augen stand der Schalk. »Haben die Franken dich gezähmt?«

Gui duckte sich, da er mit einem Hieb im Scherz rechnete. »Nein? Dann nehme ich an, daß es jetzt zwei Luthors zu Hause geben wird?«

Roland brummte: »Zumindest schlage ich nur zu, wenn man mich herausfordert, und das ist weit mehr, als ich von meinem Vater behaupten kann.«

Das stimmte. Luthor von Montville war ein barscher, grober Mann, ein Mann, zu dem andere Barone ihre Söhne in die Ausbildung gaben, denn ihre Jungen kehrten als harte, fähige Krieger zurück.

Roland war Luthors einziger Sohn, ein uneheliches Kind. Luthor tat diesen Umstand mit einem Achselzucken ab, aber Roland fand seinen Status unwürdig. Rolands Mutter hatte in einem Dorf in der näheren Umgebung gelebt. Als Frau ohne gesellschaftlichen Rang und ohne Familie war sie im Kindbett gestorben, wie man Roland erzählt hatte, und die Geburtshelferin hatte den Säugling in ihre Obhut genommen. Luthor wußte gar nicht, daß er einen Sohn hatte, bis die alte Frau, die Roland zu sich genommen hatte, kurz vor ihrem Tod nach Luthor schickte.

Da Luthor keinen anderen Sohn hatte, nahm er Roland mit nach Hause zu seiner Frau und verhöhnte Hedda einmal mehr dafür, daß sie ihm nur Töchter geboren hatte. Hedda haßte den Säugling und wollte nichts mit ihm zu tun haben, bis er alt genug geworden war und sie ihre Bosheit an ihm auslassen konnte. Von seinem dritten Lebensjahr an wurde Roland aus jedem beliebigen Grund von ihr und ihren Töchtern geschlagen.

Luthor unternahm keinen Versuch, Rolands grausame Behandlung zu unterbinden. Da er selbst roh aufgezogen worden war, glaubte er, seine Kraft der eigenen harten Jugend zu verdanken.

Von Luthor lernte Roland, zärtliche Gefühle zu unterdrücken und alle Empfindungen bis auf den Zorn unter Kontrolle zu behalten. Ihm wurde das Rennen, das Springen, das Schwimmen und das Reiten beigebracht, und er lernte, den Speer und das Kampfbeil zielsicher zu werfen und das Schwert und seine Fäuste mit Brutalität und Geschicklichkeit zu handhaben. Luthor war ein guter Lehrer; für Fehler gab es Schläge, und mit dem Lob rückte er nur mißmutig heraus.

Rolands Kindheit zeichnete sich durch Schläge von Familienmitgliedern und Außenstehenden aus, denn die Söhne der Edelmänner, die man bei Luthor ausbilden ließ, waren ein übler Haufen, und der gehässigste von allen war Roger von Mezidon, der zwei Jahre älter als Roland war und nach Montville gekommen war, als Roland gerade fünf war. Es gab weiterhin täglich Schläge, bis Roland stark genug war, um sich zu wehren. Luthor, der Hedda und seine beiden Töchter nicht davon abgehalten hatte, Roland zu schlagen, als er klein und wehrlos war, mischte sich auch nicht ein, als Roland groß genug geworden war, um zurückzuschlagen.

Sein Leben war leichter, nachdem er zum erstenmal zurückgeschlagen hatte. Danach übte er an den Frauen des Hauses keine Vergeltung mehr. Er zog es vor, sie zu ignorieren. Vor Mißhandlungen ihrerseits brauchte er sich nicht mehr zu fürchten, und er mußte sich nur noch gegen ältere Jungen und Luthor wehren.

»Können wir morgen früh abreisen?« fragte Gui, als sie vor Rolands Zelt am Stadtrand vor Arles standen. Nach gewonnener Schlacht war die Stadt ein Schauplatz für Festlichkeiten, und es bestand kein Anlaß mehr zu bleiben. »Je eher wir abreisen, desto besser. Ich habe fast ein halbes Jahr gebraucht, um dich zu finden.«

»Und wie bist du hier auf mich gestoßen?« fragte Roland.

»Natürlich nur, weil hier eine Schlacht geschlagen worden ist.«

Gui grinste breit. »Wenn ich schon nichts anderes gelernt habe, so doch zumindest, daß man dich immer dort findet, wo gerade eine Schlacht tobt. Nach all deinen Schlachten mußt du ebenso viele Lehen haben wie Roger.«

Roland kicherte, und seine Augen funkelten wie Saphire. »Ich kämpfe für Gold, nicht für Grund. Um Ländereien muß man sich kümmern, und mir gefällt es, frei herumzustreifen.«

»Dann mußt du ein Vermögen in Gold haben.«

Roland schüttelte den Kopf. »Tja, das meiste habe ich für Frauen und Getränke ausgegeben, aber ich besitze einen gewissen Reichtum.«

»Und was ist mit den Plündereien bei den Sarazenen?«

»Ja, auch das. Diese Freibeuter hatten Seide und kunstvolle Glasgegenstände, goldene Teller und Lampen. Von den Edelsteinen ganz zu schweigen.«

»Und die Schlacht?«

»Es gab viele Schlachten«, erwiderte Roland. »Die Sarazenen hatten an der ganzen Küste einen Unterschlupf nach dem nächsten. Ihr größter Sammelpunkt war bei Nizza. Sie haben allerdings keine gute Darbietung hingelegt, weil sie ohne Rüstung gekämpft haben. Sie sind gefallen wie Bauern im Kampf gegen geübte Ritter. Manche sind auf ihren Schiffen entkommen, aber wir haben ihre Quartiere geplündert und sie dann in Brand gesteckt.«

»Dann nehme ich an, ich habe mir genau den richtigen Zeitpunkt ausgesucht.«

»Ja. Mein Dienst beim Herzog von Burgund ist abgelaufen. Wir können morgen früh abreisen. Aber heute abend, heute abend zeige ich dir noch etwas Besonderes, *mon ami*. Ich kenne ein anständiges Bierlokal am Nordtor; dort bekommt man eine ausgezeichnet gewürzte Gemüsesuppe, und das Bier ist süßlich.« Plötzlich lachte Roland. »Du kannst dir gar nicht vorstellen, wie sehr ich das Bier meines Vaters vermißt habe. Sollen doch die Franzosen in ihrem verfluchten Wein ersaufen, aber ich will täglich mein Bier mit dem Landvolk trinken.«

Roland befestigte seine Säbelscheide am Gürtel, schob seinen langen Pallasch hinein und legte sich einen langen wollenen Umhang um seine breiten Schultern. Kettenhemd und Rüstung ließ er zurück. Gui stellte neidlos fest, daß er sich zu einem wohlgestalteten Mann ausgewachsen hatte. Felsenfest und bärenstark. Roland war wahrhaft ein Krieger geworden. Luthor würde stolz sein, seinen Sohn im Kampf an seiner Seite zu haben, ob er es zugab oder nicht.

Gui seufzte. Roland war ohne jede Liebe aufgewachsen. Es war kein Wunder, daß er manchmal bärbeißig, übellaunig und verbittert war. Das war sein volles Recht. Doch gleichzeitig besaß Roland auch gute Eigenschaften. Er konnte einem Mann ebensoviel Treue entgegenbringen, wie er einen anderen hassen konnte. Außerdem war er nicht humorlos. Eigentlich war er sehr brauchbar.

»Ich muß dich warnen, Gui«, sagte Roland auf dem Weg in die Stadt. »Roger von Mezidon hat auch die Vorzüge des Bierlokals entdeckt, in das wir jetzt gehen, denn dort gibt es ein gewisses Mädchen, dem sein Interesse gilt.«

»Und zweifellos auch dein Interesse«, bemerkte Gui belustigt. »Ihr beide habt euch immer von denselben Frauen angezogen gefühlt. Habt ihr schon eine Auseinandersetzung um das Mädchen ausgetragen?«

Roland schnitt eine Grimasse, als ihm der jüngst vergangene Vorfall ins Gedächtnis kam. »Ja, wir haben uns geprügelt. Aber dieser hinterhältige Schuft hat mich unversehens überrumpelt, als ich schon zu tief ins Glas geschaut hatte.«

»Du hast also verloren?«

»Habe ich das nicht eben selbst gesagt?« fauchte Roland. »Aber das ist das letztemal, daß ich wegen einer solchen Nebensächlichkeit mit ihm aneinandergerate. Frauen sind alle gleich, und es ist nur allzu leicht, sie zu bekommen. Roger und ich haben genügend Gründe, aufeinander loszugehen, wenn wir die Frauen als einen weiteren Grund aus dem Spiel lassen.«

»Du hast mich noch nicht nach Amelia gefragt«, wagte sich Gui behutsam vor.

»Stimmt, das habe ich nicht getan«, gab Roland zurück.

»Bist du denn gar nicht neugierig?«

»Nein«, sagte Roland. »Ich habe auf meinen Anspruch auf Amelia verzichtet, als ich fortgegangen bin. Sollte sie noch frei sein, wenn ich zurückkehre, dann werde ich sie vielleicht wieder für mich beanspruchen. Wenn nicht...« Er zuckte die Achseln. »Ich kann eine andere finden. Für mich spielt das keine große Rolle.«

»Sie ist frei, Roland. Sie ist dir während dieser ganzen sechs Jahre treu geblieben und hat auf dich gewartet.«

»Ich habe sie nicht geheißen, zu warten.«

»Sie hat es trotzdem getan. Das Mädchen hofft auf eine Heirat mit dir, und selbst Luthor hat nichts dagegen. Er behandelt sie bereits wie eine Tochter.«

Roland blieb mit finsterem Blick stehen. »Sie weiß, daß ich keine Lust habe zu heiraten. Was hat die Ehe meinem Vater eingebracht – zwei quengelnde Töchter und ein keifendes Weib.«

»Du kannst nicht alle Frauen mit deiner Stiefmutter vergleichen«, bemerkte Gui dazu. »Deine Reisen durch Frankreich haben dir doch sicher gezeigt, daß nicht alle Frauen gleich sind.«

»Ganz im Gegenteil. Ich weiß, daß eine Frau süße Worte findet, wenn sie etwas erreichen will, aber im übrigen sind sie böse Hexen. Nein, ich will keine Frau, die an mir herumnörgelt. Es ist mir lieber, in der Hölle zu verkommen, als zu heiraten.«

»Du bist ein Dummkopf, Roland«, wagte sich Gui vor. »Ich höre das nicht zum erstenmal von dir, aber ich dachte, du hättest es dir anders überlegt. Du solltest heiraten. Eines Tages wirst du einen Sohn wollen. Du brauchst jemanden, dem du Montville hinterlassen kannst.«

»Ich werde es zweifellos zu ein bis zwei unehelichen Kindern bringen. Dazu brauche ich nicht zu heiraten.«

»Aber...«

Roland kniff die dunkelblauen Augen zusammen. »Ich bin mir in dieser Hinsicht ganz sicher, Gui, und deshalb solltest du aufhören zu sticheln.«

»Schon gut«, sagte Gui seufzend. »Aber was ist mit Amelia?«

»Sie hat gewußt, wie ich über diese Dinge denke, als sie in mein Bett gekommen ist. Sie ist eine Närrin, wenn sie geglaubt hat, ich würde es mir anders überlegen.« Sie gingen wieder weiter, und Rolands Tonfall wurde wieder freundlicher. »Im übrigen ist sie die letzte Frau, die ich als Ehefrau empfehlen könnte. Anmutig ist sie und gut gebaut, aber unbeständig. Roger hat sie vor mir gehabt, und es besteht kein Zweifel daran, daß viele andere sie vor ihm gehabt haben. Vielleicht hast auch du sie gekostet. Na los, jetzt gib es schon zu.«

Gui wurde rot und wechselte eilig das Thema. »Wie weit ist es noch zu diesem Bierlokal?«

Roland lachte herzlich über Guis Unbehagen und schlug ihm auf den Rücken. »Sei beruhigt, *mon ami*. Keine Frau ist es wert, daß man mit einem Freund über sie streitet. Du kannst jede Frau haben, die ich habe. Meinen Segen hast du. Wie ich bereits sagte, sind sie alle gleich und nur allzu leicht zu haben, einschließlich Amelia. Und was deine Frage betrifft – die Schenke ist gleich da vorne.«

Roland zeigte auf ein Gebäude am Ende der Straße. Zwei Ritter, die gerade auf die Straße traten, winkten Roland zu.

»Sie haben in der letzten Schlacht auf derselben Seite gekämpft wie ich«, erklärte Roland. »Burgunder aus Lyon. Mir scheint, das ganze Land hat dazu beigetragen, die Sarazenen zu vertreiben. Sogar die Sachsen haben ihre Ritter geschickt.«

»Wäre ich doch eher gekommen«, sagte Gui versonnen.

Roland kicherte. »Hast du deine erste Schlacht noch nicht geschlagen? Luthor war doch sicher nicht all die Jahre über untätig?«

»Nein, aber es ist nur zu Scharmützeln mit Briganten gekommen.«

»Dann mußt du dich ja schon auf die Auseinandersetzung mit Thurston freuen.«

Gui grinste, als sie vor der Schenke standen. »Um die Wahrheit zu sagen: Ich habe nicht viel darüber nachgedacht. Das einzige, worüber ich mir Gedanken gemacht habe, seit ich abgereist bin, war, was ich tun würde, wenn du dich weigern solltest, mit mir zurückzukommen, denn dann hätte ich auch nicht zurückgehen können.«

»Dann bist du jetzt wohl sehr erleichtert?«

»Das kann ich dir versichern.« Gui lachte. »Lieber will ich mit dem Teufel zu tun haben als mit Luthors Verdruß.«

Sie traten ein und fanden eine übervolle Schenke vor, in der Ritter mit Schildknappen und gewöhnlichen Soldaten tranken. Die Schenke war geräumig, mindestens siebzig Quadratmeter, und sie war aus Stein gebaut. Es war voll. Männer standen an der großen Feuerstelle, über der Fleisch gebraten wurde, oder sie standen in Gruppen zusammen und redeten. Es gab zwanzig rohgezimmerte Holztische mit Steinbänken, und fast alle waren besetzt. Trotz der beiden Türen an zwei gegenüberliegenden Seiten des großen Raumes hingen Rauchschwaden in der Luft, und es war sehr warm. Fast alle Ritter trugen Lederhosen und Harnische, ihre Schildknappen nur Leder. Niemandem schien es bequem zu sein...

Zu Hause, fern vom Schlachtgetümmel, trugen Roland und die Männer in seiner näheren Umgebung – Gui, Roger, Thurston und Geoffrey – am liebsten nur Umhänge über Unterhemden und Lederhosen. Man befestigte die Umhänge an einer Schulter und konnte ungehindert nach dem Schwert greifen, das diese Männer ständig bei sich trugen, und diese Kleidung war nicht annähernd so lästig wie Rüstungen, Harnische oder Lederhemden. Manchmal zog Roland dennoch ein Lederhemd vor, denn er hatte sich nie wirklich an den Umhang gewöhnt. Umhänge kamen ihm weibisch vor, und die Tatsache, daß Roger von Mezidon sie trug, ließ sie in Rolands Augen noch fragwürdiger erscheinen.

Roger von Mezidon war da, und er hatte zwei seiner Vasallen und deren Schildknappen mitgebracht. Gui war ohne seinen Schildknappen gereist, und Rolands Schildknappe war unter dem Krummsäbel eines Sarazenen gefallen und nicht durch einen anderen ersetzt worden.

Roland kannte einen von Rogers Vasallen, den Edelmann Magnus, der ein Mündel von Rolands Vater war. Magnus war vierundzwanzig wie Roland, und er war gemeinsam mit Gui, Roger und Roland ausgebildet worden.

Roger war mit sechsundzwanzig der älteste von ihnen, und er war von Anfang an ihr Anführer gewesen. Er war in seiner Jugend sehr verbittert, da er gewußt hatte, daß er sich als zweiter Sohn allein durchs Leben schlagen mußte. Er beneidete Roland, weil dieser mit Sicherheit davon ausgehen konnte, daß er Montville eines Tages bekommen würde, ob er nun ein uneheliches Kind war oder nicht. Daß ein Bastard erben würde, wogegen Roger, der Sohn eines Edelmanns, ohne Erbe ausgehen sollte, nagte an ihm. Roland und Roger wetteiferten in jeder Hinsicht miteinander, und als der Ältere gewann Roger im allgemeinen. Er weidete sich an jeder Niederlage Rolands. Sie zankten und schlugen sich während ihrer gesamten Jugend, mehr, als es zwei Brüder getan hätten, und mit zunehmendem Alter hörten die Kämpfe nicht auf.

Roger bemerkte Roland als erster, und er entschloß sich, ihn zu übersehen, aber Magnus sah Gui und sprang auf, um die beiden zu begrüßen.

»Bei Gott, das ist doch Gui von Falaises, der kleine Knirps!« rief Magnus überschwenglich aus. »Es ist Jahre her, seit ich dich zum letztenmal gesehen habe. Hast du dir nicht Luthor von Montville als deinen Lehnsherrn ausgesucht?«

»Doch«, antwortete Gui steif.

Ihm sträubten sich die Haare, als er den Spitznamen hörte, den man ihm in seiner Jugend gegeben und nie vergessen hatte. *Der Knirps.* Er war von kleinwüchsiger Statur, und daran konnte er nichts ändern. Als Jugendlicher war er deshalb oft gehänselt worden, und Männern wie Roger und Magnus, die vor Kraft und Größe strotzten, diente er häufig als Zielscheibe des Spotts. Roland hatte Mitleid mit ihm gehabt und versucht, ihn zu beschützen; oft hatte er sich für ihn geschlagen. So hatte sich zwischen Gui und Roland ein Band geknüpft, und Gui hatte das Gefühl, Roland die Treue schuldig zu sein.

»Und was bringt Luthors Vasallen nach Arles?« fragte Roger.

»Es hat Schwierigkeiten...«

Ehe Gui mehr herausbekam, versetzte ihm Roland einen Rippenstoß und fiel ihm ins Wort. »Mein Vater vermißt mich«, sagte Roland so beiläufig, daß Magnus sich an seinem Bier verschluckte. Alle Anwesenden wußten, daß diese Behauptung lächerlich war. Roger runzelte finster die Stirn, und Roland konnte absehen, daß ihm noch vor seiner Rückkehr in die Normandie Ärger bevorstand.

Roland setzte sich Roger gegenüber auf eine Steinbank. Eine Kellnerin, eben diejenige, um die er sich mit Roger gestritten hatte, brachte den Neuankömmlingen Bier und lungerte dann in der Nähe herum, denn sie spürte die Spannung, die ihre Anwesenheit erzeugte, und sie suhlte sich lustvoll darin. Es war nicht das erstemal, daß sich zwei Männer um sie stritten, aber nie waren es zwei so brutale und dennoch begehrenswerte Männer gewesen wie diese beiden.

Gui blieb hinter Roland stehen und sann über Rogers finsteres Gesicht nach. Roger war ein gutaussehender Mann mit den typischen blauen Augen und dem strohblonden Haar der Normandie, aber in Rogers Gesicht hatten sich harte Züge und zornige Furchen geschnitten. Er lachte selten, es sei denn, um jemanden zu verhöhnen, und sein Lächeln war eher als hämisches Grinsen zu bezeichnen. Roland und Roger hatten eine ähnliche Statur; beide waren stämmige, muskulöse junge Männer von beträchtlicher Körpergröße. Rolands Züge waren jedoch nicht so hart wie Rogers Gesicht. Roland, der ganz objektiv betrachtet gut aussah, hatte sich seinen Sinn für Humor und eine Spur von Freundlichkeit bewahrt.

»So, dein Vater vermißt dich, das sagtest du doch?« bemerkte Roger lakonisch. »Aber warum schickt er einen Ritter aus, um dich zu holen, wenn jeder niedere Lakai dich hätte finden können?«

»Du zeigst ein ungebührliches Interesse an meinen Angelegenheiten«, sagte Roland gepreßt.

Roger reagierte darauf mit einem sarkastischen Grinsen. »Mein Bruder hat deine Schwester geheiratet«, sagte er und griff mit einem Seitenblick auf Roland nach der Kellnerin und zog sie auf seinen Schoß. »Meines Erachtens eine Mesalliance.«

»Ich hoffe, du hältst uns deshalb noch nicht gleich für verwandt«, knurrte Roland.

»Ich würde mich nicht freiwillig auf die Verwandtschaft mit einem Bastard berufen!« zischte Roger.

Das Schweigen hing schwer in der Luft. Dann hallte Rogers spöttisches Gelächter durch den Raum. »Was? Hast du darauf nichts zu sagen, Roland?« höhnte Roger. Er zog das Mädchen, das auf seinem Schoß saß, an sich und fügte hinzu: »Der Bastard hat seine Nerven verloren, seit er gegen mich verloren hat.«

In Rolands Augen loderten Flammen, die mit einem wüsten Ausbruch hätten einhergehen sollen, aber er sprach sehr ruhig. »Ich bin unehelich geboren, das ist allseits bekannt. Aber hältst du mich für einen Feigling, Roger? Ich hatte schon geargwöhnt, du seist feige. Als du mich letztesmal angegriffen hast, hast du dich vorher vergewissert, daß meine Sinne vom Alkohol umnebelt sind, ehe du dich mit mir einließest!« Roger wollte sich erheben und das Mädchen von seinem Schoß ziehen, aber Rolands scharfer Blick ließ ihn erbleichen. »Ich habe mich getäuscht, Roger. Du bist kein Feigling. Mit deinen Worten forderst du den Tod heraus, und das mit voller Absicht.«

»Roland, nicht!« keuchte Gui, der versuchte, seinen Freund am Aufstehen zu hindern.

Aber der Vulkan, der in Roland ausbrach, ließ sich nicht aufhalten. Er stieß Gui zur Seite, stand auf, zog sein Schwert und bewegte sich so schnell, daß er die Steinplatte der Bank von ihren Stützen riß. Sie fiel dröhnend auf den Boden, und die anderen wichen aus.

Alle Anwesenden hatten ihre Aufmerksamkeit auf die Streitenden gerichtet, aber Roland und Roger vergaßen alles, was um sie herum war. Roger fegte in einer bravourösen Darbietung das Bier vom Tisch, doch das Bier ergoß sich über einen betrunkenen Ritter, und der Mann griff Roger an, ehe Roland ihm zuvorkommen konnte.

Roland wartete ungeduldig ab, während seine Wut brodelte, aber er brauchte nicht lange zu warten. Der Kampf zwischen Roger und dem Ritter stachelte andere zum Kampf an, und kurz darauf war der Saal ein Schlachtfeld. Betrunkene Krieger gingen zum Angriff über, während die nüchternen sich verteidigten. Zwei Soldaten griffen Roland grundlos an, und er verlor Roger im Getümmel aus den Augen. Gui eilte zu seiner Hilfe herbei, und die beiden Freunde machten ihren Feinden schnell den Garaus.

Roland wollte sich gerade umdrehen, um Roger zu suchen, als er hinter sich Stahl klirren hörte. Als er sich umdrehte, stand ihm Roger verblüfft gegenüber; jemand hatte ihm das Schwert aus der

Hand geschlagen. Neben ihn drängte sich ein Ritter, den Roland nicht kannte. Der Fremde sah Roland ins Gesicht und wollte ihn gerade ansprechen, als Roger plötzlich sein Schwert aufhob und den Mann aufspießte.

Roland war so aufgebracht, daß er nichts gegen seinen alten Feind ausrichten konnte. Ehe er seine Fassung wiedererlangte, näherte sich ein trunkener Schildknappe Roger von hinten und ließ die stumpfe Seite seines Schwertes auf Rogers Kopf sausen. Roger sackte neben dem Ritter, den er verwundet hatte, zu Rolands Füßen zusammen.

»Laß ihn, Roland.« Gui stand neben ihm.

Roland funkelte ihn böse an. »Hast du es denn nicht gesehen? Wollte mir sein Schwert in den Rücken stecken, und dieser gute Mann hat es verhindert.«

»Ich habe gesehen, daß Roger zu dir gekommen ist, Roland, das ist alles. Sicher hätte er dich gewarnt, ehe er zugestoßen hätte.«

»Ich kenne Roger besser als du, Gui, und ich sage dir, daß er mich ohne Vorwarnung töten wollte«, brummte Roland.

»Dann fordere ihn heraus, wenn er wieder zu sich kommt«, ersuchte ihn Gui flehentlich. »Aber begeh keinen Mord. Laß es für den Moment gut sein.«

Roland hatte nie einen hilflosen Menschen getötet, und so erklärte er sich einverstanden. Er beugte sich über den Ritter, der ihm zur Hilfe geeilt war und der ihm wahrscheinlich das Leben gerettet hatte.

»Der Mann ist noch am Leben, Gui«, rief er aus. »Wir bringen ihn zum Chirurgen in meinem Feldlager.«

Gui zögerte. »Und was ist mit Roger?«

»Laß ihn liegen«, sagte Roland angewidert. »Einer der Männer kann sich um ihn kümmern und mir die Mühe sparen.«

3

Roland wartete unruhig vor dem Zelt des Arztes. Gui trat neben ihm verärgert von einem Fuß auf den anderen.

»Es sind jetzt schon drei Tage, Roland«, sagte er ungeduldig. »Wenn dieser Mann stirbt, dann stirbt er. Du kannst nichts für ihn tun.«

Roland sah Gui wütend an. Die gleiche Szene hatte sich am Vormittag desselben Tages schon einmal abgespielt.

»Wir müssen uns auf den Weg machen, Roland. Roger hat sich bei Nacht und Nebel davongeschlichen, und du kannst ihn nicht zum Duell herausfordern. Wir kommen jetzt schon nicht vor dem ersten Schnee zu Hause an.«

»Ein paar Tage spielen keine Rolle.«

»Du kennst diesen Mann doch gar nicht.«

»Deine Ungeduld spricht nicht für dich, Gui. Ich stehe in der Schuld dieses Mannes.«

»Das kannst du nicht mit Sicherheit sagen.«

»Doch, das kann ich.«

Endlich wurde die Zeltplane hochgeschlagen, und der Arzt des Herzogs näherte sich erschöpft den beiden Männern.

»Er war für ein paar Augenblicke bei Bewußtsein, aber es ist noch zu früh, um zu sagen, ob er es überleben wird. Der Blutstrom ist zum Stillstand gebracht worden, aber ich kann nur sehr wenig für seine inneren Verwundungen tun.«

»Hat er gesprochen?«

Der Arzt nickte. »Er ist erwacht und dachte, er sei in einem Fischerdorf. Ich glaube, daß er viele Wochen an der Küste zugebracht hat, um sich von seinen Verletzungen zu erholen.«

Roland runzelte die Stirn. »Verletzungen?«

Der Arzt schüttelte den Kopf. »Dieser junge Mann muß verflucht sein. Einfach der Gnade des Landvolks ausgeliefert zu werden. Er hat es nur mit knapper Not überlebt. Er behauptet, erst nach einer Woche erwacht zu sein und viele weitere Wochen lang nicht fähig gewesen zu sein, sich zu bewegen oder zu sprechen, wegen eines schlimmen Schlages auf den Kopf.«

»Wer ist der Mann?« fragte Roland eifrig.

»Der Mann ist schwer verwundet. Ich habe ihn nicht gedrängt zu reden, sondern ich habe zugehört, als er von sich aus gesprochen hat. Er war außer sich vor Raserei. Als ich darauf bestanden habe, daß er nicht aufstehen kann, hat er versucht, mir die Umstände des Unrechts zu erklären, das ihm zugestoßen ist. Er hat etwas von einer Schwester erzählt, und er hat gesagt, daß er sich Sorgen um sie macht, aber er ist zusammengebrochen, ehe er mir sagen konnte, worum es geht. Er war ziemlich außer sich.«

»Darf ich ihn sehen?«

»Er ist wieder bewußtlos.«

»Ich werde im Zelt warten, bis er zu sich kommt. Ich muß mit ihm sprechen.«

»In Ordnung.«

Als der Arzt gegangen war, fuhr Gui mit seinem Drängen fort.

»Da siehst du es, der Doktor scheint nichts Schlimmes zu befürchten. Laß uns den Heimweg antreten. Hier kannst du ohnehin nichts mehr tun.«

Roland verlor die Geduld mit seinem alten Freund. Seine Ehre gebot ihm zu bleiben. »Verdammter Kerl, du quengelst rum wie eine Frau. Wenn du es so eilig hast zu gehen, dann geh doch... geh!«

»Roland, ich sehe nur, daß Eile geboten ist. Vielleicht ist es sogar schon zu spät. Thurston von Mezidon kann zu einem Angriff ausgeholt haben, während ich fort war, vor dem Kälteeinbruch.«

»Geh jetzt. Ich werde unterwegs auf dich stoßen.«

»Ich kann dich doch nicht allein reisen lassen.«

Roland sah seinen Freund scharf an. »Seit wann brauche ich eine Begleitperson? Oder glaubst du mir etwa nicht, daß ich nachkomme? Ich sehe schon, daß du mir nicht glaubst.« Roland kicherte. »Nimm meine Habe mit, wenn es so ist. Laß mir nur mein Pferd und die Rüstung. Das sollte dir Gewißheit geben, daß ich dir folge. Wenn ich unbehindert vorwärts komme, treffe ich zwischen der Rhone und der Loire auf dich. Wenn nicht dort, dann direkt nach der Stelle, an der du die Loire verläßt. Warte nicht auf mich, wenn es mir nicht gelingt, dich einzuholen.«

Widerwillig reiste Gui ab, und Roland setzte sich den Nachmittag über neben die Pritsche in dem Zelt. Seine Wache wurde belohnt, als der Verwundete am Abend die Augen aufschlug. Er versuchte, sich aufzusetzen, doch Roland hielt ihn zurück.

»Ihr dürft Euch nicht bewegen. Sonst wird Eure Wunde wieder bluten.«

Die hellbraunen Augen des Mannes waren auf Roland gerichtet. »Ich kenne Euch?« Er sprach deutlich und in französischer Sprache. Dann beantwortete er seine eigene Frage. »Gestern abend in der Schenke.«

»Das ist drei Nächte her, mein Freund.«

»Drei?« stöhnte der Mann. »Ich muß meine Männer suchen und augenblicklich nach Berry zurückkehren.«

»Ihr werdet nirgends hingehen. Jedenfalls nicht in der nächsten Zeit.« Der Mann stöhnte. »Braucht Ihr den Arzt?«

»Nur, wenn er ein Wunder vollbringen und mich von einem Moment zum nächsten heilen kann«, flüsterte der Mann.

Roland grinste. »Was kann ich für Euch tun? Ihr habt mir das Leben gerettet, und jetzt müßt Ihr auch noch dafür leiden.«

»Ich leide unter meiner eigenen Sorglosigkeit. Ich habe nur

zweimal in meinem ganzen Leben in einem ernsten Kampf mein Schwert gehoben, und jedesmal hat es mich in die Nähe des Todes gebracht. Ich höre nicht auf Warnungen. Ich glaube immer, daß Männer faire Kämpfer sind. Für diese Lektion habe ich teuer bezahlt.«

»Ich habe gehört, daß Ihr gerade erst von einer Kopfverletzung genesen seid. Die Sarazenen?«

»Ja. Ich bin mit drei anderen einer fliehenden Bande gefolgt. Als wir sie einholten, sind sie zum Kampf übergegangen, und mein Pferd ist unter mir zusammengebrochen und hat mich abgeworfen. Das nächste, woran ich mich erinnern kann, ist, daß ich mit Kopfschmerzen, die ich keinem anderen wünschen würde, in einem Fischerdorf lag. Dort sagte man mir, ich sei eine Woche lang bewußtlos gewesen. Sobald ich wieder wohlauf war, bin ich nach Arles gegangen. Ich hatte kein Glück bei der Suche nach meinen Vasallen. Ich hatte gehofft, einen oder zwei von ihnen in diesem Bierlokal zu finden, aber ich habe keinen von ihnen gesehen.«

»Für mich war es ein Glück, daß Ihr dort wart.«

»Ich konnte nicht anders handeln, als ich gesehen habe, wie sich dieser Ritter von hinten an Euch herangeschlichen hat«, verkündete der Verwundete.

»Ihr habt jedenfalls damit das Leben Roland de Montvilles gerettet. Was kann ich für Euch tun?«

»Um meine schnelle Genesung beten.«

Roland lachte, denn der Mann hatte trotz seiner Verfassung den Humor nicht verloren.

»Ich werde wirklich für Euch beten. Und wie ist Euer Name? Den brauche ich, wenn ich die Heiligen anrufen soll.«

»Quintin de Louroux.«

»Ihr seid Franke?«

»Ja, aus Berry.«

»Lebt Eure Familie dort?«

»Meine Eltern sind tot. Ich habe nur noch meine Schwester und ...« Er unterbrach sich. »Und es gibt doch etwas, was Ihr für mich tun könntet.«

»Ihr braucht mir nur zu sagen, was.«

»Meine Vasallen, die drei, die ich mitgebracht habe. Wenn Ihr diese Männer finden könntet, wäre ich Euch dankbar. Ich würde einen von ihnen in meine Heimat schicken, um meiner Schwester mitzuteilen, daß ich am Leben bin, aber erst in ein paar Wochen nach Hause komme.«

»Eure Schwester hält Euch für tot?«

Quintin nickte schwach. »Ich denke schon. Ich hatte geglaubt, es sei nur eine Frage von ein paar Tagen, bis ich meine Männer zusammengetrommelt habe. Dann wollte ich mich auf den Weg nach Berry machen. Nun hat mir der Arzt gesagt, daß ich drei Wochen lang das Bett hüten muß. Der Gedanke, daß meine Schwester um mich trauern könnte, ist mir unerträglich.«

Ein solches Aufheben um eine Frau ging über Rolands Horizont. »Sie muß Euch sehr teuer sein.«

»Wir stehen einander sehr nah.«

»Dann seid unbesorgt, mein Freund. Ich werde Eure Ritter finden und sie zu Euch schicken. Aber Ihr erbittet zu wenig von mir. Ich würde es als Ehre betrachten, wenn ich Eurer Schwester die Neuigkeiten überbringen dürfte. Ich stehe so hoch in Eurer Schuld, daß es nur eine geringe Gegenleistung wäre, Euch zu innerer Ruhe zu verhelfen.«

»Das kann ich nicht von Euch verlangen«, protestierte Quintin.

»Ihr kränkt mich, wenn Ihr weniger von mir erwartet. Ich muß ohnehin nach Norden reisen, denn mein Vater hat nach mir geschickt, damit ich nach Montville zurückkomme. Ich habe die Reise nur hinausgeschoben, um zu sehen, wie es Euch geht. Habt Ihr denn noch nichts von den Streitrössern von Montville gehört? Mein Reitpferd würde die Pferde Eurer Ritter beschämen, und wenn ich selbst reite, erreichen die guten Nachrichten Eure Schwester nur um so eher.«

Quintins Augen strahlten. »Ihr werdet keine Schwierigkeiten haben, meine Heimat zu finden. Ihr braucht nur zu fragen, wenn Ihr in die Nähe von Berry kommt, und man wird Euch den Weg nach Louroux weisen.«

»Ich werde es finden«, versicherte ihm Roland. »Ihr müßt Euch jetzt ausruhen, damit Ihr wieder zu Kräften kommt.«

»Jetzt kann ich mich ausruhen«, sagte Quintin seufzend. »Mein Dank sei Euch gewiß.«

Roland stand auf, um zu gehen. »Für Euch ist es eine unbedeutende Kleinigkeit, und im Vergleich dazu, daß Ihr mir das Leben gerettet habt, ist es nicht der Rede wert.«

Quintin erhob Einwände. »Ihr habt Eure Schulden beglichen. Erzählt meiner Schwester nicht, daß ich schon wieder verwundet worden bin, denn ich will ihr nicht noch mehr Sorgen bereiten. Sagt ihr nur, daß ich die Dienste des Grafen vorerst nicht quittieren kann, aber bald zu ihr zurückkehren werde.«

Erst als er Arles verlassen hatte, bemerkte Roland, daß er den

Namen von Quintins Schwester nicht kannte. Aber das spielte keine Rolle – er würde es herausfinden.

4

Druoda aus der Gascogne räkelte sich in ihren neuen Gemächern auf einem langen grünen Sofa, aß getrocknete Trauben und trank ihren Nektar als süßen Wein. Es war ein später Nachmittag, und wenn der Winter auch bisher milde gewesen war, so war Druoda doch das wärmere Klima Südfrankreichs gewohnt, und sie bestand auf einem Gefäß mit glühenden Kohlen, um ihr Zimmer zu wärmen.

Zu Druodas Füßen kniete Hildegard, die die Zehennägel ihrer Herrin dazu vorbereitete, sie anzumalen – eine der vielen Unsitten, die Druoda von den losen Frauen des Südens erlernt hatte. Es war gar nicht allzu lange her, daß beiden Frauen jeder Luxus fremd war. Noch vor kurzem hatten sie Reisende mit Lebensmitteln versorgt, die Kleidungsstücke der Reisenden gewaschen und für sie gekocht und Tag und Nacht gearbeitet. Diese unwürdige Arbeit war nötig gewesen, weil Druodas Vater ihr nichts hinterlassen hatte. Walafrid, ihr Mann, war im Besitz eines großen Hauses, aber er hatte nicht das Geld, es zu unterhalten. Daher hatten sie das Haus zu einer Herberge gemacht und Hildegard angeworben, die ihnen helfen sollte.

Dank dem Tod des Neffen Druodas, Quintin, waren die Zeiten der harten Arbeit vorbei. Das Risiko, Brigittes Vormundschaft zu erheucheln und die Neuigkeiten vom Tod des Barons vor seinem Lehnsherrn geheimzuhalten, ließ sich vorausberechnen. Druoda lachte sich darüber ins Fäustchen, daß sie sich der einzigen Person entledigt hatte, die dem Grafen Arnulf vom Tode des Barons hätte berichten können. Hugh war auf Druodas Anweisung hin zur Südküste zurückgekehrt, um Quintins Tod zu verifizieren. Druoda brauchte keine Verifizierung, aber sie brauchte Zeit, und solange sie darauf wartete, daß Hugh und Quintins Vasallen mit Quintins Besitztümern zurückkehren würden, hatte sie die Zeit, die sie brauchte, um Brigitte zu verheiraten, ohne daß Graf Arnulf sich einmischen konnte.

Wenn es zu einer Verlobung kam, ehe der Graf von Quintins Tod erfuhr, dann erübrigte es sich, einen Vormund für das Mädchen zu ernennen, denn ihr Mann könnte dessen Aufgaben erfüllen. Jetzt mußte nur noch verhindert werden, daß das Mädchen mit dem Grafen sprach, und das ließ sich leicht bewerkstelligen, indem man die beiden auseinanderhielt. Sobald die Heirat stattgefunden hatte, würde der Graf sich nicht mehr einmischen und auch nicht versuchen, die Dinge in die Hand zu nehmen. Nein, er würde Brigittes rechtmäßigem Ehemann die Güter anvertrauen, und dieser würde unter Druodas Kontrolle stehen.

Der Gemahl, tja, das war das Schwierigste gewesen! Druodas komplizierteste Aufgabe hatte darin bestanden, einen Mann zu finden, der Brigitte so sehr begehrte, daß er auf Druodas Forderungen einging. Sie hatte eine lange Liste von Möglichkeiten, eine Liste, die sie von den Dienern hatte erstellen lassen, denn um Brigitte war im Lauf der Jahre häufig angehalten worden. Druoda glaubte, schließlich den Richtigen gefunden zu haben – Wilhelm, Baron von Arsnay. Er hatte im Lauf der letzten Jahre zweimal um Brigitte angehalten, aber Thomas und Quintin hatten seinen Antrag abgelehnt, denn sie hätten nie in Betracht gezogen, ihre hochgeschätzte Brigitte einem Mann zu geben, der älter als ihr Vater war, ganz zu schweigen von einem Mann mit Wilhelms widerlichem Ruf.

Baron Wilhelm war perfekt für Druodas Vorhaben geeignet. Ein Mann, der nicht oft aus Arsnay herauskam und selten die Güter seiner Frau in Louroux inspizieren würde, ein Mann, der so sehr auf eine schöne Jungfrau erpicht war, daß er Walafrid die Herrschaft über Louroux gewähren würde, war genau das richtige. Der alte Narr glaubte, nur eine jungfräuliche Braut könne ihm den Sohn gebären, nach dem er sich so sehnte. Ihm ging es nicht um Brigitte persönlich, wenn er auch ihre Schönheit erfreulich fand. Was er forderte, war ihre Unschuld. Und welche andere junge Frau würde einen so alten Mann zum Gemahl nehmen? Baron Wilhelm zählte auch zu Graf Arnulfs Vasallen, und daher würde der Graf Druodas Wahl nicht in Frage stellen.

Druoda lehnte sich zurück und seufzte vor Zufriedenheit. Wilhelm war die Antwort auf alle ihre Fragen, und sie war sehr mit sich zufrieden, denn erst gestern nacht hatte sie ihre Verhandlungen mit ihm zu einem Abschluß gebracht. Wilhelm war von dieser Eheschließung so hingerissen, daß er Brigitte zweifellos verhätscheln würde, und nach vielleicht einem Jahr würde Brigitte ein unseliges Geschick zustoßen, denn es ging nicht an, daß sie Wilhelm überlebte und in eine Lage kam, in der alles bedroht war, wofür Druoda gearbeitet hatte. Druoda hatte sich

Mavis' ohne weiteres entledigt, und sie würde auch Brigitte loswerden. Brigitte würde sterben, Wilhelm würde Baron von Louroux werden, und Walafrid würde Seneschall bleiben. Druoda würde bei alldem immer die Herrin von Louroux sein.

»Wann wirst du es ihr sagen, Druoda?«

Bei Hildegards Frage trat ein Lächeln auf Druodas rundes, schwammiges Gesicht. »Heute abend, wenn Brigitte von ihrer Arbeit erschöpft ist.«

»Wie kannst du so sicher sein, daß sie einwilligt? Selbst ich wäre nicht bereit, Wilhelm d'Arsnay zu heiraten.«

»Unsinn«, schalt Druoda. »Er macht vielleicht nicht den günstigsten Eindruck, und vielleicht hat er auch seltsame Vorstellungen, wenn es um Jungfrauen und Söhne geht, aber er ist ein reicher Mann. Du darfst auch nicht vergessen, daß das Mädchen keine Wahl hat.« Hildegard sah ihre Herrin zweifelnd an, und Druoda lachte. »Soll sie doch protestieren. Sie kann nichts gegen diese Eheschließung unternehmen.«

»Und wenn sie fortläuft?«

»Ich habe zwei üble Wichte angeheuert, die sie bis zu ihrem Hochzeitstag bewachen werden. Gestern nacht habe ich die beiden mitgebracht.«

»Du hast aber auch an alles gedacht«, sagte ihre Dienerin bewundernd.

Druoda nickte grimmig. »Das war auch nötig.«

Druoda war mit der breiten Figur ihres Vaters und auch mit dessen Mondgesicht gestraft, wogegen ihre Schwester Leonie mit dem Aussehen ihrer Mutter gesegnet war. Druoda hatte Leonie immer um deren Schönheit beneidet, und als sie sich dann noch mit dem Baron von Louroux verheiratet und somit eine prächtige Partie gemacht hatte, hatte sich Druodas Neid augenblicklich in Haß auf ihre Schwester und deren Mann verkehrt. Da Leonie und ihr Mann inzwischen gestorben waren, fand dieser Haß seine Zielscheibe in Brigitte.

Jetzt würde Druoda das bekommen, was Leonie einst besessen hatte. Sie hatte zwar keinen so schmucken Gemahl, denn Walafrid war ein dürftiges Exemplar Mann, aber das paßte Druoda in den Kram. Sie hatte einen starken Willen und hätte es nicht ertragen, sich von einem Mann beherrschen zu lassen, ganz gleich, von wem. Im Alter von dreiundvierzig Jahren würde sie endlich alles haben, was ihr bisher versagt geblieben war. Wenn Brigitte erst sicher unter der Haube war und ihr nicht mehr im Weg stand, würde Louroux unter ihrer Herrschaft stehen, und sie würde eine große Dame sein, eine Dame von Reichtum und Einfluß.

Am späten Abend dieses Tages wurde Brigitte in Druodas geräumiges Gemach zitiert, das Zimmer, das einst ihren Eltern gehört hatte. Das breite Bett mit dem Holzgestell war jetzt mit grellroter Seide drapiert, und prunkvolle Sessel waren in dem Raum aufgestellt worden. Die hohen Schränke waren mit den zahlreichen kostbaren Gewändern und Umhängen gefüllt, die Druoda sich hatte anfertigen lassen. Die Holztische waren durch Bronzetische ersetzt worden, von denen viele mit massiven Goldleuchtern geschmückt waren.

Brigitte haßte das Zimmer in seinem jetzigen Zustand, in dem es nur noch Druodas Verschwendungssucht darstellte. Druoda lehnte sich auf majestätisch-erhabene Art auf ihrem Sofa zurück. Ihr derber, massiger Körper war in nicht weniger als drei lose Leinengewänder verschiedener Farbe und Länge gehüllt. Auf die Ärmelaufschläge des obersten Gewandes waren kleine Smaragde aufgenäht. Diese Edelsteine waren seltener als Diamanten und kosteten ein Vermögen. Druodas Gürtel war ebenfalls mit Smaragden besetzt, wie auch das goldene Schmuckstück, das sie in ihrem aufwendig gewellten dunkelbraunen Haar trug. Zweifellos hatte Hildegard ein Brenneisen zum Einsatz gebracht.

Brigitte hatte den ganzen Tag damit verbracht, im Garten des Gutshauses Unkraut zu jäten. Mit dieser Aufgabe waren bisher immer drei oder vier Leibeigene betraut worden, denn sie gehörte zu den Arbeiten, die sie ihrem Herrn schuldig waren, und dennoch hatte sie es ganz allein getan. Sie hatte auch die Kräuter für den Winter eingelegt. Sie war erschöpft und litt vor Hunger an Magenkrämpfen, denn man hatte ihr gesagt, sie dürfe ihre Arbeit nicht unterbrechen, ehe sie fertig sei, und sie war eben erst fertig geworden. Und jetzt saß hier Druoda mit einem Festmahl, das vor ihr auf dem Tisch stand. Es war mehr, als selbst Druoda hätte essen können – saftiges Schweinefleisch, mehrere Sorten frisches Gemüse, Brot, Obst und süße Backwaren.

»Ich würde mich jetzt gern zurückziehen, Druoda«, sagte Brigitte, nachdem ein paar Minuten lang Schweigen geherrscht hatte. »Wenn du mir jetzt bitte sagen würdest, warum du mich hierher gebeten hast...«

»Ja, ich kann mir vorstellen, daß du müde und hungrig bist«, sagte Druoda beiläufig, während sie sich Süßigkeiten in den Mund steckte. »Sag mir, Mädchen, fühlst du dich überarbeitet? Aber nein, gewiß nicht, denn du klagst nie.«

»Druoda, würdest du mir jetzt sagen, warum du mich hast rufen lassen«, sagte Brigitte matt.

»Ich finde, daß deine Sturheit weit genug gegangen ist, findest du nicht?« Druoda wartete keine Antwort ab. »Natürlich findest du auch, daß es reicht. Vergiß den Unsinn mit dem Kloster. Ich habe wunderbare Neuigkeiten, Brigitte.« Druoda lächelte.

»Was für Neuigkeiten?«

Druoda zog die Mundwinkel herunter. »Dein Verhalten mir gegenüber war nicht ganz so, wie es mir wünschenswert erschienen wäre. Aus meiner Herzensgüte heraus habe ich dennoch eine großartige Heirat für dich arrangiert.«

Brigitte war sprachlos. Sie hatte Druoda bereits mehrfach gesagt, daß sie vorläufig nicht heiraten wollte.

»Nun, Mädchen? Hast du dazu nichts zu sagen?«

»Ich hätte nie gedacht, daß du so großzügig bist, Druoda«, sagte Brigitte. Es gelang ihr, einen Tonfall zu finden, der nicht direkt als Sarkasmus ausgelegt werden konnte.

»Ich wußte, daß du dankbar sein würdest, und das zu Recht, denn dein Verlobter ist ein bedeutender Mann, und es wird dich freuen zu erfahren, daß auch er ein Vasall deines Lehnsherrn, dem Grafen Arnulf, ist. Daher wird der gute Mann sicherlich nichts gegen ihn einzuwenden haben. Ja, mein liebes Kind, du hast wirklich Glück.«

Brigitte hielt immer noch mit ihrem Zorn zurück, obwohl ihre blauen Augen gefährlich funkelten.

»Und was ist mit meiner Trauer? Wie kannst du es wagen, mich zu verheiraten, während ich noch um meinen Bruder trauere?«

»Dein Verlobter kann es kaum abwarten, diese Gemeinschaft einzugehen. Er läßt sich nicht abwimmeln. Morgen früh werden wir uns auf den Weg zu seinem Gutshaus machen, um deine Verlobung zu feiern. Es wird doch möglich sein, daß du um Mittag reisefertig und entsprechend angekleidet bist?«

Brigitte zögerte. Die Möglichkeit, das Gut zu verlassen und vielleicht sogar in die Richtung der Burg des Grafen Arnulf zu reisen!

»Das läßt sich machen«, sagte Brigitte ruhig und fügte hinzu: »Aber du hast mir seinen Namen noch nicht genannt.«

Druoda lächelte genüßlich. »Dein Verlobter ist Wilhelm d'Arsnay.«

Brigitte schnappte nach Luft. Druoda weidete sich daran, wie die Farbe aus ihrem Gesicht wich.

»Dein Glück scheint dich zu überwältigen«, sagte Druoda.

»Baron Wilhelm!«

»Ein nobler Mann.«

»Er ist eine fette, abscheuliche, widerwärtige Drecksau!« rief Brigitte unbesonnen aus. »Lieber will ich sterben als diesen Mann heiraten!«

Druoda lachte. »Wie launenhaft du bist! Erst hast du dich für ein Kloster entschieden, und jetzt ziehst du den Tod der Schande vor!«

»Ich meine es so, wie ich es sage, Druoda!«

»Dann muß ich wohl annehmen, daß du dich umbringen mußt«, seufzte Druoda. »Der arme Wilhelm wird sehr enttäuscht sein.«

»Nur weil du es arrangiert hast, brauche ich ihn noch lange nicht zu heiraten. Wenn du darauf bestehst, gehe ich von hier fort. Mir ist ganz gleich, was mir auf der Straße zustößt, denn es kann nicht schlimmer sein, als diesen abstoßendsten Mann von ganz Berry zu heiraten.«

»Ich fürchte, das kommt nicht in Frage. Du glaubst doch nicht, ich würde zulassen, daß dir unterwegs ein Leid geschieht? Ich habe mein Wort darauf gegeben, daß diese Heirat stattfindet, und sie wird stattfinden.«

Brigitte versuchte verzweifelt, sich zusammenzureißen. »Du kannst mich nicht zwingen, diesen ekelhaften Mann zu heiraten, Druoda. Einen entscheidenden Punkt hast du vergessen. Ganz gleich, ob du ihn ausgesucht hast oder nicht – Graf Arnulf ist immer noch mein Lehnsherr, und er muß deine Wahl billigen. Er würde mich niemals Wilhelm d'Arsnay geben, Vasall oder nicht.«

»Du glaubst, das täte er nicht?«

»Ich weiß, daß er es nicht tut.«

»Du unterschätzt mich, Mädchen«, knurrte Druoda, die sich nicht länger verstellte. Sie beugte sich zu ihrem Opfer vor. »Der Graf wird sich einverstanden erklären, denn er wird glauben, daß *du* dir diesen Ehegatten ausgesucht hast. Es ist nicht ungewöhnlich, daß eine junge Frau sich einen alten Mann zum Gatten wählt, denn sie wird ihn mit Gewißheit überleben und eines Tages die Freiheiten einer Witwe genießen. Und du, mein Kind, hast einen starken Willen und könntest daher diese Freiheit anstreben. Graf Arnulf wird glauben, daß du dich dafür entschieden hast.«

»Ich werde ihm das Gegenteil erzählen, und wenn es sein muß, sogar an meinem Hochzeitstag!«

Druoda schlug sie mit der flachen Hand fest und lustvoll ins

Gesicht. »Schluß mit den Zornausbrüchen, Brigitte. Du wirst zu einem Zeitpunkt heiraten, zu dem Graf Arnulf deine Hochzeit nicht besuchen kann. Wenn du dich mir widersetzt, bin ich gezwungen, rohe Maßnahmen zu ergreifen. Vielleicht ist dir mit einer kräftigen Tracht Prügel Respekt beizubringen. Und jetzt mach, daß du rauskommst. Raus!«

5

Brigitte wurde geweckt, als sie erst wenige Stunden geschlafen hatte. Ehe sie wirklich wach war, teilte ihr die selbstgefällige Hildegard mit, daß sie im Lauf des Tages ihr früheres Zimmer wieder beziehen würde. Wie typisch für Druoda, ihr jetzt wieder ihr Zimmer zu geben – nur um sich auf das Zusammentreffen mit ihrem Verlobten vorzubereiten.

Brigitte brachte fast eine Stunde in einem großen Badezuber zu, um ihre steifen Glieder ein wenig zu lockern. Gegen ihre rauhen Hände, die abgebrochenen und eingerissenen Fingernägel, Indizien für Monate mühsamer Plackerei, ließ sich nichts tun.

Nach dem Bad stellte sie sich vor ihren Kleiderschrank. Nur zwei gute Kleider waren ihr noch geblieben. In einer großen Truhe stand eine kleinere, doch der wertvolle Schmuck, den sie dort aufbewahrt hatte, war verschwunden. Ein Kamm und ein wertloser Spiegel waren die einzigen Gegenstände, die von ihrer prächtigen Kollektion von Schmuckstücken übriggeblieben waren. Als sie unter einen Stapel Baumwollkleider sah, fand Brigitte zwei schlichte Kleider aus edlem, blauem Leinen, die mit Silberfäden bestickt worden waren. Das längere Gewand war ärmellos, denn es war dazu gedacht, unter dem kürzeren anderen Kleid getragen zu werden, das lange, weite Ärmel hatte. Erstaunt stellte sie fest, daß das Mieder des oberen Kleides mit seltenen Saphiren besetzt war. Ihr Vater hatte ihr das Kleid kurz vor seinem Tod geschenkt. Der lange Umhang, der zu diesen Kleidungsstücken gehörte, war mit Fransen aus silbernen Schnüren eingefaßt und paßte farblich zu dem Unterkleid. Der Verschluß bestand aus einem großen Saphir. Warum waren die Edelsteine nicht entfernt worden?

Brigitte konnte es sich nur so erklären, daß diese Kombination übersehen worden war, als sie in die Hütten der Diener gezogen war. Warum sonst hätte sie noch im Besitz so wertvoller Edelsteine sein sollen? Schließlich waren Smaragde und Saphire seltener als Diamanten und Perlen. Die Saphire konnten ihr unter Umständen sogar die Freiheit erkaufen.

Kurz nach Morgengrauen wurde ein Pferd für Brigitte vor das Gutshaus gebracht. In ihren blauen Gewändern mit dem Fransenumhang, der am Hals zusammengesteckt war, sah sie fast wieder aus wie früher. Sie sah schön und hochmütig aus, und ihr goldenes Haar fiel in zwei langen Zöpfen über ihre Schultern bis auf die Taille herunter.

Druoda war schon aufgestiegen und erwartete sie. Mit ihr waren zwei stämmige Männer gekommen, die Brigitte noch nie gesehen hatte. Sie wurden ihr nicht vorgestellt, und ihre Anwesenheit wurde auch mit keinem Wort erklärt, sondern Druoda ritt ihnen voraus, direkt auf das Tor in der Steinmauer zu, die das Gut umgab. Die Männer ritten zu beiden Seiten von Brigitte.

Erst Stunden später, als sie nur noch eine Meile von Baron Wilhelms Domäne entfernt waren, ließ Druoda ihr Pferd so weit zurückfallen, daß Brigitte sie über die beiden Männer ausfragen konnte. Ihr Verdacht bestätigte sich.

»Die beiden sind da, um dich zu bewachen«, teilte Druoda ihr kurz und bündig mit. »Sie werden dafür sorgen, daß du nicht vor der Heirat verschwindest.«

Brigitte war außer sich. Wie sollte sie entkommen, wenn sie ständig unter Bewachung stand?

Der Rest des Tages verlief nicht weniger trostlos. Sie verbrachten den Nachmittag mit Baron Wilhelm und seiner fettleibigen Tochter. Wilhelm war ein ungeschlachter, dicker Mann, der wesentlich älter als Brigittes Vater war. Sein Kopf war von dünnen grauen Haarbüscheln umgeben. Er war häßlich, hatte eine rote Knollennase und schwarze Triefaugen, die unablässig auf Brigitte gerichtet waren, bis das Festmahl aufgetragen wurde.

Sie speisten im großen Saal, einem Raum, der bis auf die Tische und die Waffen, die die kahlen Steinmauern zierten, öd und schmucklos war. Brigitte brachte keinen Bissen hinunter, und als sie sah, wie die anderen das Essen in sich hineinschlangen, drehte sich ihr der Magen um. Druoda war in guter Gesellschaft; sie befand sich unter ebensolchen Vielfraßen, wie sie selbst einer war.

Als Vorspeise wurden seltene Quallen und würzige Seeigel serviert, die eilig verschlungen wurden. Der Hauptgang, der aus geröstetem Strauß mit süßer Soße, Turteltauben, Hammel und gekochtem Schinken bestand, war ebenso schnell verschwunden.

Kuchen und gefüllte Datteln, die in Honig gebacken waren, bildeten den Abschluß der Mahlzeit; dazu gab es Wein, der mit Myrrhe gewürzt war. Es gehörte sich, daß ein Festmahl sich über Stunden zog, doch dieses dauerte nicht mehr als eine Stunde.

Nach dem Festmahl fürchtete Brigitte, ihr würde übel werden, denn man zwang sie, sich anzusehen, was Wilhelm sich zur Unterhaltung seiner Gäste ersonnen hatte: Ein Wolf wurde auf einen zahmen Hund gehetzt. Brigitte war tierlieb und lehnte solche Darbietungen absolut ab.

Sie rannte aus dem Saal und holte im Hof tief Atem. Es erfüllte sie mit Dankbarkeit, nicht in der Nähe der anderen sein zu müssen. Doch ihre Erleichterung war kurzlebig, denn Wilhelms Tochter folgte ihr und sagte unvermittelt: »Ich bin hier die Hausherrin, und das werde ich auch immer bleiben. Du bist bereits die vierte Kindsbraut, die mein Vater in dieses Haus bringt, und wenn du dir einbildest, du könntest mir die Herrschaft aus der Hand nehmen, wird es dir wie den anderen ergehen – sie sind alle tot.«

Brigitte, die zu sehr zitterte, um antworten zu können, taumelte von ihr hinweg. Bald darauf verließen sie Wilhelms Haus, und Brigitte stammelte ihre Abschiedsworte durch einen Tränenschleier.

Ihr Blick war noch von Tränen getrübt, als sie sich auf den Heimritt machten. Brigittes Wächter hielten sich dicht neben ihr. Wie konnte sie zu dem Grafen Arnulf reiten, wenn die beiden sie nicht aus den Augen ließen?

Aber was hatte sie zu verlieren, wenn sie einen verzweifelten Versuch wagte, auszubrechen, um zu Arnulf zu reiten? Plötzlich wischte sie sich wütend die Tränen aus den Augen und grub dem Pferd ihre Hacken in die Flanken. Im ersten Augenblick vergrößerte sich der Abstand zwischen ihrer Stute und den anderen Pferden wie im Flug, doch ihre Wächter hatten mit einem Fluchtversuch gerechnet und holten sie bereits ein, ehe sie die letzte Hütte aus Steinbrocken in Wilhelms Dorf erreicht hatte.

Sie brachten sie an die Stelle zurück, an der Druoda sie erwartete, und sie wurde mit einem Schlag begrüßt, der sie so unversehens traf, daß sie von ihrem Pferd fiel. Sie fiel atemlos in den Schlamm. Brigitte kochte vor Wut über, aber sie machte ihrem Zorn nicht an Druoda Luft. Sie beherrschte sich so sehr, daß es Druoda erscheinen mußte, als habe Brigitte sich geschlagen gegeben. Sie wischte sich den Schlamm aus dem Gesicht und ließ zu, daß sie grob auf ihre Stute gehoben wurde.

Brigitte kochte innerlich. Sie wartete geduldig darauf, daß die Wachsamkeit ihrer Begleiter nachlassen würde, und achtete sorgsam darauf, vornübergebeugt zu reiten und sich den Eindruck der Unterwürfigkeit zu geben. Doch Brigittes Gefühle waren alles andere als unterwürfig.

Sie war so sehr von ihren Gedanken in Anspruch genommen, daß sie erst merkte, daß die Dunkelheit hereingebrochen war, als die kalte Nachtluft ihre Wangen beißend streifte. Schnell zog sie die Kapuze ihres Umhangs tief in ihr Gesicht. Während sie das tat, musterte sie verstohlen ihre Begleiter und sah, daß nur Druoda dicht neben ihr ritt. Die Wächter waren ein Stück vorausgeritten, um die Frauen vor einem nächtlichen Überfall zu beschützen.

Das war ihre Chance. Wenn Nacht um sie herum war, konnte sie sich im Dunkel verstecken. So nah wie jetzt würde sie dem Grafen Arnulf nicht mehr kommen. Sie umklammerte mit festem Griff die Zügel, ritt dichter an Druoda heran und benutzte die Zügel als Peitsche, mit der sie Druodas Stute einen Hieb versetzte; während das Pferd auf die Wächter zustürmte, wirbelte Brigitte herum und galoppierte in die entgegengesetzte Richtung davon.

Diesmal gelang es ihr, einen Vorsprung herauszuholen, ehe die Wächter die Verfolgung aufnahmen. Nachdem sie eine halbe Meile auf dem Weg zurückgeritten war, drosselte sie die Geschwindigkeit ihres Pferdes und schlug sich seitlich in die Wälder. Dort waren die Schatten pechschwarz und wie geschaffen, um sich zu verbergen. Eilig ließ sie sich von ihrer Stute gleiten und führte das Pferd langsam durch das dunkle Labyrinth. Kurz darauf hörte sie die Wächter, die auf dem Weg ihre Verfolgung aufgenommen hatten.

Sie kannte den Wald, denn sie war oft mit ihren Eltern durch den Wald geritten, wenn sie den Grafen Arnulf besuchten. Auf der anderen Seite des Waldes verlief eine breitere Straße, die Straße, die von Orleans nach Bourges führte, und auf dieser Straße würde sie zu Arnulf gelangen. Sie mußte nur den Wald durchqueren, doch das war kein kleines Kunststück.

Als ihre Angst vor Druodas Wächtern nachließ, nahm sie erschreckt die bedrohlichen Geräusche des Waldes wahr, und Brigitte erinnerte sich an Leandors gruselige Warnungen vor Dieben und Mördern, vor Räuberbanden, die in den Wäldern hausten. Sie beschleunigte ihre Schritte, bis sie fast rannte, und plötzlich stand sie mitten im Wald auf einer Lichtung. Sie geriet in Panik und sah sich rasend vor Angst nach Männern um, die um ein Feuer herumsaßen, denn genau diesen Anblick erwartete sie. Sie atmete erleichtert auf, denn sie stand auf keiner Lichtung, sondern auf der Straße – sie hatte es geschafft, die Straße zu erreichen!

Sie wich in den Schatten zurück und zog ihre Kleider bis auf ein altes wollenes Unterkleid aus. Dann wickelte sie sich ihre übrigen Gewänder um die Taille. Die Kleider waren dünn genug, um nicht sperrig zu sein. Sie hängte sich ihren Umhang wieder um die Schultern, ohne ihn zu verschließen, damit sie ihn eilig entfernen konnte und nur noch die Tracht des Landvolks trug, wenn sie auf andere Reiter stieß.

Sie stieg wieder auf und ritt nach Süden. Sie fühlte sich übermütig und frei. Es würde nicht zu einer Heirat mit Wilhelm kommen. Und auch Druoda würde es nicht mehr in ihrer Nähe geben, denn Arnulf würde Druoda nicht direkt freundlich behandeln, wenn Brigitte ihm erst erzählt hatte, was sie sich in Louroux hatte zuschulden kommen lassen. Brigitte war geradezu heiter, als ihre kräftige Stute Meile um Meile zurücklegte. Jetzt konnte nichts mehr sie aufhalten.

Und doch hielt sie plötzlich etwas auf. Ihr Pferd blieb stehen und bäumte sich auf, und zum zweiten Mal an diesem Tag fand sich Brigitte schweratmend auf dem Boden wieder. Sie rappelte sich so schnell wie möglich auf die Füße, denn sie fürchtete, ihr Pferd würde durchgehen, aber die Stute stand still, und als Brigitte näher herantrat, sah sie den Grund.

»Na, was haben wir denn da?«

Ein Ritter saß pfeilgerade auf seinem Streitroß, einem Pferd, das größer war als jedes andere, das Brigitte bisher gesehen hatte. Der Ritter selbst war recht großgewachsen, mindestens einen Meter achtzig groß, wenn nicht gar größer. In seiner Rüstung bot er einen äußerst beeindruckenden Anblick. Er zog seinen Helm ab und legte einen dichten blonden Haarschopf frei. Die Haare reichten ihm bis kurz unter den Nacken, eine Länge, die für einen Franzosen zu kurz gewesen wäre. Brigitte konnte seine Gesichtszüge nicht klar erkennen.

»Nun, Dirne?«

Seine tiefe Stimme riß sie aus ihrem Staunen heraus. »Ist das alles, was Ihr zu sagen habt, Ritter, nachdem Ihr eine Dame ganz unfein vom Sattel geworfen habt?«

»So, eine Dame?«

Zu spät fiel Brigitte ein, daß sie ihr abgenutztes, bäuerliches

Kleid trug. Sie entschied sich, nichts weiter zu sagen. So eilig wie möglich stieg sie wieder auf ihr Pferd und versuchte, die ledernen Zügel aus seinem Griff zu entreißen. Das gelang ihr jedoch nicht, denn er dachte gar nicht daran, seinen eisernen Griff zu lockern.

»Wie könnt Ihr das wagen?« sagte Brigitte erbost. »Ist es noch nicht genug, daß Ihr mein Pferd dazu gebracht habt, mich abzuwerfen? Jetzt wollt Ihr mich auch noch aufhalten?« Er lachte, und sie sagte hochmütig: »Was ist daran so lustig?«

»Mit deinem hochmütigen Gehabe willst du mir weismachen, du seist eine Dame, aber das bist du nicht«, sagte der Ritter spöttisch. Dann fuhr er fort: »Eine Dame, die ganz allein und ohne Begleiter unterwegs ist?«

In Brigittes Kopf drehte sich alles, aber ehe sie eine Antwort gefunden hatte, sagte der Ritter: »Komm mit.«

»Wartet!« rief Brigitte, als er ihr Pferd in die andere Richtung führte und es hinter sich herzog. »Haltet an!« Er schien sie nicht gehört zu haben, und sie warf einen wütenden Blick auf seinen Rücken. »Wohin bringt Ihr mich?«

»Ich bringe dich dorthin, wohin ich unterwegs bin, und dann können dich andere zu deinem Herrn zurückbringen. Ich bin sicher, daß er sich freut, wenn er sein Pferd wieder bekommt. Vielleicht freut er sich weniger über seine Leibeigene.«

»Ihr haltet mich für eine Leibeigene?«

»Für ein Mädchen vom Lande ist dein Pferd zu edel«, fuhr er fort. »Und selbst ein Herr, der für deine Gunst dankbar ist, würde eine Leibeigene nicht mit einem so wertvollen Kleidungsstück beschenken wie dem Umhang, den du trägst.«

»Das ist mein Umhang, und es ist auch mein Pferd!«

»Deine Verschlagenheit ist bei mir vergeudet«, sagte er. »Was du sagst, interessiert mich nicht.«

»Laßt mich weiterreiten.«

»Nein, du hast gestohlen, und ich kann einen Dieb nicht laufenlassen«, sagte er grob und fügte dann hinzu: »Wenn du ein Mann wärst, würde ich dich erstechen, anstatt meine Zeit damit zu vergeuden, daß ich dich zurückbringe. Tisch mir keine Lügen mehr auf.«

Nun, schließlich war noch nicht alles verloren, dachte Brigitte. Wohin er sie auch brachte – man würde sie dort kennen, und dann würde dieser gemeine Ritter seinen Irrtum bemerken. Zumindest würde es ihr irgendwie gelingen, eine Nachricht an den Grafen Arnulf senden zu lassen.

Es verging eine Stunde, dann eine weitere, ehe er von der

Straße abbog und die Richtung nach Louroux einschlug. Jetzt fing Brigitte an, sich ernstlich zu fürchten.

Direkt zu Druoda zurückgebracht zu werden – der Gedanke war unerträglich. Wenn sie es diesmal nicht schaffte, würde sie nie mehr Gelegenheit bekommen zu fliehen.

Brigitte ließ sich lautlos von ihrem Pferd gleiten und entwich eilig in ein kleines Dickicht. Sie stolperte, fiel hin und zerkratzte sich die Handflächen und eine Wange auf dem rauhen Boden. Ihre Wange brannte, und Tränen schossen in ihre Augen. Sie stand auf und rannte weiter, aber er war direkt hinter ihr und holte sie ein, ehe sie den Wald erreicht hatte.

Als er neben ihr stand, war der Ritter ein ehrfurchtgebietender Anblick, und alles an ihm war so groß, wie es ihr auf den ersten Blick vorgekommen war. Wie sehr sie diesen Mann haßte!

Brigitte fauchte: »Wer seid Ihr? Ich will Euren Namen wissen, denn eines Tages werde ich dafür sorgen, daß Ihr für das büßen werdet, was Ihr mir angetan habt!«

»So, was habe ich dir denn angetan?«

»Ihr habt mich nach Louroux gebracht!«

»Ach! So ist das also. Du bist aus Louroux entflohen.« Er lachte.

Brigitte zuckte zusammen. »Und Ihr freut Euch darüber, daß ich Euretwegen leiden werde?«

»Mir ist das gleich.« Er zuckte die Achseln. »Mich geht hier nur das an, was ich mit der Baronin von Louroux zu besprechen habe.«

»Was wollt Ihr von Druoda?« fragte sie, denn sie nahm an, daß er von Druoda sprach.

»Nichts, was dich etwas angeht, Dirne«, antwortete er abfällig.

»Ihr habt mir Euren Namen noch nicht gesagt«, erinnerte sie ihn. »Oder habt Ihr etwa Angst, mir Euren Namen zu nennen?«

»Angst vor dir, Weib?« fragte er ungläubig. »Wenn ich jemals so tief sinken sollte, mir von einer Frau Schaden zufügen zu lassen, dann habe ich das wohl verdient. Roland von Montville, zu Euren Diensten«, sagte er spöttisch.

Als er sie zu ihrem Pferd zog, geriet sie in Panik. Sie drehte sich zu ihm um und stemmte ihre kleinen Hände gegen seine Brust. »Bitte, Baron Roland von Montville, bringt mich nicht nach Louroux. Druoda wird mich einsperren.«

»Einsperren? Für einen Diebstahl hast du eine Tracht Prügel verdient. Die Baronin ist sehr gütig, wenn sie dich nur einsperrt.«

»Ich sage Euch doch, daß ich nichts gestohlen habe!«

»Lügen!« schrie er aufbrausend. »Es reicht. Meine Geduld ist am Ende!«

Er packte ihre Zügel, und sie legten die kurze Entfernung nach Louroux zurück. Hildegard kam ihnen auf dem von Fackeln erleuchteten Hof entgegen, und ihre Augen leuchteten auf, als sie Brigitte und den großen Ritter sah.

»Lernst du denn gar nichts dazu, Mädchen? Meine Herrin war mehr als gütig zu dir, aber ich fürchte, diesmal wirst du für deine Dummheiten bezahlen. Warte in deinem Zimmer auf sie.«

»In welchem Zimmer, Hildegard?« fragte Brigitte mit Schärfe in der Stimme. »In meinem früheren Gemach oder in dem Schuppen, den ich in letzter Zeit bewohnt habe? Du brauchst nicht zu antworten. Ich gehe in die elende Hütte, denn dort werde ich zweifellos noch vor Ende der Nacht landen.«

Roland sah Brigitte kopfschüttelnd nach, als sie stolz durch den Hof schritt und in eine der vielen Hütten der Dienstboten trat. »Bei allen Heiligen«, seufzte er ungläubig. »Ich habe in meinem ganzen Leben noch keine so unverschämte Leibeigene gesehen.«

»Was?« Hildegard sah verwirrt von der Hütte zu ihm.

Roland lachte höhnisch. »Sie hat versucht, mir einzureden, sie sei eine Dame. Aber so leicht lasse ich mich nicht zum Narren halten. Man sollte diese Dirne nicht nur wegen Diebstahls bestrafen, sondern auch noch für ihre Dreistigkeit. Ich schwöre, daß sie nicht so hochmütig wäre, wenn sie mir gehören würde.«

Hildegard hütete ihre Zunge. Es lag auf der Hand, daß der Ritter Baronin Brigitte nur für eine ausgerissene Leibeigene hielt!

»Wollt Ihr nicht eintreten? Die Baronin Druoda wird sich freuen, daß Ihr ... ihren Besitz zurückgebracht habt.«

6

Während es sich der Ritter an einem Tisch im großen Saal bequem machte, erklärte Hildegard Druoda eilig das Nötigste. Der Ritter ließ sich das Essen und den Wein schmecken, den man ihm aufgetischt hatte.

Hildegard kicherte und behielt den Gast wachsam im Auge. »Ich habe ihm ein Pülverchen in den Wein geschüttet, das ihm die Zunge lösen wird.«

»Du hast ihm ein Mittel in den Wein geschüttet?«

»Wir müssen schließlich wissen, was er über Louroux gehört hat, oder etwa nicht? Er ist immer noch ganz klar, aber das wird nicht mehr lange dauern. Komm.«

»Ich kümmere mich um den Normannen. Für dich gibt es Wichtigeres zu tun«, sagte Druoda mit einem gehässigen Blick in die Richtung, in der Brigittes Behausung lag. »Es ist dem Mädchen heute fast gelungen zu entkommen – trotz dieser Dummköpfe, die ich eingestellt habe, um das zu verhindern. Wenn der Ritter nicht gewesen wäre, hätte sie es geschafft, und alles, was wir erreicht haben, wäre verloren gewesen. Zehn Peitschenhiebe werden sie zur Vernunft bringen, damit sie es nicht so schnell wieder versucht.«

»Du willst, daß ich sie schlage?«

»Ja, und zwar fest. Vergiß nicht, ihr den Mund zu stopfen. Ich will nicht, daß das ganze Haus davon erfährt, aber ich will, daß sie größtmögliche Schmerzen erleidet, damit sie körperlich nicht mehr in der Verfassung ist, es noch einmal zu probieren. Sorg dafür, daß es keine Striemen gibt. Wilhelm will keine vernarbte Braut.« Druoda lächelte ihre alte Freundin an. »Ich bin sicher, daß es ihm ein Vergnügen sein wird, ihr selbst erst Narben zuzufügen, wenn das, was ich über ihn gehört habe, der Wahrheit entspricht.«

Druoda ging auf den Ritter zu. Er hatte die Augen geschlossen, und sein Kopf war auf eine Weise auf seine Brust gesunken, als kämpfe er darum, sich wach zu halten.

»Ich bin Euch zu Dank verpflichtet«, sagte Druoda herablassend, während sie näher trat.

Er öffnete die Augen, aber es dauerte ein paar Sekunden, bis er seine Orientierung wiedergefunden hatte. Er war ein ausgezeichnet aussehender junger Mann, dessen ungeschliffene Schönheit verblüffend war. Ein ausgeprägtes, aggressives Kinn, bartlos, doch die Stoppeln eines Tages legten einen dunklen Schimmer darauf, eine scharfe Adlernase, Augen von der Färbung eines Saphirs. Ja, er sah wirklich gut aus. »Seid Ihr die Baronin von Louroux?«

»Ja, das bin ich.«

Roland schüttelte den Kopf, um klarer zu sehen, aber das Bild vor seinen trüben Augen änderte sich nicht. Die große, massige Frau schien fast zweimal so alt wie er zu sein, und sie hatte nichts mit dem Bild von Quintin de Louroux' Schwester zu tun, das er vor Augen gehabt hatte. Warum hatte er eine anmutige oder zumindest junge Frau erwartet?

»Ich bringe Euch frohe Nachrichten, gnädige Frau«, stieß Roland mühsam heraus. »Euer Bruder ist am Leben.«

»Ihr müßt Euch irren, Ritter«, erwiderte Druoda knapp. »Ich habe keinen Bruder.«

Roland stand auf. Wieder verschwamm ihm alles vor Augen, und er ließ sich auf die Bank zurückfallen und verfluchte innerlich die Frau, die ihn hatte warten lassen und ihm einen derart starken Wein vorgesetzt hatte. »Ich weiß, daß Ihr Euren Bruder für tot haltet, aber ich bin gekommen, um Euch zu sagen, daß dem nicht so ist. Quintin de Louroux ist quicklebendig.«

»Quintin ... lebt!« Druoda sank neben dem Normannen auf die Bank. »Wie ... wie ist das möglich?«

»Der Schildknappe Eures Bruders hat ihn zurückgelassen, weil er ihn für tot gehalten hat, aber der Narr hatte es so eilig, dem Kampfgetümmel zu entkommen, daß er sich nicht vergewissert hat. Euer Bruder ist von Fischern aufgefunden und in ihr Dorf mitgenommen worden. Es hat lange gedauert, aber er ist genesen.«

Druoda sammelte eilig ihren Grips zusammen. Es bestand kein Grund zur Panik. Dieser Mann hielt sie offensichtlich für Quintins Schwester.

»Wo ist ... mein lieber Bruder im Moment?«

»In Arles. Ich komme gerade von dort. Ich wollte in den Norden reisen, und daher hat er mich gebeten, Euch die Neuigkeiten zu überbringen, da er noch eine Weile aufgehalten wird. Es lag ihm sehr am Herzen, daß Ihr Euch nicht länger als nötig um ihn grämt.«

»Er ist aufgehalten worden? Wann kann ich mit seiner Rückkehr rechnen?«

»In einem Monat, vielleicht auch noch eher.«

Druoda stand auf. »Es war äußerst zuvorkommend von Euch, mir diese freudigen Nachrichten zu überbringen. Ich bin Euch zutiefst dankbar.«

»Ich stehe in der Schuld Eures Bruders, und daher war dies nur ein geringfügiger Gefallen, den ich ihm tun konnte.«

»In seiner Schuld?«

»Euer Bruder hat mir das Leben gerettet.«

Druoda vergeudete ihre Zeit nicht erst damit, die Geschichte aus ihm herauszuholen. »Ihr werdet heute nacht selbstverständlich mein Gast sein. Ich werde euch ein junges Mädchen schicken, damit Ihr Gesellschaft habt.«

Roland unternahm noch einen Versuch aufzustehen, und diesmal gelang es ihm. »Vielen Dank, Baronin.«

Druoda lächelte, wünschte ihm höflich eine gute Nacht und ließ ihn zurück. Wenn Hildegard kam, würde sie ihm seine Unterkunft zeigen.

Sie traf Hildegard im Hof. »Hast du dich mit dem Mädchen befaßt?«

»Hast du denn nicht das Heulen ihres Hundes gehört? Ich bin froh, daß das Vieh eingesperrt war.«

»Verdammt noch mal, Hildegard! Dann weiß jemand, was du getan hast?« fauchte Druoda.

»Nur der Hund mit seinem scharfen Gehör«, versicherte ihr Hildegard. »Sonst war niemand in der Nähe, der mitgehört haben kann, wie sehr sie gelitten hat.« Dann fragte Hildegard: »Was für Nachrichten hat der Normanne überbracht?«

»Die schlimmsten. Eil dich, und bring ihn schnell in eins der Zimmer. Dann kommst du zu mir. Wir haben viel zu tun.«

Hildegard tat, wie ihr geheißen. Sie fand Druoda in ihrem Zimmer vor. Druoda ging unruhig auf und ab.

»Was ist passiert?«

»Quintin ist am Leben.«

»O nein!« rief Hildegard aus. »Er wird uns umbringen!«

»Schweig, Frau!« krächzte Druoda. »Ich töte nicht zum erstenmal. Wenn es sein muß, werde ich es wieder tun, um das zu behalten, was ich errungen habe. Ich will mir nicht alles wegnehmen lassen. Mein Neffe wird in wenigen Wochen kommen, oder zumindest sagt der Normanne das.«

»Wenn er zurückkommt, wird Brigitte ihm alles erzählen«, schrie Hildegard.

»Sie wird nicht hier sein, um es ihm zu erzählen«, sagte Druoda mit fester Stimme. »Ich werde sie zu Baron Wilhelm bringen, damit sie die Heirat dort erwartet. Dann werde ich mit der Nachricht von Quintins Tod zum Grafen Arnulf gehen. Wir werden dafür sorgen, daß Brigitte vor Quintins Rückkehr verheiratet ist. Und wenn alles nach meinem Wunsch verläuft, wird er ohnehin nie zurückkehren«, sagte sie grimmig.

7

Brigitte lag regungslos auf ihrem Strohsack und ließ den Tränen freien Lauf, aber beim Weinen spannten sich ihre Muskeln an, und die leiseste Bewegung verursachte ihr Qualen.

Sie konnte immer noch nicht glauben, was man ihr angetan

hatte. Sie hatte gerade ihre schmutzigen Kleider gewaschen, als Hildegard mit den beiden Wächtern in ihr Zimmer gestürmt war. Sie zogen ihr das abgenutzte Kleid aus und knebelten sie. Sie fand nicht einmal die Zeit, sich gedemütigt zu fühlen, weil sie vor den beiden Männern entblößt war, denn schon im nächsten Augenblick wurde sie mit dem Gesicht nach unten auf ihre Matte geworfen und von den Wächtern festgehalten. Dann setzte der Schmerz ein, als Hildegard den Lederriemen durch die Luft sausen ließ. Es war, als züngelten Flammen über ihren Rücken, wenn der Riemen sie traf, und ihr blieb nichts anderes übrig, als gegen den Knebel in ihrem Mund anzuschreien. Ehe sie den letzten Schlag spürte, verlor sie das Bewußtsein, und als sie wieder zu sich kam, war sie immer noch nackt, aber allein.

Sie fing wieder an zu weinen, aber nur für einen Moment. Sie durfte nicht aufgeben! Sie mußte sehen, daß sie die Kleider mit den aufgenähten Saphiren wieder an sich brachte und sich ein paar Lebensmittel beschaffte. Selbst jetzt war sie vor Hunger geschwächt, denn sie hatte den ganzen Tag lang keinen Bissen gegessen. Sie mußte sich zwingen, von dem Strohsack aufzustehen und noch einmal zu versuchen, davonzulaufen. Diesmal konnte sie Wolff mitnehmen.

Roland warf sich im Schlaf ruckartig von einer Seite auf die andere, denn ein Traum, der, so weit er zurückdenken konnte, immer wiederkehrte, plagte ihn. Träume konnten genüßlich oder beunruhigend sein, und manche waren sogar erschreckend, aber diesen Traum verstand Roland überhaupt nicht. Der Traum ereilte ihn nicht oft, zumindest nicht mehr so häufig wie in seiner Jugend, aber dieser Traum wiederholte sich immer, wenn er Sorgen hatte.

Der Traum begann immer mit einem Gefühl der Zufriedenheit. Und dann kamen Gesichter aus dem Dunkel, das Gesicht eines jungen Mannes und dann das Gesicht einer jungen Frau, Gesichter, die Roland nur aus diesem Traum kannte. Die Gesichter rückten zusammen und blickten von hoch oben auf ihn nieder, doch Roland hatte sich nie vor ihnen gefürchtet. In diesen Gesichtern stand eine solche Wärme und ein solches Glück, ein Glück, das er in seinem ganzen Leben nie erfahren hatte. Aber dann kam etwas, was dieses Glücksgefühl vertrieb, doch er wußte nie, was es war. Die Gesichter verschwanden, und an ihre Stelle traten kurz aufflackernde Bilder, die ihm immer das Gefühl der Trostlosigkeit vermittelten. Roland erwachte jedesmal mit dem

Gefühl, einen entsetzlichen Verlust erlitten zu haben, ohne zu wissen, was er verloren hatte.

Genauso war es diesmal. Er warf sich so wild herum, daß er auf dem Fußboden landete und abrupt erwachte, doch der Traum stand noch lebhaft vor seinen Augen.

Roland zog sich wieder ins Bett und schüttelte den Kopf. Ganz gleich, wie lange er geschlafen habe mochte – es war nicht lange genug, um die Wirkung des Weins aus seinem Körper zu vertreiben.

Er konnte Wein ohnehin nicht ausstehen. Warum im Namen aller Heiligen hatte er nicht um Bier gebeten? Immer noch benommen, stand er taumelnd von dem Strohsack auf und wankte in den dunklen Korridor. Langsam bewegte er sich durch den Gang. Aus der Eingangshalle im unteren Geschoß drang ein schwacher roter Lichtschimmer die Treppe herauf, und an den Wänden tanzten Schatten. Es dauerte eine Weile, bis er seine Orientierung wiedergefunden hatte. Dann blickte er in beide Richtungen, um zu sehen, ob jemand in der Nähe war. Er brauchte dringend ein Bier, um einen klaren Kopf zu kriegen.

Brigitte hielt den Atem an und preßte sich mit dem Rücken an die Wand. Sie stand kaum mehr als einen Meter von ihm entfernt. Würde er sie im Dunkeln erkennen? Sie wollte weglaufen, aber ihre Beine versagten ihr den Dienst. Ihr Rücken schmerzte immer noch, und wenn sie jetzt weglief, mußte sie ohne Wolff, ohne ihre Kleider und ohne ein Pferd gehen. Das einzige, was ihr bisher gelungen war, war, ein paar Lebensmittel zu besorgen, die sie in eine kleine Tasche gesteckt hatte. Sie blieb stocksteif stehen und wagte kaum zu atmen.

Roland sah sie, und obwohl er sie im Dunkeln nicht erkannte, sah er das lange flachsblonde Haar. Er kam auf sie zu. Schlagartig dachte er nicht mehr an Bier. Wenn er schon kein Bier bekam, das für einen klaren Kopf hätte sorgen können, konnte er zumindest die Nacht mit der hübschen jungen Frau verbringen, die Druoda ihm offensichtlich geschickt hatte. Schließlich war es nur höflich, dafür zu sorgen, daß ein Gast Gesellschaft hatte, und dieses Mädchen, das eher abgeneigt wirkte, sich zu ihm zu gesellen, würde er schnell aufwärmen.

Wortlos zog Roland sie in sein Zimmer und schloß die Tür. Er ließ sie nicht los, weil er fürchtete, er könnte sie im Dunkeln aus den Augen verlieren. Doch als er hörte, daß sie weinte, lockerte er seinen Griff.

»Ich werde dir nicht weh tun«, sagte er zart. »Ich füge niemandem grundlos Schmerzen zu. Du brauchst dich nicht vor mir zu fürchten.«

Roland war noch so benommen, daß er nicht merkte, wie schludrig er sprach und daß sein Französisch mit der altnordischen Sprache durchsetzt war, die sein Vater ihn vor langer Zeit gelehrt hatte.

»Ist es meine Größe, die dich erschreckt?« fragte er, während er auf die kleine Gestalt hinunterblickte. »Ich bin auch nicht allzu anders als andere Männer.« Als er auf sie hinuntersah, erkannte er sie plötzlich.

»Verfluchtes Weib, du stellst meine Geduld auf eine harte Probe. Hast du mir heute nicht schon genug Ärger gemacht? Ich werde dir nicht mehr gut zureden, sondern dich zu dem Zweck nutzen, zu dem deine Herrin dich geschickt hat, und dann bin ich fertig mit dir!«

Von dem Moment an, als er angefangen hatte zu sprechen, stand Brigitte Todesängste aus, denn Druodas Zimmer lag direkt gegenüber, und sie war sicher, daß Druoda jedes Wort hören würde. Sie verstand allerdings nicht, was er sagte. Er war offensichtlich betrunken und sprach unklar, aber er benutzte auch Worte aus einer anderen Sprache. Sein Tonfall war barsch, und dadurch wurde ihr klar, daß ihre Pläne wieder durchkreuzt wurden. Heute nacht konnte sie nicht entkommen.

Ihr Schweigen erklärte sich Roland damit, daß sie sich beruhigt hatte, und er fing an, an seinen Kleidern herumzufummeln. Doch der Wein war ihm nicht nur auf den Kopf geschlagen. Er verspürte keine Begierde. Daher näherte er sich der Frau spielerisch. Er zog sie auf den Strohsack, öffnete ihren Umhang und war keineswegs erstaunt, sie nackt darunter vorzufinden. Seine Finger berührten die zarte Haut ihrer Schenkel und das Warme zwischen ihren Beinen. Er setzte seine Erkundungen auf grobe Weise fort, und seine Finger wandten sich ihren Brüsten zu. Sie waren üppig, voll und reif zum Auspressen. Am kommenden Morgen würden sie blaue Flecken aufweisen, Zeichen der Kraft, die Roland einsetzte, ohne sich dessen bewußt zu sein.

Aber er tat Brigitte nicht weh. Nichts konnte ihr mehr weh tun. Sie war in dem Augenblick ohnmächtig geworden, in dem ihr Rücken mit brutaler Kraft auf dem Strohsack landete. Sie war nackt unter dem Umhang gewesen, weil ihr Rücken nicht einmal die Berührung mit einem Kleidungsstück ertragen konnte. Selbst den Umhang hatte sie kaum tragen können. Die

Berührung ihres pochenden Rückens mit dem rauhen Strohsack war unerträglich gewesen.

Doch Roland wußte nicht, daß sie das Bewußtsein verloren hatte. Er merkte auch nicht, daß seine Bewegungen immer langsamer wurden und daß er am Einschlafen war. Sobald er sich in die richtige Lage gebracht hatte, um zuzustoßen, sackte Roland ermattet auf ihr zusammen.

8

Früh am nächsten Morgen klopfte Hildegard an die Tür des Normannen, denn sie wollten den Ritter möglichst schnell wieder loswerden. Im nächsten Augenblick ertönte aus dem Zimmer ein furchterregender Schrei, und Hildegard riß eilig die Tür auf.

»Gott im Himmel!« keuchte sie, als sie Brigitte unter dem Normannen auf dem Strohsack liegen sah. Beide Körper waren nackt und miteinander verschlungen. »Dafür wird Druoda jemanden umbringen!«

Sie eilte aus dem Zimmer, und Brigitte und Roland blieben liegen und sahen einander bestürzt und verlegen an.

Brigitte stieß ihn von sich und stöhnte, als sich ihr Rücken gegen die Matratze preßte. Der Schmerz war nicht mehr ganz so schlimm, aber ihr Rücken war noch wund. Sie war Druoda immer noch nicht entkommen, und dieser Mann hatte sie jetzt schon zum zweitenmal aufgehalten.

Alles, was ihr gestern zugestoßen war, war an sich schon schrecklich genug, und jetzt schien es, als sei sie obendrein auch noch vergewaltigt worden. War jemals eine Frau so verflucht gewesen, wie sie es war? Vergewaltigt, aber Gott sei Dank war sie ohnmächtig geworden und konnte sich nicht an den Vorfall erinnern. Für diese eine Gnade war Brigitte dankbar.

Roland stand wortlos auf und zog sich eilig an. Er konnte es nicht lassen, auf den nackten Körper herunterzublicken, der sich so warm gegen seinen Körper gepreßt hatte. Es war angenehm gewesen, neben ihrem Körper zu liegen, aber mehr Gutes ließ sich nicht über sie sagen. Sie war schmutzig und besudelt. Ihr Alter konnte er nicht schätzen, aber ihr Körper war fest, und sie hatte ein reizend geschnittenes Gesicht. Ihm fiel wieder ein, daß ihre Stimme jung und wohltönend war, aber an viel mehr konnte er sich nicht erinnern. Peinlich berührt wandte er sich vor ihrem abschätzenden Blick ab.

Brigitte räusperte sich. »Wißt Ihr eigentlich, was Ihr mir angetan habt?«

»Ich weiß es«, antwortete Roland mit heiserer Stimme. »Was macht das schon aus?« fuhr er selbstsicherer fort, während er sein Schwert umhing. »Ich kann nicht direkt behaupten, daß es mir Vergnügen bereitet hat. Offen gestanden erinnere ich mich gar nicht mehr daran, dich genommen zu haben.«

Sie war nicht sicher, ob sie ihn richtig verstanden hatte. »Nicht erinnern?«

»Ich war betrunken«, sagte er platt, da ihm nichts anderes übrig blieb, als die Wahrheit einzugestehen.

Sie fing an, leise vor sich hin zu weinen, und Roland sah sich um, als suche er Hilfe. Er warf einen sehnsüchtigen Blick auf die Tür, aber in dem Moment fing sie an zu lachen, und er wandte sich wieder zu ihr um. »Bist du verrückt, Dirne?« Seine Stimme klang bestürzt.

»Vielleicht bin ich Euch meinen Dank schuldig. Was bedeutet Schande schließlich im Vergleich zu dem, wovor Ihr mich bewahrt habt? Baron Wilhelm wird mich nicht mehr wollen, nachdem ich von einem betrunkenen Ritter vergewaltigt worden bin.«

Roland konnte nichts darauf antworten, denn in dem Moment stürzte Druoda ins Zimmer. Hildegard folgte ihr auf den Fersen. Druoda war wutentbrannt und ließ ihre Tobsucht an Brigitte aus.

»So! Es ist also wahr! Du hast die Pläne, die ich mit dir gehabt habe, zu Fall gebracht, indem du dich diesem Mann hingibst!« kreischte Druoda. »Das wirst du ein Leben lang bereuen, Brigitte!«

»Ich habe mich ihm nicht *hingegeben*, Druoda«, sagte Brigitte mit fester Stimme. »Er hat mich in sein Zimmer gezerrt und mich vergewaltigt.«

»Was?« schrie Druoda, deren Gesicht dunkelrot angelaufen war.

Brigitte stand langsam auf und hielt züchtig ihren Umhang vor sich. Sie wandte sich an Roland. »Sagt Ihr, wie es kommt, daß ich hier bin.«

Roland sah erst Brigitte genau an, dann Druoda. Er merkte allmählich, daß er einen Fehler gemacht hatte, in der letzten Nacht von falschen Voraussetzungen ausgegangen war. Da er nicht zu der Sorte Mensch gehörte, die anderen die Schuld zuschieben, gab er zu: »Es ist so, wie das Mädchen sagt. Ich habe sie vor meiner Zimmertür gefunden und angenommen, sie sei mir zugedacht. Es ist üblich, daß Gastgeber mir eine . . .«

»Aber was hattest du hier zu suchen?« schrie Druoda, und Brigitte ließ sich schnell eine halbe Wahrheit einfallen.

»Ich wollte mir etwas zum Essen holen, weil ich gestern fast nichts gegessen habe.«

»Essen?« Es fiel Druoda schwer, all das zu glauben.

Brigitte deutete auf den Fußboden. »Da ist es, in der Tasche. Dort habe ich sie gestern fallen lassen.« Sie betete, Druoda möge nicht in die Tasche schauen, denn die Menge der Lebensmittel war wesentlich größer als das, was Brigitte für eine Mahlzeit gebraucht hätte.

Druoda interessierte sich im Moment nicht für Nebensächlichkeiten.

»Warum hast du nicht geschrien, Brigitte? Du wolltest, daß er dich nimmt, damit ich meine Pläne mit dir nicht in die Tat umsetzen kann!«

»Nein, das stimmt nicht!« schrie Brigitte entsetzt und empört zugleich.

»Warum hast du dann nicht um Hilfe geschrien?«

Brigitte senkte den Kopf und flüsterte zaghaft: »Weil ich ohnmächtig geworden bin.«

Roland brach in Gelächter aus. »Wenn sich das Mädchen an nichts erinnern kann, ist niemandem ein Leid geschehen, Baronin. Seht Ihr, es ist, als sei nie etwas geschehen.«

»Kein Leid!« schrie Druoda. »Sie war Jungfrau . . . und sie war einem anderen versprochen.«

»Jungfrau?« keuchte Roland. Auf die Idee war er offensichtlich nicht gekommen, und er hätte es auch nicht gemerkt.

Zum Teufel, er hatte sich in eine beachtliche Klemme gebracht.

Ehe er sich von seinem Schock erholt hatte, fragte Druoda: »Wie konntet Ihr das übersehen?«

»Ich war zu . . . zu betrunken, um es zu merken!« sagte Roland barsch. Er war schrecklich wütend auf sich.

»Das ändert nichts an dem, was Ihr getan habt«, ächzte Druoda bitter.

Sie ging im Raum auf und ab, ohne die anderen zu beachten. Sie hätte das Mädchen längst töten sollen, aber dazu war es jetzt zu spät, denn wenn sie verschwand, würde der enttäuschte Bräutigam Fragen nach ihrem Verbleib stellen. Was sollte überhaupt mit ihm geschehen? Jetzt würde er Brigitte nicht mehr heiraten, denn er wollte nur eine Jungfrau haben.

Trotzdem mußte sie Brigitte loswerden, und zwar schnell, nämlich vor Quintins Rückkehr.

»Druoda«, flüsterte Hildegard, die neben ihr stand. »Gib sie dem Ritter, und alle Probleme sind gelöst.«

»Aber wie?«

»Er hat sie offensichtlich für eine Leibeigene gehalten und muß immer noch daran glauben. Schick sie mit ihm fort.«

»Sobald sie wieder allein sind, wird sie abstreiten, eine Leibeigene zu sein«, flüsterte Druoda zur Antwort.

»Das hat sie wahrscheinlich längst getan, aber er hat ihr nicht geglaubt. Er hält sie für eine Diebin und Lügnerin, und du mußt ihn nur in seinem Glauben bestätigen. Beschimpfe sie als Lügnerin. Bring alles vor, was sein muß, damit er sie mitnimmt und sie nicht wieder zurückbringt.«

»Hildegard, du bist eine Perle!« zischte Druoda fröhlich.

»Als erstes sorgst du dafür, daß er schnell den Raum verläßt, damit er nicht bemerkt, daß auf dem Strohsack keine Blutspuren sind.«

»Wieso?«

»Es sieht so aus, als sei das nicht Brigittes erstes Techtelmechtel.«

Druoda blieb stocksteif stehen. Der Zorn wütete in ihr. Brigitte hatte sie alle zum Narren gehalten. Druoda nahm an, daß sie sich glücklich schätzen konnte, weil es zu diesem Vorfall gekommen war, denn Wilhelm d'Arsnay hätte die Eheschließung für nichtig erklärt, sobald er die Wahrheit über seine Braut herausgefunden hätte. Hildegards Vorschlag war perfekt. Brigitte würde ein Leben als Leibeigene führen, und der Normanne würde sie mitnehmen.

»Geh in mein Zimmer, Brigitte, und warte dort auf mich«, fauchte Druoda.

Brigitte riß den Kopf hoch. »Und was wird aus ihm?«

»Tu, was man dir sagt!«

Ohne noch länger zu zögern, hob Brigitte ihre Tasche mit den Lebensmitteln vom Fußboden auf und verließ mit steifen Schritten den Raum.

Druoda folgte ihr bis zur Tür und blieb dort stehen, bis die Neugier des Ritters die Oberhand über sein Schweigen gewann.

»Was habt Ihr mit ihr vor?«

Druoda ging nicht auf seine Frage ein, sondern sah sich auf anmaßendste Weise im Zimmer um. Dann sah sie den Ritter angewidert an. »Hier stinkt es nach Wollust«, sagte sie mit angeekelter Stimme. Dann verließ sie wortlos den Raum.

Roland lief ihr nach und holte sie am unteren Treppenabsatz ein. »Ich habe Euch gefragt, was Ihr vorhabt. Ich weiß, daß das Mädchen andere Fehler hat, aber in dem Fall kann man ihr nicht die Schuld geben. Tut ihr nichts.«

»Ich weiß, wen die Schuld trifft«, sagte Druoda langsam und verdammte ihn mit ihren Blicken für die Tat.

»Es war ein Irrtum, Baronin. Ihr habt mir ein Mädchen für die Nacht versprochen, es sei denn, ich erinnere mich nicht richtig.«

Druoda seufzte unduldsam. »Ihr hättet auf das Mädchen warten sollen, das ich Euch zugedacht habe, statt eine andere zu nehmen, deren einziger Wert in ihrer Unschuld bestanden hat.«

»Der Wert einer Leibeigenen errechnet sich nicht nach ihrer Tugendhaftigkeit.«

»In dem Fall schon. Sie ist eine Geschichtenerzählerin – eine Lügnerin, um es deutlich zu sagen.«

»Was habt Ihr mit ihr vor?«

»Überhaupt nichts. Sie gehört jetzt Euch, und Ihr habt meinen Segen.«

Roland schüttelte langsam den Kopf. »Nein, Baronin, ich will sie nicht haben.«

»Ihr scheint sie letzte Nacht sehr wohl gewollt zu haben«, erinnerte sie ihn mit schneidender Stimme. »Ich habe weit von hier einen Baron gefunden, der sie nur wegen ihrer Unschuld haben wollte. Das geht jetzt nicht mehr, aber ich will sie hier nicht haben. Wenn Ihr sie nicht mitnehmt, werde ich sie steinigen lassen, weil Ihr eine Hure aus ihr gemacht habt. Als ihre Herrin steht mir das Rechtens zu.«

»So etwas könntet Ihr doch sicher niemals tun.«

»Ihr versteht das nicht.« Druoda dachte in Windeseile nach. »Das Mädchen war die große Schwäche meines Bruders. Er war in sie verliebt und hat sie wie eine Dame behandelt. Daher macht sie soviel Ärger. Sie hält sich für etwas Besseres. Sie ist als Leibeigene geboren, aber die Aufmerksamkeiten meines Bruders sind ihr zu Kopf gestiegen.«

»Wenn Euer Bruder sie liebt, dann sollte sie bei seiner Rückkehr hier sein.«

»Und sofort von ihr erfahren, daß der Mann, den er in gutem Glauben hierhergeschickt hat, sie vergewaltigt hat? Er hat sie für sich selbst aufgehoben«, sagte Druoda verschlagen. »Wenn es um das Mädchen geht, ist Quintin nicht zurechnungsfähig. Ich wollte

Euch das nicht sagen, weil es mir peinlich ist, aber mein Bruder hat erwogen, sie zu heiraten. Ich muß dafür sorgen, daß sie aus dem Haus kommt. Wenn das Mädchen bei seiner Rückkehr noch hier ist, kann mir passieren, daß er eine Leibeigene heiratet. Ihr nehmt sie mit und sorgt dafür, daß sie nie hierher zurückkehrt, oder ich bringe sie um.«

Roland war in einer aussichtslosen Lage. Er hatte eine Dienerin auf dem Hals, die er nicht gebrauchen konnte und die ihm auf seiner Rückreise nur hinderlich sein konnte, doch er hatte keine Wahl. Er konnte nicht zulassen, daß das Mädchen starb.

»Ich werde mein Pferd satteln, Baronin«, sagte er zähneknirschend. »Laßt das Mädchen zum Stall schicken, und ich nehme sie mit.«

»Laßt Euch nicht verdrießen, Ritter. Ich bin sicher, daß Ihr mehr Glück habt als ich und ihren Hochmut brechen werdet, und wenn sie erst gezähmt ist, wird sie Euch von Nutzen sein.«

Als sie sah, daß Roland keineswegs besänftigt war, fügte Druoda hinzu: »Es tut mir wirklich leid, daß Euer Besuch bei uns so enden mußte. Ich möchte Euch noch einen Rat geben. Ihr werdet Euch viel Ärger sparen, wenn Ihr dem Mädchen nicht erzählt, daß ihr Herr noch am Leben ist.«

»Wieso?«

»Sie hält Quintin für tot. Wenn sie wüßte, daß er noch am Leben ist, täte sie alles, um ihn zu finden. Wenn Ihr ihn als Freund betrachtet, solltet Ihr ihm das ebensowenig wünschen wie ich.«

Roland stöhnte. Das konnte ja nett werden, wenn Quintin erfuhr, daß Roland das Mädchen beschlafen hatte, das er hatte heiraten wollen, ob Leibeigene oder nicht.

»Ihr habt mein Wort. Sie wird nie zurückkehren.«

Sobald Roland gegangen war, rief Druoda Hildegard zu sich. Die Heiterkeit der beiden kannte keine Grenzen.

»Geh zu Brigitte und hilf ihr, ein paar Sachen einzupacken. Sie soll ihren neuen Herrn im Stall treffen. Er wartet dort auf sie, aber bestimmt nicht allzu lange. Also sorg dafür, daß sie sich eilt.« Druoda strahlte.

»Und was ist, wenn sie nicht mitgehen will?« fragte Hildegard.

»Sag ihr, daß ich auf die Vormundschaft verzichte. Darüber wird sie so froh sein, daß sie sich glücklich schätzt, bis es zu spät ist. Erklär ihr, daß der Normanne bereut, was er getan hat, und daß er darauf beharrt, sie sicher zum Grafen Arnulf zu geleiten, der gerade den Herzog von Maine besucht.«

»Aber Arnulf ist nicht verreist.«

»Natürlich nicht, aber solange sie es glaubt, wird sie sich nicht über die Richtung wundern, die der Normanne einschlägt, bis sie nach Maine kommen. Und wenn sie erst so hoch im Norden ist, gelingt es ihr kaum, allein nach Berry zurückzukommen – selbst dann nicht, wenn sie dem Normannen ausreißt.« Druoda lächelte. Endlich lief wieder alles glatt.

9

Brigitte näherte sich zaghaft dem Stall. Es erschien ihr höchst befremdlich, Louroux bei Tageslicht zu verlassen, statt sich nachts davonzuschleichen. Natürlich war das Wunder nicht vollkommen. Sie konnte weggehen, aber sie mußte mit dem Mann gehen, der sie genommen hatte, einem Mann, den sie haßte und der sie bis ins Intimste kannte, wogegen sie absolut nichts von ihm wußte. Sie empfand eine Demütigung, die sie nie zuvor gekannt hatte, doch merkwürdigerweise empfand sie zugleich eine tiefe Dankbarkeit.

Als sie in den Stall trat, sah sie ihn neben seinem großen grauen Roß stehen. Der Hengst sah bei Tageslicht nicht allzu freundlich aus, und mit seinem Reiter war es nicht besser. Rolands dunkelblaue Augen glühten zornig auf, als sie näher trat.

»Habe ich Euch warten lassen?« fragte sie furchtsam.

Roland riß sich zusammen. »Mach, daß du aufsteigst«, sagte er seufzend.

Brigitte wich vor ihm zurück. »Auf Euer Pferd? Ich werde auf meinem eigenen Pferd reiten.«

»Bei Gott, du wirst dich auf dieses Pferd setzen, oder ich lasse dich hier!«

Sie hierlassen? Das konnte sie nicht riskieren.

»Dann bitte ich Euch inständigst, hinter Euch sitzen zu dürfen«, sagte sie vorsichtig, denn sie dachte an ihren wunden Rücken.

»Und wohin willst du dein Bündel tun?« fragte er ungeduldig.

»Zwischen uns beide.«

»Ha! Du traust mir nicht und willst mir nicht zu nahe kommen?«

»O nein«, sagte sie eilig. »Ihr habt gesagt, das, was in der Nacht passiert ist, sei ein Irrtum gewesen, und ich glaube Euch.«

»Darauf kannst du wetten. Ich will willige Frauen – und mit

Sicherheit reizvollere als dich«, sagte er grob. Er warf einen Blick auf ihren schmutzigen Umhang und ihr verfilztes langes Haar.

Brigitte war getroffen, und in ihre hellblauen Augen traten Tränen. Er hatte nicht das Recht, sie zu beleidigen, aber sie mußte von hier fort sein, ehe Druoda es sich anders überlegte.

Roland wandte sich von ihr ab und stieg auf sein gewaltiges Pferd. Dann streckte er eine Hand aus, um Brigitte beim Aufsteigen zu helfen. Sie nahm seine Hand, aber als sie seinen wütenden Blick sah, ließ sie sie wieder los.

»Wenn Ihr soviel gegen mich habt, warum nehmt Ihr mich dann mit?« fragte sie schlicht.

»Mir bleibt nichts anderes übrig.«

So verhielt es sich also. Brigitte fühlte sich elend. Hildegard hatte gelogen – er wollte sie gar nicht mitnehmen. Druoda besaß die Begabung, anderen Menschen ihren Willen aufzuzwingen. Sie hatte mehr denn je das Gefühl, jemandem zur Last zu fallen, aber sie hatte keine andere Möglichkeit, als mitzugehen.

Sie griff wieder nach seiner Hand, und er hob sie mühelos auf den Rücken des Pferdes. Seine eigenen Vorräte hingen in Bündeln zu beiden Seiten des großen grauen Rosses. Daher saß sie sehr unbequem, und als sie ihre Habe zwischen sich und ihn gepreßt hatte, wurde es nur um so schlimmer.

Sie machte es sich so bequem wie möglich und zog ihre Röcke so weit wie möglich nach unten, aber die Röcke reichten nicht annähernd weit genug, wenn sie rittlings auf dem Pferd saß. Sie richtete sich langsam auf, denn ihr Rücken tat immer noch bei jeder Bewegung weh. Sie war bereit und wartete darauf, daß Roland losreiten würde, aber er schien ebenfalls zu warten. »Was ist?« fragte sie zögernd, als er keine Anstalten machte, loszureiten. »Ich bin soweit.«

Er seufzte. »Bist du so unwissend, wie du tust, oder willst du mich absichtlich provozieren?«

»Wieso provozieren?«

»Du mußt dich an mir festhalten, Kleine, oder du fällst in den Staub.«

»Oh!« Brigitte wurde rot, und sie war froh, daß er sie nicht sehen konnte. »Aber ich kann mich nicht an Euch festhalten. Mein Kleiderbündel ist im Weg.«

»Halt dich an meinem Halsberg fest«, sagte er barsch. Dann warf er einen Blick über seine Schulter und sagte noch unfreundlicher: »Ich warne dich. Laß nicht los. Wenn du runterfällst und dir etwas brichst, kann ich mich davon nicht aufhalten lassen.«

»Und wenn meine Verletzungen mir das Reiten unmöglich machen?« fragte sie schockiert.

»Dann mache ich deinem Elend ein Ende.«

Sie keuchte. »Ich bin doch kein Tier, das man verenden läßt, wenn es sich verletzt!«

»Stell das lieber nicht auf die Probe.«

Brigitte war so schockiert, daß sie nichts mehr zu diesem Thema zu sagen hatte. Mit großem Widerwillen griff sie nach seinem Kettenhemd. Im selben Moment ritt er los. Er ritt geschwind durch das offene Tor und ließ das Dorf hinter sich. Da sie sich festhalten mußte, konnte sie den Leibeigenen nicht winken, die ihr zuwinkten, als sie vorbeigaloppierten.

Roland legte Geschwindigkeit zu, als sie die Straße erreicht hatten. Er schien dieses Gebiet ebenso eilig verlassen zu wollen wie sie. Sie fühlte sich besser, als er sich nach Norden wandte, denn Maine lag im Norden. Es war sehr bedauerlich, daß Arnulf sich nicht in Berry aufhielt, denn je weniger Zeit sie mit diesem Ritter verbrachte, desto besser. Maine war viele Tagesritte entfernt, und daran konnte sie nichts ändern.

Es würde ihr guttun, Arnulf wiederzusehen. Der alte Ritter war wirklich ein prächtiger Bursche, und Brigitte ließ sich nicht von seiner rauhen Art einschüchtern, denn sie wußte, daß er ein weiches Herz hatte. Er würde Quintins Tod beweinen, und sie wünschte, nicht sie müsse ihm diese Nachricht überbringen, denn sie wußte, daß sie Quintins Verlust noch einmal mit voller Macht empfinden würde.

Die Straße führte durch ein Tal, in dem im Sommer und im Herbst Getreide wuchs. Vor ein paar hundert Jahren waren Zypressen zum Schutz gegen den Wind angepflanzt worden, denn das Tal hatte keinen eigenen Baumbestand. Die Zypressen waren jetzt schief und knorrig und verliehen dem Rhonetal ein düsteres, geheimnisvolles Aussehen.

Während Brigitte sich auf ihr Wiedersehen mit Arnulf freute, brütete Roland vor sich hin. Sein Zorn wuchs ständig an. Die unerwünschte Last hinter ihm würde ihn Zeit kosten, und er würde nichts als Gegenleistung bekommen, denn er wollte nichts von ihr. Auf dem Weg würde er Nahrung kaufen oder jagen müssen, und die Schiffahrt auf der Loire zwischen Orleans und Angers würde er für sie bezahlen müssen. Das schlimmste war, daß sie ihn aufhalten würde, denn das zusätzliche Gewicht war eine Last für sein Pferd. Rolands Heim

Verzögerung machte alles nur um so schwieriger. Er seufzte gereizt und übellaunig.

Die breite Straße, die durch Zentralfrankreich führte, wurde wesentlich häufiger bereist als die zahlreichen Lehmwege. Viele Leute reisten nach Süden, aber nur wenige zog es in die kälteren Regionen des Nordens, und daher wurde Roland nicht durch andere Reisende aufgehalten. Dennoch war Gui sicher weit vor ihm voraus, denn er hatte den größten Teil der Strecke auf dem Flußweg zurückgelegt.

Wie dringlich war seine Ankunft zu Hause? Hatte Thurston von Mezidon bereits angegriffen, wie es Gui befürchtet hatte? Roland wußte, daß mindestens sieben Tagesritte vor ihm lagen, ehe er das erfahren würde. Während die beiden auf Rolands Heimat zugaloppierten, ließ seine Geduld von Meile zu Meile nach.

10

Es war Mittag, als sie in einer Herberge neben der Straße Rast machten. Sie würden Orleans nicht vor dem nächsten Abend erreichen. Das Pferd konnte sich während der Flußfahrt ausruhen, aber anschließend waren noch mehr als achtzig Meilen zurückzulegen, ehe sie Montville erreichten. Rolands Pferd war sein größter Schatz, das beste aus dem Stall seines Vaters. Der Hengst war es nicht gewöhnt, mehr als Rolands Gewicht zu tragen, und es war Roland verhaßt, ihn mit einer größeren Last zu plagen.

In der Herberge, einem Gasthaus, das von Mönchen geführt wurde, waren noch einige Gäste außer ihnen. Hinter der Herberge lag ein kleines Dorf. Einer der Reisenden wirkte wie ein Kaufmann, ein anderer war ein alter Ritter mit seinem Schildknappen, seiner Frau und zwei Töchtern. Der dritte Reisende war ein Pilger. Roland nickte den drei Männern kurz zu, ehe er mit seinem Pferd um das Haus herum zu einem plätschernden Bach ritt. Er fragte sich, was die anderen wohl von ihm halten mochten – ein Reisender, der mit einem weiblichen Wesen allein unterwegs war. Sie war mit Sicherheit nicht sein Schildknappe, aber in dieser Eigenschaft würde er sie vorübergehend einsetzen.

Er stieg ab und hielt dann dem Mädchen eine Hand hin, um ihr vom Pferd zu helfen.

»Wäschst du dich eigentlich nie, Mädchen?«

Sie riß die Augen auf, und er stellte fest, daß sie groß und hellblau waren. Ihr hochgerecktes Kinn drückte Stolz aus, den er brechen mußte, ehe er Montville mit ihr erreichte. Eine aufsässige Leibeigene würde bei seiner Stiefmutter einiges erleiden müssen.

»Ich bin es gewohnt, oft zu baden«, antwortete sie leise, aber in ihren Augen stand eine trotzige Herausforderung. »Aber gestern bin ich hingefallen, ehe Ihr mich auf der Straße angehalten habt, und seit da an habe ich keine Zeit gehabt, mich mit meiner Körperpflege zu befassen.«

»Nutz die Gelegenheit, und wasch dich in diesem Fluß«, sagte er barsch.

»Aber es sind Leute in der Nähe«, keuchte sie. »Ich kann doch hier nicht baden, wenn fremde Männer in der Nähe sind.«

»Es ist höchst unwahrscheinlich, daß diese Männer sich für deinen Anblick interessieren«, erwiderte Roland bewußt sarkastisch. »Eil dich. Wir reiten in weniger als einer Stunde weiter.«

Bei Gott, sie würde sich von ihm nicht noch einmal als dreckig bezeichnen lassen! Sie ging flußaufwärts, um eine versteckte Stelle zu suchen, an der sie vor neugierigen Blicken geschützt war, aber er rief ihr nach: »Bleib in der Nähe, damit ich dich im Auge behalten kann.«

Brigitte sträubten sich die Haare. Glaubte er, daß ihr etwas passieren konnte, oder glaubte er, sie würde davonlaufen? Im Moment konnte sie ihm kaum davonlaufen. Sie war auf seinen Schutz angewiesen, bis sie in Maine und bei dem Grafen Arnulf waren.

Sie fand einen halbwegs flachen Felsen am Flußrand und kniete sich darauf. Sie zog ihren Umhang aus und spülte ihn gründlich im Wasser aus. Dann beugte sie sich langsam und unter Schmerzen vor, um sich das Gesicht in dem eiskalten Wasser zu waschen, bis ihre Haut prickelte. Als nächstes kamen die Arme, dann soviel von ihren Beinen, wie sie entblößen konnte, ohne unschicklich zu sein. Als letztes flocht sie ihr Haar auf, das ganz steif war, weil der getrocknete Schlamm darin klebte, und sie tunkte ihren Kopf ins Wasser. Sie spürte, daß viele Blicke auf sie gerichtet waren, und ihr Gesicht glühte vor Verlegenheit, aber sie hatte sich gereinigt, und wenn dieser grobschlächtige Ritter sie noch einmal als dreckig bezeichnen würde, würde sie ihm ins Gesicht spucken.

Brigitte schnürte das Bündel mit ihrer Habe auf und packte erst das Essen aus, das sie mitgenommen hatte, dann ihren Kamm. In ihrem Spiegel sah sie, daß an den Stellen, an denen sie sich das Gesicht zerkratzt hatte, keine richtigen Schnitte, sondern nur rosa Male zu sehen waren, die bald verschwinden würden. Sie fand, daß sie fast wieder so aussah wie sonst auch.

Eine frische Brise sorgte dafür, daß ihr Haar schnell trocknete, und die Sonne trocknete ihren nassen Umhang. Brigitte machte sich hungrig über Altheas süße Brötchen und die kandierten Datteln her. Von Zeit zu Zeit sah sie auf. Der große Ritter, der im Hof des Gasthauses sein Pferd versorgte, ignorierte sie vollständig.

Roland gab vor, ganz vertieft in seine Beschäftigung mit dem Pferd zu sein, aber insgeheim beobachtete er Brigitte, deren Liebreiz ihn verblüffte. Durch das Waschen zeigte sich der zarte Schnitt ihres Gesichtes, und ihr trocknendes strohblondes Haar war ein Wunderwerk. Sie hatte das Aussehen einer Aristokratin, und er konnte gut verstehen, warum sich Quintin in das Mädchen vernarrt hatte. In diesem Augenblick entschied er, daß er sorgsam darauf achten mußte, ihr nicht zu zeigen, daß ihre Schönheit ihn entzückte. Er durfte diesem Mädchen nicht die leiseste Ermunterung geben. Sie war seine Leibeigene, und sie würde niemals etwas anderes sein, sagte sich Roland grimmig.

Er war gezwungen, sich diesen Umstand wieder ins Gedächtnis zurückzurufen, als kurz darauf die drei Männer zu ihm traten.

»Entschuldigt die Störung«, sagte einer der Männer, »aber kommt Ihr aus dem Süden?« Roland nickte, und der bärtige Mann sprach weiter. »Was gibt es Neues über den Ärger dort unten? Sind alle Sarazenen ausgerottet?«

»Ja, alle Piratenhöhlen sind ausgeräuchert worden«, erwiderte Roland. Dann wandte er den Männern den Rücken zu und kümmerte sich wieder um sein Pferd, denn er war nicht zu einer Unterhaltung aufgelegt.

»Siehst du, Maynard«, sagte der Kaufmann. Er klopfte dem älteren Ritter auf den Rücken. »Ich habe dir doch gesagt, daß sie dich dort nicht brauchen. Ihr habt uns gute Nachrichten gebracht, junger Mann«, sagte er zu Roland. »Ich bin Nethard de Lyon, und das ist mein Bruder, der Ritter Maynard. Wir haben gerade dem Bischof von Tours eine Weinlieferung überbracht. Und der Kerl ist...«

»Jonas de Savoy«, sprang der Pilger hilfreich ein. »Ich komme ebenfalls aus Tours, wo ich die Grabstätten von St. Martin aufgesucht habe. Im nächsten Jahr pilgere ich ins Heilige Land.«

Es war ein Gebot des Anstands, daß Roland sich vorstellte. Er konnte sich ein Grinsen über den barschen alten Mann nicht verkneifen, der aussah, als würde er regelmäßig Pilgerfahrten unternehmen. Es gab so viele von der Sorte, Männer, die jedes Jahr zu einem anderen Schrein zogen.

»Wir konnten es uns nicht verkneifen, Euer Weib zu bewundern«, sagte Nethard jetzt liebenswürdig. »Nicht jeder Mann hat soviel Glück.«

»Ihr müßt uns verzeihen, junger Mann«, fügte Jonas hinzu. »Es ist eine Wohltat für meine alten Augen, solche Schönheit zu sehen.«

»Das Weib ist nicht meine Frau«, erklärte Roland, ehe er sich in der Hoffnung, zufriedengelassen zu werden, wieder seinem Pferd zuwandte.

Doch die Männer blieben bei ihm stehen. »Dann ist es wohl Eure Schwester?«

»Nein.«

»Eure Gefährtin?« fragte Nethard beharrlich weiter.

»Sie ist meine Dienerin«, sagte Roland kurz angebunden.

»Aber ihr Auftreten ist aristokratisch«, sagte Jonas überrascht.

»Das hat nichts zu sagen«, sagte Roland. »Das Mädchen ist als Leibeigene geboren.«

»Dann ist sie wohl aus einer illegitimen Verbindung hervorgegangen?«

»Ich weiß nichts von ihrer Abstammung«, erwiderte Roland gelangweilt.

»Würdet Ihr in Betracht ziehen, ihre Dienste zu verkaufen?« fragte Nethard eifrig.

Rolands volle Aufmerksamkeit galt jetzt dem Mann. »Wie bitte?«

Nethard de Lyon zwinkerte. »Käme das für Euch in Frage? Ich würde Euch einen guten Preis zahlen, um sie als Zierde meines Hauses zu erwerben.«

Roland wäre das Mädchen mit dem größten Vergnügen losgeworden, aber er hatte Druoda sein Wort gegeben. »Ich glaube nicht. Als man mir das Mädchen geschenkt hat, mußte ich versprechen, daß sie nie mehr in diese Gegend zurückkehrt.«

»Geschenkt! Das ist einfach unglaublich!« erwiderte Nethard ungläubig. »Sie muß einer Frau gehört haben, die eifersüchtig auf sie war.«

»Ja, einer Frau.« Roland nahm die angebotene Erklärung hin und sagte nichts weiter.

»Aber Ihr wollt sie doch gar nicht«, sagte Nethard vorwitzig. »Das sehe ich genau. Und ein Mädchen wie dieses sollte gehegt und gepflegt werden.«

Roland wurde brummig. »Selbst wenn sie Venus wäre, wäre sie mir eine Last. Ich muß sie trotzdem mitnehmen.«

Nethard schüttelte den Kopf. »Ein Jammer. Ach, daß ein solches Juwel nicht gewürdigt werden soll.« Er seufzte.

»Sie ist hübsch«, sagte Roland finster, »aber sie ist trotzdem eine Last.«

»Er ist blind«, stellte Nethard fest. Die drei verabschiedeten sich höflich und gingen.

Roland durchbohrte die Reisenden mit finsteren Blicken, während sie sich entfernten. Was wußten diese Männer schon? Die Franken umsorgten ihre Frauen liebevoll und beteten ihre Schönheit an. In Rolands Augen war das Dummheit. Eine Frau war eine Frau, und sonst gar nichts. Es war geradezu lächerlich, einer Frau Bedeutung zuzumessen. Frauen waren dazu da, den Männern zu dienen, und das war alles.

11

Als ihr Haar trocken und seidig war, flocht es Brigitte in zwei Zöpfe. Sie schnürte das Bündel mit ihrer Habe wieder zusammen und begab sich widerwillig zu Roland in den Hof. Er deutete auf eine Bank neben dem Gasthaus und sagte, sie solle auf ihn warten.

Brigitte war über seine schroffe Art erbost. Sie hatte damit gerechnet, daß er sich zu ihrer gepflegten Erscheinung äußern würde, und es traf sie, daß er sie ignorierte. Dennoch tat sie, wie er ihr geheißen hatte, und erwartete ihn geduldig auf der Bank. Die Abwechslung im Gasthaus trug nicht dazu bei, ihre Laune zu bessern, denn zu viele Männer sahen sie unverschämt an, und sie fühlte sich unwohl.

Roland war ins Gasthaus gegangen, um etwas zu essen; er war froh, daß sie sich selbst etwas mitgenommen hatte. Schon wenige Minuten später kam ein junger Mann auf sie zu. Sie wäre dankbar gewesen, Gesellschaft zu haben, aber sie mußte schnell feststellen, daß der junge Mann Ausländer war, von seinem dunklen Äußeren her ein Engländer oder Ire, und sie verstand seine Sprache nicht. Er ging aber nicht weg, sondern versuchte weiterhin, sich mit ihr zu unterhalten. Sein Blick ruhte bewundernd auf ihr, und er hatte eine angenehme Art.

Plötzlich tauchte Roland aus dem Nichts auf. Er hatte die Beine gespreizt, die Hände in die Hüften gestemmt und sah sie wütend an. Er packte Brigitte und riß sie auf die Füße. Sie wollte gegen seine Rohheit protestieren, aber als sie seinen eisigen Blick sah, überlegte sie es sich anders.

»Kennst du diesen Mann?«

»Nein.«

»Und trotzdem forderst du ihn auf, sich neben dich zu setzen, und unterhältst dich mit ihm«, sagte Roland mit finsterem Blick, ohne sie aus den Augen zu lassen.

»Das habe ich nicht getan«, sagte Brigitte verängstigt. »Ich habe allerdings auch keine Einwände dagegen erhoben, als er es getan hat. Es spielt ohnehin keine Rolle, weil ich nicht verstanden habe, was er gesagt hat.«

»Verhältst du dich Fremden gegenüber immer so?« fragte Roland grob. Er überging ihre letzte Bemerkung.

»Ich habe nichts Böses getan«, verteidigte sie sich eilig. »Ich hatte ein freundliches Lächeln nötig.«

»Du hast etwas ganz anderes nötig«, sagte Roland unheilverkündend.

Er gab Brigitte keine Gelegenheit, darauf zu antworten. Statt dessen packte er ihren Arm und zerrte sie von dem Gasthaus fort. Es war ihr peinlich, daß er sie wie ein ungezogenes Kind hinter sich herzog, und sie versuchte, sich loszureißen.

»Ich will losgelassen werden!« rief sie laut.

Roland blieb augenblicklich stehen und wirbelte zu ihr herum. Ungläubigkeit war auf sein Gesicht geschrieben.

»*Du* willst?«

»Ihr habt nicht das Recht, mich so zu behandeln«, sagte sie.

»Dann hat deine Herrin also doch recht gehabt. Deine Kühnheit ist verblüffend«, brummte er.

Ohne ein weiteres Wort stieg Roland auf sein Pferd und zog Brigitte hinter sich. Sie wandten sich wieder zur Straße und ritten so schnell wie vor der Rast weiter. Im weiteren Verlauf des Tages sprach keiner von beiden ein Wort. Als die Dunkelheit hereinbrach, bog Roland von der Straße ab und ritt in den Wald.

»Warum reiten wir hierhin?« fragte Brigitte nach einer Weile verängstigt. Die Dunkelheit beunruhigte sie.

»Dein Schweigen war ein Segen«, antwortete Roland barsch. »Ich suche einen Platz, an dem wir die Nacht verbringen können.«

Brigitte war entgeistert. »Soll das heißen, daß wir *hier* schlafen?«

»Siehst du in der Nähe ein Dorf?« fragte er unwirsch. Sein Rücken war steif.

Brigitte verstummte, und jede Art von beunruhigenden Vorstellungen schoß ihr ungebeten durch den Kopf.

Roland hielt sein Pferd an einer Stelle an, an der die Bäume so dicht wuchsen, daß kein Lichtschimmer hindurchdringen konnte. Zwischen den Bäumen war eine kleine Lichtung, und er befahl ihr, Holz und Reisige für ein Feuer zu sammeln. Sie fügte sich wortlos, während er sein Pferd festband.

Sie glaubte, es sei ihm nicht möglich gewesen, bei den armen Mönchen in der Herberge Vorräte zu kaufen, und daher bot sie an: »Ich habe noch ein paar Lebensmittel. Wenn Ihr mögt, können wir sie uns teilen.«

»Bring sie her«, erwiderte er, ehe er das Feuerholz anzündete, das sie gesammelt hatte.

Sie breitete aus, was noch von ihren Vorräten übrig war, und er stürzte sich darauf. Sie sah ihn sich beim Essen genau an. Das Feuer knisterte und warf Schatten um sie herum, die den übrigen Wald noch dunkler erscheinen ließen. Wieder wunderte sich

Brigitte darüber, daß ein Mann, der so angenehm anzusehen war, einen so üblen Charakter haben konnte. Waren alle Normannen so mürrisch, so herrschsüchtig und ständig wütend?

»Wie lange wird es dauern, bis wir nach Maine kommen?« fragte Brigitte, als nichts mehr von dem Essen übrig war. »Ich war noch nie westlich von Berry.«

»Warum fragst du?«

»Ich wollte es nur wissen«, flüsterte sie. Sein durchdringender Blick ängstigte sie. »Schließlich werden wir dort auseinandergehen.«

»Das will ich nicht noch einmal hören, und wehe dir, wenn du mich provozieren willst.«

»Aber Ihr macht Euch doch gar nichts aus meiner Gesellschaft«, sagte sie ruhig, aber deutlich.

»Als ob das eine Rolle spielen würde! Du bist mir aufgezwungen worden, und jetzt fällst du mir zur Last.«

»Warum haßt Ihr mich eigentlich so?«

»Haßt du mich denn nicht auch?« fragte er betont beiläufig.

Sie sah ihn überrascht an. »Wenn Ihr glaubt, ich hasse Euch nur wegen Eurer rohen Behandlung, seit wir in Louroux aufgebrochen sind, dann täuscht Ihr Euch.«

Roland lachte, und sein ganzes Gesicht wurde weicher. Wenn er fröhlich war, sah sein Gesicht wesentlich angenehmer aus. »Du findest also, daß ich roh bin, was?«

»Gewiß seid Ihr das«, erwiderte sie empört. »Ihr habt mir gedroht, und als wir bei der Herberge angehalten haben, habt Ihr mich behandelt, als sei es nicht mein Recht zu reden, mit wem es mir beliebt.«

»Du hast keinerlei Rechte.« Er war wieder kalt, und das Lachen war aus seinen Augen verschwunden. »Das wollen wir jetzt gleich klarstellen, Mädchen. Ohne meine Erlaubnis sprichst du mit niemandem.«

Brigitte war belustigt. »Das kann nicht Euer Ernst sein. Ich vermute, Ihr könnt nichts dafür, daß Ihr so seid, wie Ihr seid, aber Ihr überschreitet wirklich Eure Befugnisse. Ich bin Euch zwar dankbar dafür, daß Ihr mich beschützt, aber es steht Euch als meinem Begleiter nicht zu, mir Vorschriften zu machen.«

Roland schnappte nach Luft. Dann explodierte er. »Bei allen Heiligen, sie hat recht gehabt! Sie hat gesagt, dein Benehmen sei hochmütig, aber ich habe nicht geglaubt, daß du so dumm bist, deine Mätzchen bei mir auszuprobieren!«

Roland reichte es. Ihm war klar, daß er das Mädchen im

Moment nicht in seiner Nähe haben konnte. Er drehte sich um, stolzierte zu seinem Pferd und ritt eilig zur Straße zurück. Vielleicht würde sich seine Wut bei einem zügigen Ritt legen.

Brigitte sah der entschwindenden Gestalt bestürzt nach, und ihre Bestürzung verwandelte sich schnell in Angst, als die Geräusche sich weiter und weiter entfernten.

»Was habe ich bloß getan?« flüsterte sie. »Warum haßt er mich so?«

Sie rückte näher ans Feuer und hüllte sich dicht in ihren Umhang. Sie versuchte, sich einzureden, daß er zurückkommen würde. Ja, er würde kommen.

Die nächtlichen Geräusche, die mit dem Wind herübertrieben, wurden lauter. Brigitte zitterte. Sie rollte sich auf dem kalten Boden zu einer Kugel zusammen und zog sich den Umhang bis über den Kopf. Sie betete um den Schutz Gottes, und dann betete sie zu Roland von Montville.

»Bitte komm zurück«, flüsterte sie furchtsam. »Ich schwöre, daß ich meine Stimme nicht mehr gegen dich erhebe. Ich schwöre, keinen Streit mehr anzufangen. Ich werde gar nichts mehr sagen, wenn du bloß zurückkommst.«

Endlich gingen die sonstigen nächtlichen Geräusche im Knistern des Feuers unter, das sie in den Schlaf lullte.

So fand Roland sie bei seiner Rückkehr vor. Er holte sich eine Decke aus einem der Bündel auf seinem Pferd und streckte sich neben Brigitte auf dem Boden aus.

12

Roland wachte abrupt auf, denn er spürte akute Gefahr. Er sprang auf, zog routinemäßig sein Schwert und wirbelte herum, um den Eindringling zu entdecken. In der Dämmerung waren die dunklen Schatten für das Auge fast undurchdringlich, und so sehr er sich auch bemühte – er konnte nichts sehen. Er blieb vollkommen still stehen und wartete angespannt.

Jetzt sah Roland das Tier, das keine zwei Meter von ihm entfernt auf seinen gewaltigen Hinterbeinen saß. Das Tier sah aus wie ein Hund, doch einen so großen Hund hatte Roland noch nie gesehen.

Ohne das wilde Tier aus den Augen zu lassen, stieß Roland das schlafende Mädchen mit seinem Stiefel in die Rippen. Sie setzte sich langsam auf, und als sie sich bewegte, bewegte sich auch der Hund. Er trottete mit wendigen Bewegungen auf sie zu.

»Stell dich hinter mich, schnell«, befahl Roland in rauhem Flüsterton.

»Warum?« Sein Tonfall erschreckte sie, und als sie sein erhobenes Schwert sah, flüsterte sie: »Was ist?«

»Wenn dir dein Leben etwas wert ist, dann tu, was ich sage«, fauchte er.

Brigitte zog sich auf die Füße und duckte sich hinter Rolands breiten Rücken. Sie bekam es ernstlich mit der Angst zu tun, als sie das bedrohliche Knurren eines Tieres hörte. Langsam und zögernd lugte sie an Roland vorbei, um zu sehen, was dort knurrte. Selbst in dem dämmrigen Licht konnte sie diesen Umriß nicht verwechseln. Sie stürzte an Roland vorbei und stellte sich zwischen den Mann und den Hund. Roland sah ungläubig zu, als sie dem riesigen Tier um den Hals fiel und kicherte, als es ihr winselnd das Gesicht ableckte.

»Hast du irgendeine unerklärliche Macht über wilde Tiere?« fragte Roland tief beeindruckt. War das Mädchen eine Hexe?

Brigitte sah mit strahlendem Lächeln zu ihm auf. »Das ist mein Hund. Er ist mir gefolgt.«

Roland steckte sein Schwert in die Scheide und knurrte: »Ich weigere mich zu glauben, daß er dir einen ganzen Tagesritt weit gefolgt ist.«

»Ich habe ihn großgezogen, und er ist mir jahrelang gefolgt. Er muß gestern abend bei der Fütterung aus seinem Käfig entsprungen sein. Er ist sehr intelligent.«

Roland wandte sich wortlos ab. Er stieg auf sein Pferd, und ohne auch nur einen Blick in ihre Richtung zu werfen, ritt er langsam von der Lichtung.

»Wohin reitet Ihr?« rief Brigitte.

Roland rief über seine Schulter zurück: »Wenn ich Glück habe, komme ich mit frischem Fleisch zurück. Nutz deine Zeit, und kümmere dich um das Feuer.«

Dann war er verschwunden. Brigitte seufzte. Die Versprechen, die sie in der vergangenen Nacht abgelegt hatte, lasteten schwer auf ihr. Doch er war zurückgekommen.

Sie sah, daß Wolffs große braune Augen auf ihr ruhten, und sie lächelte fröhlich. »So, mein Liebling, nach dieser langen Reise mußt du müde sein.« Plötzlich warf sie ihm die Arme um den Hals und drückte ihn dicht an sich. »Ach, Wolff, Wolff, ich bin so froh, daß du gekommen bist. Ich hätte dich mitnehmen sollen, aber ich hatte Angst, um Erlaubnis zu fragen. Doch du hast mich gefunden, und jetzt kann uns nichts mehr auseinanderbringen. Mir geht es gleich viel besser. Der Normanne wird mich auf der Reise vor Gefahren beschützen, und du, mein König, wirst mich vor ihm beschützen.«

Seit Wolff da war, hatten Brigittes Ängste nachgelassen, und sie lachte vor Freude. »Komm, das Feuer muß brennen, wenn er zurückkommt, denn er ist ein mißmutiger Mann, der nicht gern wartet. Du mußt hungrig sein, Wolff.« Sie sammelte Zweige zusammen. Wolff blieb an ihrer Seite. »Ich kann mir vorstellen, wie du Leandor überrumpelt hast und gestern vor dem Essen weggelaufen bist. Vielleicht hat Leandor dich aber auch laufenlassen. Ja, das hätte er getan, wenn er geglaubt hätte, daß ich dich brauche.«

Sie plauderte weiterhin mit Wolff, wie sie es immer getan hatte. Sie sprach nur ihre Gedanken laut aus. Das Feuer ließ sich auf den gestrigen verkohlten Holzresten leicht entfachen, und schon bald wärmte sie sich die Hände, denn es war ein frischer Morgen.

Sie hatte ihr Haar gerade gekämmt und geflochten, als Roland zurückkam und ihr einen fetten Hasen vor die Füße warf. »Bereite ihn zu, und heb die Haut auf, damit wir nach dem Essen die Reste in das Fell wickeln können«, sagte er barsch zu ihr. Dann wandte er seine dunkelblauen Augen Wolff zu, der seinen Kopf auf Brigittes Schoß gelegt hatte. »Und er muß gehen. Die Lebensmittel reichen nicht, um sie mit ihm zu teilen.«

»Wolff wird mich nicht verlassen, nachdem er mich endlich gefunden hat«, erwiderte Brigitte zuversichtlich. »Aber um sein Futter braucht Ihr Euch keine Sorgen zu machen. Er ist ein ausgezeichneter Jäger und kann sich sein Abendessen mühelos selbst fangen.« Sie nahm den großen Kopf des Hundes zwischen ihre Hände und sah ihm in die braunen Augen. »Zeig's ihm, Wolff. Komm mit deinem Essen zurück, und ich koche es dir.«

Roland sah kopfschüttelnd dem Hund nach, der das Lager verließ. »Du willst für das Vieh kochen?«

»Er ist kein Vieh«, sagte sie vorwurfsvoll. »Seine Rasse läßt sich nicht bestimmen, aber er zeichnet sich durch seine Größe und seine Schlauheit aus. Natürlich werde ich für ihn kochen. Wolff ist zahm. Er frißt kein rohes Fleisch.«

»Ich auch nicht«, gab Roland zurück. »Mach dich an die Arbeit.«

Ehe er ausgeredet hatte, landete ein kleiner Dolch auf dem Erdboden neben dem Hasen. Brigitte hob ihn auf und verzog das

Gesicht. Sie hatte zwar kürzlich gelernt, wie man Tiere häutet, aber sie konnte diese Arbeit nicht ausstehen.

Er machte allerdings keine Anstalten, ihr die Arbeit abzunehmen. Er hatte sich ans Feuer gesetzt und angefangen, den Speer zu reinigen, mit dem er den Hasen getötet hatte. Sie nahm an, daß sie Druoda dankbar dafür sein mußte, Hausarbeiten gelernt zu haben.

»Wie soll ich Euch eigentlich ansprechen?« fragte Brigitte, um ein Gespräch zu beginnen.

Er sah sie nicht an. »Seigneur ist ausreichend.«

»Seigneur Roland?«

»Nur einfach Seigneur.«

»Das ist absurd«, sagte sie, ohne den Blick von ihrer Arbeit zu heben. »Ich werde Euch Roland nennen. Meinen Namen kennt Ihr ja. Ich wünschte, Ihr würdet ihn benutzen. Ich mag es nicht, ständig Dirne oder Mädchen genannt zu werden.«

Rolands Augen blitzten auf. »Jetzt fängt das schon wieder an.« Sein Gesicht verfinsterte sich. »Der Tag hat eben erst begonnen, und schon erzählst du mir wieder, was *du* tun wirst und was *du* willst!«

Brigitte sah bestürzt auf. »Womit habe ich Euch denn jetzt erzürnt?«

Roland stand auf und warf in einem plötzlichen Wutausbruch den Speer von sich. »Du forderst mich ganz bewußt heraus, indem du tust, als seist du etwas, was du nicht bist. Du bist eine Leibeigene, und ich bin dein Herr, und du wirst sofort aufhören, so zu tun, als sei es anders. Ich habe mein Wort gegeben, dich zu behalten, und jetzt habe ich dich am Hals, bis du stirbst. Setz dein Glück trotzdem nicht aufs Spiel, denn sonst könnte dieser Tag eher eintreffen, als du glaubst.«

Brigitte war fassungslos, aber sie ließ es sich nicht in vollem Umfang anmerken. Endlich wurde ihr einiges klar. »Ihr habt Druoda Euer Wort gegeben, das meint Ihr doch?«

»Ja, als sie mir dich gegeben hat.«

»Dazu hatte sie kein Recht!« keuchte Brigitte. »Ich bin keine Dienerin. Ich bin nie eine Dienerin gewesen!«

»Sie hat mir auch gesagt, daß dir Lügen leichter über die Lippen gehen als die Wahrheit, und sie hat mich vor deinen Phantastereien gewarnt.«

»Ihr habt das falsch verstanden. Druoda ist mein Vormund, denn der Rest meiner Familie ist gestorben. Sie ist nicht meine Herrin, sondern die Tante meines Halbbruders. Sie kann mich nicht einfach jemandem *geben.*«

»Sie wollte dich steinigen lassen, Mädchen, und das hätte sie auch getan, wenn ich mich nicht einverstanden erklärt hätte, dich mitzunehmen.«

»Vielleicht hätte sie mich umgebracht, aber nur, weil Ihr die Pläne zu Fall gebracht habt, die sie mit mir hatte.«

»Aber du mußt zugeben, daß ich dir das Leben gerettet habe. Laß mich in Frieden, und sei es nur aus diesem Grund.«

»Ihr habt kein Recht, mich zu behalten. Ich bin eine Dame! Mein Vater war Baron!«

Er hatte sich so dicht vor sie hingestellt, daß seine Augen fast schwarz wirkten. »Was du warst, spielt keine Rolle. Jetzt bist du meine Dienerin. Du bist von mir abhängig, und wenn ich höre, daß du es noch einmal leugnest, wirst du meine Peitsche spüren. Jetzt koch endlich dieses Fleisch!« brüllte er. »Wir haben heute schon genug Zeit verloren.«

Brigitte näherte sich erstarrt dem Feuer. Tränen liefen über ihre Wangen. Die Hoffnungslosigkeit brach über sie herein wie eine schwarze Nacht. Sie war so kaputt, daß sie nicht einmal fragte, warum sie nicht in Maine angehalten hatten. Sie wußte, warum. Druoda hatte sie in diesem Punkt hinters Licht geführt, wie sie sie auch in vielen anderen Dingen belogen hatte.

Was konnte sie tun? Wenn sie versuchte, mit diesem starrköpfigen Mann zu diskutieren und ihm klarzumachen, wie sehr er sich täuschte, würde er sie schlagen. Sie konnte keine Schläge mehr ertragen, zumindest nicht jetzt, denn sie litt noch immer unter den Nachwirkungen der Schläge, die sie bereits bekommen hatte.

Roland behielt sie im Auge, während der Zorn in ihm überschäumte, bis sie mit einem Ausdruck von grenzenlosem Elend und Trostlosigkeit zu ihm herübersah. Dann wandte er seinen Blick fast reumütig ab. Aber nur fast.

Warum weinte sie? Und warum wirkte sie so niedergeschlagen? Schließlich würde sie bei ihm kein schlechteres Leben haben als bisher. Er hatte die Schwielen an ihren Händen gesehen, und er wußte, daß sie an harte Arbeit gewohnt war. Sie würde nicht mehr in einem enormen Haushalt arbeiten müssen, sondern nur noch ihm dienen. Und hatte er ihr nicht das Leben gerettet? Konnte sie ihm nicht wenigstens dafür dankbar sein?

Roland wurde aus seinen Grübeleien herausgerissen, als Wolff ins Lager trottete und zwei tote Waldschnepfen vor Brigittes Füße legte. Er schüttelte den Kopf und räumte schweigend ein, daß der Hund wohl doch aus Louroux gekommen sein mußte. Wahrscheinlich hatte es dort zu Brigittes Aufgaben gehört, sich um das

Tier zu kümmern. Wie hätte es sonst sein können, daß das Tier ihre Anweisungen genau befolgte? Der Hund mußte gewohnt sein, ihr zu gehorchen.

Bei Wolffs Rückkehr verwandelten sich Brigittes stumme Tränen in ein lautes Schluchzen, und Roland sprang auf. »Donnerwetter, Weib! Du hast jetzt lange genug geheult!«

Wolff fiel in Brigittes Geheul ein, und Roland warf die Arme in die Luft und entfernte sich von dem Feuer.

Schließlich hörte Brigitte auf zu weinen, und Wolff leckte ihre Tränen ab. Sie stieß einen tiefen Seufzer aus und beendete ihre Arbeit. Bald wurde Wolffs Futter gemeinsam mit dem anderen Fleisch über dem Feuer geröstet, und sie lehnte sich zurück und sah ihren Hund betrübt an.

»Was soll ich bloß tun, Wolff?« fragte sie, als erwarte sie eine Antwort. »Er hat mich zu seiner Dienerin gemacht, und niemand außer mir sagt ihm, daß er nicht das Recht dazu hat.

Das hat mir Druoda angetan!« sagte sie heftig, und ihre Augen funkelten vor Zorn.

Als Roland zurückkehrte, war der Hase gar, und Wolff hatte sein Fressen bereits verschlungen. Sie aßen schweigend, und Brigitte hielt ihre Augen auf den Boden gerichtet.

»Ich will mit dir reden, Mädchen, und ich hoffe, daß du anschließend beruhigt bist«, sagte Roland mürrisch. »Du brauchst dich nicht vor mir zu fürchten, solange du tust, was ich dir sage.«

»Und wenn ich es nicht tue?« fragte sie nach einer Pause.

»Ich werde dich nicht anders behandeln als alle anderen Leibeigenen«, sagte er ganz platt.

»Wie viele Dienstboten habt Ihr?« wagte sie sich vor.

»Ich habe nie einen anderen persönlichen Diener als meinen Schildknappen gehabt, der kürzlich gestorben ist. Es gibt viele Diener im Haus, aber sie stehen im Dienst meines Vaters. Du bist die erste Dienerin, die ausschließlich für mich da ist.«

»Ihr nehmt mich mit zu Euch nach Hause?«

»Ja.«

Während Brigitte noch darüber nachdachte, fuhr er fort.

»Du wirst meine Kleider flicken, mir das Essen servieren und mein Zimmer sauberhalten. Du bist nur mir verantwortlich. Ist das nicht weniger Arbeit, als du gewohnt bist?«

»Viel weniger«, gab sie zu.

Er stand auf und sah sie an. »Ich erwarte Gehorsam. Solange

du mich nicht erzürnst, wird es dir gutgehen. Nimmst du dein Los hin und hörst auf, mich zu provozieren?«

Nach kurzem Zögern sprach Brigitte schnell, ehe sie den Mut verlor. »Ich will Euch nicht belügen. Ich werde Euch dienen, solange es sein muß. Aber wenn sich mir eine Gelegenheit bietet, Euch zu verlassen, werde ich es tun.«

Sie erwartete einen neuerlichen Wutausbruch, aber er sah sie nur finster an. »Nein, du wirst mir nicht entkommen«, sagte er in einer fremden Sprache.

»Was?«

»Ich habe gesagt, daß du besser Altnordisch lernen solltest, denn in Montville sprechen viele keine andere Sprache.«

»Und Ihr habt all das mit so wenigen Worten gesagt?« fragte sie skeptisch.

Doch Roland gab ihr keine Antwort. »Komm, wir vergeuden Zeit. Der Hund kann mitkommen. Er eignet sich gut als Geschenk für meinen Vater.«

Brigitte wollte lautstarke Einwände erheben, aber sie überlegte es sich anders. Roland würde zur rechten Zeit selbst herausfinden, daß sich Wolff nicht von ihr fernhalten ließ.

13

Sie erreichten Orleans nicht vor Einbruch der Nacht und mußten wieder nach Sonnenuntergang ihr Lager aufschlagen. Brigitte verbrachte die langen Stunden des unbequemen Ritts damit, sich einzureden, daß sich die Umstände eine Zeitlang aushalten ließen. Immerhin war sie fort von Berry und fort von Druoda.

Was sie brauchte, war ein Ehemann, denn wenn sie erst einmal verheiratet war, hatte Druoda keinen Anspruch mehr auf Louroux und konnte an ihrem Tod nichts gewinnen. Aber um zu heiraten, brauchte sie Arnulfs Einwilligung – oder die seines Feudalherren. Der König von Frankreich war Arnulfs Feudalherr, und darin lag die Antwort. Sie konnte sich an den Königshof begeben und dort heiraten, ehe Druoda davon erfuhr. Sie mußte nur jemanden finden, der sie zur Ile-de-France und zum Hofe Lothars mitnahm. Dann würde sie frei sein, und Druoda würde sich gezwungen sehen, Louroux zu verlassen.

Als die Zeit herangerückt war, das Lager für die Nacht aufzuschlagen, war Brigitte so zufrieden mit dem Stand ihrer Überlegungen, daß sie ihre Lage als einen Segen ansah. Der dritte Tag verging schnell, denn Roland begann, Brigitte die Sprache seiner Vorfahren beizubringen. Die Sprache war nicht leicht zu erfassen, aber sie lernte etliche Wörter und beeindruckte damit Roland.

Die Tage fingen erfreulich an, denn Roland fand bald heraus, daß Wolff tatsächlich ein guter Jäger war. Wenn sie morgens erwachten, lagen zwei große Hasen und eine Wildgans neben ihnen bereit.

Roland fand es erstaunlich, aber recht angenehm, daß der Hund das Jagen für ihn erledigte. Roland reagierte darauf so gutgelaunt, daß er mit Wolff Freundschaft schloß, und zu Brigittes Erstaunen mochte Wolff ihn. Roland ging auch mit Brigitte nicht mehr so grob um. Die drei zogen zufrieden und ausgeglichen auf der Straße weiter.

Die Reise flußabwärts begann am frühen Nachmittag, nachdem sie Orleans erreicht hatten, und Rolands Laune wurde noch besser. Brigitte stellte fest, daß ein Teil seiner Übellaunigkeit darauf zurückzuführen gewesen war, daß sie ihn bei seiner Heimreise aufgehalten hatte. Am Abend, als sie sich beide satt gegessen hatten, stellte sie ihm Fragen.

»Warum habt Ihr es so eilig?«

Sie hatte sich auf dem Deck zusammengerollt und lag mit dem Kopf auf den Armen auf der Seite. Roland saß zu ihren Füßen und blickte geistesabwesend auf den Fluß.

Roland erklärte es ihr knapp. Er erzählte ihr, daß sein Vater einen Vasallen ausgeschickt hatte, um ihn zu suchen, und daß es in Montville bald zum Krieg kommen würde.

»Leider hat es viele Monate gedauert, bis Gui mich gefunden hat, denn ich war im Süden Frankreichs. Vielleicht ist der Kampf schon vorbei.«

Brigittes Interesse war erwacht. »Ihr seid also gerade erst aus dem Süden gekommen?«

»Ja, vom Kampf gegen die Sarazenen.«

Ihre Augen leuchteten auf. »Ich hoffe, Ihr habt viele Sarazenen getötet!« sagte sie impulsiv, denn sie wußte, daß ein Sarazene ihren Bruder umgebracht hatte.

»Das habe ich allerdings getan«, brummte er. »Aber weshalb sollte dich das interessieren? Die Piraten waren nur für den Süden bedrohlich. Du warst weit von diesem Geschehen entfernt.«

»Ich hatte keine Angst um mich«, erklärte sie, und ihre großen blauen Augen sprühten vor Haß für den Mann, der Quintin erschlagen hatte. »Ich hoffe nur, daß alle Sarazenen bis auf den letzten Mann getötet worden sind.«

Roland kicherte. »Meine Venus ist wohl blutrünstig. Das hätte ich nicht gedacht.«

Brigitte senkte den Blick und starrte ins Feuer. Sie seufzte. Was hätte es genutzt, ihm zu erklären, was sie empfand? Ihre Gefühle waren ihm gleich.

»Ich bin nicht blutrünstig«, sagte sie leise. »Die Sarazenen mußten ausgerottet werden, das ist alles.«

»Und so ist es auch gekommen.«

Brigitte wandte sich von ihm ab und drehte ihren Rücken zum Feuer, aber sie spürte, daß sein Blick noch auf ihr ruhte, und ihr war unbehaglich zumute. Was sollte das heißen, daß er sie als seine Venus bezeichnete? Sollte das heißen, daß sie ihm inzwischen besser gefiel? Sie betete, es möge nicht so sein.

Brigitte, die das sichere Gefühl hatte, daß Roland sie weiterhin beobachtete, wurde zunehmend nervöser, bis ihr einfiel, daß sie nicht allein auf dem Boot waren. Wolff lag neben ihr. Ihr treuer Hund würde nicht zulassen, daß der Normanne ihr etwas antat. Bei diesem tröstlichen Gedanken schlief Brigitte ein.

Am nächsten Tag drohte ein Sturm aufzukommen, aber es kam nicht zum Ausbruch. Die Loire war bereits gestiegen und wäre bei einem starken Regenfall sicher über die Ufer getreten, und daher sahen sie besorgt zu den dunklen Wolken auf, die die Sonne verdeckten. Ein starker Wind trug dazu bei, daß es auf dem Fluß unangenehm kalt war. Der Wind behinderte zudem ihre Weiterreise, und das trübte Rolands Stimmung. Er schwieg fast den ganzen Tag, und wenn er sprach, war er mürrisch.

Er ärgerte sich über sich selbst, weil ihm die Kälte etwas ausmachte, denn im Vergleich zu dem, was er die meiste Zeit seines Lebens gekannt hatte, war das Klima mild. Die letzten sechs Monate im Süden Frankreichs hatten sein Blut verdünnt, und das empfand er als seine Schwäche.

Die Nacht erwies sich als die bisher kälteste. Brigitte kuschelte sich dicht an Wolff, um sich zu wärmen, und sie hatte auch nichts dagegen, als Roland sich neben sie legte, denn er hielt den Wind von ihrem Rücken ab. Was für eine Jahreszeit, um heimzukehren, mitten im dicksten Winter! Wenn er zu Hause ankam, würde er sich Winterkleidung anfertigen lassen müssen. Er hoffte, daß das Mädchen gerade Nähte nähen konnte, denn diese Aufgabe würde in ihren Bereich fallen.

Er drehte sich auf die Seite, zu ihr hin, und an ihrem gleichmäßigen Atem konnte er feststellen, daß sie fest schlief. Er nahm einen ihrer langen blonden Zöpfe in die Hand und strich sich mit dem seidigen Ende des Zopfes über die Wange. Er sah ihre liebreizenden Züge vor sich, obwohl er ihr Gesicht nicht sehen konnte, denn er hatte sie in der vergangenen Nacht so lange angestarrt, daß er ihr Bild unauslöschlich vor Augen hatte.

Roland hatte kürzlich einen Anflug von Stolz auf das Mädchen verspürt. Sie war nicht nur ungewöhnlich schön, sondern sie war auch schnell von Begriff und hatte bereits ein Gefühl für das Altnordische entwickelt.

Sie schien ihn als ihren Herrn akzeptiert zu haben, und er hatte den Eindruck, daß sie gewillt war, ihm zu dienen. Das freute ihn, denn es bedeutete, daß er nicht auf die Diener seines Vaters angewiesen war. Er erinnerte sich nur zu gut daran, daß die Diener immer dann, wenn er etwas brauchte, auf Heddas Geheiß hin beschäftigt gewesen waren.

Dieses Mädchen würde ihm eine gute Dienerin sein. Daher widerstrebte es ihm, eine Bettgeschichte mit ihr anzufangen. Er hatte das sichere Gefühl, daß es ein Fehler wäre, das Verhältnis zwischen ihnen beiden zu ändern. Roland wandte sich seufzend von ihr ab und verfluchte das Mädchen für seine Schönheit.

14

Der Sturm war nach Süden weitergezogen, ohne ihnen Schwierigkeiten zu machen, und während des ganzen folgenden Tages hatten sie schönes Wetter. An diesem Tag kamen sie zum Sitz des Grafen der Tourraine. Brigitte wünschte, sie hätte das Kloster von St. Michel besuchen können, aber das Boot legte nur so lange an, bis Passagiere ausgestiegen und neue Passagiere zugestiegen waren. Dann wurde die Fahrt wieder fortgesetzt.

Die beiden Neuzugestiegenen waren große, grob aussehende Sachsen. Die sächsischen Herzöge hatten die Franken in ihrem östlichen Königreich geschlagen und herrschten unter Otto über Deutschland, eine Tatsache, die den Franzosen nicht gefiel. Diese beiden hatten finstere, wetterfeste Gesichter und langes, unbändiges Haar, das die Farbe trockenen Herbstgrases hatte. Sie trugen dicke Pelze, die ihnen ein bärenhaftes, bedrohliches Aussehen verliehen. Sie waren bewaffnet.

Die Sachsen hielten sich abseits, doch als ihre Blicke mit

unmißverständlichem Interesse auf Brigitte fielen, fühlte sie sich unwohl und stellte sich dichter neben Roland. Er sah sie nicht an, auch dann nicht, als ihr Arm versehentlich seinen streifte. Seit einigen Tagen schien er ihre Blicke zu meiden, und sie fragte sich, warum.

Am Spätnachmittag des nächsten Tages, dem sechsten Reisetag, passierten sie die Stelle, an der die Maine und die Loire zusammenfließen, und hier ließ Roland sich am Ufer absetzen. Brigitte war es zuwider, ihren unbequemen Platz auf dem Pferd wieder einzunehmen, aber als sie fragte, ob sie ein Stück zu Fuß gehen dürfe, wurde ihr die Bitte abgeschlagen. Roland war entschlossen, vor Einbruch der Nacht eine möglichst weite Strekke zurückzulegen.

Die Nacht brach schnell herein, und sie hielten in einem kleinen Gehölz am linken Ufer der Maine an. Sie waren nur wenige Meter vom Fluß entfernt, und Brigitte dachte daran zu baden. Sobald Roland auf die Jagd gegangen war, sammelte sie eilig Feuerholz zusammen und stapelte es auf dem Boden. Dann zog sie ein frisches Gewand aus ihrem Bündel, lief zum Ufer und freute sich, daß sie noch etwas Sauberes zum Anziehen hatte.

Auf der anderen Seite des Flusses lagen einsame Sümpfe, die im blauen Licht der Dämmerung öd und trostlos aussahen. Flußaufwärts kam etwas Schwarzes, Eckiges auf Brigitte zugetrieben. Sie erstarrte vor Schreck und kletterte eilig auf die niedrige Böschung, als sie sah, daß es ein Boot war. Sie verbarg sich hinter einem Baum und fluchte, weil sie aufgehalten wurde. Wolff kam und kauerte sich neben sie, und sie streichelte geistesabwesend seine Ohren, während sie ungeduldig dem Schiff entgegensah, das sich nur langsam vorwärts bewegte. Schließlich sah sie Wolff an und runzelte die Stirn.

»Du solltest dir lieber selbst dein Abendessen besorgen, Wolff. Der Normanne nimmt das Fleisch an, das du ihm bringst, aber ich zweifle daran, daß er dir den gleichen Gefallen tut und für dich jagt.« Als das Tier sich nicht von der Stelle rührte, versetzte sie ihm einen leichten Stoß. »Geh schon, sobald das Boot weg ist, ist alles in Ordnung. Ich komme allein zurecht.«

Sie sah ihm nach, als er davontrottete. Dann sah sie wieder auf den Fluß und mußte feststellen, daß das Boot, auf dem Vieh transportiert wurde, gerade erst auf sie zukam. Es fuhr so langsam an ihr vorbei, daß es zum Verrücktwerden war. Brigitte wußte, daß sie wieder an der Lagerstatt sein mußte, die sie aufgeschlagen hatten, wenn Roland zurückkam.

Endlich wurde das Boot kleiner und kleiner, und Brigitte zog sich nackt aus und lief eilig ins Wasser. Es war so eisig, daß es ihr den Atem verschlug, aber sie tauchte trotzdem unter. Ihre Zähne klapperten, und sie rieb sich am ganzen Körper, wobei sie ständig nach weiteren unerwünschten Schiffen Ausschau hielt. Auf dem Fluß war nichts zu sehen, aber das spielte jetzt keine große Rolle mehr, denn der Himmel war schwarz geworden, und der Mond war noch nicht aufgegangen. Sie zweifelte daran, daß jemand sie sehen würde – selbst wenn ein Schiff direkt an ihr vorbeigefahren wäre.

Brigitte eilte sich sehr und war froh, als sie das eisige Wasser hinter sich gelassen hatte. Sie fing an, am ganzen Körper zu zittern, und zog sich eilig ihr sauberes Kleid über, ohne sich erst abzutrocknen. Sie band es mit dem geflochtenen Gürtel zu, den sie vorher auch getragen hatte. Jetzt fror sie, und ihr wurde klar, daß dieser kleine Luxus des Badens ihr wahrscheinlich eine Erkältung eintragen würde. Luxus? Nein, sie war nicht bereit, ein Bad als einen Luxus anzusehen.

An ihren nassen Füßen haftete Erde, und daher entschied sie sich, ihre Sandalen noch nicht anzuziehen. Sie nahm sie gemeinsam mit dem Kleid, das sie vorher getragen hatte, in die Hand und begab sich zur Lagerstelle zurück. Dabei verfluchte sie sich dafür, das Feuer nicht vor ihrem Bad angezündet zu haben. Es war dunkle Nacht, und sie fror sehr.

Dann sah sie die Funken und glaubte, vor Angst zu sterben. Sie hielt den Atem an, bis sie sah, daß Roland neben dem Feuer kauerte.

Sie stieß einen Seufzer der Erleichterung aus. »Ihr habt mir einen furchtbaren Schrecken eingejagt«, sagte Brigitte, als sie näher kam und eilig ihre Sachen fallen ließ. »Wie lange seid Ihr schon hier?«

Als er sich umdrehte, ließ sein Blick sie zusammenfahren. »So lange, daß ich mich gefragt habe, warum ich weder ein Feuer, noch ein tollkühnes Weib hier vorfinde.«

»Ich hätte nicht geglaubt, daß Ihr so schnell zurückkehrt.«

»Glaubst du, ich habe Augen wie dein Hund und kann das Wild im Dunkeln sehen?« erwiderte er gehässig. »Ich habe zu lange gewartet, bis ich das Lager aufgeschlagen habe. Es gibt kein Fleisch, es sei denn, Wolff hat mehr Glück als ich. Ich sehe, daß er nicht hier ist.«

»Ich habe ihn fortgeschickt, nachdem Ihr gegangen seid.«

Roland stand auf und sah sie an. »Komm her, Mädchen. Wo bist du gewesen?«

Brigitte zögerte. Sie kannte diesen Tonfall. Sein Mund war verkniffen. Die Stoppeln, die auf seinem Kinn gewachsen waren, waren überraschend dunkel und ließen ihn heimtückischer wirken. Seine Augen waren ein brennendes Spiegelbild des Feuers zu seiner Seite, und als er die Hand nach ihr ausstreckte, schnappte Brigitte nach Luft und machte einen Satz nach hinten. Seine Hand erwischte ihren Arm und glitt dann herunter. Als er sie zurückzog, war sie naß.

»Es war dir wohl wichtiger, schwimmen zu gehen, als bei dieser Kälte ein Feuer anzuzünden?«

Sie schöpfte Mut, denn schließlich hatte er sie nicht geschlagen. »Ich wollte Euch keine Ungelegenheiten bereiten.«

»Mir?« brummte er. »Schau dich an. Dein Arm ist wie Eis, und deine Lippen sind blau.« Er stieß sie derb zum Feuer. »Wärm dich auf. Wenn du mir jetzt krank wirst, bei Gott... hast du denn keinen Verstand, Mädchen?«

Sie stand mit dem Rücken zum Feuer und sah ihm ins Gesicht. Ihre Lippen zitterten. »Ich wollte mich reinigen, und solange Ihr in der Nähe wart, konnte ich mich nicht vollständig baden.«

»Warum nicht?«

Sie senkte den Blick und war froh, daß er ihr Erröten nicht sehen konnte. »Es schickt sich nicht.«

»Es schickt sich nicht?« schrie er. Dann unterbrach er sich, und seine Blicke wanderten langsam an ihrem Körper herunter. Unter der weichen Wolle, die sich an ihre nasse Haut schmiegte, waren alle Konturen zu erkennen.

Als Rolands Blicke sich schließlich mit ihren trafen, vergrößerten sich seine Augen, aber nicht vor Zorn. Es war ein Blick, den sie in ihrer behüteten Jugend nicht oft gesehen hatte, aber sie erkannte ihn instinktiv. Entsetzen packte sie.

Sie wich langsam vor ihm zurück, ohne an das Feuer hinter ihrem Rücken zu denken, doch er griff schnell nach einem ihrer Zöpfe und zerrte sie roh an sich. Sie schlug gegen seinen steinharten Körper, und es raubte ihr den Atem. Er legte einen Arm um ihre Taille, und sie konnte sich nicht mehr rühren.

Mit seiner freien Hand bog er ihren Kopf nach oben, und seine Blicke streiften langsam über ihr Gesicht. Er sog jeden Zentimeter besitzergreifend mit seinen Augen ein. »Vielleicht kann ich dich besser wärmen als das Feuer, was?« sagte er heiser, ehe seine funkelnden dunkelblauen Augen wieder in ihre Augen sahen. Seine Blicke waren heißhungrig, doch er sagte leise: »Es hilft dir nicht, dich gegen mich zu wehren, falls es das sein sollte, was du vorhast. Das weißt du selbst.«

Sie war doch so sicher gewesen, daß er sie nicht wollte. Was hatte diesen Sinneswandel bewirkt?

Er zog sie dichter an sich, und dann ließ er sie los, um nach ihrem Gürtel zu greifen. In dem Moment sprang Brigitte mit einem Satz zur Seite. Wenn es ihr gelang, außer Reichweite des Feuerscheins zu kommen, würde ihr die Dunkelheit zur Hilfe kommen, und sie konnte sich verstecken. Aber sie kam nicht weit, ehe er sie an der Taille packte und sie gezwungen war, mit einem Ruck stehenzubleiben. Er wirbelte sie herum und hob sie auf seine Arme. »Hast du wirklich geglaubt, du könntest mir davonlaufen?«

Seine Stimme war nicht grob. Er wirkte sogar ausgesprochen belustigt. Brigitte funkelte ihn böse an, und er lachte vor Heiterkeit.

»Wo ist die Dirne geblieben, die in dem Moment vor Angst ohnmächtig geworden ist, in dem ich sie auf mein Bett geworfen habe? Ich muß feststellen, daß du seit jener Nacht, die noch gar nicht lange her ist, mutiger geworden bist.«

»Ihr haltet Euch zuviel zugute«, sagte sie schroff. Sie war wütend, weil er sich über sie lustig machte. »Ich bin ohnmächtig geworden, weil mein Rücken geschmerzt hat, nicht aus Angst vor Euch.«

»Was war mit deinem Rücken?«

»Ich bin geschlagen worden – und das hatte ich Euch zu verdanken«, fauchte sie mit haßerfülltem Blick.

Roland runzelte die Stirn und legte sie sachte auf seiner Decke neben dem Feuer ab. Trotz ihrer gemurmelten Proteste öffnete er ihren Gürtel und zog ihr das Kleid aus. Dann hob er ihr Unterkleid hoch und berührte den Bereich, der ihr keine Schmerzen mehr bereitete. Dann stieß er sie wieder auf die Decke und sah sie scharf an.

»Hast du noch Schmerzen?«

»Nein. Warum?«

»Man sieht die Striemen noch. Eine Tracht Prügel, deren Spuren jetzt noch zu sehen sind, muß sehr schlimm gewesen sein. Natürlich hast du damit rechnen müssen, da du deine Herrin bestohlen hattest.«

»Ich habe Euch doch gesagt, daß ich keine Diebin bin. Das, was man mir angetan hat, hat man getan, weil ich versucht habe, wegzulaufen ...«

Noch während sie sprach, merkte sie, daß er ihr nicht zuhörte.

Sein Mund senkte sich jetzt auf ihre Lippen, und es zog ihr die Brust zusammen. Sie wußte, daß sie gegen seine Kraft nicht das mindeste ausrichten konnte, und ihr war grauenvoll bewußt, daß er ihr Unterkleid bis über ihre Brüste hochgezogen hatte.

Mit beiden Händen krallte sie sich in sein dichtes Haar, um seinen Kopf hochzuziehen. »Ihr werdet mich nicht nehmen!«

Er setzte sich auf und entfernte ihre Hände mühelos aus seinem Haar.

»Du willst es mir wohl erschweren?« Er grinste. Ohne eine Antwort abzuwarten, zog er kichernd sein schweres Kettenhemd und sein Lederhemd über den Kopf. Sie setzte sich keuchend auf, aber er stieß sie mit einer Hand zurück und hielt sie auf dem Lager fest, während er sich mit seiner anderen Hand an seiner Hose zu schaffen machte.

Brigitte schloß die Augen und zwang sich, nicht zu weinen. Roland verschränkte seine Hände hinter ihren Schultern. Es war so leicht für ihn gewesen, so verflucht leicht. Sie schlug die Augen auf und sah ihn wutentbrannt an. »Ich hasse Euch!«

Er sah sie lange an, und sie erwiderte seinen Blick kühn. Während sie in seine tiefblauen Augen starrte, mußte Brigitte plötzlich zu ihrem eigenen Erstaunen die Feststellung machen, daß sie sich wirklich etwas aus Roland machte. Sie hätte nicht sagen können, daß sie ihn liebte. Das wäre zu weit gegangen. Schließlich war er trotz allem grob und unwirsch und manchmal grausam in seinen Bemerkungen, doch zugleich war er auch stark, entschlossen und aufrichtig, und ihr gefiel mehr an ihm, als sie sich hatte eingestehen wollen. Außerdem glaubte sie zu sehen, daß er sie zärtlich, wenn nicht gar liebevoll, ansah. Er gibt vor, sich nur zu nehmen, was ihm zusteht, dachte sie, aber es steckt mehr hinter seinem Benehmen, weit mehr.

Roland dachte darüber nach, wie bezaubernd sie aussah und wie sehr er sie begehrte. Brigitte gegenüber würde er das niemals zugeben, aber sie war etwas Besonderes. Sie war charmant, und ihr Mut und ihre Intelligenz begeisterten ihn. Nein, es ging nicht an, ihr das zu sagen, aber Roland machte sich schon jetzt sehr viel aus ihr.

Er küßte ihr schönes Gesicht und ließ seine Lippen dann langsam über ihren Hals zu ihren kleinen Brüsten gleiten. Sie sahen so zerbrechlich aus wie Porzellan, aber sie faßten sich an wie sonnengereifte Pfirsiche, und er schmiegte sein Gesicht an ihren Busen. Nach einer Weile erfaßte ihn plötzlich große Ungeduld nach ihrer Süße, und er zog ihre Schenkel auseinander und drang in sie ein.

Roland blieb die Luft weg. Das jungfräuliche Hindernis war noch da! Er war vor den Kopf gestoßen, aber er sagte kein Wort. Er bewegte sich sehr sachte in ihr, und nach den ersten vorsichtigen Stößen spürte er, daß sie sich entspannte. Er gab sich große Mühe, behutsam mit ihr umzugehen, und er bewegte sich lange in ihr, ehe er erschauernd auf sie fiel. Kurz darauf zog er sich aus ihr zurück, legte sich neben sie und blickte lächelnd in ihr Gesicht.

»Warum lächelst du so selbstgefällig?« fragte Brigitte erbost. »Du hast gesagt, du würdest mir nicht weh tun, aber du hast mir weh getan!«

»Das stand zu erwarten, denn du warst noch eine Jungfrau.«

»Aber...« setzte sie unbeholfen an, und er mußte über ihre Verwirrung lachen.

»Du kannst mir nicht die Schuld an allen diesen Mißverständnissen geben. Wärst du nicht ohnmächtig geworden, hättest du es selbst gemerkt.«

»Aber du hast doch gesagt, du hättest mich genommen.«

»Ich habe nichts mitgekriegt. Ein betrunkener Mann tut manchmal Dinge, an die er sich hinterher nicht erinnern kann.« Er zuckte die Achseln. »Ich bin einfach davon ausgegangen, daß ich dich genommen habe. Es war aber gar nicht so.«

Sie lag stumm dort, innerlich aufgewühlt, und ihre Gedanken drehten sich im Kreis. Sie sagte kein Wort.

Roland fuhr mit einem Finger zärtlich über ihr geschwungenes Kinn. »Was spielt das für eine Rolle, mein kleines Juwel? Ob jetzt oder damals – du gehörst ohnehin mir.«

»Aber Druoda hätte mich dir nie gegeben, wenn sie gewußt hätte, daß es nicht zu einer Vergewaltigung gekommen ist.«

»Aber sie hätte dich einem anderen gegeben. Wo ist da der Unterschied?«

Roland gab ihr keine Gelegenheit zu antworten. Seine Lippen verschlossen ihren Mund mit einem langen, zärtlichen Kuß. Als er seinen Mund von ihren Lippen gelöst hatte, fragte er: »Habe ich dir sehr weh getan?«

»Nein.«

Es klang fast verbittert, und er schüttelte den Kopf. »Ich habe versucht, dich in Ruhe zu lassen. Ich wollte dich schon eher haben, aber ich habe dich trotzdem nicht angerührt.«

»Warum dann jetzt?« Sie wirkte mindestens so neugierig wie vorwurfsvoll.

Er zog die Augenbrauen hoch. »Das fragst du noch, wenn du mich mit nassen Kleidern begrüßt, die sich an deinen Körper schmiegen und jede Rundung deutlich abzeichnen? Ich bin doch nicht aus Stein.«

Brigitte seufzte. Es war eine Dummheit gewesen, in ihrer Wachsamkeit ihm gegenüber nachzulassen.

»Du hast gesagt, daß ich dir nicht gefalle«, sagte sie jetzt. »Ist denn alles, was du sagst, gelogen?«

»Damals warst du nicht gerade in Form. Ich müßte blind sein, damit du mir nicht gefällst. Außerdem gefällt mir die Vorstellung, daß dich kein anderer Mann gehabt hat.«

Er grinste jetzt, und seine Arroganz machte sie wütend. »Ich wünschte, es hätte hundert Männer vor dir gegeben!«

Darüber lachte er nur, und sie stieß ihn erbost von sich. »Laß mich in Ruhe, du ausgewachsener Lümmel!«

Roland ließ zu, daß sie aufstand. Er kicherte immer noch, als sie nach ihrem Kleid griff und mit steifen Schritten zum Fluß ging.

»Wohin gehst du?« rief er, doch sie blieb nicht stehen.

»Ich gehe wieder baden, nachdem du mich besudelt hast!« rief sie über die Schulter zurück, und sein Lachen folgte ihr bis zum Fluß hinunter.

15

Brigitte lag steif neben dem Feuer. Ihre Hände und Füße waren mit Streifen ihres Bündels zusammengebunden, und sie konnte nicht schlafen.

Es war schlimm genug, daß Roland von Montville sie genommen und sich dann darüber ins Fäustchen gelacht hatte. Er war sich seiner so sicher gewesen, und er war so selbstzufrieden gewesen, daß sie angefangen hatte, ihn dafür zu hassen. Daher hatte sie, sobald er sich hingelegt hatte und fast augenblicklich eingeschlafen war, wieder darüber nachgedacht, fortzulaufen. Ja, sie hatte geglaubt, ihm damit zeigen zu können, wie wenig sie sich aus Roland von Montville machte.

Als der Mond noch nicht hochstand, hatte sie ihre Habe gepackt, Wolff geweckt, um ihn mitzunehmen, und sich leise von der Lagerstatt entfernt, um Roland zu entwischen. Sobald das Feuer weit genug hinter ihr lag, war sie gerade lange genug stehengeblieben, um in ihre Sandalen zu schlupfen. Dann hatte sie angefangen zu rennen.

Brigitte hörte nur das Geräusch ihrer eigenen Schritte, und daher ahnte sie nicht im mindesten, daß Roland die Jagd aufgenommen hatte. Als er die Hand ausstreckte und ihren Arm packte, schrie sie vor Entsetzen auf. Er zerrte sie zum Lager am Feuer.

Er sah starr vor Zorn mit böswilligen Blicken auf sie herunter. »Du kannst dich glücklich schätzen, weil ich so nachlässig war, dich nicht vor den Folgen zu warnen, wenn du wegläufst. Aber hiermit warne ich dich. Falls du es jemals wieder probieren solltest, wird dein Rücken die Peitsche spüren. Einen Hieb für jede Stunde, die ich brauche, bis ich dich gefunden habe.«

Brigitte lief ein Schauer über den Rücken, und sie glaubte, die Peitsche zu spüren. »Dann muß ich eben dafür sorgen, daß du mich niemals findest«, flüsterte sie so leise, daß er es nicht hören konnte.

Roland sah sie finster an. »Ich will genau wissen, was du eben gesagt hast, Dirne, und zwar die Wahrheit!«

Sie reckte ihr Kinn in die Luft, und die Lüge ging ihr leicht über die Lippen. »Ich habe gesagt: Und was, wenn du mich nicht findest?«

»Ich werde dich finden. Ich habe mein Wort gegeben, daß du mir nie entkommen wirst, und für mein Wort bürge ich mit meinem Leben. Laß dir eins sagen für den Fall, daß du so dumm bist, es noch einmal zu probieren. Du bekommst von mir keine Schläge, die nur rote Striemen hinterlassen. Wenn ich dich auspeitsche, verlierst du Blut. Die Male, die ich dir beibringe, wirst du dein Leben lang zur Erinnerung behalten. Du wirst mir gehorchen.«

Dann hatte er ihr die Hände und Füße gebunden und grimmig gescherzt: »Damit ich in Frieden schlafen kann.«

Kurz darauf hörte Brigitte, daß sich in der Nähe des Lagers etwas rührte. Dann bellte Wolff plötzlich laut.

Was dann geschah, sah Brigitte verschwommen vor sich. Roland sprang schnell auf und packte sein Schwert. Doch um ihn herum standen zwei Männer, und er konnte nicht beide gleichzeitig im Auge behalten. Als er sich einem von den beiden zuwandte, schlug ihm der andere von hinten auf den Kopf. Mit einer Axt. Brigitte sah voller Entsetzen zu, wie Roland am Boden zusammenbrach.

Brigitte stieß einen Schrei aus, und Wolff griff den Mann an, der

Roland niedergeschlagen hatte. Sie konnte nicht zusehen, denn der andere Mann rannte auf sie zu und kniete sich neben sie.

»Bring schnell das Vieh um«, rief er über die Schulter. »Dann bekommst du deine Belohnung.«

Brigitte sah in sein hämisch grinsendes Gesicht. Es waren die Sachsen, die sie auf dem Boot gesehen hatte! Aber die beiden waren nicht an Land gegangen, als Roland und sie ausgestiegen waren. Wie kam es, daß sie hier waren?

»Warum hat der Ritter dich gefesselt?« fragte der Sachse, während er die Schnüre durchschnitt, mit denen ihre Hände und Füße gebunden waren. »Hat er dich deinem Herrn gestohlen?«

Brigitte war zu erschrocken, um etwas zu sagen, aber er wartete keine Antwort ab. »Ist ja egal. Du bist es wert, einen Umweg zu machen und einen Mann zu töten. Ja, das bist du ohne weiteres wert.«

Sie konnte seine Worte kaum hören, denn Wolff knurrte bösartig, während er den anderen Sachsen angriff, doch sie verstand nur allzugut, worum es ging. Die Sachsen waren ihnen gefolgt und hatten Roland überfallen, um sie zu stehlen. Sie würde von der Hölle eines Normannen in die Hölle eines Sachsen geraten!

Brigitte schrie wieder auf, als der Sachse seinen Dolch an den Halsausschnitt ihres Kleides führte, um seine Beute zu entblößen. Doch im nächsten Moment waren der Dolch und der Sachse verschwunden. Wolffs Angriff hatte den Mann mehrere Meter zur Seite geschleudert. Der Mann stand nicht mehr auf. Brigitte wandte sich ab, denn sie konnte nicht zusehen, wie ihr geliebter Hund sich an die Instinkte seiner Ahnen erinnerte und den Sachsen in Stücke riß. Brigitte fiel der Hund wieder ein, auf den Baron Wilhelm einen Wolf gehetzt hatte, und sie erschauerte angesichts der Ähnlichkeit, die ihr Haushund mit dem wilden Wolf aus den Wäldern aufwies. Als Wolff sein Werk beendet hatte, war der Mann so zerfetzt, wie es Baron Wilhelms Hund gewesen war. Beide Sachsen waren auf gräßliche Weise gestorben. Die Kehle und der Bauch des anderen Mannes waren aufgeschlitzt.

Als wieder Ruhe herrschte und Brigitte sich im Lager umsah, schlug es ihr auf den Magen, und sie konnte nichts gegen die heftigen Krämpfe tun. Wolff kam zu ihr und stellte sich neben sie, aber als sie sah, daß das Blut seiner Opfer in seinem Fell klebte, wurde ihr nur noch übler.

Brigitte hatte noch nie einen Mord gesehen, und jetzt stand sie hier im Wald mit drei toten Männern. Drei? Sie riß die Reste ihrer

Fesseln von ihren Händen und Füßen und lief zu der Stelle, an der Roland neben dem Feuer lag. Sie sah kein Blut, aber er lag erschreckend still da.

Ihr wurde bewußt, daß sie frei war, frei! Sie konnte sich auf den Weg zu König Lothair machen! Roland war tot! Dann ging ihr die gesamte Tragweite der Ereignisse auf. Er war wirklich tot. Empfand sie etwas anderes als nur Erleichterung?

»Ich kann nicht hier bleiben«, sagte sie laut zu sich selbst.

Sie stand auf und berührte Wolffs Kopf, um ihn zu loben, aber sie zog ihre Finger augenblicklich wieder zurück. Sie waren blutverschmiert. Eilig rieb sie sich die Finger am Boden ab. Dann deutete sie auf den Fluß.

»Geh, Wolff. Wasch dich. Geh schwimmen.« Er rührte sich nicht von der Stelle, bis sie zornig mit dem Fuß auf den Boden stampfte. »Tu, was ich dir sage. Ich packe meine Sachen zusammen, und sobald du sauber bist, ziehen wir weiter.«

Wolff trottete widerstrebend davon, aber Brigitte machte keine Anstalten, ihre Habe zusammenzupacken. Sie blieb regungslos stehen, wo sie stand, legte ihre Arme dicht um ihren Körper und sah auf Roland hinunter. Die Bäume raschelten im Wind, und sie spürte die Kälte, aber sie bückte sich nicht, um ihren Umhang aufzuheben. Sie blickte starr auf die Decke, auf der sie mit Roland gelegen hatte.

Als Wolff zum Lager zurückkehrte, zitterte sie vor Kälte, aber sie hatte sich nicht von der Stelle gerührt. Wolff war klatschnaß, aber sauber, und sie lächelte ihn matt an und rief ihn zu sich. Sie bückte sich und hob die Decke hoch, um ihn abzutrocknen, doch vorher schüttelte er sich und spritzte sie und alles andere mit Wasser voll. In dem Moment hörte sie das Stöhnen.

Brigitte erstarrte. Einer der Männer war noch am Leben. Aber welcher? Nein, sie wollte es gar nicht wissen, denn sie wollte keinen von den dreien jemals wiedersehen.

»Komm, Wolff! Wir haben es eilig.«

Sie warf die Decke über ihn und rieb ihn mit ein paar kräftigen Bewegungen oberflächlich ab. Dann griff sie nach ihrem Umhang und ihrem Bündel. Sie lief zu Rolands Pferd, doch als sie vor dem Hengst stand, blieb sie stehen. Die Größe des Tieres schüchterte sie ein. Wenn der großgewachsene Ritter neben seinem Hengst gestanden hatte, war es weniger auffallend gewesen. Und wie sollte sie ohne eine hilfreiche Hand des Ritters überhaupt aufsteigen?

Sie nahm viele Anläufe, bis es ihr gelang, sich auf den harten

Sattel zu ziehen. Schweratmend vor Anstrengung saß sie auf dem Pferd und sah sich nach Wolff um. Er war immer noch beim Lagerfeuer und beschnupperte Rolands Leiche. Sie rief ihn, dann noch einmal, doch der Hund setzte sich neben den Normannen und wollte sich nicht von der Stelle rühren.

Brigitte stieß einen erbitterten Seufzer aus. *Er* war es also. Er war derjenige von den dreien, der noch am Leben war. Sie hätte sich denken können, daß der überhebliche Schurke zu zäh war und nicht so leicht starb. Sie ließ sich von dem Pferd gleiten und ging langsam auf das Feuer zu. Sie warf Wolff einen lieblosen Blick zu und bückte sich, um sich Roland genau anzusehen.

Er hatte eine gewaltige Beule auf dem Hinterkopf. Die Waffe des Sachsen mußte sich umgedreht haben, während er zuschlug, und nur die flache Kante der Axt war auf Rolands Kopf niedergesaust. Während sie diese Feststellung machte, sah sie, daß Rolands Atem ging. Er würde mit schmerzendem Kopf zu sich kommen, aber er war wirklich noch am Leben.

Brigitte sah Wolff an, der sich neben den Normannen legte. Sie funkelte ihn böse an. »Du erwartest doch nicht etwa, daß ich hierbleibe und ihm helfe, oder? Ich muß von hier fortreiten.«

Brigitte stand auf, aber der Hund erhob sich nicht. »Ich gehe«, teilte sie ihm mit. »Wenn ich hierbleibe, wird dieser Mann mich versklaven. Willst du das etwa? Willst du, daß ich unter ihm zu leiden habe?«

Das Tier stand immer noch nicht auf, um ihr zu folgen. Brigitte war außer sich. »Ich sage dir, daß er unsere Hilfe nicht braucht!« schrie sie. »Jetzt komm schon!«

Sie machte sich wieder auf den Weg, aber sie sah über ihre Schulter zurück, ob Wolff ihr folgte. Doch er hatte sich nur noch dichter zu dem Normannen gelegt, und sein Kopf ruhte neben Roland auf dem Boden.

»Verfluchtes Vieh, dann bleib doch bei ihm!« schrie Brigitte. »Aber wenn du glaubst, daß du es bei ihm besser hast als bei mir, dann täuschst du dich gewaltig. Wenn du dir Mühe gibst, ihm zu gefallen, wirst du seine Stiefel spüren, denn er gehört zu dieser Sorte von Männern.«

Sie stolzierte davon, fest entschlossen, sich nicht noch einmal umzusehen. Sie stand noch nicht vor dem Hengst, als Wolff das trostloseste Geheul ausstieß, das sie je gehört hatte. Es hallte durch den Wald. Als sie sich umdrehte, sah sie, daß Wolff den Normannen mit der Schnauze anstieß, als wolle er ihn umdrehen.

»Laß ihn in Ruhe, Wolff!« keuchte sie, denn sie fürchtete, Roland könnte aufwachen, ehe sie losgeritten war.

Sie lief zurück, um den Hund fortzureißen, und in dem Moment sah sie die Blutlache, die unter dem Mann hervorsickerte. Er war schwer verwundet. Aber wieso? Unter großen Mühen gelang es Brigitte, ihn umzudrehen. Dann sah sie das Schwert, das Roland aus der Hand gefallen war, als der Hieb ihn niederstreckte. Die Spitze war auf einem großen Stein gelandet und hatte Roland eine Wunde in der Seite zugefügt, als er daraufgefallen war.

»Es würde ihm nur recht geschehen, durch seine eigene Waffe zu sterben«, sagte Brigitte kalt.

Sie konnte nicht sehen, wie schlimm die Wunde war, aber auf dem Boden war eine große Blutlache, und durch sein Hemd sickerte mehr Blut. Sie drehte sich zu Wolff um, der sie erwartungsvoll ansah, und sagte verbissen: »Nach dem, was er mir angetan hat, bin ich nicht verpflichtet, ihm zu helfen. Du brauchst mich gar nicht so traurig anzusehen, Wolff. Wenn ich seine Wunde verbinde, kann es passieren, daß er zu sich kommt, und dann habe ich meine Chance zur Flucht verspielt. Außerdem steht nicht mit Sicherheit fest, daß er stirbt, wenn ich ihm nicht helfe.«

Brigitte richtete sich auf und warf noch einen Blick auf den bewußtlosen Ritter. Sie zog die Schultern hoch und sagte: »Hör sich das einer an. Es klingt, als sei ich genauso gemein und herzlos wie dieser Mann. Ich kann einen Menschen nicht sterben lassen, nicht einmal den da.«

»Es freut mich, das zu hören.«

Brigitte keuchte, als Roland seine dunklen Augen aufschlug und ihr ins Gesicht sah. »Seit wann bist du wieder bei Bewußtsein?« platzte sie heraus.

»Seit du mich so unsanft umgedreht hast«, knurrte er. »Ich spüre entsetzliche Stiche in meinem Kopf.«

»Sieh dir lieber deine Seite an, Normanne, denn du blutest wie eine abgestochene Sau«, sagte sie grob.

Roland setzte sich langsam auf, aber er fiel gleich wieder auf einen Ellbogen und griff sich mit der anderen Hand an den Kopf. »Mein Gott, mein Schädel fühlt sich an, als sei er gespalten.« Dann sah er sie scharf an. »Warst du das?«

»Wenn es dir weh tut, wünschte ich, ich wäre es gewesen«, sagte sie. »Ich war es aber nicht. Ein Mann, den du nicht gesehen hast, hat dir von hinten einen Hieb versetzt.«

»Ich glaube eher, daß du es doch warst«, sagte er skeptisch.

»Dann sieh dich um. Da liegen zwei Leichen, die noch nicht begraben sind.«

Roland sah sich um. Er war fassungslos. Dann fiel sein Blick auf Wolff, der neben ihm lag. »Es scheint, ich habe deinen Hund unterschätzt.«

»Merk dir das für das nächste Mal, wenn du mir etwas antun willst«, warnte ihn Brigitte. »Wenn ich wenigstens gewußt hätte, was für ein Prachtkerl Wolff ist, hättest du seine Zähne schon längst gespürt wie diese beiden Sachsen.«

»Sachsen?«

»Die beiden, die wir auf der Bootsfahrt getroffen haben.«

Roland runzelte die Stirn. »Das müssen Diebe gewesen sein. Warum hätten sie uns sonst folgen sollen?«

»O ja, es waren Diebe«, gab sie zurück. »Und ich war es, was sie stehlen wollten.«

»Verdammt noch mal«, knurrte Roland. »Wußte ich doch, daß du mir mit deinem süßen Frätzchen noch Ärger machen würdest. Ich nehme an, du hast diese Sachsen auf dem Schiff schon dazu ermuntert?«

»Wie kannst du es wagen?« Sie sog geräuschvoll den Atem ein. »Ich kann nichts dafür, wie ich aussehe, aber ich führe keinen Mann absichtlich in Versuchung. Ich will nicht, daß es Männern nach mir gelüstet. Was du mit mir getan hast, war so nieder, wie ich es mir immer vorgestellt habe.«

»Es reicht!«

»Nein, es reicht noch lange nicht«, brauste sie auf, denn sie wollte ihn noch mehr verletzen. »Du bezeichnest dich als meinen Herrn, und du hast mich noch nicht einmal vor diesen Räubern geschützt, wie es die Pflicht eines Herrn ist. Ich würde sagen, daß du dein Anrecht auf meine Dienste verspielt hast, denn du hast deine Verpflichtung mir gegenüber nicht erfüllt.«

»Haben sie dir etwas getan?« fragte er aufgebracht.

»Äh ... nein, aber das habe ich nicht dir zu verdanken.«

»Wenn dir kein Leid geschehen ist, will ich nichts mehr von Rechten und Verpflichtungen hören. Außerdem habe ich mich bemüht, dich zu beschützen. Das kann ich mit meinen Wunden beweisen.«

Brigitte empfand bohrende Reue, weil sie ihn provoziert hatte. Sie verstummte.

»Ich glaube, mich zu erinnern, daß du gesagt hast, du würdest meine Wunde verbinden?« rief er ihr ins Gedächtnis.

»Das tue ich, sobald dir eins klar ist – ich fühle mich nicht dazu verpflichtet, weil du dich als meinen Gebieter aufspielst.«

»Dann tu es als Christin«, sagte er müde. Erschöpft schloß er die Augen. »Bring es hinter dich.«

Sie drehte sich um und ging zu seinem Pferd, um sein Gepäck nach etwas zu durchsuchen, das sich als Verband eignete. Roland hielt sie zurück, ehe sie sein Gepäck aufgeschnürt hatte.

»Dort findest du keinen Stoff.«

Sie sah ihn an. »Ein altes Hemd tut es auch.«

»Wenn du ein Hemd zerreißt, sind die Streifen nicht lang genug. Du wirst bei deinen Kleidern etwas finden müssen.«

»Bei meinen!« ächzte sie. Sie kam zurück und stellte sich über ihn. »So viele Kleider habe ich nicht bei mir, daß ich für dich etwas entbehren könnte. Ich werde eine der Decken nehmen.«

»Wir brauchen die Decken noch, denn je weiter wir nach Norden kommen, desto kälter wird es werden«, teilte ihr Roland mit.

Unwillig schnappte sie sich das Bündel mit ihrer Habe und zog ihr abgetragenstes Kleid heraus, ein gelbes Leinenkleid, und sie tröstete sich mit dem Wissen, daß es sie im Norden ohnehin nicht warm halten würde. Das blaue Leinenkleid, das sie mitgenommen hatte, würde ihr dort ebenfalls nichts nutzen. Das bedeutete, daß ihr nur zwei wollene Kleider blieben.

Als Brigitte sich wieder zu Roland umdrehte, stellte sie fest, daß er seinen Gürtel aufgeschnallt hatte und versuchte, sein Hemd auszuziehen. Einen Moment lang sah sie zögernd zu, wie er sich abmühte. Dann stieß sie seine Hände zur Seite und zog ihm das Kleidungsstück über den Kopf. Er war blaß und matt, aber er verfolgte jede ihrer Bewegungen, als sie seine Wunde reinigte und sie dann sorgsam mit den Leinenstreifen verband. Als sie fertig war, half sie ihm in ein frisches Hemd, deckte ihn mit einer Decke zu und ging zum Feuer, um es neu zu schüren.

»Wirst du das Blut aus meinem Hemd waschen, kleines Fräulein?« fragte er.

Brigitte nickte gleich, weil er sie gebeten hatte, statt zu fordern. Sie hob sein Hemd vom Boden auf und ging zum Fluß hinunter. Als Brigitte zum Lager zurückkehrte, breitete sie Rolands Hemd auf einem Baumstumpf zum Trocknen aus. Dann sah sie nach, ob er schlief.

»Tut die Beule auf deinem Kopf sehr weh?« flüsterte sie.

»Ja«, erwiderte er mit verzerrtem Gesicht. »Womit hat er mich niedergeschlagen?«

»Mit einer Axt«, entgegnete sie. »Du hast Glück gehabt. Dich hat nur die stumpfe Seite getroffen.«

»Hm«, brummte er. »Mir kommt es vor, als würde die spitze Seite immer noch in meinem Kopf stecken.«

»Wenn es so wäre, wäre das nur zu meinem Besten«, dachte Brigitte. Sie errötete angesichts ihrer eigenen Grausamkeit.

16

Der Geruch nach gebratenem Fleisch ließ Brigitte erwachen. Ein schneller Blick in alle Richtungen erwies, daß die toten Sachsen nicht mehr da waren. Die Lichtung sah aus wie vor dem Zwischenfall. Roland kauerte vor dem Feuer. Wolff saß neben ihm, und sie sah beide böse an.

»Für einen schwerverwundeten Mann hast du einiges geleistet«, bemerkte sie bissig.

»Guten Morgen, Fräuleinchen.«

Sie überging seine Begrüßung. »Deine Wunde ist doch nicht etwa wieder aufgegangen?«

Er kicherte vor sich hin. »Nein, das Pferd hat die Arbeit getan«, sagte er.

»Und wo kommt das Fleisch her?«

»Das hat dein Hund herangeschafft.«

Brigitte sah Wolff strafend an. »Verräter! Mußt du dich denn dafür verausgaben, *ihm* zu gefallen!«

»Sprichst du immer mit Tieren?« fragte Roland sie mit einem versteckten Seitenblick.

»Nur mit diesem einen«, erwiderte sie erbost. »Das scheint allerdings in letzter Zeit zu wenig zu führen.«

»Ich hoffe, du erwartest keine Antwort von ihm.«

»Natürlich nicht«, sagte sie eingeschnappt. »Ich spinne doch nicht, Roland.«

Er runzelte die Stirn. »Ich habe dir nicht gestattet, mich so anzusprechen.«

»Ich habe nicht um Erlaubnis gefragt.«

Er zog die Augenbrauen zusammen. »Du wirst mich mit Seigneur ansprechen, wie es sich gehört.«

»Das werde ich nicht tun. Du bist nicht mein Herr und Gebieter«, sagte Brigitte mit fester Stimme. »Mein Vater war mein Gebieter, und nach ihm mein Bruder, doch jetzt ist der Graf von

Berry mein Herr. Ihn würde ich mit Seigneur ansprechen, aber du bist Roland von Montville, und sonst gar nichts. Ich werde dich entweder Roland oder den normannischen Bastard nennen – was von beidem ist mir gleich.«

Roland stand auf und trat mit blitzenden Augen auf sie zu. »Ich warne dich, Dirne...«

»Dirne!« sprudelte Brigitte heraus. »Ich heiße Brigitte – hast du gehört? *Brigitte!* Und wenn du mich noch einmal Dirne nennst, schreie ich!«

Roland war so erstaunt über ihren Ausbruch, daß der finstere Blick von seinem Gesicht verschwand. »Du hast heute morgen den Teufel in dir. Was ist über dich gekommen, Mädchen?«

»Du!« rief sie. Sie stand kurz vor den Tränen. »Du hast kein Recht dazu, einfach auf zu sein und rumzulaufen, wenn du vor ein paar Stunden noch fast tot warst. Du hast den Teufel in dir. Du müßtest schwach sein, aber er gibt dir Kraft!«

»Ach, das ist es also.« Plötzlich lachte er. »Du hattest immer noch die Absicht zu fliehen, und du hast geglaubt, ich sei zu schwach, um dich zurückzuhalten. Tja, es tut mir leid, daß ich dich enttäuschen muß, aber ich habe von frühester Jugend an gelernt, Schmerzen mit Fassung zu ertragen.«

An jenem Morgen erreichten sie nach ein paar Stunden langsamen Reitens Angers. Roland trieb das Pferd nicht so an wie bisher. Statt bei dem Grafen von Anjou vorzusprechen, hielt Roland beim Kloster an, um Vorräte zu besorgen und vom Tod der beiden Sachsen zu berichten. Dann verließen sie die alte Stadt.

Brigitte war mehr als nur ein wenig enttäuscht. »Warum konnten wir nicht wenigstens eine Nacht dort bleiben? Du hättest die Ruhe gebrauchen können. Ein Tag hätte doch keine Rolle gespielt.«

»Ich habe keinen Anlaß dazu gesehen«, erwiderte Roland barsch.

Auf dem Weg nach Angers waren beide stumm gewesen, aber jetzt war Brigitte bereit, weiterzustreiten. »Warum meidest du Städte? Du hast jede Stadt, die auf dem Weg liegt, so schnell wie möglich wieder verlassen.«

Er wandte sich nicht zu ihr um. »Es ist nicht ratsam, an einem Ort zu verweilen, den man nicht kennt.«

»Natürlich nicht. Es ist besser, draußen im Freien auf dem kalten Boden zu schlafen«, sagte sie sarkastisch.

»Du nörgelst wie eine Ehefrau«, sagte Roland scharf. »Hör mit deinem Geschwätz auf.«

Brigitte spürte einen Stich, aber sie war unerschrocken. Sie ritten durch Weinreben auf flachen Hängen außerhalb von Angers und kamen dann zu einem Morast. Je weiter sie Angers hinter sich zurückließen, desto gereizter wurde Brigitte. Sie würde auch heute nacht kein warmes Bett und keine Gesellschaft haben. Wenn es so weiterging, würde sie niemals Hilfe finden.

»Ich kann nicht glauben, daß Angers dir fremd ist. Du kennst doch sicher jemanden dort. Es ist noch nicht zu spät, um umzukehren.«

»Ich habe nicht die Absicht, umzukehren, Mädchen. Und ich kenne auch niemanden dort.«

»Aber du bist nicht weit von hier zu Hause, oder?« wagte sie sich vor.

»Noch ein paar Tagesritte. Aber es gibt keinen Grund, aus dem ich Leute aus Angers kennen sollte. Ich war nie länger dort. Mein Vater hat immer dafür gesorgt, daß ich in der Nähe war, und als ich von zu Hause fortgeritten bin, bin ich nach Osten geritten.«

Brigitte kicherte. »Du solltest immer in der Nähe bleiben? Welcher Sohn eines Edelmannes soll sich in der Nähe seiner Heimat aufhalten? Söhne von Edelleuten werden an andere Höfe geschickt, damit sie dort etwas lernen. Wenn das bei dir nicht so war, mußt du von bäuerlicher Abstammung sein.«

Rolands Rücken wurde steif. »Mein Vater wollte mich selbst erziehen«, sagte er eisig. »Und sobald wir Montville erreichen, wirst du zweifellos erfahren, daß ich ein illegitimes Kind bin. Meine Mutter war eine Leibeigene, und ich bin der uneheliche Sohn meines Vaters.«

»Oh!« Ihr fiel nichts ein, was sie dazu hätte sagen können.

»Ich gebe es offen zu.«

»Das täte ich vielleicht auch, wenn es bei mir der Fall wäre«, sagte sie. »Aber ich bin nicht unehelich geboren.«

Er hielt das Pferd an und drehte sich zu ihr um. »Deine Zunge braucht eine Pause«, sagte er abfällig. »Ein kleiner Spaziergang könnte guttun.«

Mit diesen Worten setzte er sie auf dem sumpfigen Boden ab, ohne ihren wütenden Aufschrei zu beachten. Er trieb sein Pferd wieder an, und Brigitte blieb nichts anderes übrig, als ihm zu folgen. Wolff lief neben ihr her.

17

Roland hielt auf einem Hügel an. Unter ihm lag Montville, sein Zuhause. Brigitte beugte sich auf die Seite, um sich den Ort genauer ansehen zu können, an dem sie eine Zeitlang wohnen würde. Alles war weiß, denn eine dichte Schneedecke lag auf der Festung, die zur Linken auf einem Hügel aufragte, auf dem nahe gelegenen Dorf, auf den Wiesen, den Obsthainen, dem Weideland und dem Wald im Hintergrund.

Der Schnee fiel erbarmungslos und erinnerte Brigitte mit Unbehagen an die vergangene Nacht, in der die ersten Flocken gefallen waren und Roland ihre Wärme gesucht hatte. Sie hätte es vorgezogen zu erfrieren, aber er hatte sie nicht in Ruhe gelassen und ihren zarten Körper an seinen gezogen, ohne sich um ihre Proteste zu kümmern. Doch er hatte sich ihr nicht aufgezwungen. Sie wußte nicht, ob sie das seiner Wunde oder Wolffs tiefem Knurren zu verdanken hatte. Doch er hatte warme Küsse auf ihren Nacken gedrückt, bis sie sich aus seiner Umarmung gewunden hatte. Anschließend hatte er sie nicht mehr belästigt, wenn man davon absah, daß er eine Hand schwer auf ihre Hüfte gelegt und sie dort liegengelassen hatte – als Zeichen seiner Besitzansprüche.

Brigitte versuchte, die Erinnerung an die letzte Nacht aus ihrem Gedächtnis zu löschen, während sie auf Rolands Zuhause hinunterschaute. Um sich abzulenken, dachte sie daran, daß sie Rolands Vater kennenlernen würde, und sie fragte sich, was sie diesem Edelmann erzählen würde. Würde er ihr glauben, wenn sie ihm sagte, wer sie war und was ihr zugestoßen war? Roland ritt den Hügel hinunter, und Brigitte spürte die ersten Anzeichen von Angst. Was war, wenn er ihr nicht glaubte? Was war, wenn sie diesen Ort nie mehr verlassen würde, sondern gezwungenermaßen den Rest ihres Lebens hier als Dienerin verbringen mußte?

Ein Wachposten grüßte Roland mit einem Winken und bedeutete ihm, durch das offene Tor zu reiten. Niemand kam aus dem Haus, um die Ankömmlinge zu begrüßen. Der Burghof war windig und menschenleer. Nicht einmal ein Reitknecht kam aus dem Stall, um Roland das Pferd abzunehmen.

»Ist hier alles in Ordnung?« fragte Brigitte voller Unbehagen, als Roland direkt vor dem Stall abstieg und ihr von seinem Pferd half.

»Nichts scheint im argen zu liegen.«

»Aber warum ist niemand ins Freie gekommen, um dich zu begrüßen? Die Wachen müssen unsere Ankunft bemerkt und deinen Vater verständigt haben«, sagte sie, als sie aus dem Stall kamen und auf das Haus zugingen.

»Ja, ich bin sicher, daß er über mein Eintreffen informiert ist.«

»Trotzdem kommt er nicht?« fragte Brigitte erstaunt.

Roland lächelte nachsichtig. »Nur ein Narr würde an einem Tag wie heute seinen Platz am warmen Feuer aufgeben.«

»Aber es ist auch kein Diener gekommen, und niemand hat dir das Pferd abgenommen«, sagte Brigitte beharrlich.

Roland zuckte die Achseln. »Du wirst selbst sehen, daß Montville nicht allzu gastlich ist, Brigitte. Ich habe nichts anderes erwartet.«

»Du hast gesagt, daß dein Vater viele Leibeigene hat.«

»Das stimmt auch, aber sie tanzen nach Heddas Pfeife, und als sie von meinem Kommen erfahren hat, hat sie sie zweifellos mit hundert anderen Aufgaben betraut. Diese Frau nimmt große Mühen auf sich, damit ich mich hier nicht willkommen fühle. Ich habe nicht damit gerechnet, daß sich in den sechs Jahren, die ich unterwegs gewesen bin, etwas geändert hat. Meine Stiefmutter ist ein gehässiges Weib. Ich würde dir raten, ihr aus dem Weg zu gehen, denn sie kann dich bestimmt nicht leiden.«

»Wieso? Sie kennt mich doch gar nicht.«

»Das ist auch nicht nötig«, sagte Roland kichernd. »Hedda wird dich schon allein deshalb ablehnen, weil du mir dienst. Es hat ihr schon immer großes Vergnügen bereitet, mir das Leben zu versauern. Sie sorgt mit allen Mitteln dafür, daß nie ein Diener in der Nähe ist, wenn ich etwas brauche. Aber jetzt habe ich dich, und über dich kann sie nicht verfügen. Das wird ihr gar nicht passen.«

»Sie haßt dich wohl?«

»Ich erinnere sie an ihr Versagen, meinem Vater einen Sohn zu gebären. Meine Mutter war nicht aus Montville. Als sie gestorben ist, hat Luthor mich hierhergebracht und mich seinen beiden Töchtern vorgezogen, die Hedda ihm geboren hat. Alles, was du hier siehst, wird eines Tages mir gehören – einem illegitimen Sohn und nicht Luthors rechtmäßigen Töchtern.«

»Dann nehme ich an, daß deine Schwestern dich ebenfalls hassen«, sagte Brigitte seufzend. »Das sind ja nette Familienverhältnisse, Roland. Und du hast mich hierhergebracht, und ich muß unter diesen unangenehmen Menschen leben.«

»Fürchte dich nicht, mein kleines Juwel«, sagte er leichthin zu ihr. »Ich werde dich vor ihrem Zorn beschützen.«

Das Gutshaus war ungewöhnlich groß, und die große Eingangshalle war gewaltig. Sie war halb aus Holz und halb aus Stein gebaut, und die Eingangshalle von Louroux wäre darin untergegangen. Brigitte sah, daß in diesem Raum auch gekocht wurde, denn dort standen zwei große Herde. Auf der einen Feuerstelle kochte es sprudelnd in großen Kesseln, und darüber wurde ein großes Stück Fleisch gebraten. Diener eilten durch den Raum und servierten einer großen Gesellschaft das Abendessen.

Drei Tische standen mitten im Raum. Einer der Tische stand parallel zu den beiden anderen auf einer Estrade. An den beiden langen Tischen, die unten standen, saßen jetzt Soldaten, bewaffnete Krieger, Edelknaben, Ritter mit ihren Schildknappen und mehrere Damen. Vor dem kleineren Herd, der die Wärme spendete, standen Bänke. Zur Linken, über dem Feuer, auf dem gekocht wurde, war ein offenes Portal, ein Rundbogen, der es dem Beobachter im oberen Geschoß des Gutshauses ermöglichte, alles im Auge zu behalten, was sich in der Halle abspielte.

An dem Tisch auf der Estrade thronte in der Mitte ein älterer Mann von beträchtlichem Umfang. Sein Haar hatte die Farbe von Weizen und war nach Art der Normannen kurz geschnitten. Er war bartlos wie viele der anderen Männer auch, und in sein Gesicht hatten sich tiefe Falten gegraben. Das Gesicht wies auf einen starken Charakter hin. Wenn auch kaum Ähnlichkeit mit Roland bestand, war Brigitte doch sicher, daß das Luthor sein mußte, der Herrscher von Montville.

Zu beiden Seiten von ihm saßen Frauen, von denen eine etwas älter als Roland war. Die andere war wesentlich älter. Sie waren mit Sicherheit Mutter und Tochter. Beide zeichneten sich durch die gleichen deutlichen Züge aus: spitzes Kinn, schmale Augen, Adlernase.

Die Menge machte solchen Lärm, daß niemand Brigitte und Roland bemerkte, und so konnte sich Brigitte in Ruhe im Saal umsehen. Doch sie hatte nicht lange Zeit, ihre Umgebung zu mustern. Wolff nahm die Witterung der Hunde auf, die durch den Saal liefen. Er stieß ein herausforderndes Geheul aus und griff den erstbesten Köter an, ehe Brigitte ihn aufhalten konnte. Andere Hunde mischten sich ein, und es kam zu ohrenbetäubendem Lärm.

Brigitte lief dunkelrot an. Ihr Hund hatte für einen solchen Tumult gesorgt, daß alle Anwesenden verstummten. Nervös trat sie einen Schritt vor, um Wolff zurückzurufen, doch Roland hielt sie zurück.

»Laß ihn nur, Brigitte«, kicherte er belustigt. »Für ihn ist das ein fremdes Terrain. Es ist geschickt von ihm, sich von Anfang an zu behaupten.«

»Aber für mich ist es beschämend.«

»Wie das?« Roland zog die Augenbrauen zusammen. »Du vergißt, daß er jetzt mir gehört. Er zeigt den Hunden meines Vaters nur, daß sie ein neues Leittier haben. Das ist etwas, was wir in Montville gut verstehen.«

»Was? Den Kampf um die Vorherrschaft?«

»Ja.«

»Aber dein Vater gebietet hier, oder etwa nicht?«

»Aber gewiß«, sagte Roland. Er nickte. »Aber es wird unvermeidlich sein, daß ich ihn herausfordere oder er mich.«

»Das ist ja unerhört!«

»Hier nicht, mein Fräulein. Luthor will es nicht anders haben. Er herrscht durch seine Körperkraft, wie es auch seine Vorfahren getan haben. Er glaubt, daß er nicht der rechte Herrscher ist, wenn er nicht jedem seiner Männer überlegen ist. Und alle müssen wissen, daß er seinen Erben noch immer schlagen kann.«

»Das ist ja barbarisch!« keuchte Brigitte. Dann erholte sie sich so weit, daß sie hinzufügen konnte: »Und du bist auch ein Barbar!«

Roland grinste hämisch. »Hast du das jetzt erst bemerkt?«

In diesem Augenblick lief ein dralles Mädchen mit wehenden kastanienbraunen Locken auf sie zu. Brigitte sah erstaunt zu, wie das Mädchen seine Arme um Rolands Hals warf und ihn ausgiebig küßte.

»Was soll das heißen?« schmollte das Mädchen, als er sich aus ihrer Umarmung löste. »Warum kannst du mich nicht gebührend begrüßen, *mon cher*?«

Roland sah sie finster an. »Amelia, was wir damals miteinander hatten, war privat, und du wolltest es an die Öffentlichkeit bringen. Hast du denn keine Scham, Dirne – dich mir vor den Augen aller an den Hals zu werfen?«

Amelia keuchte und riß wütend ihre blauschwarzen Augen auf. »All diese Jahre habe ich auf deine Rückkehr gewartet. Luthor weiß es, und er hat nichts dagegen.«

»Was weiß er?« fragte Roland. »Hast du ihm von unserem

Techtelmechtel erzählt? Hast du deinem Vater Schande gemacht, indem du deine Geilheit laut verkündet hast?«

»Warum bist du so zu mir?« rief Amelia. »Ich habe niemandem von uns erzählt. Luthor hat nur bemerkt, wie verhärmt ich nach deiner Abreise war. Er hat sich darüber lustig gemacht.«

»Und was wird er jetzt denken, nachdem er deine Kühnheit gesehen hat? Und dein Vater, der uns im Moment zusieht? Verdammt noch mal, Amelia!« fauchte Roland. »Ich habe dich nicht geheißen, auf mich zu warten. Worauf hast du gewartet? Ich habe dir nie versprochen, dich zu heiraten.«

»Ich dachte ...«

»Dann hast du eben falsch gedacht!« fiel er ihr ins Wort. »Und es war dumm von dir zu warten, wenn dein Vater dich längst verheiratet hätte. Ich hatte nicht die Absicht, je zurückzukommen, und das hast du genau gewußt.«

»O nein, Roland«, sagte sie eilig. »Ich wußte, daß du zurückkommen würdest, und du bist gekommen.«

»Genug, Amelia. Mein Vater erwartet mich.«

»Unsinn!« Sie sah von Roland zu Brigitte, die ein paar Schritte zur Seite gegangen war, weil es ihr peinlich war, diese Unterhaltung mit anzuhören. »Ach! Das ist es also?« schrie Amelia. »Du hast dir bereits eine Frau genommen. Du Bastard!« fauchte sie. Ihre Augen waren schwarz vor Zorn. »Du treuloser Hund!«

Roland zuckte zusammen und sah ernstlich böse auf sie herunter. »Sieh dich vor, Frau, denn sonst wirst du meinen Handrücken spüren, und ich werde deinen Vater töten müssen, wenn er mich deswegen zum Duell herausfordert. Wenn du schon nicht an dich denkst, dann denk wenigstens an ihn.«

Amelias dunkle Augen füllten sich mit Tränen. »Wie konntest du nur eine andere heiraten?«

Roland seufzte erbittert. »Ich habe nicht geheiratet! Und ich werde auch nicht heiraten, denn ihr seid alle gleich mit eurem verfluchten Nörgeln und Wimmern. Ihr bringt die Geduld eines Mannes zum Reißen. Ich nehme mir keine Frau, die ich nicht abschieben kann, wenn sie mich nicht mehr reizt und nur noch keift.«

Roland ging, und Brigitte blieb stehen. Sie wußte nicht, was sie tun sollte, denn er hatte ihre Anwesenheit restlos vergessen. Amelia sah sie feindselig an, und Brigitte folgte Roland eilig. Sie folgte ihm mit hocherhobenem Kopf und achtete nicht auf die neugierigen Blicke, die auf sie gerichtet waren. Sie fühlte sich vollkommen allein, aber sie faßte sich ein Herz, als Wolff zu ihr kam, nachdem er den letzten der Hunde von Montville besiegt hatte. Zumindest hatte Wolff sich prächtig gehalten.

Luthor von Montville stand auf, als Roland sich ihm näherte, aber das war auch schon alles, was er angesichts der Rückkehr seines Erben tat. Dieses seltsame Treffen zwischen Vater und Sohn verwirrte Brigitte. Keiner der beiden Männer lächelte zur Begrüßung, und keiner von beiden sagte ein Wort. Sie standen einander mit versteinertem Gesichtsausdruck gegenüber, eher Gegner als Verwandte. Sie musterten einander prüfend und stellten die Veränderungen fest, die sich in den letzten sechs Jahren vollzogen hatten.

Schließlich machte Luthor den Mund auf. »Du kommst spät«, sagte er.

»Ich bin aufgehalten worden.«

»Das hat mir Gui bereits mitgeteilt«, erwiderte Luthor unfreundlich. »Du hast am Totenbett eines Franzosen gewacht. Das schien dir wohl wichtiger zu sein als die Zukunft von Montville?«

»Der Mann hat mir das Leben gerettet. Es hat mich nur wenige Tage gekostet, dort zu bleiben und mich zu vergewissern, daß er es überlebt hat.«

»Er hat es überlebt?«

»Ja.«

»Hast du deine Schuld bei ihm beglichen?«

Roland nickte.

Das schien Luthor friedfertiger zu stimmen. »Gut. Ich will nicht, daß dich andere Verpflichtungen von hier fortrufen, wenn es Ärger gibt. Du bist allein mit diesem Gepäck gereist?« fragte Luthor mit einem Nicken in Brigittes Richtung. Er ließ sich nicht dazu herab, sie anzusehen. »Wo ist dein Schildknappe?«

»Ich habe ihn im Süden verloren.« Roland grinste plötzlich. »Aber dieses Gepäck hat mir entsprechende Dienste geleistet.«

Luthor brach in schallendes Gelächter aus, und alle Männer, die in Hörweite saßen, fielen in sein Lachen ein. Amelia war ihnen auf die Estrade gefolgt. Sie sagte giftig: »Ich wußte gar nicht, daß es in Frankreich Mode ist, eine Hure als Schildknappen zu bezeichnen.«

Roland drehte sich zu Amelia um. Die schlagfertige Antwort lag ihm schon auf den Lippen, doch sein Blick fiel auf Brigitte, und er sah die Tränen, die in ihren Augen glitzerten.

»Ich muß mich entschuldigen, Fräulein«, sagte er liebenswürdig. »Es gibt hier Damen, die in die Gosse gehören.«

Nicht nur Brigitte schluckte. Sie konnte nicht verstehen, daß er zu ihrer Verteidigung einsprang, nachdem er selbst gerade über sie hergezogen hatte.

Ehe Brigitte ihre Fassung wiedergewonnen hatte, fauchte Amelia: »Wie kannst du es wagen, mich so zu beleidigen, Roland?«

Er wandte sich mit eisigem Blick zu ihr um. »Wenn du keine Beleidigungen verträgst, Amelia, dann teil nicht erst selbst welche aus.«

Amelia wandte sich jetzt an Luthor. »Herr Baron, Euer Sohn hat nicht das Recht, so mit mir zu sprechen. Er hat auch nicht nur mich beleidigt. Er hat von *Damen* gesprochen.«

»Ha! Das hat er wohl getan.« Luthor kicherte und dachte gar nicht daran, Amelia zu Hilfe zu kommen, wie sie es erhofft hatte. Er sprang auch nicht für die Damen an seiner Seite ein, die vor Zorn entrüstet stumm dasaßen. Er wandte sich an Brigitte und fragte: »Hat die Dirne einen Namen?«

»Die *Dirne* hat einen Namen«, erwiderte Brigitte kühn. »Ich bin Brigitte de Louroux, Herr Baron.«

Roland runzelte die Stirn. »Sie ist jetzt Brigitte von Montville – meine Dienerin.«

»Das wird sich erst noch herausstellen«, sagte Brigitte erbost. Dann wandte sie sich ab und ging erhobenen Hauptes zum Feuer. Sie rief Wolff zu sich.

»Ha!« kicherte Luthor. »Jetzt ist mir klar, was dich aufgehalten hat.«

»Das Mädchen muß sich erst noch an einen neuen Herrn gewöhnen. Bisher hat sie mir nur Ärger gemacht.«

»Wie bist du auf ein so hübsches Mädchen und ein so prachtvolles Tier gestoßen?«

»Das Mädchen ist mir aufgedrängt worden«, antwortete Roland ohne Umschweife, »und der Hund ist ihr gefolgt.«

Luthor sah Brigitte genau an. »Die Dirne beträgt sich wie eine Dame. Ich könnte schwören, daß sie von guter Herkunft ist, denn eine so stolze Art kann man nicht lernen.«

Roland sah seinen Vater fest an. »Laß sie das nie hören, denn genau das will sie dich glauben machen.«

»Willst du damit sagen, daß sie behauptet, eine Dame zu sein?«

»Sie wird zweifellos nichts unversucht lassen, um dich davon zu überzeugen.«

Luthor runzelte die Stirn. »Bist du denn ganz sicher, daß sie es nicht ist?«

»Verdammt noch mal!« rief Roland aus. »Ich bin vollkommen sicher! Und überhaupt macht mir das Mädchen schon genügend

Ärger. Mach du mir also ihretwegen nicht noch mehr Ärger, Alter.«

»Alter, so, so«, brummte Luthor. »Wir treffen uns bei Sonnenaufgang im Hof, und dann werden wir ja sehen, wer hier der Alte ist.«

Roland nickte wortlos. Er wollte den alten Streit nicht wieder aufleben lassen.

Als er darüber in Kenntnis gesetzt worden war, welche Vorkehrungen Thurston von Mezidon für die Schlacht getroffen hatte und welche Gegenmaßnahmen in Montville ergriffen worden waren, sah Roland zu dem Feuer hinüber, vor dem Brigitte saß. Sie hatte den anderen den Rücken zugekehrt. Ihre schmale Hand lag auf Wolffs zottigem Kopf, und sie streichelte gedankenverloren das Tier. Er fragte sich, woran sie wohl dachte, während sie in das flackernde Feuer schaute. Was sollte er mit der frechen Göre anfangen? Warum beharrte sie nach wie vor darauf, über ihre Herkunft zu lügen? Sie hatte bereits alles getan, nur bei Gott hatte sie noch nicht geschworen. Aber er wußte, daß sie das nicht tun würde, denn sie war gläubig. Das hatte sie bewiesen, als sie geblieben war und sich um seine Wunden kümmerte, statt zu fliehen. Sie hätte ihn sterben lassen können, aber sie hatte es nicht getan. Vielleicht haßte sie ihn nicht ganz so sehr, wie sie sich den Anschein gab.

Roland hielt ein Dienstmädchen an, das an ihm vorbeiging. Er flüsterte ihr etwas zu. Dann beobachtete er, wie das Mädchen sich Brigitte näherte. Das Bild, das Brigitte bot, war ein Bild ruhiger Versunkenheit, doch innerlich brodelte es, und ihr unterdrückter Zorn kochte fast über. Roland ging in seiner Arroganz zu weit.

Brigitte hörte nicht, daß das Mädchen auf sie zukam, und als sie Brigitte auf die Schulter klopfte, fuhr Brigitte zusammen.

»Was willst du?« fauchte sie.

Das Mädchen riß verwirrt die Augen auf. Sie wußte nicht, was sie von dieser schönen Französin halten sollte, die der Sohn ihres Herrn als Dienerin bezeichnete und die doch so vornehm wirkte.

»Baron Roland gebietet Euch, Euch zu ihm an den Tisch zu setzen und zu essen, ehe Ihr Euch zurückzieht«, sagte das Mädchen nicht ohne Nervosität.

»Ach, tut er das?« Brigitte drehte sich um und sah Roland, der sie beobachtete, und ihr Zorn flackerte erneut auf. »Gut, du kannst diesem arroganten Lümmel sagen, daß ich mich nicht so weit erniedrige, mich an einen Tisch mit ihm zu setzen!«

Dem Mädchen traten die Augen aus dem Kopf. »Das könnte ich ihm niemals sagen!«

Brigitte stand auf. »Dann tue ich es eben.«

»Bitte! Tut das nicht. Ich kenne ihn, und er kann fuchsteufelswild werden, gnädiges Fräulein.«

Brigitte sah das Mädchen verblüfft an. »Warum hast du mich gnädiges Fräulein genannt?«

Das Mädchen senkte schüchtern den Kopf. »Es ... es scheint angebracht zu sein.«

Plötzlich lächelte Brigitte. Sie wußte es nicht, aber dieses Lächeln machte viele derer benommen, die sie beobachteten. »Du hast mir große Freude gemacht. Wie heißt du?«

»Ich werde Goda genannt.«

»Goda, es tut mir leid, daß ich dich angefaucht habe. Ich habe noch nie zu den Menschen gehört, die ihrem Ärger an einer Dienerin Luft machen, und der Himmel sei vor, daß ich so werde wie Roland.«

»Werdet Ihr Euch jetzt zu Baron Roland setzen?«

»Nein, das werde ich nicht tun. Aber du kannst mir zeigen, wo ich schlafen werde. Ich will nichts weiter als ein wenig Ruhe.«

»Ja, gnädiges Fräulein«, sagte Goda leise.

Roland folgte Brigitte mit seinen Blicken, als sie mit dem Mädchen den Saal verließ. Er dachte an das Lächeln, das sie Goda geschenkt hatte, und plötzlich wurde ihm klar, daß er große Sehnsucht danach hatte, dieses Lächeln wiederzusehen, aber diesmal sollte es ausschließlich ihm gelten.

Hör sich das einer an, dachte Roland belustigt. Ich buhle um die Gunst eines Dienstmädchens!

18

Brigitte wurde zu einer kleinen Hütte auf der anderen Seite des Hofes geführt. Die Unterkunft war nicht viel besser als der Schuppen, in dem sie in Louroux gezwungenermaßen gewohnt hatte, aber es gab wenigstens eine saubere Schlafstelle und jede Menge Decken. Als sie ihre Habe in einer alten Truhe verstaut und die Spinnweben aus dem Raum gefegt hatte, bat sie Goda, ihr das Badehaus zu zeigen und ihr etwas Eßbares ins Bad zu bringen.

Das Mädchen willigte sofort ein, und dafür war Brigitte ihr sehr dankbar. Sie träumte schon lange von einem heißen, dampfenden Bad, und es war ihr inzwischen vollkommen gleich, daß sie das Dienstbotenbad benutzen würde, einen Zuber, der von zahllosen anderen benutzt wurde. Sie hatte ihre Befugnisse bereits überschritten, als sie Goda gebeten hatte, ihr etwas Eßbares zu bringen, denn Dienstboten forderten andere Dienstboten nicht dazu auf, sie zu bedienen.

Nach einer Weile saß Brigitte auf ihrem Bett und trocknete ihr Haar. Ihre Füße standen neben dem Kohlebecken, das Goda ihr freundlicherweise gebracht hatte. Roland öffnete ihre Tür, ohne anzuklopfen, und das erboste sie. Sie entschloß sich, ihn zu ignorieren.

»Findet diese Unterkunft deine Billigung?« fragte Roland nach kurzem Schweigen.

»Was führt dich hierher, Roland?« fragte sie wachsam.

»Ich wollte sehen, wie es dir geht«, erwiderte er. »Außerdem hast du meine Frage noch nicht beantwortet.«

»Spielt es denn eine Rolle, ob das Zimmer meinen Anklang findet oder nicht?« fragte sie erbittert.

»Die Hütte ist solider gebaut als die, in der du in Louroux gewohnt hast.«

»Du weißt gar nichts!« zischte sie. »Das nimmst du nur an, weil du gesehen hast, wie ich in diese Hütte gegangen bin.«

»Ich vermute, du willst damit sagen, daß diese Hütte nicht deine Unterkunft war.«

»Ich käme nicht im Traum darauf, dir irgend etwas zu sagen«, entgegnete sie übellaunig. »Wenn ich mit dir rede, könnte ich auch gleich gegen eine Wand reden.«

Roland überging die Beleidigung. »Wenn das nicht deine Unterkunft war, Brigitte, warum bist du dann dorthin gegangen?«

»Weil ich stur bin. Hast du das noch nicht gemerkt?«

»Doch, das habe ich allerdings gemerkt.« Er kicherte.

»Das ist gar nicht komisch, Roland«, sagte sie gestelzt. »Genau die Dinge, die dich auf die Idee gebracht haben, ich könnte eine Dienerin sein, waren Umstände, die ich mir mit meiner eigenen Sturheit eingehandelt habe.«

»Was willst du damit sagen?«

»Du glaubst mir ohnehin nicht, was ich sage, und ich habe es satt, daß man mir nichts glaubt.«

Roland schlenderte durch das Zimmer und blieb dicht vor Brigitte stehen. Er hob ihr Kinn mit einem Finger hoch und zwang sie, in seine durchdringenden Augen zu schauen.

»Findest du denn nicht auch, daß es an der Zeit ist, dein Verhalten zu ändern?« fragte er freundlich.

»Du spielst mit mir, Roland, und das gefällt mir nicht!« fauchte sie. »Ich käme nicht einmal auf die Idee, dich zu verführen, wenn du meine einzige Zuflucht wärst.«

Roland packte sie an den Schultern. »Mich verführen, mein kleines Juwel? Aber das hast du doch längst getan.«

Er nahm ihr Gesicht zwischen seine Hände, und seine Lippen bestürmten zärtlich ihren Mund. Brigitte war überrascht über die angenehmen Empfindungen, die sein Kuß in ihr hervorrief, und es dauerte mehrere Sekunden, bis sie gegen seine Brust stieß.

»Wenn du auch nur den geringsten Anstand besäßest, würdest du mich deinen Gelüsten nicht unterwerfen!« schrie sie.

»Ach, Brigitte, du spielst nicht brav mit«, seufzte er enttäuscht.

»*Dein* Spiel spiele ich überhaupt nicht mit!« gab sie empört zurück. »Du kannst mich als Leibeigene bezeichnen, aber du kannst nicht leugnen, daß ich unschuldig war, bis du mich berührt hast. Ich will nicht deine Hure sein!«

»Nur ich habe dich gehabt, *cherie,* und nur ich werde dich in Zukunft haben. Das macht dich nicht zur Hure.«

»In meinen Augen schon!«

Roland seufzte. »Was muß ich denn noch tun, um dich geneigter zu stimmen?«

»Du scherzt!« Sie lachte spöttisch und riß sich von ihm los. Sie wich auf die andere Seite des Bettes zurück, drehte sich zu ihm um, stemmte die Arme in die Seiten und sah ihn mit funkelnden Augen an. »Du raubst mir meine Unschuld und sagst hinterher, daß es nichts macht. Du demütigst mich und zwingst mich, dich zu bedienen. Erwartest du vielleicht, daß ich mich dafür bedanke?«

»Verdammt noch mal!« knurrte Roland. »Ich bin gekommen, um dich zu versöhnen, und du keifst.«

»Das, was du getan hast, kannst du nicht wiedergutmachen ... niemals!«

»Dann vergeude ich meine Zeit.« Er drehte sich um und stolzierte zur Tür. Auf dem Weg blieb er stehen und sah sie noch einmal finster an. »Ich warne dich hiermit, Dirne. Ich kann dir das

Leben versüßen, aber ich kann es dir auch unerträglich machen. Mir ist das gleich. Es liegt ganz an dir. Du solltest dein Verhalten überdenken, denn ich bin deiner Halsstarrigkeit überdrüssig.«

Er schlug die Tür zu und war fort. Brigitte setzte sich wieder auf ihr Bett. Selbstmitleid überwältigte sie. Wolff kam zu ihr herüber und schleckte ihr das Gesicht ab.

»Was soll ich bloß tun, Wolff?« fragte sie entmutigt. »Er erwartet von mir, daß ich einfach aufgebe und ihm lächelnd diene. Wie könnte ich das tun?«

Tränen standen in ihren Augen. »Ich hasse ihn! Ich hätte ihn sterben lassen sollen! Warum habe ich das nicht getan? Wir müssen von hier entkommen, Wolff, es muß sein!«

19

Als Roland am nächsten Morgen in aller Frühe seinen Vater im Hof traf, um den Kampf mit ihm auszutragen, war er kaum besser gelaunt. Er war erst einen Tag zu Hause, und schon sollte seine Kraft auf die Probe gestellt werden. Aber nicht nur das war die Ursache der Zornesfalten, die auf seinem Gesicht standen. Auch Amelia war schuld.

Sie war in der vergangenen Nacht in sein Zimmer gekommen. Ihre Stellung als Kammerzofe sicherte ihr ein Zimmer in Heddas Nähe, was bedeutete, daß sie auch in Rolands Nähe war. Zu anderen Zeiten war ihm das zupaß gekommen, doch jetzt war es Roland nicht danach zumute, die Stelldichein mit Amelia wieder aufzunehmen.

Als sie leise an seine Tür geklopft hatte, hatte er geglaubt, es sei Brigitte, die gekommen war, um sich geschlagen zu geben und sich mit ihm auszusöhnen. Bei diesem Gedanken durchzuckte Roland ein Schauer der Erregung, und als er die Tür aufmachte, fiel ihm das Gesicht herunter.

»Deine Enttäuschung ist nicht zu übersehen, Roland«, sagte Amelia mit einem Hauch von Erbitterung. »Du hast gehofft, ich sei die Dirne mit dem gelben Haar.«

»Hau ab, Amelia«, erwiderte Roland zornig. »Ich habe dich nicht gebeten, zu kommen.«

»Du wirst mich darum bitten, sowie du es satt hast, daß sie sich dir widersetzt«, sagte Amelia zuversichtlich. »Nur ihr Widerstand reizt dich, sonst gar nichts.«

Amelia kicherte. »Ich weiß, daß du grob sein kannst, *mon cher*. Du packst eine Frau an, wie du dein Schwert packst – mit festem Griff. Mir macht das nichts aus, aber ihr. Das stimmt doch?«

»Du solltest lieber nach einem anderen Mann Ausschau halten, der dich in kalten Nächten wärmt, Amelia.«

»Ihretwegen?« zischte sie.

»Sie hat nichts damit zu tun. Amelia, wir beide haben viele vergnügliche Nächte miteinander verbracht, aber als ich fortgegangen bin, war es zu Ende. Es tut mir leid, daß du etwas anderes geglaubt hast.« Er war nicht bereit, sich mit ihr über Brigitte auseinanderzusetzen.

Amelia drehte sich um und lief davon. Roland schlug die Tür hinter ihr zu. Er war wütend auf sich, weil er nicht nahm, was sich ihm freiwillig bot. Die Wahrheit war, daß er eine andere begehrte, eine Frau, die er nicht haben konnte, ohne sie dazu zu zwingen, und der Gedanke, sich ihr aufzuzwingen, war ihm zuwider.

Als er seinem Vater in der kalten Dämmerung gegenüberstand, grübelte er über den Zwischenfall mit Amelia nach. Sein nachdenkliches Stirnrunzeln blieb nicht unbemerkt.

»Was bedrückt dich, Roland?« fragte Luthor, während er seine Arme lockerte. »Bist du während deiner Abwesenheit von Montville verweichlicht und fürchtest, daß du dich nicht gut halten wirst?«

»Wenn sich hier jemand fürchtet, dann bist das du, Alter«, antwortete Roland mürrisch.

»Das werden wir ja sehen«, kicherte Luthor. Dann fuhr er liebenswürdig fort: »Ich habe von deinen zahllosen Abenteuern gehört. Du mußt König Lothairs Bemühungen satt haben, Lothringen wieder zu erobern.«

Roland zuckte die Achseln. »Es war keine echte Herausforderung. Kleine Scharmützel, die wir abwechselnd gewonnen und verloren haben. Eine Schlacht muß irgendwann zu einem Ergebnis führen, aber in dem Fall frage ich mich, ob der Kampf je zu einem Ende kommt.«

»Dann bist du also in die Champagne gezogen und anschließend nach Burgund?« fragte Luthor beiläufig.

»Du bist bestens informiert«, knurrte Roland.

»Ich habe viele Freunde, die mich dann und wann benachrichtigt haben, wenn du aufgetaucht bist. In der Provence war das, was ich dir beigebracht habe, nicht vergeudet. Diese Schlacht hätte auch mir Spaß gemacht.«

»Sie war schnell vorüber.«

»Welchen Weg durch Frankreich hast du auf deiner Rückreise eingeschlagen?«

Roland wunderte sich über Luthors Neugier, doch er beantwortete die Fragen. »Ich bin bis Berry auf der Loire gereist. Dort habe ich die mir anvertraute Nachricht überbracht und das Mädchen geschenkt bekommen.«

»Dann bist du durch Blois und Maine auf dem direkten Weg nach Montville gekommen?«

»Nein, in Orleans bin ich wieder auf dem Fluß weitergereist. Bis zum Zusammenfluß mit der Mayenne. Dann bin ich auf direktem Weg nach Norden geritten.«

»Du bist also durch Angers gekommen?«

Roland bemerkte plötzlich ein Schwanken in Luthors Stimme. Er runzelte die Stirn. Sein Vater war erschrocken. »Ja, aber spielt das denn eine Rolle?«

»Nein, keineswegs«, erwiderte Luthor. »Laß uns beginnen«, fügte er barsch hinzu.

Roland dachte nicht mehr an Luthors Verhör und wärmte sich für den bevorstehenden Kampf auf. Sein Vater genoß solche Kraftproben, aber erst in den letzten Jahren, ehe er seiner Heimat den Rücken zugekehrt hatte, war es Roland möglich gewesen, dabei gut abzuschneiden. Der Wille, seinen Vater zu besiegen, war immer dagewesen, aber es hatte lange gedauert, bis er die Mittel dazu in der Hand gehabt hatte.

Das erste metallische Klirren zog andere Männer an; Brigitte erwachte von Schlachtgeräuschen, und sie eilte zur Tür, denn sie fürchtete, Montville sei angegriffen worden. Sie schnappte entgeistert nach Luft, als sie sah, daß Roland und sein Vater einen ernsten Kampf ausfochten. Brigitte warf sich eilig ihren wollenen Umhang über und lief ins Freie. Sie kam nicht mehr dazu, die Kapuze über ihr ungeflochtenes, flatterndes Haar zu ziehen. Sie stand neben zwei Soldaten und sah fasziniert und entsetzt zugleich zu, wie sich Luthor auf Roland stürzte und mit seinem gewaltigen Schwert zu einem Hieb nach dem nächsten ausholte. Er zwang Roland zum Rückzug. Roland hatte alle Hände damit zu tun, die Hiebe mit Schwert und Schild abzuwehren. So ließ er sich quer über den Hof treiben, bis er endlich zu einem kräftigen Schlag auf Luthors Schwert ausholte und zum Gegenangriff ansetzte. Jetzt sah sich Luthor zum Rückzug gezwungen.

»Wie lange geht das schon so?« flüsterte Brigitte den Soldaten zu, ohne Roland aus den Augen zu lassen.

»Noch nicht lange«, antwortete einer der beiden.

Doch der Kampf sollte sich in die Länge ziehen. Die Sonne ging auf und stieg höher hinauf, und der Kampf wütete weiter. Keiner der beiden Männer gab auf. Brigitte ermüdete schon das Zusehen. Sie wußte, wie schwer das Schwert eines Ritters war. Sie konnte es mit beiden Händen kaum hochheben. Die Körperkraft und Willensstärke, die man brauchte, um so lange durchzuhalten, flößte Brigitte Ehrfurcht ein.

Doch als die beiden Männer immer wieder den Hof von einer Seite zur anderen kreuzten und einmal der eine und einmal der andere angriff, wurde das Schauspiel monoton. Dann änderte sich plötzlich das Tempo, als würden beide Männer frische Kraftreserven anzapfen. Roland holte schnell mit dem Schwert nach Luthors rechter Seite aus, doch mitten in der Bewegung änderte er die Richtung und zielte nach links. Luthor hatte nicht damit gerechnet. Er hob seinen Schild nicht schnell genug, und Rolands Waffe schlitzte mehrere Glieder von Luthors Kettenhemd auf und bohrte sich in Luthors Schulter.

Beide Männer blieben still stehen. Brigitte nahm an, der Kampf sei vorüber. Sie war völlig fassungslos, als Luthor plötzlich lachte. Was dachten sich diese Menschen bloß? Im nächsten Moment schlug Luthor jedoch das Schwert aus Rolands Hand, und sein eigenes Schwert stieß gegen Rolands Brust.

Roland warf seinen Schild auf den Boden und gestand somit stumm seine Niederlage ein. Luthor senkte sein Schwert.

»Als du Blut gesehen hast, hättest du zustoßen sollen, Roland«, kicherte Luthor. »Du kannst doch nicht einfach aufhören und nachschauen, wie schwer du deinen Feind verwundet hast.«

»Wenn du ein echter Feind gewesen wärst, Alter, dann hätte ich allerdings zugestoßen«, erwiderte Roland.

»Vielleicht sollte ich das gelten lassen und mich mit dir auf ein Unentschieden einigen. Ja... diesmal gibt es keinen Sieger. Bist du damit einverstanden?«

Roland nickte. Dann grinste er. Er deutete auf Luthors Schulter und sagte: »Das mußt du dir verarzten lassen.«

»Ich spüre den kleinen Kratzer kaum«, brummte Luthor. »Deine Kratzer könnten die zarte Hand deiner hübschen Magd vertragen.«

Roland drehte sich um und sah, daß Brigitte ihn beobachtet hatte. Sie war ein bildschöner Anblick, und ihr Haar fiel im Sonnenschein wie eine Flut gesponnenen Goldes über ihre Schultern. Schüchtern senkte sie den Blick, und Roland war von ihrem Anblick hypnotisiert und vergaß seine schmerzenden Muskeln.

Luthors polterndes Gelächter riß ihn aus seiner Betäubung auf. »Du ziehst das arme Mädchen mit deinen Blicken aus, mein Junge«, schalt Luthor. »Kannst du nicht warten, bis ihr allein seid?«

Roland errötete.

»Heute kann ich stolz auf dich sein, Roland«, sagte sein Vater. »Du bist ein brauchbarer Sohn. He, du hast mir einen guten Kampf geliefert, und ich weiß, daß deine Wunde noch nicht vollständig verheilt ist. Du hast alles gelernt, was ich dir beigebracht habe und noch mehr.«

Roland wußte nicht, was er sagen sollte. Es war das erste Mal, daß Luthor ihn gepriesen hatte. Und dann gleich im Übermaß. Zum Glück erwartete Luthor keine Antwort. Er wandte sich ab, um zu gehen, und ließ Roland stehen, der ihm verwundert nachblickte. Sein Vater hatte sich verändert. Vielleicht wurde er doch endlich alt.

Die anderen waren ins Haus gegangen, und Brigitte und Roland standen allein im Hof.

»Deine Wunde ist aufgeplatzt«, schalt Brigitte.

Roland lächelte entschuldigend. »Es war keine Absicht. Würdest du sie verbinden?«

»Ich nehme an, das muß ich tun, denn ich sehe niemanden, der sich darum reißt, es zu tun«, sagte sie ernst.

»Was bedrückt dich?« fragte er zögernd.

»Du!« fauchte sie. Ihre Hände stemmten sich von allein auf ihre Hüften. »Der Blödsinn, den ich gerade mit ansehen mußte.«

»Das war doch nur ein Spiel, *cherie*.«

»Das war kein Spiel. Es war Wahnsinn«, gab sie erhitzt zurück. »Ihr hättet einander umbringen können.«

»Wir haben nicht gekämpft, um zu töten, Brigitte«, erklärte Roland geduldig. »Es war eine Kraftprobe und sonst gar nichts. Stellen französische Ritter ihre Geschicklichkeit nicht zum Spaß auf die Probe?«

»Doch, ja«, erwiderte sie unwillig. »Aber nicht so ernst. Ihr habt gekämpft, als stünde die Ehre eines jeden auf dem Spiel.«

Roland kicherte. »Gewissermaßen war es auch so. Unsere Kämpfe sind recht ernst zu nehmen. Luthor besteht darauf, daß jeder, den er ausbildet, hinterher zu den Besten gehört. Er ist ein meisterlicher Krieger, und um die Wahrheit zu sagen: Ich habe mich noch nie so lange gegen ihn gehalten.«

»Aber es hat mit einem Gleichstand aufgehört«, hob Brigitte hervor. »Das konnte sogar ich sehen. Du hättest deinen Vater auch geschlagen, wenn du nicht einfach aufgehört hättest.«

»Ist dir eigentlich klar, daß du mich gerade lobst, *cherie*?« fragte Roland sie in einem scherzhaften Ton.

Brigitte errötete ganz reizend. »Ich ... ich ...«

»Laß es gut sein«, sagte er mit gekünsteltem Ernst. »Verdirb nicht das einzige Lob, das ich je aus deinem Mund gehört habe, mit einer scharfen Antwort. Sei nur dieses eine Mal gnädig.«

»Du machst dich über mich lustig, Roland. Außerdem hast du das Thema gewechselt.«

»Es war ein ermüdendes Thema«, sagte er ausweichend. »Und außerdem haben wir schon genug Zeit vergeudet. Allmählich glaube ich, du willst mich durch den Blutverlust schwächen, indem du hier stehenbleibst und mit mir streitest.«

»Das ist gar keine schlechte Idee«, sagte Brigitte. »Komm jetzt. Zu meinem Zimmer ist es nicht weit.«

»Nein, ich muß meine Kleider wechseln, und in meinem Zimmer gibt es Verbandszeug. Hilf mir jetzt bitte, damit ich den Weg schaffe.«

»Du kannst nicht allein laufen?« Sie riß die Augen auf.

Er nickte. »Ich habe das Gefühl, ich kann keinen Muskel bewegen«, stöhnte er. »Wenn du mir nur einfach deine Hand geben würdest, *cherie*. Ich folge dir, wohin du willst.«

»So, meine Hand willst du?« fauchte sie. »Das kommt nicht in Frage.«

Er griff nach ihrer Hand und ging auf das Gutshaus zu. »Wenn das so ist, mußt du mir eben folgen, fürchte ich«, sagte er, während er sie hinter sich herzog.

In Rolands Zimmer herrschte ein wüstes Durcheinander. Brigittes Blick wanderte schnell von einer offenen Truhe zur nächsten, verweilte auf den Kleidern, die über den Boden verstreut lagen, auf dem zerknitterten Bettzeug und dem krumpligen Teppich. Eine dicke Staubschicht bedeckte einen Tisch mit Marmorplatte und einen hochlehnigen Stuhl, und die Wände waren vom Ruß geschwärzt.

»Und du schläfst wirklich hier?« fragte Brigitte angewidert.

Er grinste breit. »Das Zimmer war viele Jahre unbenutzt, und heute morgen hatte ich es eilig. Du wirst nicht allzu lange brauchen, um das Zimmer wieder in Ordnung zu bringen.«

»Ich?« Sie wandte sich entgeistert zu ihm um.

Roland seufzte. »Bitte, Brigitte, fang nicht wieder damit an. Ist es denn zuviel verlangt, daß du dich ein bißchen um mich kümmerst?«

Brigitte zögerte. Er hatte sie gebeten, nichts gefordert, und das reichte zumindest für den Moment aus.

Als sie ihn verbunden hatte, wandte sich Brigitte einer der Truhen zu. Roland grinste. Er war mit Brigitte allein in seinem Zimmer, und ausnahmsweise war Wolff einmal nicht dabei. Zudem war sie gut aufgelegt.

»Welche Farben stehen mir, *cherie*?«

»Zweifellos blau und vielleicht dunkelbraun. Ich kann mir vorstellen, daß du in Dunkelbraun eine gute Figur abgeben würdest.«

»Dann hast du doch sicher nichts dagegen, mir ein oder zwei neue Hemden zu nähen? Ich habe nicht viele Hemden.«

»Mit deinem Unschuldsblick kannst du mich nicht täuschen. Ich werde dir Hemden nähen, und sei es nur, um dir zu beweisen, daß ich nähen kann. Aber du brauchst nicht zu glauben, daß ich mich von dir versklaven lasse.«

Als sie das alte braune Hemd bereitgelegt und Rolands Wunden verbunden hatte, wollte Brigitte gehen. Roland rief sie zurück. »Ich will nicht, daß du gleich wieder wegläufst.«

»Warum?« fragte sie argwöhnisch.

»Beruhige dich, Brigitte, und laß endlich die Tür aus dem Auge. Ich vergewaltige dich nicht.« Er seufzte. »Hast du denn soviel Angst vor mir?«

»Ja«, antwortete sie wahrheitsgemäß.

Er runzelte die Stirn. »War ich denn so grob zu dir?«

Als eine Antwort ausblieb, fragte er: »Hältst du mich für einen Grobian, Brigitte?«

»Du warst sehr grob«, antwortete sie, wiederum der Wahrheit entsprechend. »Dein Benehmen läßt viel zu wünschen übrig, Roland, und du braust zu leicht auf.«

»Du auch«, hob er hervor.

Sie grinste. »Das weiß ich selbst. Ich habe viele Fehler. Das ist mir klar. Aber wir haben uns gerade über deine Fehler unterhalten, die dir keineswegs bewußt zu sein scheinen.«

Er hob die Hand und strich ihr zärtlich über die Wange. »Für dich ändere ich mich sogar.«

Nach einer langen verblüfften Pause fragte sie: »Warum?«

»Damit du öfter lächelst.«

»Ich hatte wenig Grund zum Lächeln, Roland«, sagte sie frei heraus.

»Das wird sich ändern.«

Sie wich vor ihm zurück, und ihre Augen nahmen eine dunklere Tönung an. »Spielst du mit mir?«

»Nein, ich meine es völlig ernst«, sagte er leise.

Er beugte sich vor und küßte sie, erst sachte, um sie nicht zu erschrecken, dann heftiger. Sie fürchtete sich wirklich und stieß gegen seine Brust. Roland ließ sie nicht los. Er zog sie dichter in seine Arme. Dort, wo sich ihre Brüste gegen seine breite Brust drückten, spürte er ein Brennen. Als sie sich zwischen seinen Beinen wand, entrang sich ihm ein schmerzliches Stöhnen. Sie hatte ihn entflammt, doch sie widersetzte sich ihm.

Seine Lippen fuhren die zarte Rundung ihres Nackens nach. »Brigitte, ich will dich haben«, hauchte er in ihr Ohr.

»Roland, du hast gesagt, du würdest mich nicht vergewaltigen«, keuchte sie. Sie versuchte vergeblich, sich von ihm loszureißen.

»Laß mich dich lieben«, murmelte er heiser. »Laß dich lieben, Brigitte.«

Er küßte sie, ehe sie sich wehren konnte, doch schließlich gelang es Brigitte, sich aus seiner Umarmung zu befreien.

»Roland, du tust mir weh!« schrie sie.

Er beugte sich vor, um sie anzusehen, und er sah ihre geschwollenen Lippen. »Verflucht, Brigitte, warum bist du bloß so zerbrechlich?« stöhnte er.

»Ich kann nichts daran ändern, wie ich bin«, sagte sie mit zitternder Stimme. »Ich bin behütet aufgewachsen. Meine Haut ist empfindlich und nicht an solche Behandlung gewohnt.«

Er hob ihr Kinn und berührte ihre Lippen zart mit einem Finger. »Ich wollte dir nicht weh tun«, sagte er leise.

»Ich weiß«, gestand sie ein. »Aber du versuchst, mich zu etwas zu zwingen.«

Roland grinste schuldbewußt. »Ich konnte nicht anders.«

Plötzlich erwachte Brigittes Zorn. »Wagst du es, mir schon wieder die Schuld zuzuschieben? Diesmal sind meine Kleider nicht naß und fast durchsichtig.«

»Nein.«

»Dann sag mir, was ich getan habe, damit ich es bestimmt nie wieder tue!« sagte sie hitzig.

Roland lachte herzlich. »Ach, mein kleines Juwel, du bist so unschuldig. Schon deine Nähe ist verführerisch. Weißt du denn nicht, wie erlesen schön du bist?«

»Dann darfst du eben nicht in meine Nähe kommen.«

»O nein, Brigitte«, erwiderte er. Er schüttelte langsam, aber ganz entschieden den Kopf. »Du bist das, wovon jeder Mann träumt, aber nur ein Mann ist im Besitz dieses Schatzes – ich. Ich werde mich dir nicht fernhalten.«

»Ich gehöre dir nicht, Roland.« Sie riß sich von ihm los und wich ein paar Schritte zurück. »Ich werde dir nie gehören.«

Roland schlug sich mit der Faust auf den Schenkel. »Warum haßt du mich derart?« rief er erbittert aus.

»Das weißt du ganz genau.«

»Ich habe doch gesagt, daß ich mich ändern werde.«

»Das hast du gesagt, und direkt anschließend hast du mich wieder an dich gerissen. Ich kann deinen Worten nicht glauben.«

»Dein Urteil ist streng, Brigitte. Das, was eben passiert ist, stand nicht in meiner Macht.«

»Muß ich denn in ständiger Furcht leben? Ich will es wissen, Roland, und zwar jetzt.«

Er sah sie finster an. Er konnte nicht wahrheitsgemäß sagen, daß er sie nie mehr bedrängen würde, denn er wußte inzwischen, auch wenn er es nicht wahrhaben wollte, wie wenig er sich unter Kontrolle hatte, wenn es um sie ging. Zum Teufel, er wollte aber auch nicht, daß sie sich vor ihm fürchtete. Außerdem erboste ihn die Vorstellung, daß sie ihn fürchtete.

»Nun, Roland?«

Er wandte sich ab. Er war aufgewühlt. »Dräng mich nicht, Dirne!« brüllte er.

Sie sah ihn flehentlich an. »Ich muß die Antwort wissen.«

»Ich muß es mir überlegen. Und jetzt gehen wir«, fauchte er. »Es ist Essenszeit!«

20

Der Saal war an jenem Morgen nicht allzu voll, doch Luthor war dort. Er rief Roland zu sich.

Brigitte ging zum Feuer. Neben dem Herd wurden die Nahrungsmittel aufbewahrt und zubereitet. Alle Kochgeräte hatten dort ihren Platz; Kessel aus Eisen und Leder, Salzfässer und Brotbehälter standen herum. Bierkrüge und silberne Wasserkannen standen in den Regalen, und in einem Schrank wurden Töpfe aus Blech, Blei und Eisen und Teller aus Holz und aus Zinn aufbewahrt. In anderen Regalen lagen Kräuter und Gewürze zum Trocknen, und an der Rückwand des Raumes standen Getreidefässer. Im Moment war ein großer Tisch neben dem Eingang voll mit Käse, frisch gebackenem Brot und großen Gefäßen mit Apfelwein.

Brigitte stellte Roland unaufgefordert eine große Portion Brot und Käse hin, doch sobald sie ihm das Essen gebracht hatte, ging sie eilig wieder. Sie setzte sich ans Feuer. Dort wurde Hafersuppe für die Dienstboten ausgeschöpft, und sie nahm von Goda eine Schale Suppe und einen Runken Roggenbrot entgegen. Das war das Essen, das für die Dienstboten bestimmt war, aber das war ihr gleich. Sie war zu aufgewühlt, um sich viel aus dem Essen zu machen.

Sowie Roland den Saal verlassen hatte, fragte sie Goda, wo sie Kernseife und Reinigungsutensilien finden könne. Dann eilte sie in sein Zimmer. Sie verbrachte den Rest des Tages damit, seine Sachen zu säubern und zu richten. Er hatte nicht viel zum Anziehen, doch seine Truhen waren mit wertvollen Besitztümern angefüllt: erlesene Stücke aus Glas, Gold und Edelsteine, Wandteppiche mit östlichen Motiven und so viele edle Stoffe, daß sie sich fragte, ob er Kaufmann werden wollte.

Als Brigitte Ordnung gemacht und sein Zimmer geputzt hatte, erwies es sich als gemütlich und gut eingerichtet. Die Felle, die vor den Fenstern hingen, hielten die Kälte ab und waren doch lichtdurchlässig. Die Matte auf dem Boden war eine Neuheit aus Fell. Man bekam warme Füße, und optisch war der Teppich wesentlich schöner als ein Binsengeflecht. Das breite Bett hatte Federkissen, Leinenbezüge und eine Decke, die prall mit Eiderdaunen gefüllt war.

Brigitte hob es sich für den Schluß auf, das Bett zu machen, denn es widerstrebte ihr, sich auch nur in die Nähe dieses Betts zu begeben. Sie fragte sich unwillkürlich, wie lange es noch dauern würde, bis sie hier schlief. Das war es, was Roland wollte. Er hatte sich wahrhaft deutlich ausgedrückt.

Als das Tageslicht schwächer wurde und es an der Zeit war, wieder nach unten zu gehen, wurde Brigitte zunehmend nervöser. Es war viel leichter gewesen, sich gegen Roland zu behaupten, als sie unterwegs gewesen waren. Sie hatte seine Grobheiten hingenommen und Zuflucht zum Zorn genommen. Aber der Mann, mit dem sie es jetzt zu tun hatte, war ein anderer; Roland war wirklich besorgt, ihr nicht weh zu tun. Das hatte sie aus der Fassung gebracht, denn sie wußte kaum noch, wie sie sich jetzt verhalten sollte.

Brigitte kehrte schweren Herzens in den großen Saal zurück.

Sie wußte recht genau, was sie zu tun hatte. Selbst die Natur war gegen sie, aber daran ließ sich nichts ändern. Lieber riskierte sie, auf der Flucht zu erfrieren, als hierzubleiben und abzuwarten, bis Roland in den erhofften Genuß kam.

Trotz der vielen Menschen, die sich im Saal drängten, sah Brigitte sofort, daß Roland noch nicht da war. Sie bediente sich und setzte sich auf eine leere Bank, die an der Wand stand, denn sie hoffte, gegessen zu haben, ehe er eintraf. Dann konnte sie ihm eilig das Essen vorsetzen und sich sogleich in ihr Zimmer zurückziehen. Wenn das, was er gesagt hatte, der Wahrheit entsprach und sie ihn schon allein durch ihre Nähe in Versuchung führte, dann brauchte sie sich nur noch wegen der kommenden Nacht zu sorgen, denn am folgenden Morgen würde sie fort sein.

Sie sah Wolff neben dem Tisch des Hausherrn sitzen. Luthor warf ihm persönlich Fleischstücke hin. Doch als der Hund Brigitte sah, stürzte er auf sie zu und setzte sich neben sie. Sie begrüßte ihn mit einem Lächeln. Ein weiterer Hund kam hinzu, denn der Essensgeruch hatte ihn angelockt, aber Wolff vertrieb ihn augenblicklich und setzte sich zu Brigittes Füßen.

Sie beugte sich vor und streichelte ihn. »Ich sehe, daß der Hausherr persönlich für dich sorgt. Freunde dich trotzdem nicht allzusehr mit diesem Ort an, denn wir bleiben nicht hier.«

Als er ihre Hand ableckte, runzelte sie die Stirn. »Diesmal wirst du meine Meinung nicht ins Wanken bringen, Wolff.«

Zu spät merkte Brigitte, daß sie laut gesprochen hatte, und sie sah sich eilig um. Bis auf Wolff war niemand in ihrer Nähe. Dann sah sie sich im Raum um. Roland war nicht eingetreten, während sie sich von Wolff hatte ablenken lassen.

Am Tisch des Hausherrn saß ein gutaussehender junger Ritter, den sie noch nie gesehen hatte. Ihr Blick blieb einen Moment lang auf ihm ruhen, doch dann fühlte er sich beobachtet und sah lächelnd zu ihr herüber. Er stand auf und kam auf sie zu.

»Gnädiges Fräulein.« Er verbeugte sich vor ihr. »Ich bin Gui de Falaises. Man hat mir nicht gesagt, daß wir Gäste haben.«

Brigitte wußte, wer er war. Er war der Vasalle Luthors, der ausgeschickt worden war, um Roland zu suchen und ihn nach Hause zu bringen.

»Hat Euch denn niemand gesagt, wer ich bin?« fragte sie freundlich.

»Ich bin gerade erst von meinem Wachposten zurückgekehrt, gnädiges Fräulein«, erklärte Gui. Dann grinste er. »Doch noch nie hat eine solche Schönheit diesen Saal geziert. Baron Luthor hat sich einer Unterlassung schuldig gemacht – Euch nicht zu erwähnen.« Seine grünen Augen funkelten vor Freude.

»Ihr seid sehr freundlich«, sagte Brigitte schüchtern.

»Sagt mir«, sagte er lächelnd, »wie mag eine solche Schönheit wohl heißen?«

Brigitte zögerte. Er hatte sie als gnädiges Fräulein angesprochen. Er hielt sie für eine Dame. Warum sollte sie ihm nicht die Wahrheit sagen?

»Ich bin Brigitte de Louroux«, sagte sie leise.

»Wer ist Euer Lehnsherr? Vielleicht kenne ich ihn.«

»Graf Arnulf von Berry ist mein Gebieter«, sagte sie so leichthin, als könne niemand wagen, daran zu zweifeln.

»Ihr seid mit ihm gemeinsam hier?«

»Nein.«

»Nun sagt nur nicht, daß Ihr einen Gemahl habt, der Euch hierhergebracht hat«, sagte Gui, offensichtlich enttäuscht.

»Ich bin nicht verheiratet«, erwiderte Brigitte. Dann entschied sie sich, ihm die volle Wahrheit zu erzählen. »Baron Roland hat mich gegen meinen Willen hierhergebracht.«

Auf Guis gutgeschnittenes Gesicht traten Erstaunen und Verwirrung. »Roland? Ich verstehe kein Wort.«

»Das läßt sich auch nicht leicht erklären«, sagte Brigitte voller Unbehagen.

Er setzte sich neben sie. »Ihr müßt mir alles erzählen. Wenn Roland Euch entführt hat...«

»Roland ist nicht ganz im Unrecht«, gestand sie widerwillig ein. »Seht Ihr, mein Vater war der Baron von Louroux, und mein Bruder war sein Nachfolger.« Sie erzählte Gui ihre Geschichte, und er hörte ihr mit gebannter Aufmerksamkeit zu, bis sie am Ende angelangt war.

»Aber Roland ist doch kein Narr«, protestierte er dann. »Er mußte doch sehen, daß Ihr eine Dame seid – ganz gleich, was Druoda ihm erzählt haben mag.«

Brigitte seufzte. »Es gab viele Umstände, die dazu geführt haben, daß er Druoda und nicht mir geglaubt hat.«

»Man muß Roland klarmachen, daß er weit gefehlt hat«, sagte Gui ernsthaft.

»Ich habe es versucht, aber es war nutzlos. Roland gefällt, daß ich seine Dienerin bin, und ich glaube, daß er absichtlich die

Augen vor der Wahrheit verschließt, weil ihm die Wahrheit nicht paßt.« Gui lächelte über diese treffende Beschreibung der Charakterzüge seines Freundes.

Die breite Holztür, die in den Saal führte, wurde in dem Moment geöffnet, und Roland betrat den Raum. Brigitte stand eilig auf. Sie zweifelte schon jetzt daran, ob es klug gewesen war, was sie soeben getan hatte. Aber was hatte sie denn eigentlich getan? Sie hatte doch nur die Wahrheit gesagt. Und Gui hatte ihr geglaubt. Vielleicht würde er sich auf ihre Seite schlagen.

»Roland ist gekommen«, sagte Brigitte zu ihrem neuen Freund. »Ich muß ihm das Essen servieren.«

Gui erhob sich empört. »Nein, Ihr dürft ihn nicht wie eine gewöhnliche Leibeigene bedienen.«

»Doch, das muß ich tun«, erwiderte sie. »Andernfalls wird er mich schlagen.«

Gui lief vor Zorn rot an, als sie sich umdrehte und davoneilte. Sie häufte Wurst, Wild und Beilagen auf einen großen Teller und drehte sich gerade rechtzeitig um, um zu sehen, wie fröhlich Roland Gui begrüßte. Auch Guis unterkühlte Reaktion entging ihr nicht.

Brigitte brachte das Essen und das Bier für Roland zum Tisch des Hausherrn und sah sich dabei verstohlen nach den beiden Männern um, zwischen denen sich ein hitziger Wortwechsel entsponnen hatte. Auch andere blickten zu den beiden hinüber, und sie wurde zunehmend nervöser. Hätte sie nur hören können, was die beiden sagten! Sie wagte es nicht, ihnen zu nahe zu kommen.

»Wie hast du diesen Schaden angerichtet, Dirne?«

Brigitte hielt den Atem an und drehte sich zu Luthor um.

»Ich weiß nicht, wovon Ihr redet, Baron.« Sie antwortete ihm mit fester Stimme, aber sie wagte nicht, ihm in die Augen zu sehen.

»Ich habe gesehen, daß du mit meinem Vasallen gesprochen hast, und jetzt streitet er mit meinem Sohn. Die beiden sind Freunde, Mädchen. Sie haben sich noch nie gestritten.«

»Ich habe nichts getan, was ich bereue«, erwiderte Brigitte unwirsch, während sie das Essen hinstellte.

Luthor erhob sich und nahm sie zur Seite. »Ich kann nur hoffen, daß das, was du getan hast, kein Duell nach sich zieht. Ich habe einiges dagegen, einen guten Mann zu verlieren – vor allem, wenn sich gerade eine Schlacht zusammenbraut.«

»Ist das alles, was Euch Euer Sohn bedeutet – ein guter Mann, der auf Eurer Seite kämpft?«

»Ich spreche von Gui, Mädchen, denn es besteht kein Zweifel daran, wer als Sieger aus einem Duell hervorgehen würde. Wenn ich glauben würde, daß mein Sohn deinetwegen in Gefahr schwebt, würde ich dich lebendig häuten lassen, ob Dame oder nicht.«

Brigitte riß die Augen auf. Er wußte es! Verdammt noch mal, er wußte, daß sie eine Dame war, und dennoch ließ er zu, daß Roland sie unterjochte, obwohl er wußte, daß er dazu nicht das geringste Recht hatte.

»Ihr seid ein widerlicher Kerl!« zischte Brigitte zornig. »Ihr wißt genau, was ich bin, und dennoch laßt Ihr das Unrecht zu, das Euer Sohn mir antut!«

Luthor kicherte in sich hinein. »Für mich spielt das keine Rolle. Roland beansprucht dich als seine Dienerin, und somit bist du seine Dienerin. Darüber streite ich mich nicht mit ihm.«

»Aber er ist im Unrecht!« schrie Brigitte.

»Du mußt mich verstehen, Kleine. Ein Mann braucht einen Sohn, der seinen Platz einnimmt, wenn es ihn nicht mehr gibt. Dazu kommt, daß ich meinen Sohn an meiner Seite brauche, damit wir gemeinsam um mein Lehen kämpfen können. Ich bin stolz auf das, was ich aus meinem Sohn gemacht habe. Vor Jahren habe ich ihn durch eine kleine Dummheit fast verloren, und nur der bevorstehende Kampf gegen meinen Schwiegersohn konnte ihn zurücklocken. Aber jetzt ist er wieder da, und ich gehe nicht das Risiko ein, ihn noch einmal zu verlieren.«

»Brigitte!«

Sie zuckte bei diesem Donnerhall zusammen, und als sie sich umdrehte, kam Roland auf sie zu. Sein Gesicht war eine dunkle Zornesmaske. Sie spürte, daß ihre Knie weich wurden.

»Ach, Kleines«, sagte Luthor bedrückt, »ich fürchte, jetzt wirst du doch bereuen, was du angeblich nicht bereust.«

Sie funkelte ihn an. »Und Ihr würdet sogar zulassen, daß er mich schlägt, oder etwa nicht?«

»Ich bin nicht für dich verantwortlich, Mädchen«, sagte der ältere Mann. Er wandte sich ab.

»Du brauchst dich gar nicht bei meinem Vater zu verstecken, Dirne«, knurrte Roland. »Er wird dir nicht helfen.«

Brigitte sprach mit ruhiger Stimme. Sie bemühte sich verzweifelt, ihre Angst nicht zu zeigen. »Das habe ich auch nicht von ihm erwartet. Er hat mir bereits gesagt, daß er alles billigt, was du tust.«

»Du hast ihn also um Hilfe gebeten?«

»Nein, Roland«, fiel Luthor ein. »Sie ist nicht zu mir gekommen. Ich habe sie von mir aus angesprochen.«

»Wage bloß nicht, sie zu verteidigen«, stieß Roland kalt hervor.

Luthor zögerte nur einen Augenblick. Dann verbeugte er sich und ließ die beiden allein auf der Estrade stehen. Roland griff nach Brigittes Arm und machte eine Bewegung wie um zum Schlag auszuholen. Sie geriet in Panik, aber statt zurückzuweichen, warf sie sich auf ihn. Sie krallte ihre Finger in sein Hemd und drückte sich so dicht an ihn, daß sie die Wärme seines starren, unnachgiebigen Körpers spürte.

»Wenn du mich unbedingt schlagen mußt, Roland, dann tu es mit der Peitsche«, flüsterte sie. »Ich würde einen Schlag von deiner Faust nicht überleben – nicht, wenn du so wütend bist. Du würdest mich umbringen.«

»Verfluchtes Weib!« knurrte er. Er versuchte, ihre Finger auseinanderzubringen.

Doch sie ließ nicht los. »Nein! Du bist wütend, und du weißt selbst nicht, wie stark du bist. Mit deinen Fäusten würdest du mich umbringen. Willst du das etwa?«

»Laß mich los, Brigitte«, befahl Roland, obwohl sein Zorn schon am Erlöschen war.

Sie hörte seinen veränderten Tonfall. Dann spürte sie den Wandel, der mit seinem Körper vor sich ging, und sie sah den Schimmer in seinen Augen. Sie stieß ihn von sich, und an die Stelle ihrer ursprünglichen Furcht traten andere Ängste.

»Ich ... ich wollte mich dir nicht an den Hals werfen«, sagte sie unbeholfen.

Roland seufzte. »Geh in dein Zimmer. Du hast heute schon für genug Ärger gesorgt.«

»Ich hatte nicht die Absicht, Unruhe zu stiften«, sagte sie schüchtern, aber sachlich.

Doch seine Augen nahmen eine dunklere Färbung an, und sein Körper wurde wieder unerbittlich hart. »Geh mir aus den Augen, Weib, ehe ich es mir anders überlege!«

Sie rief Wolff zu sich und verließ den Raum durch die Tür, die zum Stall führte, denn die große Eingangstür war so schwer, daß sie sie nicht öffnen konnte. Sowie sie den Saal verlassen hatte, zitterte sie innerlich. Wie dicht ihr eine ordentliche Tracht

Prügel bevorgestanden hatte! Aber warum war Roland bloß so wütend? Was war zwischen ihm und Gui vorgefallen?

Sie ging durch den Stall und bemerkte, daß Rolands Pferd dort unter vier anderen Pferden stand, die sie noch nie gesehen hatte. Zweifellos gehörten diese Pferde Gui und den anderen, die mit ihm Wache gestanden hatten. Viele Männer standen unter Luthors Befehl. Sie fragte sich, wo die übrigen Pferde untergebracht sein mochten. Sie ging dieser Frage nicht länger nach. Solange auch nur ein Pferd dort stand, mit dem sie in der Nacht entkommen konnte, konnte ihr alles andere gleich sein.

Brigitte zog sich die Kapuze über den Kopf und wickelte sich in ihren Umhang, ehe sie durch den Hof zu ihrer kleinen Hütte ging. Es hatte an jenem Tag nicht geschneit, aber die Luft war eisig. Bei solchen Witterungsverhältnissen würde ein Davonlaufen schwierig sein. Aber sie war fest entschlossen, fester denn je.

Ihr Zimmer war kalt und dunkel, und heute nacht würde sie kein Kohlebecken bekommen. Ohne Kohlen oder eine Kerze, in deren Schein man etwas sehen konnte – solche kostbaren Gegenstände wurden nicht an die Dienstboten verschwendet –, hatte Brigitte keine andere Wahl, als sich ins Bett zu legen. Zumindest würde sie weniger frieren, wenn sie ins Bett ging. Sie zog sich nicht aus, denn sie wollte keine Zeit damit verlieren, sich anzuziehen, wenn die Stunde ihres Aufbruchs herangerückt war.

Sie hörte Wolff, der unruhig im Dunkeln herumlief, und sie fauchte ihn an. »Leg dich hin und schlaf, solange es noch geht, denn wenn wir erst von hier weggehen, gibt es keine Ruhepausen mehr. Und es wird schon bald soweit sein, Wolff, nämlich dann, wenn kein Laut mehr zu hören ist.«

21

Etliche Stunden später hatte Brigitte sich zwei weitere Gewänder übergezogen. Sie nahm alle Decken aus ihrem Zimmer mit und ging mit Wolff direkt zum Stall. Sie wollte gar nicht erst versuchen, sich Nahrungsmittel zu besorgen, denn sie fürchtete, jemand könnte sie sehen, während sie sich durch die Halle schlich. Sie zweifelte nicht daran, daß Wolff Wild für sie beide jagen würde. Zudem war sie noch im Besitz eines Feuersteins, eines kostbaren Feuersteins, den Roland ihr im Wald gegeben hatte.

Zum Glück standen die vier anderen Pferde noch im Stall, und sie brauchte nicht Rolands riesiges Streitroß zu nehmen. Das erleichterte sie sehr. Das Pferd wäre zu groß für sie gewesen. Noch schlimmer war, daß Roland sie auf Lebzeiten gesucht hätte, wenn sie sein Pferd mitgenommen hätte, denn ein im Kampf geübtes Pferd war wesentlich wertvoller als jeder Diener.

Die anderen Pferde waren nicht ganz so groß, und eines, ein kastanienbrauner Wallach, scheute nicht, als sie versuchte, ihn zu satteln. Sie band ihre Habe an den Sattel, nahm die Zügel in die Hand und trat vorsichtig auf den nachtschwarzen Burghof.

Hier wurde es erst wirklich schwierig. Brigitte wußte, daß die meisten Güter zumindest einen weiteren Zugang neben dem bewachten Tor hatten, aber diesen Weg nun zu finden, war etwas anderes, denn die Wahrscheinlichkeit sprach dafür, daß ein Tor in der Mauer geschickt getarnt und nicht leicht zu finden war. In Louroux gab es für den Fall einer Belagerung einen geheimen unterirdischen Gang, von dem nur wenige Menschen wußten.

»Komm, Wolff«, flüsterte sie. »Wir müssen einen Weg finden, der aus dieser Festung führt. Hilf mir, Wolff. Wir suchen eine Tür. Eine Tür. Aber sei leise.«

Sie begann links neben den Unterkünften der Dienstboten mit ihrer Suche und arbeitete sich zielstrebig zur Rückfront des Gutshauses vor. Dort fand sie die Pferche der Tiere und einen riesigen Schuppen, der mit nichts Ähnlichkeit aufwies, was sie je gesehen hatte. Sie fragte sich, ob dort die restlichen Pferde untergebracht waren, aber sie ging der Sache nicht nach. Langsam tastete sie sich an der Mauer entlang. Sie führte das Pferd an den Zügeln hinter sich her, und Wolff lief voraus.

Als sie die Hälfte des Runds abgeschnitten hatte, ohne Glück zu haben, begann Brigitte, sich Sorgen zu machen. Sie rechnete sich ihre Chancen aus, wenn sie versuchen würde, sich an den Wächtern vorbeizuschleichen, und sie betete, diesen Versuch nicht wagen zu müssen. Sie war in Eile. Wenn sie nicht innerhalb der nächsten Stunden zurückkam, würde Roland von ihrer Flucht erfahren und die Verfolgung aufnehmen. Ihre einzige Hoffnung bestand darin, daß man ihre Abwesenheit nicht vor dem Morgen entdecken würde. Sie brauchte jede einzelne Stunde, die noch von der Nacht verblieben war, um weit, weit fort zu sein, ehe sich Roland auf die Suche nach ihr machte.

Wolff bellte, und Brigitte stockte der Atem. Sie fürchtete, die anderen Hunde würden ebenfalls ein Gebell anstimmen und das ganze Haus aufwecken. Sie lief schnell zu ihm, ehe er noch mehr

Lärm machen konnte, und sie seufzte erleichtert auf, als sie die Tür sah. Die Tür war verriegelt, aber es gelang ihr, den Querbalken nach oben zu schieben, und als sie ihn auf den Boden senkte, fiel er fast herunter. Die Tür ließ sich leicht öffnen.

Doch wieder sanken Brigittes Hoffnungen. Vor ihr ging es mindestens sechzig Zentimeter steil nach unten, denn die Tür war zwar innerhalb der Mauer auf einer Höhe mit dem Boden, doch außerhalb der Mauer ging es steil bergab. Und das war noch gar nicht das Schlimmste. An der äußeren Begrenzung der Mauer, die unter ihr lag, war ein kleiner Streifen Erde, vielleicht dreißig Zentimeter breit, und dann folgte ein steiler Hang von mindestens vier Metern Länge, der mit Schnee bedeckt war. Ein schöner Ausgang! Wie, um Gottes willen, sollte sie das Pferd diesen Hang hinunterführen, ohne dem armen Tier den Hals zu brechen? Doch sie mußte den Versuch wagen. Verdammt noch mal! Sie mußte es einfach versuchen!

Sie hielt die Zügel fest und stieg auf den schmalen Streifen Erde hinunter. Dann rief sie Wolff zu sich. Er sah erst sie an, dann den Hang, dann wieder sie, aber er machte keine Anstalten, ihr zu folgen.

»Wenn ich das kann, kannst du es auch«, sagte sie streng. »Für das Pferd wird es schwierig werden.«

Vorsichtig bewegte sich Wolff vorwärts. Er zögerte nur noch einen Moment, ehe er sprang. Er landete auf halber Höhe des Hangs, rutschte ein Stück tiefer, kam wieder auf die Füße und lief den Hang hinunter.

Als sie sah, wie Wolff sich abmühte und doch ausgerutscht war, fühlte sich Brigitte entmutigt. Wie sollte das Pferd es schaffen? Bei dem Sprung konnte es sich ein Bein brechen. Doch sie mußte hart bleiben. Sie brauchte ein Pferd. Ohne Pferd würde sie es nie zur Ile-de-France schaffen.

»Komm, mein stolzes Roß«, redete sie ihm zu und zog an den Zügeln. Es gelang ihr, den Wallach zum Tor zu ziehen, doch dann schnaubte das Pferd und wich zurück. »Jetzt komm schon. Du wirst den Abhang hinunterrutschen. Zeig uns, wieviel Mut die Normannen von einem guten Pferd wie dir erwarten.«

Das Tier wollte sich nicht von der Stelle rühren, und sie besaß nicht annähernd die Kraft, es dazu zu zwingen. Sie ließ sich verzweifelt auf den Boden sinken. Was konnte sie jetzt noch tun? Wenn sie zu Fuß davonlief, würde Roland sie bald finden.

Wolff sprang den Abhang wieder hinauf, stellte sich neben sie und stieß sie mit seiner Schnauze an. Er war ganz aufgeregt und konnte es kaum erwarten, sich auf den Weg zu machen.

Sie seufzte. »Es wird nichts, mein Schatz. Das Pferd rührt sich nicht von der Stelle. Vielleicht ist es klüger als ich und weiß, daß es den Sprung nicht schafft.« Sie stand auf, doch ihre Schultern sackten herunter. Sie war niedergeschlagen. »Wir müssen wohl doch versuchen, die Wachposten zu überlisten. Ich glaube nicht, daß wir viel Glück haben, aber wir müssen es versuchen. Komm, spring wieder in den Hof.« Brigitte seufzte.

Wolff sprang mit Leichtigkeit durch das Tor. Im nächsten Augenblick schnappte er nach der Hinterhand des Pferdes. Brigitte ging aus dem Weg und ließ gerade noch rechtzeitig die Zügel los, ehe das Roß mit einem Satz vorwärts sprang. Sie sah verblüfft zu, als das gewaltige Tier auf dem Bauch den Hang hinunterglitt. Wolff sprang hinterher. Am unteren Ende des Hanges stand das Pferd wieder auf. Es war so verblüfft, daß es geduldig wartend stehenblieb.

Brigitte wollte ihren Augen nicht trauen. Eilig zog sie die Tür zu und ließ sich den Hang hinuntergleiten. Als sie unten angekommen war, schlang sie ihre Arme um Wolffs Hals und drückte den Hund mit aller Kraft an sich.

»Du bist einfach wunderbar«, flüsterte sie. »Einfach großartig! Ach, mein Schatz, du hast mich gerettet. Und jetzt geht es los!«

Eilig sah sie sich das Pferd genauer an. Der Wallach schien in bester Verfassung zu sein. Sie ließ sich einen Moment Zeit, um ihn zu beschwichtigen und ihn zu loben, ehe sie sich auf seinen Rücken zog und losritt. Bald fiel der Braune in einen zügigen Galopp, und wie der Wind flogen sie über das Weideland, von dem Montville umgeben war. Brigitte war aufgekratzt, und als sie die Festung erst ein gutes Stück hinter sich gelassen hatten, lachte sie erleichtert auf.

Sie hatte es geschafft! Roland würde sie nie erwischen. Es spielte keine Rolle, ob er ihr bis zur Ile-de-France folgen würde, denn wenn sie erst dort angekommen war, würde sie unter dem Schutz des Königs stehen. König Lothair würde sich an sie erinnern – oder wenn nicht an sie, dann doch an ihren Vater. Und falls Roland es wagen sollte, Lothair gegenüber Ansprüche auf sie zu erheben, würde er für alles zur Rechenschaft gezogen werden, was er ihr angetan hatte. Nein, jetzt konnte nichts mehr sie aufhalten.

Der Rest der Nacht verging wie im Flug, und ehe sie es merkte, zog die Dämmerung heran. Die Sonne kam nicht heraus, um den Schnee zu schmelzen, sondern sie blieb hinter dichten Wolken verborgen wie vor ihr der Mond. Doch das bleiche Licht der Sonne reichte aus, um die karge Landschaft zu erkennen, und Brigitte machte einen weiten Bogen um eine Festung, auf die sie direkt zugeritten war. Sie wußte, daß sie keinem Normannen trauen konnte.

Es wäre einfacher gewesen, wenn sie sich nach Süden gewandt und die Richtung eingeschlagen hätten, aus der sie gekommen waren, denn dieser Weg war ihr vertraut. Doch Paris und der Hof des Königs lagen im Osten, und sie würde wesentlich eher dort ankommen, wenn sie sich direkt nach Osten wandte, obwohl sie den Weg nicht kannte.

Die Sonne stand schon hoch, als Brigitte in einem dichten Unterholz anhielt, um die Tiere rasten zu lassen. Wolff hatte ohne große Mühe Schritt gehalten. Manchmal war er vorausgelaufen, und manchmal war er auch zurückgeblieben oder hatte kleine Streifzüge unternommen, die ihm Freude machten. Brigitte wußte, daß er müde war, und sie durfte das Pferd nicht zu sehr strapazieren.

Sie machten nicht lange Rast. Brigitte versuchte, ein kleines Feuer zu machen, um sich kurz aufzuwärmen, aber es gelang ihr nicht, weil alle Zweige und das Reisig, die sie fand, feucht waren. Sie band Zweige zusammen und nahm sie mit, denn sie hoffte, das Holz würde auf dem Ritt im Wind trocknen.

Diese Schwierigkeit hatte Brigitte nicht in Betracht gezogen. Auch war ihr nicht klar, daß sie vergessen hatte, Wasser mitzunehmen, bis sie sah, wie Wolff den Schnee aufschleckte. Zum erstenmal war sie dankbar für den Schnee. Sie hob selbst eine Handvoll Schnee auf, um ihren Durst zu löschen.

Sie zogen weiter. Brigitte war zwar schon hungrig, aber mit dem Essen würde sie bis Einbruch der Nacht warten müssen. Sie wollte keine Zeit verlieren und Wolff auf die Jagd schicken. Zum Glück hatte das Pferd unter dem Schnee ein paar Büschel Gras gefunden, und Wolff und sie konnten noch eine Weile warten.

Sie kamen aus den Wäldern und überquerten offenes Weideland. Brigitte gelang es, einen Morast zu umrunden, der sie viel Zeit gekostet hätte, aber sie hatte weniger Glück, als sie vor einem dichten Wald stand, der sich in beide Richtungen quer über das Land zog und ihr keine andere Wahl ließ, als geradeaus durch die Bäume zu reiten. Als die Nacht hereinbrach, hatte sie das andere Ende des Waldes noch nicht erreicht, und sie war gezwungen, hier ihr Lager aufzuschlagen. Wenn sie durch offenes Weideland geritten wäre, hätte sie sich erst Stunden später ein Quartier für die Nacht gesucht, aber im Wald war es so dunkel, daß sie nicht weiterreiten konnte.

Mehr Glück hatte sie beim Feuermachen, da sie Holz mitgenommen hatte, doch das Holz war immer noch so feucht, daß das Feuer übermäßig Rauch entwickelte. Als das Feuer brannte, fühlte sie sich sicher genug, um Wolff auf die Jagd zu schicken. Während er fort war, sattelte sie das Pferd ab, legte ihm eine Decke über den Rücken und setzte sich dann ans Feuer.

Ihre Gedanken schweiften zu Roland, und sie sah ihn lebhaft vor sich. Er gab eine gute Figur ab, war so stark und schön. Alles hätte ganz anders sein können, wenn er ihr nur geglaubt hätte, als sie gemeinsam Louroux verlassen hatten. Hätte er sie doch zu dem Grafen Arnulf gebracht! Das wäre anständig und ehrenhaft gewesen. Dann hätte sie heute vielleicht eine andere Meinung von ihm. Vielleicht hätte sie ihn sogar ungeachtet seiner Grobheit ein wenig mögen können.

Aber so war es nun einmal nicht. Haß war Brigitte bislang fremd gewesen, und dieses Gefühl behagte ihr nicht. Sie hatte noch nie so stark empfunden, noch nie so sehr gehaßt. Nicht einmal Druoda. Ihr war verhaßt gewesen, was ihr Druoda aufgezwungen hatte, aber nicht die Frau selbst. Warum rief Roland derart starke Gefühle in ihr hervor?

Brigitte hörte Laute, die näher kamen, und sie hielt den Atem an, bis Wolff im Gebüsch auftauchte. Er hatte einen guten Fang gemacht, und Brigitte bereitete ihnen eilig das Essen zu. Dann legte sie sich neben das Feuer und schlief fast augenblicklich ein. Wolff rollte sich zu ihren Füßen zusammen. Doch es dauerte nicht lange, bis Brigitte von seinem tiefen Knurren erwachte. Wolffs Ohren waren aufgestellt, und das Fell auf seinem Rücken sträubte sich. Plötzlich schoß er ins Dunkel des Waldes und verschwand aus ihrer Sicht.

Brigitte rief ihn zurück, doch Wolff gehorchte nicht. Hellwach setzte sie sich auf. Die kleinen Reste des Feuers wiesen darauf hin, daß sie etwa eine Stunde geschlafen hatte. Sie schlang die Arme um die Knie und starrte in die Richtung, die Wolff eingeschlagen hatte, und fragte sich, was für ein wildes Tier ihn fortgelockt haben mochte.

Gab es wilde Bären in diesem dunklen Wald? Soweit sie wußte, hatte Wolff nie gegen einen so mächtigen Gegner gekämpft. Wie würde es ihm im Kampf gegen einen Bären ergehen? Oder gar gegen einen Keiler?

Als sie Wolffs Bellen nicht einmal mehr in der Ferne hörte, machte sie sich zunehmend mehr Sorgen. Nichts war von ihm zu hören und zu sehen. Sie rief ihn zurück, dann noch einmal, diesmal lauter. Sie stand auf und ging unruhig auf und ab. Plötzlich blieb sie stehen und schalt sich dafür aus, daß sie ihrer Fantasie zu freien Lauf gelassen hatte. Wolff würde zurückkommen.

Wieder setzte sie sich ans Feuer. Als wolle er ihr beweisen, wie lächerlich ihre Ängste gewesen waren, kam Wolff zum Lager zurück. Sie seufzte erleichtert auf. Doch ihre Erleichterung war nur von kurzer Dauer, und ihre Ängste lebten wieder auf, als sie sah, daß er nicht allein war. Ihm folgte ein Hund, und dahinter kam ein Pferd.

Brigitte erkannte das Pferd, ehe sie den Reiter sah. Roland saß steif auf dem Rücken des Hengstes. Er trug keine Rüstung, sondern einen dicken Pelzumhang über dem Hemd und der Hose.

Brigitte verschlug es vor Staunen die Sprache. Sie war auch zu erschrocken, um sich von der Stelle rühren zu können, und selbst, als Roland mit einer dicken Schnur in der Hand abstieg, blieb sie stumm und reglos stehen. Sie verfolgte sein Vorgehen benommen. Er rief Wolff zu sich, und dieser vertrauensselige Dummkopf gehorchte ihm. Der Hund rührte sich nicht, als Roland das Seil um seinen Hals band. Dann führte Roland Wolff zu einem Baum und band ihn mit der kurzen Leine an den Baum. Es geschah wirklich, doch Brigitte konnte es einfach nicht glauben.

Der Hund, der mit Roland gekommen war, fand die Essensreste, das übrige Fleisch, das Brigitte in das Fell des Tieres gewickelt hatte. Er riß die Haut herunter, um an das Fleisch zu kommen. Brigitte sah dem Hund einen Moment lang zu, und dann reimte sich plötzlich alles zusammen. So hatte Roland sie gefunden! Der Hund hatte die Fährte aufgenommen!

Als ihr Blick wieder auf Roland fiel, hatte er Wolff an den Baum gebunden. Auch der Grund, aus dem er ihren Hund festband, ehe er auch nur ein Wort gesagt hatte, war klar. Roland hatte etwas so Schreckliches vor, daß er Wolff nicht frei herumlaufen lassen konnte. Ehe sie diesen Gedanken zu Ende gedacht hatte, rannte Brigitte zu ihrem Pferd, als stünde ihr Leben auf dem Spiel.

Sie hatte sich zu lange Zeit gelassen. Roland erwischte sie an ihrem Umhang, ehe sie das Pferd auch nur erreicht hatte, und ihre

Kehle wurde von dem Ruck eingeschnürt, mit dem sie zum Stehen kam. Dann wirbelte Roland sie zum Feuer herum. Sie fiel hin und scheuerte sich die Handflächen auf. Wolff begann zu knurren. Brigitte kämpfte gegen die Tränen an, die ihr bereits in den Augen standen.

Sie sah Rolands Stiefel, die weit auseinandergespreizt dicht vor ihr standen. Sie ließ ihren Blick etwas höher gleiten und sah seine Hände, mit denen er sich den Gürtel auszog. Als sie noch höher blickte, sah sie den verbissenen Ausdruck auf seinem Gesicht, und sie wurde weiß.

Ehe Brigitte die Worte fand, um ihn anzuflehen, sauste Rolands Gürtel auf ihren Rücken nieder. Ihr Atem stockte, und sie schrie auf. Er schlug noch einmal zu, und sie stieß einen lauteren Schrei aus. Aus weiter Ferne hörte sie Wolffs wütendes Knurren, und als die Leine ihn zurückhielt, gab er einen fürchterlichen Laut von sich.

Sie hatte sich inzwischen zu einer Kugel zusammengerollt und erwartete den nächsten Peitschenhieb, der jedoch ausblieb. Dennoch hatte sie Angst, zu Roland aufzublicken, und daher konnte sie nicht wissen, daß er seinen Gürtel längst hingeworfen hatte. Roland war außer sich und so entsetzt über sein eigenes Vorgehen, daß er ein paar Meter zur Seite gegangen war. Er atmete tief durch, um wieder ruhiger zu werden. Dann kam er zurück und fiel neben ihr auf die Knie.

Roland zog Brigitte in seine Arme, und sie ließ es zu. Sie war so trostbedürftig, daß ihr selbst Rolands Trost recht war. Ihre Tränen trockneten, aber Roland ließ sie nicht los und strich weiterhin über ihr Haar. Lange Zeit sagte keiner von beiden ein Wort. Schließlich rückte Brigitte von Roland ab, und in ihren Augen standen Vorwürfe.

»Verdammt noch mal!« fluchte er, während er aufstand und in seiner vollen Größe über sie ragte. »Wagst du es, reulos zu sein?«

»Reue?« warf sie ihm an den Kopf. »Nach allem, was du getan hast?«

»Die Jagd hat mich einen ganzen Tag gekostet, Weib. Dafür hast du mehr verdient, als du bekommen hast!«

»Von dir gefunden zu werden, ist schon Strafe genug, und zwar eine größere Strafe, als ich ertragen kann«, fauchte sie. Sie zog sich auf die Füße und funkelte ihn mit ihren blauen Augen an. »Aber dir ist das gleich. Du willst, daß ich leide!«

»Ich wollte dir nicht weh tun«, sagte er wütend. »Du zwingst mich dazu!«

»Wie konnte ich das vergessen, mein Herr und Gebieter«, sagte sie ebenso wütend. »Ich selbst bin die Ursache all meines Schmerzes. Ich habe mich wohl auch selbst geschlagen.« Er kam bedrohlich auf sie zu, doch sie wich nicht von der Stelle. »Ach! Werde ich mich etwa wieder schlagen, Herr Baron?«

»Für eine Dirne, die gerade Schläge bekommen hat, bist du bewundernswert frech.« Er sah sie finster an.

Sie riß die Augen weit auf. »Du normannischer Schurke! Wenn ich ein Mann wäre, würde ich dich töten!«

Plötzlich lachte er. »Wenn du ein Mann wärst, *cherie*, wäre das, was ich denke, sündig.«

Sie schnappte nach Luft und wich vor ihm zurück. »Ich bin eine Frau, aber deine Gedanken sind trotzdem sündig.«

Roland grinste. »Du brauchst nicht vor mir wegzulaufen, Brigitte. Ich habe einen anstrengenden Ritt hinter mir, und im Moment reizt mich nur der Schlaf.«

Brigitte ließ ihn nicht aus den Augen, als er zu seinem Pferd ging, um Lebensmittel und Decken zu holen. Roland kam zum Feuer zurück und schürte es, ehe er sich daneben legte.

»Hast du Hunger?« fragte er.

Sie war verblüfft. Er benahm sich, als sei nichts geschehen. »Nein«, sagte sie steif. »Ich habe ausgezeichnet gegessen.«

»Ach so, dein Hund hat für dich gesorgt.« Roland drehte sich um und sah Wolff an. Seine Stirn war in nachdenkliche Falten gelegt. »Glaubst du nicht auch, daß du nicht so schnell wieder weglaufen würdest, wenn ich mir dieses Tier vom Hals schaffen würde? Was tätest du ohne den Hund? Wer würde für dich auf die Jagd gehen?«

»Nein«, schrie Brigitte. Sie ließ sich neben Roland auf die Knie sinken. »Wolff ist alles, was ich noch habe.«

»Du hast mich«, rief er ihr behutsam ins Gedächtnis zurück.

Sie schüttelte den Kopf. »Du fügst mir Qualen an Leib und Seele zu. Nur Wolff kann mich trösten. Ich liebe ihn.«

»Und mich haßt du?«

»Das, was du mir antust, läßt mich dich hassen.«

Roland brummte: »Gib mir dein Wort, daß du nicht wieder wegläufst.«

»Du würdest dem Versprechen eines *Dieners* glauben?« fragte sie sarkastisch.

»Dich würde ich beim Wort nehmen.«

Sie reckte ihr Kinn stolz in die Luft. »Ich könnte dir mein

Wort geben, aber es wäre gelogen. Ich verspreche nichts, was ich nicht halten kann.«

»Verfluchtes Weib!« krächzte er. Er warf einen Ast ins Feuer, und die Funken stoben durch die Luft. »Dann kann ich dir auch nicht versprechen, dich nie mehr zu schlagen, und beim nächsten Mal bist du vielleicht nicht so dick eingemummt.«

»Ich habe nichts anderes von dir erwartet!« fauchte Brigitte.

Roland sah in ihr finsteres Gesicht und seufzte. »Leg dich schlafen, Brigitte. Es ist sinnlos, sich mit dir einigen oder auch nur mit dir diskutieren zu wollen.«

Roland legte sich hin, doch Brigitte blieb, wo sie war. Sie kniete steif auf dem Boden. Nach einer Weile sagte sie leise: »Eins könntest du tun, Roland, und ich würde gewiß bei dir bleiben.«

»Ich weiß genau, was jetzt kommt«, erwiderte er gereizt. »Aber ich kann dir nicht aus dem Weg gehen.«

»Das meine ich nicht, Roland.«

Er setzte sich abrupt auf, denn es war ihr gelungen, seine Neugier zu wecken. »Was denn?«

»Schick jemanden zum Grafen Arnulf, um meine Identität zu überprüfen, und ich bin einverstanden, in Montville zu warten, bis der Bote zurückkehrt.«

»Und wenn die Antwort des Grafen dich als Lügnerin entlarvt – was dann?«

»Bist du denn immer noch so sicher, daß ich lüge, Roland?« wagte sie sich vor.

Er brummte vor sich hin. »Nun gut. Ich werde mich an den Grafen wenden, um all dem ein Ende zu setzen. Aber ich verstehe einfach nicht, was du dir davon versprichst.«

Sie lächelte, denn sie hatte sich entschlossen, ihm etwas vorzuspielen. Bis der Bote ausgeschickt wurde, mußte sie Roland in dem Glauben lassen, daß er recht hatte. »Das ist ganz einfach. Wenn du einen Boten losschickst, räumst du wenigstens die Möglichkeit ein, daß du dich irren könntest. Schon allein das reicht mir.«

»Hm!« gab er zurück. Er drehte sich um. »Diese Logik kann nur ein Weib verstehen.«

Brigitte hätte am liebsten gelacht. Wie schnell er ihr die Lüge abgenommen hatte! Sie legte sich ans Feuer, um zu schlafen.

22

Roland erwachte bei Einbruch der Dämmerung. Er blieb ausgestreckt auf dem Boden liegen und sah nachdenklich durch die Baumwipfel den bleichen Himmel an. Brigitte schlief friedlich, ohne sich des Aufruhrs bewußt zu sein, den sie in seinem Innern ausgelöst hatte.

Wie wütend er gestern gewesen war! Gar nicht einmal so sehr, weil sie ihn verlassen hatte, sondern noch mehr wegen der Gefahren, in die sie sich dabei begeben hatte. Der kleine Dummkopf hätte Dieben oder auch Schlimmerem zum Opfer fallen können. Dennoch nagte auch an ihm, daß sie ihm davongelaufen war, und das um so mehr, weil ganz Montville es wußte. Seine Pein bedurfte der Linderung. Was hatte dieses Mädchen ihm getan? Im einen Moment wollte er nichts weiter als sie beherrschen, und im nächsten Moment wollte er nichts weiter als sie beschützen. Er verstand nicht, daß sie solche Gefühle in ihm wachrief, und zum erstenmal in seinem Leben war er verwirrt. Hatte er sich nicht sogar mit ihren lächerlichen Forderungen einverstanden erklärt?

Roland runzelte die Stirn, als er an die Nachricht dachte, die er an den Grafen schicken mußte, weil er es Brigitte versprochen hatte. Entweder war sie wirklich von nobler Herkunft, oder Graf Arnulf mochte sie gern, und sie hoffte auf seine Hilfe. In beiden Fällen stand auf dem Spiel, daß Roland sie verlieren würde, und bei dieser Vorstellung war ihm ganz elend zumute. Er kannte sie erst seit kurzem, aber er war sich darüber klar, daß er sie nicht verlieren wollte.

»So ein verdammter Mist!« murmelte er, während er sich auf die andere Seite wälzte und dem neuen Tag entgegensah.

Es war nicht allzu spät, als Roland und Brigitte durch das Tor in den Burghof von Montville ritten. Brigitte war verwirrt, als sie kurz nach Sonnenuntergang die Festung vor sich liegen sah, denn sie war die halbe Nacht und einen ganzen Tag lang geritten, um möglichst viel Entfernung zwischen sich und Montville zu legen, und für den Rückweg hatten sie wesentlich kürzer gebraucht. Sie mußte vom Weg abgekommen sein und kostbare Zeit verloren haben. Sie seufzte. Jetzt war es zu spät, der Sache auf den Grund zu gehen.

Als sie abstiegen und ihre Pferde in den Stall führten, fragte Brigitte: »Du hast doch sicher nicht vergessen, daß du mir versprochen hast, einen Boten auszuschicken, oder etwa doch?«

»Das habe ich nicht vergessen«, murmelte Roland. Er streckte die Hand aus, zog ihre Kapuze zurück und legte Brigittes Zöpfe bloß. Er nahm jeden Zopf mit einer Hand und zog Brigitte dichter an sich. »Ich habe allerdings auch nicht vergessen, daß du mich hättest bitten können, dich nie mehr anzurühren, und du hast es nicht getan.«

»Du sagtest bereits, daß du darauf nicht eingehen würdest«, erwiderte Brigitte steif.

»Aber du hast gar nicht erst versucht, mit mir darüber zu verhandeln, *cherie*«, hob Roland mit freudig funkelnden Augen hervor.

»Ich habe bekommen, was ich wollte, Roland, und ich muß dich nur noch wenige Wochen lang ertragen. Es macht einen Unterschied, wenn ich weiß, daß mein Unglück bald ein Ende findet.«

»Dein Unglück?«

Seine Lippen berührten ganz zart ihren Mund, dann ihre Wange, dann die empfindliche Stelle unter dem Ohrläppchen. Als ihr eine Gänsehaut über den Rücken lief, stöhnte sie. Er ließ sie augenblicklich los und grinste teuflisch.

»Nur noch ein paar Wochen? Dann muß ich wohl das beste daraus machen.«

Er wartete keine Reaktion ab, sondern ging durch den Stall auf den Eingang zum Saal zu. Brigitte sah ihm bestürzt nach. Sie fragte sich, warum sie stehengeblieben war und zugelassen hatte, daß er sie küßte. Was war bloß in sie gefahren?

Sie rieb sich unsanft die Arme, schüttelte den Kopf und eilte hinter ihm her. Sie sagte sich, daß es an seiner Zartheit liegen mußte. Mit Sanftmut konnte er sie immer wieder überraschen.

Die Essenszeit war schon vorbei, aber es war noch nicht leer im Saal. An den Tischen, die nicht erhöht standen, feierten die Männer ein Trinkgelage. Am Feuer würfelte Luthor mit Robert und einem weiteren Ritter, während Hedda, Ilse und ihre Kammerzofen in der Nähe Stickereien anfertigten. Hedda war eine große, knochige Frau, deren braunes Haar grau geworden war, und Ilse sah genauso aus, wie ihre Mutter vor dreißig Jahren ausgesehen hatte. Einige Diener waren noch in der Kochecke am Werk. Ein junger Knabe war dazu bestimmt worden, die Hunde von dem Fleisch fernzuhalten, das noch auf dem Rost briet, und ein anderer wedelte mit einem Fächer den Rauch durch ein Loch über der Kochstelle.

Roland wartete, bis Brigitte ihn eingeholt hatte. Erst dann trat er in den Saal. »Hol uns beiden etwas zum Essen, und setz dich zu mir an den Tisch.« Als sie Einspruch erheben wollte, drohte er ihr mit einem erhobenen Finger. »Ich bestehe darauf. Wir sollten das Unwetter gemeinsam über uns ergehen lassen.«

Brigitte blieb wie angewurzelt stehen. »Welches Unwetter?«

Roland grinste breit, als er einen Anflug von Panik auf ihrem Gesicht erkannte. »Du hast dich eines schweren Vergehens schuldig gemacht, und meine Stiefmutter war vollkommen außer sich. Als ich dir nachgeritten bin, hat sie gewütet, und zweifellos hat sie den anderen Dienstboten den ganzen Tag lang damit in den Ohren gelegen, wie furchtbar du bist. Aus Montville ist noch nie ein Leibeigener davongelaufen.«

Brigitte erbleichte. »Was ... was wird sie mir antun?«

»Hedda? Nicht das geringste. Du vergißt, daß ich dein Herr bin, und das bedeutet, daß du dich nur vor mir verantworten mußt. Diesmal wirst du mir dankbar sein, daß ich dich beschütze.« Er gab ihr keine Gelegenheit, etwas zu erwidern, sondern legte seine Hand auf ihren Rücken und gab ihr einen Schubs. »Geh schon, ich bin am Verhungern.«

Brigitte eilte zur Küche, um Essen zu holen. Die Köchin grollte ob der Verspätung, denn sie war gerade dabei, das restliche Fleisch vom Knochen zu lösen, um eine Pastete daraus zu machen. Trotzdem füllte sie zwei Teller, während die anderen Dienstboten Brigitte interessiert musterten.

Brigitte wurde zusehends nervöser. Sie hatte wirklich geglaubt, das Schlimmste sei vorüber, aber anscheinend war dem nicht so.

Als sie mit einem Krug Bier und den beiden Tellern auf den Tisch des Hausherrn zuging, sah sie, daß Luthor und Hedda sich zu Roland gesellt hatten und am anderen Ende des Tisches saßen. Brigitte verlangsamte ihre Schritte, aber sie konnte nicht verhindern, daß sie das meiste von dem, was gesprochen wurde, hörte.

»Nun?« bohrte Hedda. »Wirst du sie entkleiden und im Hof auspeitschen lassen? Das schreckliche Beispiel, das sie den anderen gegeben hast, darf nicht ungesühnt bleiben.«

»Das ist nicht deine Sache, Frau«, sagte Luthor, ehe Roland etwas sagen konnte.

»Und ob es das ist«, rief Hedda empört. »Er hat diese französische Schlampe hierhergebracht, und ich fürchte ohnehin schon, daß ihr Hochmut meine Diener ansteckt. Jetzt läuft sie auch noch weg, nachdem sie sich das Nötige gestohlen hat! Ich verlange ...«

Brigitte ließ die Teller benommen auf den Tisch fallen und verschüttete das Bier. Sie drehte sich mit weit aufgerissenen, erschrockenen blauen Augen zu Roland um.

»Ich habe nicht gestohlen.«

»Du kannst schlecht behaupten, daß das Pferd dir gehört hat«, sagte er belustigt.

Brigitte spürte, daß ihre Knie weich wurden; Roland streckte schnell die Arme nach ihr aus und setzte sie auf den Stuhl, der neben seinem stand. Wessen beschuldigte man sie? Für den Diebstahl von Lebensmitteln konnte man ihr eine Hand verstümmeln. Aber ein *Pferd*?! Ein Pferd war das Herzblut eines Ritters, das höchst gepriesene aller Tiere, weit mehr wert als ein Diener, sogar mehr wert als ein Stück Land! Ein freigelassener Leibeigener hätte mit Freuden seinen Hof gegen ein Pferd eingetauscht, denn ein Pferd war ein Merkmal für Reichtum und erhob seinen Besitzer in einen höheren Stand als den der Bauern. Der Diebstahl eines Pferdes war ein Verbrechen, das mit einem Mord gleichzusetzen war, und allein der Gedanke, ein Diener könnte ein Pferd stehlen, war unvorstellbar.

Rolands Belustigung verging, als er feststellen mußte, daß Brigitte ernstlich entsetzt war. »Komm schon, was geschehen ist, ist geschehen.«

»Ich ... ich hatte nicht vor, es zu stehlen«, stammelte sie. »Ich habe nicht daran gedacht ... ich meine ... ich bin nicht auf den Gedanken gekommen, daß es Diebstahl ist, als ich das Pferd genommen habe. Ich mußte noch nie fragen, wenn ich ein Pferd haben wollte und ... hilf mir, Roland!«

Sie fing an zu weinen, und Roland war wütend auf sich selbst, weil er sie in überflüssigem Maß verängstigt hatte. »Brigitte, beruhige dich. Du hast nichts zu befürchten. Du hast ein Pferd gestohlen, aber es war Guis Pferd, und er wird der Sache nicht weiter nachgehen.«

»Aber ...«

»Nein«, sagte Roland mit sanfter Stimme. »Ich habe mit Gui gesprochen, ehe ich dir nachgeritten bin. Er hat sich mehr um dich als um sein Pferd gesorgt. Er wird keine Vergeltungsmaßnahmen fordern.«

»Wirklich nicht?«

»Nein, wirklich nicht.«

»Euer Gespräch war äußerst unterhaltsam«, mischte sich Hedda ein. Ihre lange Nase wirkte noch länger als gewöhnlich, und ihre blaßgrauen Augen durchbohrten Brigitte. »Aber das tut nichts zur Sache. Es mag sein, daß Gui keine Vergeltung fordert, aber ich fordere sie gewiß.«

»Wer bist du, daß du etwas von mir forderst?« setzte Roland unheilverkündend an.

Hedda lief fahl an, und ihre olivgrüne Haut war rotgesprenkelt. »Du verhätschelst dieses Luder!« klagte sie Roland an. »Wieso? Hat sie dich verhext?«

»Ich verhätschele sie nicht«, gab Roland zurück. »Ich habe sie bereits bestraft.«

»Wenn du das getan hast, war es nicht genug!« fauchte Hedda. »Sie bewegt sich ganz normal und ohne Schmerzen.«

Roland stand auf. In seine Augen trat ein bedrohliches Funkeln. »Zweifelst du an meinem Wort? Willst du selbst spüren, was Brigitte erlitten hat?« Er griff nach seinem Gürtel. Hedda wurde bleich. Sie rutschte unruhig auf ihrem Stuhl herum und sah sich nach Luthor um. Luthor sah sie nicht an, sondern behielt seinen Sohn im Auge.

»Luthor!«

»Nichts da, Weib, du brauchst mich gar nicht anzusehen. Du hast ihn provoziert. Ich habe dich gewarnt und dir gesagt, daß das nicht deine Sache ist. Du hast noch nie gewußt, wann du dich raushalten mußt.«

In dem Moment, in dem Roland einen Schritt auf Hedda zuging, sprang sie auf und rannte aus dem Saal. Luthor kicherte vor sich hin.

»Ach, tut mir das gut zu sehen, wie meine zänkische Frau den Schwanz einzieht und wegläuft.« Luthor beugte sich herüber und klopfte Roland auf den Rücken. Dann nahm er wieder auf seinem Stuhl Platz und forderte lautstark frisches Bier. »Es ist schon einige Jahre her, seit sie meine Faust zum letztenmal gespürt hat – zu viele Jahre.«

»War Hedda vielleicht nicht so zänkisch, während ich fort war?« fragte Roland.

Luthor zuckte die Achseln. »Vielleicht war es mir auch egal.«

Daraufhin verstummte Roland und fiel über sein Essen her. Frisches Bier wurde serviert, und Luthor lehnte sich zurück, um Brigitte besser sehen zu können.

»Du ißt nicht gerade viel, Kleines«, äußerte sich Luthor. »Ist das Essen nicht nach deinem Geschmack?«

»Ich fürchte, mir ist der Appetit vergangen, Baron«, erwiderte Brigitte schwach.

»Dabei kann es nicht bleiben.« Luthor grinste sie an. »Ein so zierliches Mädchen wie du braucht Kraft, um es mit meinem Sohn aufzunehmen.«

»Da habt Ihr leider recht.«

Roland sah seinen Vater böse an. Luthor amüsierte sich über Rolands finsteres Gesicht. Er trank einen großen Schluck von seinem Bier. Dann beugte sich der ältere Mann vor und sagte sehr ernst: »Weiß mein ritterlicher Vasall, daß du zurückgekehrt bist, Roland?«

Roland wich Luthors Blick aus. »Ich überlasse es dir, ihn darüber zu unterrichten.«

Luthor zog seine buschigen Augenbrauen finster zusammen. »Die Dirne hat eure Zusammenkunft hinausgezögert, als sie weggelaufen ist. Bist du dazu gekommen, es dir noch einmal zu überlegen?«

»Die Entscheidung liegt nicht bei mir. Hat er es sich anders überlegt?«

»Nein«, gestand Luthor widerstrebend ein. »Ich kann die Sturheit dieses Jungen nicht verstehen.«

»Das liegt nur daran, daß er seiner Sache sicher ist«, sagte Roland. »Ich habe nichts anderes von ihm erwartet.«

»Aber er hat dich immer verehrt. Ich hätte nicht geglaubt, daß es je dazu kommen würde.«

»Was willst du von mir?« fragte Roland. In seinem Tonfall lag Gereiztheit. »Soll ich seine Herausforderung etwa übergehen?«

»Natürlich nicht. Aber wenn sich die Sache durch eine Unterhaltung regeln ließe...«

»Das ist unwahrscheinlich, Luthor.«

»Und sei es nur, um kein Blut zu vergießen?«

»Halt dich raus!« brüllte Roland erbost. »Mir gefällt die ganze Sache genausowenig wie dir, aber ich habe längst versucht, vernünftig mit ihm darüber zu reden, und er denkt nicht daran, seinen Standpunkt zu ändern.«

»Würdest du von deinem Standpunkt abrücken?«

»Nein.«

Luthor schüttelte den Kopf. »Weißt du, *sie* könnte dem ein Ende machen.«

»Ich denke nicht daran, sie darum zu bitten.«

Brigitte hielt es nicht mehr aus. »Wer ist ›sie‹?«

»Du, Kleines«, erwiderte Luthor.

Roland schlug mit der Faust auf den Tisch. »Du hast absichtlich in ihrer Gegenwart davon angefangen!« warf Roland seinem Vater erbittert vor. Er funkelte Luthor böse an.

»Soll das heißen, daß sie von all dem nichts weiß?« fragte Luthor ungläubig.

»Nein.«

»Nun, wenn das so ist, sollte sie es wissen«, gab Luthor eingeschnappt zurück.

»Was wissen?« fragte Brigitte, doch keiner der beiden Männer ging darauf ein.

»Es hat keinen Zweck, Luthor. Sie ist sturer als du und ich zusammen.«

Luthor stellte seinen Bierkrug ab, erhob sich steif und ließ die beiden allein. Er war ganz offensichtlich nicht über den Ausgang der Dinge erfreut.

Als sie allein waren, wartete Brigitte auf eine Erklärung, doch Roland sagte nichts und sah sie auch nicht an. Schließlich lehnte sie sich vor, um ihm einen Anstoß zu geben.

»Nun?«

»Iß auf, Brigitte. Ich begleite dich nach dem Essen in dein Zimmer«, sagte er verdrossen.

»Roland! Wer hat dich zum Duell herausgefordert?«

Sie zuckte zusammen, als sie seinen wütenden Blick sah. »Wenn du aufgegessen hast, gehen wir.«

23

Roland nahm Brigittes Arm und zerrte sie aus dem Raum und über den Hof. Er riß die Tür ihrer Hütte auf und stieß sie ins Zimmer. Er trat nach ihr ein, bemerkte die heißen Kohlen und stellte fest, daß ihre Habe aus dem Stall hierhergebracht worden war. Es war hell im Zimmer. Die Ölschalen an der Wand waren angezündet.

»Jemand hat sich um deine Belange gekümmert«, bemerkte er mürrisch. »Der armen Seele wird es übel ergehen, wenn Hedda erfährt, daß eine ihrer Dienerinnen meine Dienerin bedient.«

»Ich habe nicht darum gebeten.«

»Das hast du auch nicht nötig«, erwiderte er kühl. »Dein Betragen selbst schüchtert die weniger glücklichen Leibeigenen ein.«

»Glücklich? Ich?«

»Ja, natürlich«, sagte er mit Schärfe. »Dein Rücken und deine Füße schmerzen nicht am Ende eines langen Arbeitstages, und deine Hände bluten nicht mindestens einmal wöchentlich. Du hast nicht viele zu bedienen – nur einen. Du lebst das Leben einer Dame.«

Er drehte sich um, um zu gehen, doch Brigitte stürzte an ihm vorbei und schlug die Tür zu, ehe er sie erreicht hatte. »Warte, Roland.« Sie sah ihm ins Gesicht. Sie hatte die Hände gegen die Tür gestemmt und vertrat ihm den Weg.

»Du hast mir immer noch nicht gesagt, wer dich zum Duell herausgefordert hat. Ich muß es wissen!«

»Warum?« fragte er finster. »Damit du damit prahlen kannst?«

»Bitte, Roland«, flehte sie. »Ist es Gui?«

»Natürlich ist es Gui«, fuhr er sie an. »Du weißt also doch, was du angerichtet hast.«

»Ich schwöre dir, daß ich nie etwas Böses anrichten wollte, Roland«, sagte sie ernst. »Ich habe ihm nur die Wahrheit gesagt. Er ist auf mich zugekommen, weil er mich für einen Gast gehalten hat. Roland, er hat mich als Dame behandelt, ohne auch nur irgend etwas über mich zu wissen.«

»Und diesen Irrtum hast du natürlich schamlos ausgenutzt.« Rolands Augen funkelten. »Du mußtest ihm auch gleich erzählen, daß ich dich gegen deinen Willen hierhergebracht habe. Du hast mich als einen Schurken hingestellt, Brigitte!«

»Du bist ja auch ein Schurke!«

»Herr im Himmel!« entfuhr es ihm. »Mit dir kann man nicht reden.«

Roland streckte die Hand nach der Tür aus, doch Brigitte griff mit beiden Händen nach seinem Arm.

»Roland! Hättest du mir bloß eher davon erzählt! Ich hätte dich beruhigen können.«

»Steckt etwa ein Geheimnis hinter der ganzen Sache?« fragte er. Seine Augen hatten sich zu Schlitzen verengt.

»Ich weiß nur, daß es nicht zu einem Duell kommen wird«, verkündete Brigitte mit stolz erhobenem Kinn.

Roland grinste über ihre Arroganz. Er kam nicht gegen seine Belustigung an. »Und warum nicht, wenn ich fragen darf?«

»Weil ich es nicht zulassen werde.«

»Du ...« Er starrte sie ungläubig an.

»Was ist daran so erstaunlich?« fragte Brigitte forsch.

»*Du* wirst es nicht zulassen?«

»Ich meine es ernst, Roland. Ich will nicht die Schuld daran tragen, daß Blut vergossen wird.«

Roland lächelte matt. »Welch ein Jammer, daß du dir das nicht eher überlegt hast«, sagte er leise.

»Es ist noch nicht zu spät.«

»O doch, das ist es, mein kleines Goldstück.« Er strich ihr zart über die Wange. »Du wolltest einen Gefährten, und in Gui hast du ihn gefunden. Er glaubt an dich, und daher schreibt ihm seine Ehre vor, sich um deiner willen zu duellieren.«

Brigitte war bestürzt. »Aber ich will nicht, daß er das tut! Ich werde es ihm sagen.«

»Brigitte, ich wünschte wirklich, es wäre so einfach. Aber Gui glaubt, ich habe ihm einen Schimpf damit angetan, daß ich jemanden, den er für eine feine Dame hält, so behandelt habe wie dich. Er ist ein Ritter mit einem weichen Herz, der ritterlichste Mann, den ich je kennengelernt habe. Er gibt sich mit nichts anderem zufrieden als damit, für deine Ehre zu kämpfen.«

»Er wird auf mich hören.«

»Ach, Brigitte, du bist ebenso naiv wie schön«, seufzte Roland.

»Aber dein Vater hat gesagt, ich könnte das Duell verhindern«, rief sie. »Sag mir, was ich tun muß.«

»Kannst du dir das nicht denken?« murmelte Roland leise. Es dauerte einen Moment, doch dann riß sie die Augen auf und wandte sich ab. »Nicht das!«

»Das ist die einzige Möglichkeit, Brigitte. Wenn du nicht zugibst, daß du gelogen hast, wird Gui um deiner willen kämpfen, und es kann passieren, daß ich meinen besten Freund töte.«

»Aber ich habe nicht gelogen!«

»Kannst du nicht dieses eine Mal deinen Stolz überwinden?«

»Tätest du es?«

»Ich habe es bereits getan. Ich bitte dich, das zu tun, obwohl ich entschlossen war, dich aus dieser Sache herauszuhalten. Ich bin gemeinsam mit Gui aufgewachsen, und es war mir immer selbstverständlich, ihn vor denjenigen zu beschützen, die ihn übervorteilen wollten, weil er klein ist. Ich liebe ihn längst wie den Bruder, den ich nie hatte, und ich will mich nicht mit ihm duellieren.«

Brigitte zog die Schultern hoch und sah Roland wieder an. Sie war verzweifelt, aber sie sah keinen anderen Ausweg.

»Gut«, sagte sie erbärmlich. »Ich werde tun, worum du mich gebeten hast.«

»Es reicht nicht, daß du ihm sagst, du hättest gelogen«, sagte Roland behutsam. »Du mußt ihn wirklich davon überzeugen.«

»Das werde ich tun. Bring mich jetzt zu ihm.« Sie seufzte jämmerlich.

»Ich werde ihn zu dir bringen.«

Brigitte ließ sich auf die Bettkante sinken. Sie fühlte sich benommen und ausgelaugt. Ihr blieb keine Wahl. Sie mußte lügen. Sie konnte nicht zulassen, daß Roland seinen Freund verwundete, ihn vielleicht sogar tötete.

Sie legte eilig ihren Umhang und zwei ihrer Gewänder ab, denn sie war noch nicht in ihrem Zimmer gewesen, seit Roland sie nach Montville zurückgebracht hatte. Kurz darauf ging die Tür auf, und Roland trat ein. Ihm folgte der verwirrte Gui. Brigitte drehte sich um und rang nervös die Hände.

Gui trat vor und verbeugte sich vor ihr. Seine grünen Augen waren ernst. »Roland hat gesagt, Ihr wünschtet mich zu sehen.«

»Ja, unbedingt«, bestätigte sie leise. Dann sah sie Roland an. »Würdest du uns allein lassen? Ich möchte mich allein mit dem Ritter unterhalten.«

»Nein«, erwiderte Roland. Er schloß die Tür und lehnte sich mit dem Rücken daran. »Ich bleibe hier.«

Brigitte sah Roland böse an, aber sie konnte es jetzt nicht auf einen Streit ankommen lassen. Diener stellten die Befehle ihrer Herren nicht in Frage, und dieses eine Mal mußte ihre Haltung wahrhaft unterwürfig sein.

Sie lächelte Gui schüchtern an. »Mögt Ihr Euch setzen?« fragte sie und wies auf ihre Schlafstelle. »Ich fürchte, ich kann Euch keinen Stuhl anbieten.«

Gui setzte sich und sah sich im Zimmer um. »Ihr schlaft in diesem Schuppen?« fragte er. Ehe Brigitte antworten konnte, warf er Roland einen bitteren Blick zu.

»Das Zimmer ist recht gemütlich«, sagte Brigitte eilig. »Ich... ich bin nichts Besseres gewohnt.«

»Aber gewiß...«

»Hört mir zu«, fiel ihm Brigitte ins Wort, ehe er mehr sagen konnte. Sie setzte sich neben ihn, aber sie konnte ihm nicht ins Gesicht sehen. »Ich fürchte, ich habe Euch ein schweres Unrecht angetan, indem ich meinen kindlichen Narrheiten freien Lauf gelassen habe.«

»Welchen Narrheiten?«

»An dem Tag, an dem wir uns in dem großen Saal unterhalten haben... alles, was ich da zu Euch gesagt habe, war gelogen. Ich spiele gern und oft die Dame, besonders gern gegenüber Männern, die nichts über mich wissen. Es tut mir ernstlich leid, daß Ihr das ernst genommen habt. Mit diesem Spielchen habe ich bisher nie Unheil angerichtet.«

Gui runzelte die Stirn. »Ich sehe, daß Roland Euch gut unterrichtet hat, gnädiges Fräulein.«

»Ich heiße nur ganz schlicht Brigitte, und Ihr täuscht Euch in mir«, sagte sie mit fester Stimme. »Ich bitte Euch, vergebt mir meine Kühnheit, aber es geht nicht an, daß dieses Mißverständnis bestehen bleibt. Ich war immer eine Dienerin. Ich habe zu meinem Entsetzen erfahren, daß Ihr meinen Herrn zum Duell herausgefordert habt, weil ich Euch ein albernes Spielchen vorgespielt habe. Ich habe ihn gebeten, Euch zu mir zu bringen, damit ich Euch die Wahrheit sagen kann, ehe es zu spät ist. Ihr dürft Euch nicht meinetwegen duellieren. Ich habe Euch nicht die Wahrheit erzählt.«

Guis Augen spiegelten seine Zweifel wider. »Es schmeichelt mir, daß Ihr Euch meinetwegen solche Mühe macht. Das ist wirklich freundlich von Euch, gnädiges Fräulein.«

»Ihr glaubt mir nicht?« keuchte sie.

»Keineswegs«, sagte er gelassen.

»Dann seid Ihr ein Narr!«

»Da, seht Ihr es?« Er grinste triumphierend. »Eine schlichte Dienerin würde es nie wagen, so mit mir zu sprechen.«

Brigitte sprang auf und sah Roland an, der das Geschehen beobachtete und ihr nicht zur Hilfe kam. Sie holte tief Atem. Sie suchte verzweifelt nach einem Weg, den jungen Ritter zu überzeugen, denn sie wußte, daß das Duell mit seinem Tod enden würde. Als sie sah, wie Rolands Blicke sie durchbohrten, hatte sie eine Eingebung.

Sie wirbelte zu Gui herum, stemmte die Hände auf die Hüften und musterte ihn geringschätzig. »Ich habe nicht gesagt, daß ich eine schlichte Dienerin bin! Seht mich doch an«, fauchte sie hochmütig. »Glaubt Ihr wirklich, daß nicht jeder Mann früher oder später für mich schwach wird, ob Herr oder nicht?«

»Ich ... ich bitte um Entschuldigung!« stammelte Gui.

»Wenn ich zeitweise dreist bin, dann liegt das daran, daß mein letzter Herr mich wie seinesgleichen behandelt hat. Ich war die Mätresse des Barons.« Sie lächelte unverschämt. »Er war alt und einsam, und er hat mich wunderbar verdorben!«

»Aber Ihr sagtet doch, der Baron de Louroux sei Euer Vater gewesen!« rief Gui aus.

Brigitte geriet ins Wanken. Es fiel ihr entsetzlich schwer, aber was blieb ihr anderes übrig?

»Er war *wie* ein Vater zu mir – außer im Bett, versteht sich. Fragt Roland, wenn Ihr mir nicht glaubt. Er wird Euch sagen, daß ich keine Jungfrau war, als ich zu ihm ins Bett gekommen bin.«

Sie wollte damit ausdrücken, daß sie Rolands Mätresse war, doch als Roland nichts sagte, fügte sie hinzu: »Seht Ihr – er streitet es nicht ab. Werdet Ihr Eure lächerliche Herausforderung jetzt zurückziehen?«

Gui spürte einen Stich. »Ich hatte nicht das Gefühl, es sei ein lächerlicher Grund für ein Duell.«

Gütiger Himmel, hatte sie denn noch nicht genug gesagt? »So laßt mich noch eins sagen. Der Mann, der jetzt mein Herr ist, hat alles, was ich mir von meinem Gebieter nur wünschen kann. Er ist ein starker, ausdauernder Liebhaber, und ich bin sehr mit ihm zufrieden.«

Gui stand eilig auf. »Warum seid Ihr ihm dann davongelaufen?«

Brigitte hatte sich verhaspelt. Sie zögerte. Dann sagte sie: »Bitte, zwingt mich nicht, es in seiner Gegenwart auszusprechen.«

»Ich bestehe darauf.«

Sie rang die Hände und sah zu Boden, um größte Verlegenheit vorzutäuschen. Dann beugte sie sich vor und flüsterte, damit Roland sie nicht hören konnte. »Ich wußte nichts von Amelia, als er mich hierhergebracht hat. Als ich gehört habe, daß sie seine Mätresse war und ihn immer noch haben will, hatte ich Angst, er könnte mich abschieben. Das würde ich nicht ertragen. Deshalb bin ich gegangen.«

»Warum wollt Ihr nicht, daß er das hört?« fragte Gui skeptisch.

»Seht Ihr denn nicht, daß ich ihn liebe? Ich habe bereits mehr zugegeben, als er wissen sollte. Worin liegt der Reiz, wenn er weiß, wie ich empfinde? Er würde meiner überdrüssig und würde sich eine andere suchen.«

Gui sah sie lange an. Ihre Nerven vibrierten vor Anspannung. Sie hatte sich verausgabt und war an dem Punkt angelangt, an dem sie am liebsten laut herausgeschrien hätte, daß alles eine Lüge war. Sie hatte sich mit dieser Komödie restlos überfordert. Würde ihr Spiel Gui vor dem Tod bewahren?

Gui trat endlich zurück, und sie wandte sich erleichtert ab. Er verzichtete auf weitere Einzelheiten. Aber wie dachte er jetzt über sie? Sie mußte sich zusammenreißen, um nicht augenblicklich in Tränen auszubrechen. Ständige Demütigung war für sie alltäglich geworden.

»Somit wäre es sinnlos, mich mit dir auf dem Feld der Ehre zu treffen, Roland. Da du mich hierhergebracht hast, damit ich mir das anhöre, nehme ich an, daß du meine Entschuldigung entgegennimmst?«

Brigitte drehte sich nicht um, um Zeuge von Rolands zustimmendem Nicken zu werden. Sie fühlte sich so sehr kasteit, daß sie keinen der beiden Männer ansehen konnte. Sie wollte nur noch, daß die beiden gingen, und sie hielt den Atem in der Erwartung an, daß sich die Tür öffnen und sich wieder schließen würde.

In dem Moment, in dem sie hörte, daß die Tür geschlossen wurde, warf sie sich auf ihr Bett und heulte ihr Elend hinaus. Solche gräßlichen Lügen! Es war unverzeihlich, daß sie ihrem Vater so übel nachgeredet hatte, und sei es selbst, um einem jungen Mann das Leben zu retten. Und diese gräßlichen Dinge, die sie über Roland gesagt hatte! Wo waren diese Lügen hergekommen? Wie hatten sie ihr so schnell in den Sinn kommen können?

»War es so schlimm, Brigitte?«

Sie fuhr zusammen, und als sie sich umdrehte, sah sie, daß Roland neben ihrem Bett stand. »Warum bist du noch hier?« fragte sie. »Geh weg!«

Sie begrub ihr Gesicht wieder im Kissen und weinte noch heftiger. Roland konnte es nicht ertragen. Die Tränen einer Frau hatten ihm bisher nie etwas ausgemacht, doch jetzt ... Er drehte sich um, um zu gehen, doch dann überlegte er es sich plötzlich anders. Er setzte sich auf die Bettkante und zog Brigitte in seine Arme.

Brigitte wehrte sich. Sie wollte nicht von ihm getröstet werden. Sie wollte nur noch mit ihrem Elend allein sein.

Roland hielt sie mit sanfter Gewalt fest, doch loslassen wollte er sie nicht. Schließlich gab Brigitte ihren Widerstand auf und legte sogar ihre Wange auf seine Brust. Ihre Tränen durchnäßten Rolands Hemd. Er wiegte sie sachte, und seine Hände strichen über ihren Rücken, über ihr Haar. Doch sie hörte nicht auf zu weinen, und ihr Schluchzen ging ihm zu Herzen.

»Brigitte, pst, Brigitte, ganz ruhig«, bat er sie leise. Er küßte ihre Wangen. »Ich kann dich nicht weinen sehen.«

Brigitte wußte nicht, wie es dazu kam, doch Rolands Lippen näherten sich ihren Lippen, und sie brachte nicht die Kraft auf, sich ihm zu widersetzen. Sein Mund war warm und schmeckte nach ihren eigenen salzigen Tränen. Als er anfing, sie auszuziehen, wußte sie, daß es zu spät war, ihn zurückzuhalten, und statt sich zu sträuben, kämpfte sie gegen ihren eigenen Willen, sich ihm zu widersetzen, an. Heute nacht gehörte sie ihm, und das wußten sie beide.

Brigitte geriet in einen Zustand wilder Hingabe. Roland kniete neben dem schmalen Bett, bewirkte mit seinen Händen und Lippen kleine Wunder und entlockte ihr leidenschaftliche Reaktionen, von denen sie bisher nicht gewußt hatte, daß sie dazu fähig war. Er koste sie von Kopf bis Fuß, ohne auch nur eine Stelle auszulassen, und seine Berührungen waren zart, zum Verrücktwerden zart. Es ging schon längst nicht mehr um ihr Bedürfnis nach Zärtlichkeit. Sie wollte sein Gewicht auf sich spüren, sich von seinen Lippen verschlingen lassen, von seiner Glut verzehrt werden. Mehr als alles andere wollte sie, daß er sein steifes Glied tief in sie stieß, sie in ihren Tiefen berührte.

Doch als er endlich zu ihr kam, bewegte er sich behutsam und ganz langsam, und sie hielt es einfach nicht aus. Sie hob ihre Hüften, um ihn ganz in sich aufzunehmen. Was daraufhin erfolgte, konnte man nur als Wunder bezeichnen. Ein enger Knoten schnürte sich in ihr zusammen, wurde enger und enger, bis er unter seiner eigenen Spannung zerriß, und durch ihren ganzen Körper zuckte ein Pochen, das köstlich war und nie mehr aufzuhören schien.

Roland folgte ihr eilig zur Erfüllung seiner Wünsche. Nach einer Weile rückte er nur so weit neben sie, daß sein Gewicht nicht mehr auf ihrem zarten Körper ruhte. Sie wollte nicht, daß er zur Seite rückte, und das erfüllte ihn mit tiefer Zufriedenheit. Sie schliefen ineinander verschlungen ein, und auf ihren Gesichtern stand ein glückliches Lächeln.

24

»Es sitzt gut, findest du nicht?«

Brigitte trat einen Schritt zurück, um Roland in dem blauen wollenen Hemd zu bewundern, das sie ihm genäht hatte. Es war gerade fertig geworden. Es saß eng auf seinen breiten Schultern an und betonte seine gute Figur. Die dunkelblaue Wolle vertiefte das Blau seiner Augen. Sie war stolz darauf, wie gut er darin aussah, und sie wartete begierig darauf, daß er etwas sagen würde, aber er war so sehr damit beschäftigt, sich die Nähte und Säume anzusehen, daß er sie nicht zu hören schien.

»Nun, was meinst du?«

»Es ist halbwegs bequem.«

»Ist das alles, was du dazu zu sagen hast?« rief Brigitte entrüstet aus. »Und was ist mit meinen Nähten? Sie werden weder aufgehen noch reißen!«

»Ich habe schon bessere gesehen«, erwiderte er teilnahmslos, während er die Nähte einer genauen Untersuchung unterzog.

»Oh!« Sie warf ihm die Spule mit dem Nähgarn nach, und sie hätte ihm auch die Schere nachgeworfen, wenn sie sie zur Hand gehabt hätte. »Du wirst sehen, daß ich mir mit dem nächsten Hemd weniger Mühe gebe!«

Roland grinste. »Du mußt noch lernen, wann ich Spaß mache, Brigitte. Ich bin mit deiner Arbeit mehr als zufrieden. Dieses Hemd beschämt meine übrigen Kleidungsstücke. Deine Nähte sind vollkommen.«

Brigitte strahlte. Sie hatte die letzten sechs Tage damit verbracht, Rolands Hemd und einen farblich dazu passenden kurzen blauen Umhang anzufertigen. Sie hatte in seinem Zimmer genäht, in dem es sehr gemütlich war. Seit der Nacht, in der sie sich geliebt hatten, war ein Waffenstillstand eingetreten. Sie sprachen nicht darüber, aber von da an war alles anders.

Mehr denn je bemerkte sie jetzt, wie attraktiv er war. Sie sah sein hellblondes Haar, das sich in seinem Nacken kräuselte, seine kleinen Lachfalten und sein Strahlen, wenn er lächelte. Es ließ ihn Jahre jünger wirken. Und er lachte in letzter Zeit häufiger, wesentlich häufiger.

Roland neckte Brigitte nach wie vor, aber sie fühlte sich nicht mehr angegriffen. Er bemühte sich wirklich, seine Grobheit zu zügeln, und er strengte sich weiterhin an, betont freundlich zu sein. Sie wußte schon länger, daß er bereit war, sich für sie zu ändern, aber bisher war ihr das gleich gewesen. Jetzt freute sie sich über seine Bemühungen. Immer öfter kam es vor, daß sie sich dabei ertappte, wie sie Roland beobachtete, ihn ohne jeden bestimmten Grund ansah.

Was ihrem Waffenstillstand Dauer gab, war vor allem, daß Roland ihr bis auf einen keuschen Kuß, wenn er sie abends in ihr Zimmer brachte und sie dort allein ließ, nicht zu nahe trat. Brigitte war zufrieden, und von ihr aus konnte es so weitergehen. Sie war nicht sicher, wie sie sich verhalten würde, wenn Roland sie erneut begehren sollte. Einerseits hatte er ihr Genuß bereitet, doch andererseits war es sündhaft. Sie wollte sich nicht zwischen diesen beiden Aspekten entscheiden, und sie war dankbar, daß

Roland sie nicht drängte. Solange er sie in Ruhe ließ, ließ er ihr Zeit.

Es war allerdings so, daß die Zeit gegen Brigitte arbeitete, doch das war ihr nicht bewußt. Erst gestern war sie zunehmend nervöser geworden, als die Sonne unterging und die Stunde nahte, zu der Roland sie zum Abendessen abholen würde. Heute war sie sehr aufgeregt gewesen, als er das neue Hemd anprobiert hatte. Sie machte sich keine Gedanken darüber, wie es kam, daß seine Anerkennung ihr plötzlich so wichtig war. Sie fragte sich auch nicht, warum sie eilig ihr Haar gerichtet und ihre Kleider glattgestrichen hatte, ehe er ins Zimmer kam.

»Du hast dir einen netten Tag verdient, Brigitte«, sagte Roland, während er den kurzen Umhang am Hals verschloß und ihn über seine Schultern warf. »Hättest du Lust, morgen auszureiten? Im Stall meines Vaters stehen ein paar zahme Stuten, und du kannst dir eine aussuchen.«

Sein Anerbieten überraschte sie. »Bist du sicher, daß dein Vater nichts dagegen hat?«

»Er hat gar nichts dagegen.«

»Aber ist es nicht unsicher in den Wäldern?«

Nur einen Moment lang spiegelten seine Augen Verwirrung wider. »Ach, du hast das Gerede wohl gehört? Thurston exerziert seit einigen Wochen mit seinen Männern, aber niemand würde sein Heer gern im Winter in den Krieg führen. Thurston wird warten, bis es wieder wärmer wird. Zumindest wartet er so lange, bis er einen sicheren Vorteil für sich sieht. Im Moment ist er nicht im Vorteil. Im Winter sind wir immer gut mit Lebensmitteln eingedeckt, und daher kann ihm eine Belagerung nichts nutzen. Außerdem wird Luthor seine Männer nicht ausschicken, um im Schnee zu kämpfen. Das weiß Thurston.«

Brigitte legte die Stirn in Falten. »Läßt sich das wirklich nicht ohne einen Krieg regeln?«

»Nein. Thurston ist habgierig. Er hat meine Stiefschwester Brenda, aus der er sich nicht das geringste macht, aus reiner Habgier geheiratet. Er hat mit mehr Land gerechnet, als er bekommen hat, und er wird keine Ruhe geben, ehe ihm alles gehört. Er wird sterben. Auf andere Weise läßt sich dieser Streit nicht beilegen.«

Brigitte runzelte erneut die Stirn. »Ich war noch nie inmitten eines Kriegsgetümmels. Mein Vater hat sein Land bewacht und verteidigt, aber die einzigen Schlachten, die in Louroux geschlagen worden sind, haben sich alle vor meiner Geburt zugetragen.

Natürlich haben er und mein Bruder beide in anderen Kriegen gekämpft, aber nur fern von Louroux.«

»Du hast noch nie erwähnt, daß du einen Bruder hast«, sagte Roland. Er drehte sich zu Brigitte um.

»Weil er tot ist«, erwiderte sie leise. »Ich spreche nicht gern über ihn.«

Roland wußte nicht, was er sagen sollte, und daher wechselte er das Thema. »Es mag sein, daß du in das Kriegsgeschehen gerätst, Brigitte, aber hier bist du sicher.«

»Und was ist, wenn Montville fällt?«

»Das ist nicht anzunehmen, *cherie*.«

»Aber es ist auch nicht ausgeschlossen«, hob sie hervor. Sie holte tief Atem und seufzte. »Vielleicht ist es besser, wenn ich doch nicht hier bin.« Er sah sie so scharf an, daß sie stammelte: »Ich meine, ich ... ach, du weißt doch, was ich gemeint habe.«

»Nein, Brigitte, das weiß ich nicht. Wenn du nicht hier bist, wo bist du dann?«

»Du hast einen Boten zum Grafen Arnulf geschickt. Muß ich es dir noch näher erklären?« Als keine Antwort kam, war es an Brigitte, Roland scharf anzusehen. »Du *hast* doch einen Boten zum Grafen geschickt?«

Roland zögerte, doch als er die Furcht bemerkte, die plötzlich in Brigittes Augen trat, nickte er widerstrebend. »Ja, das habe ich getan.«

»Dann ist ja klar, wovon ich spreche.«

»Glaubst du wirklich, daß Graf Arnulf mir dich wegnehmen kann?«

»Er ... er wird dir zumindest die Augen öffnen«, sagte sie zögernd.

Roland trat näher zu ihr und fuhr mit einem Finger über ihr stolzes Kinn. In seinen Augen stand Kummer.

»Müssen wir wirklich noch einmal davon anfangen, mein kleines Juwel? Ich würde viel lieber deine Gesellschaft genießen, ohne dein bezauberndes Gesicht vom Zorn entstellt zu sehen.«

Sie mußte lächeln. Er hatte fast nie erlebt, wie reizend sie sein konnte, und seine Befürchtungen waren albern. Trotzdem hatte er recht. Es war sinnlos, sich weiterhin zu streiten. Bald war ohnehin alles vorbei. Bei diesem Gedanken schwand das Lächeln aus ihrem Gesicht, obwohl sie nicht hätte sagen können, warum.

Als sie wenige Minuten später den Saal betraten, ließ Brigitte ihre Blicke schnell über die Anwesenden gleiten, wie sie es sich zur Gewohnheit gemacht hatte. Sie sah sich vor Hedda und Ilse vor, den beiden großen, unangenehmen Frauen, die ständig auf ihr herumhackten. Gewöhnlich hatte sie nichts in ihrer Nähe zu suchen, denn die beiden waren Damen, und sie war eine Dienerin. Doch Amelia war nur Zofe, und daher war Brigitte oft gezwungen, in ihrer Nähe zu sitzen und ihre bösen Blicke über sich ergehen zu lassen.

Heute saß Amelia nicht auf dem Platz, auf dem sie sonst saß, sondern servierte einem Fremden Bier, der zu Luthors Rechten neben Hedda saß.

»Dein Vater hat einen Gast«, sagte Brigitte leise zu Roland.

Roland sah zu seinem Vater hinüber und blieb erstarrt stehen. Mordlust trat auf sein Gesicht, und seine Hand wanderte zum Heft seines Schwertes. Brigitte sprang mit einem Satz zurück, als Roland zum Tisch des Hausherrn stürzte. Sie schnappte nach Luft, als sie sah, wie er den Fremden von seinem Stuhl hob und ihn quer durch den Raum schleuderte. Alle, die am Tisch des Hausherrn saßen, sprangen auf, und Luthor packte Rolands Arm und hielt ihn fest.

»Was hat das zu bedeuten, Roland?« herrschte Luthor ihn wütend an. Wie konnte sein Sohn einen seiner Gäste angreifen!

Roland riß sich los und wandte sich zornentbrannt seinem Vater zu. »Hat Gui dir denn nicht erzählt, was in Arles passiert ist, nachdem er mich gefunden hat?«

Jetzt verstand Luthor, und er versuchte, Roland zu beschwichtigen. »Ja, er hat mir von dem Kampf zwischen dir und Roger erzählt, aber dieser Streit ist doch beigelegt worden.«

»Beigelegt?« entfuhr es Roland. »Wie könnte dieser Streit beigelegt werden, solange dieser räudige Hund noch am Leben ist?«

»Roland!«

»Gui hat dir offensichtlich nicht alles erzählt. Roger war an jenem Tag auf Mord aus. Er wollte mich von *hinten* erschlagen, Luthor. Der Franzose hat es verhindert, und zur Strafe dafür hat Roger versucht, ihn ebenfalls umzubringen.«

»Das ist gelogen!«

Vater und Sohn wandten sich zu dem goldblonden Mann um, der bemüht war, nicht in Rolands Reichweite zu kommen.

»Wer behauptet hier, daß ich dich von hinten angegriffen habe?« schrie Roger de Mezidon empört. »Du beschuldigst mich zu Unrecht, Roland.«

»Nennst du mich einen Lügner, Roger?« fragte Roland voller Hoffnung. Er suchte verzweifelt nach einem Grund, sich augenblicklich mit Roger zu schlagen.

»Gar nichts schimpfe ich dich«, wandte Roger eilig ein. »Ich sage nur, daß du... nicht richtig unterrichtet bist. Ich bin auf dich zugekommen, aber ich hätte nicht ohne dein Wissen zugeschlagen. Ich wollte gerade deine Aufmerksamkeit auf mich lenken, als mich ein dummer Franzose angegriffen hat. Ich habe mich dann erst um ihn gekümmert.«

»Dich angegriffen hat?« rief Roland ungläubig aus. »Er hat verhindert, daß du mich tötest, und dafür wäre er fast gestorben.«

»Du täuschst dich in diesem Punkt«, sagte Roger gleichmütig. »Ich hatte nicht die Absicht, dich zu töten.«

Luthor stellte sich vorsichtig zwischen die beiden. »Zwei Meinungen stehen sich gegenüber, und es wird nicht leicht sein, diesen Zwist zu lösen. Solange die Ursache ungeklärt ist, wird hier nicht gekämpft.«

»Die Sache steht außer Zweifel«, verkündete Roland hitzig.

»Es reicht, wenn ich meine Zweifel habe«, erwiderte Luthor verdrossen. »Hiermit erkläre ich den Streit für beendet, Roland.«

Roland war aufgebracht, doch sein Vater hatte sich deutlich ausgedrückt, und er konnte sich nicht gegen ihn stellen, ohne ihn zu beschämen. Doch den Mund konnte er auch nicht halten.

»Warum ist er hier? Füttern wir unsere Feinde durch?«

»Roland!« sagte Luthor warnend. »Roger ist kein Feind Montvilles, solange er sich nicht selbst dazu erklärt. Ich hoffe, es wird nie dahin kommen, daß ich einem Mann die Verantwortung für das Vorgehen seines Bruders in die Schuhe schiebe.«

»Aber er wird gemeinsam mit Thurston gegen dich kämpfen!« rief Roland aus.

Roger schüttelte den Kopf. »Ich beziehe keine Stellung für Luthor oder meinen Bruder. Luthor war zu mir wie ein Vater, und obwohl Thurston mein Bruder ist, schließe ich mich ihm nicht an.«

»Das behauptest du«, höhnte Roland.

»Ich glaube ihm«, sagte Luthor, »und deshalb will ich nichts mehr davon hören. Roger war viele Jahre hier zu Hause. Er ist hier willkommen, solange ich keinen Grund habe, ihn nicht mehr willkommen zu heißen. Jetzt setzt euch hin, und laßt uns gemeinsam essen.«

Roland brummte grimmig vor sich hin.

»Jetzt reiß dich zusammen, Roland. Sei nicht so übellaunig«, schalt Luthor. »Die reizende Brigitte weiß gar nicht mehr, was sie von dir halten soll.«

Roland drehte sich um und stellte fest, daß Brigitte ihn verwirrt ansah. Sie ließ ihn nicht aus den Augen. Er ging auf sie zu, doch sie wich zurück, denn sein finsteres Gesicht schüchterte sie ein. Er versuchte, sie mit einem Lächeln zu beschwichtigen, doch er brachte kein Lächeln zustande. Brigitte drehte sich um und lief aus dem Saal.

»Brigitte!«

Sie blieb stehen, doch ihr Herz schlug mit unverminderter Heftigkeit.

»Was ist in dich gefahren, Brigitte? Ich will dir nichts tun«, murmelte Roland, als er Brigitte eingeholt hatte. »Verzeih mir, daß ich dich erschreckt habe.«

»Ich verstehe es einfach nicht, Roland«, sagte sie zögernd. »Du hast dich so verändert ... du hast gerast wie ein Irrer. Warum hast du diesen Mann grundlos angegriffen?«

»Ich hatte einen Grund. Einen allzu guten Grund. Aber ich fürchte, wenn ich jetzt darüber rede, geht es mit mir durch, und ich stürze mich noch einmal auf ihn. Roger ist mein langjähriger Feind.«

Brigitte warf einen neugierigen Blick auf den goldblonden Mann, der neben Hedda am Tisch des Hausherrn saß. Er war jung, sah sehr gut aus, hatte eine dunkle, sonnengebräunte Haut und war prächtig gekleidet. Er war so groß wie Roland. Eine glanzvolle Erscheinung.

Rolands Augen folgten Brigittes Blick. Sein Gesicht verfinsterte sich. »Roger ist ein beeindruckender Anblick. Spielst du etwa mit dem Gedanken, ihn gegen mich auszuspielen, wie du es schon bei Gui versucht hast?«

Brigitte sah ihn sofort an. »Ich habe dir gesagt, daß ich das nie vorhatte!« fauchte sie, doch er ging nicht darauf ein.

»Trotz seiner Reizbarkeit fühlen sich Frauen zu Roger hingezogen. Halte dich ihm fern«, sagte Roland finster. »Ich warne dich. Man kann ihm nicht trauen.«

»Ich sehe keinen Grund, mich ihm zu nähern«, erwiderte Brigitte mürrisch.

Roland ließ seine Blicke langsam über sie gleiten, ehe er ihr wieder in die Augen sah. »Aber er hat allen Grund, sich dir zu nähern, Kleines.«

Brigitte richtete sich energisch auf. »Dieses Gespräch behagt mir nicht, Roland. Wir haben schon genug Zeit vertrödelt. Ich bringe dir jetzt das Essen.«

»Und dein Essen auch.«

»Heute nicht«, sagte sie mit fester Stimme. »Ich werde mit den Dienstboten essen.«

Er hielt sie am Handgelenk fest. »Warum?«

»Laß mich los, Roland. Alle sehen uns zu.«

Roland rührte sich nicht von der Stelle und sah Brigitte versonnen nach. Er schüttelte den Kopf. Ihre Launen waren ihm unverständlich. Er hatte sich schon so oft gefragt, ob es wirklich sein konnte, daß Brigitte zwei so verschiedene Seiten hatte. Je länger er darüber nachdachte, desto klarer wurde ihm, daß die streitsüchtige Göre, die er kannte, vielleicht gar keine streitsüchtige Göre, sondern ganz einfach eine zartfühlende Dame war, die sich von ihren derzeitigen Lebensumständen beleidigt und angegriffen fühlte. Das würde viel erklären – eigentlich sogar zuviel.

Roland betete darum, er möge sich täuschen. Er hoffte inständig, daß die reizende, sanfte, gesetzte Art, die Brigitte in dieser letzten Woche zur Schau getragen hatte, nur aufgesetzt war. Wenn ihr Betragen keine Vorspiegelung falscher Tatsachen war, mußte er der Möglichkeit ins Auge sehen, daß sie wirklich eine Dame war. Mit diesem Gedanken wollte er sich gar nicht erst vertraut machen.

25

Der große Saal von Louroux war düster und fast leer. Der Baron kauerte gekrümmt auf einem Stuhl, dessen Holz mit Blattgold belegt war, und ertränkte sein Unglück in starkem Wein. Außer ihm war niemand im Raum. Quintin de Louroux war zu Hause, aber seine Heimkehr war von Kummer überschattet. Diejenige, um deretwillen er zurückgekommen war, war nicht dort, um ihn zu begrüßen. Den Grund ihrer Abwesenheit konnte er bis jetzt noch nicht verstehen. Seine lebenslustige, schöne Schwester war ins Kloster gegangen!

Es sah Brigitte so gar nicht ähnlich, sich von der Welt abkapseln zu wollen, sich in einem trostlosen Nonnenstift zurückzuziehen. Er hätte es noch eher verstanden, wenn sie ihn für tot gehalten hätte. Doch Druoda hatte Brigitte gesagt, daß Quintin noch am Leben war, und dennoch hatte sie sich ein karges Leben auserkoren. Sie war gegangen, ohne seine Rückkehr abzuwarten. Warum bloß?

Druoda hatte gesagt, Brigitte sei kurz nach seinem Aufbruch nach Südfrankreich leidenschaftlich religiös geworden und habe sich auf das klösterliche Leben vorbereitet, indem sie in eine der Dienstbotenunterkünfte gezogen sei und sich grenzenlos im Haushalt abgeschuftet habe, um sich auf das harte Leben vorzubereiten, für das sie sich entschieden hatte.

Das Schlimmste war, daß Brigitte niemandem gesagt hatte, in welchen Orden sie eintreten wollte. Es konnte Jahre dauern, bis er sie wiederfand, und bis dahin würde sie eine solche Demut gelernt haben, daß es ihm nie gelingen würde, sie zu überreden, wieder mit ihm nach Hause zu kommen.

»Sie hat mich angefleht, dir zu sagen, daß du sie nicht suchen sollst, Quintin«, hatte Druoda mit einem feierlichen Ausdruck in ihren betrübten braunen Augen gesagt. »Sie ist sogar soweit gegangen, zu sagen, sie würde einen neuen Namen annehmen, damit es dir nicht möglich ist, sie zu finden.«

»Hast du denn nicht versucht, ihr dieses Vorhaben auszureden?« hatte Quintin gefragt. Die Neuigkeiten hatten ihn schwer getroffen, und er war aufgebracht.

»Natürlich habe ich es versucht, aber du weißt selber, wie stur deine Schwester sein kann. Ich habe ihr sogar angeboten, ihr einen wohlhabenden Gatten zu suchen, aber allein die Vorstellung hat sie entsetzt. Wenn du mich fragst, hat der Gedanke an eine Heirat viel mit ihrer Entscheidung zu tun gehabt. Ich glaube, sie hat Angst vor Männern.«

Hatte Druoda recht? Fürchtete sich Brigitte vor der Ehe?

»Du hättest ihr die Wahl ihres Gatten niemals selbst überlassen dürfen, Quintin«, hatte Druoda hinzugefügt. »Du hättest darauf bestehen sollen, Brigitte schon vor langer Zeit zu verheiraten.«

Jetzt plagte Quintin die Reue. Wenn er ihr einen netten Mann gesucht hätte, ehe er in den Krieg gezogen war, wäre sie jetzt hier. Sie wäre verheiratet und würde vielleicht schon ein Kind erwarten. Jetzt würde sie die Freuden der Mutterschaft nie kennenlernen, nie erfahren, was die Liebe eines hingebungsvollen Mannes bedeutete.

War ein Leben im Dienste Gottes wirklich das, was sie wollte? Ach, er konnte es einfach nicht glauben. Konnte sich Brigitte so sehr verändert haben? Es war zu schrecklich, und er durfte gar nicht daran denken, das süße Lächeln seiner Schwester und ihre fröhliche Art nie wiederzusehen. Seine Schwester, der einzige Mensch, aus dem er sich wirklich etwas machte, war fort.

Quintin trank aus der Flasche. Wozu erst einen Krug benutzen? Zwei leere Flaschen lagen schon vor ihm auf dem Tisch. Ein verschwenderisches Mahl stand ebenfalls bereit, das seine Tante eigens für ihn zubereitet hatte, aber ihm war der Appetit vergangen, und er warf den drei Hunden, die zu seinen Füßen saßen, die Fleischbrocken hin. Als er nach Hause gekommen war, waren die Hunde eingesperrt gewesen, ein Umstand, den es in Louroux noch nie gegeben hatte. Aber nicht nur das hatte sich geändert. Die Diener freuten sich, ihn zu sehen, aber sie waren nicht annähernd so fröhlich wie sonst. Viele hatten versucht, ihn allein zu sprechen, doch Druoda hatte sie abgewiesen, denn sie wollte nicht, daß Quintin gestört wurde.

Seit seiner Heimkehr am frühen Nachmittag hatte Quintin niemanden außer Druoda gesehen. Sie hatte ihn über Brigittes Abwesenheit unterrichtet. Er hatte sich daraufhin eingeschlossen und jeden angebrüllt, der zu ihm vordringen wollte. Es war schon spät am Tag, und er war erschöpft und dennoch hellwach. Der Wein half ihm auch nicht weiter, und er fragte sich allmählich, wie viele Flaschen er brauchen würde, um einzuschlafen.

Am kommenden Tag hatte er viel zu tun, und er konnte es sich nicht leisten, nicht auf der Höhe zu sein. Er würde augenblicklich mit der Suche nach Brigitte beginnen. Er hätte heute bereits Vorkehrungen getroffen, wenn seine Männer nicht heute morgen auf eine Bande von Straßenräubern gestoßen wären. Zwei Männer waren verwundet, einer von beiden ernstlich. Aber damit konnte er sich jetzt nicht befassen. Er mußte erwägen, welche seiner Männer er mit sich auf die Reise nehmen würde, um Brigitte zu suchen, und noch hatte er sich nicht entschieden, welche Richtung er einschlagen würde. Ihm fehlte noch eine Information, etwas, was ihm die Suche erleichtern würde, doch ihm war entfallen, was das war. Vielleicht war er doch nicht so hellwach, wie er glaubte.

Plötzlich richtete er sich entschlossen auf. Es war ihm wieder eingefallen. Natürlich! Brigitte konnte Louroux nicht allein verlassen haben. Jemand mußte sie begleitet haben. Druoda mußte wissen, wer ihr Begleiter gewesen war! Bei diesem Gedanken sprang Quintin auf. Er wankte, fiel auf den Stuhl zurück und stöhnte. Das Blut hämmerte gegen seine Schläfen.

»Bitte, Herr, ich muß Euch sprechen.«

Quintin kniff die Augen zusammen und bemühte sich, die

Schatten mit seinem Blick zu durchdringen, doch er konnte niemanden sehen. »Wer ist da?«

»Eudora, Herr«, lautete die furchtsame Antwort.

»Ach, Altheas Tochter.« Er lehnte sich auf seinem Stuhl zurück. »Wo bist du Mädchen? Komm heraus.«

Eine zierliche Gestalt löste sich von der Treppe, zögerte, blieb stehen und trat dann näher. Die Talgkerzen auf dem Tisch waren zu Stummeln heruntergebrannt und flackerten so stark, daß Quintin das Mädchen zweimal, nein, dreimal vor sich herumtanzen sah.

»Steh still, Mädchen!« fauchte Quintin gereizt.

»Ich... ich stehe still, Herr.«

»Was soll das heißen?« Er runzelte die Stirn. »Deine Stimme klingt ängstlich. Habe ich dich jemals mißhandelt, Eudora? Du hast keinen Grund, dich vor mir zu fürchten.«

Eudora rang nervös die Hände. »Ich habe schon eher versucht, mit Euch zu sprechen, Herr, aber Ihr... Ihr habt ein großes Stück Käse nach mir geworfen und gesagt, daß ich verschwinden soll.«

Quintin kicherte. »So? Habe ich das getan? Ich fürchte, ich kann mich nicht daran erinnern.«

»Ihr wart reichlich außer Euch, was kein Wunder ist, wenn man bedenkt, was passiert ist, während Ihr fort wart.«

Quintin seufzte, als er diese Worte hörte. »Sag mir, Eudora – warum hat sie das bloß getan?«

»Es steht mir nicht zu, schlecht über Eure Tante zu reden«, erwiderte Eudora voller Unbehagen.

»Meine Tante? Ich rede von meiner Schwester. Aber wahrscheinlich weißt du gar nichts darüber. Wo ist Mavis? Sie stand Brigitte am nächsten. Sie muß am ehesten wissen, warum Brigitte diese Entscheidung getroffen hat.«

»Hat man Euch das etwa nicht gesagt?« fragte Eudora überrascht. »Mavis ist tot.«

Quintin kniff die Augen zusammen. »Mavis! Wie das?«

»Eure Tante hat sie verjagt, und sie ist noch am selben Tag auf der Landstraße von Räubern ermordet worden. Obgleich ich mich manchmal frage, ob es wirklich Diebe waren, die sie getötet haben.«

Quintin starrte das Mädchen an. Er war plötzlich völlig nüchtern. »Mit welchem Recht hat meine Tante das getan?«

»Sie hat sich zur Herrin von Louroux erklärt, sobald wir die Nachricht von Eurem Tod erhielten.«

Diese Neuigkeiten störten Quintin nicht weiter. »Willst du damit sagen, daß sie zu Brigittes Vormund ernannt worden ist?«

Eudora fühlte sich zunehmend unwohler. »O nein, Herr, nicht zu ihrem Vormund. Der Graf von Berry hat nie von Eurem Tod erfahren.«

Quintin setzte sich plötzlich auf. »Wie ist das möglich?«

»Druoda hat ihm die Nachricht vorenthalten. Sie hat auch nicht zugelassen, daß Fräulein Brigitte Louroux verläßt und zu ihm geht. Nicht einmal Eure Vasallen wollten Eurer Schwester helfen, weil alle angenommen haben, daß Druoda und ihr Gemahl bald die Vormundschaft über die Baronin übertragen kriegen. Sie haben nur Druodas Befehle befolgt. Selbst Walafrid hat nichts gegen seine Frau unternommen.«

»Weißt du, was du da sagst, Mädchen?« fragte Quintin mit bedrohlich leiser Stimme.

Eudora trat beunruhigt einen Schritt zurück. »Es ist die Wahrheit, Herr. Ich schwöre es Euch. Ich glaubte, Eure Tante hätte Euch bereits alles gestanden, denn sonst hätte ich es nicht gewagt, an Euch heranzutreten. Alle wissen, wie sie Eure Schwester behandelt hat – sie kann unmöglich damit rechnen, das alles vor Euch geheimhalten zu können.«

»Meine Tante hat kein Wort von alldem gesagt.«

»Dann tut es mir leid. Ich bin nicht gekommen, um Schlechtes über Druoda zu sagen. Ich bin nur gekommen, weil ich wissen wollte, ob Ihr mir sagen könnt, was mit Fräulein Brigitte geschehen ist. Ich habe mir solche Sorgen gemacht. Sie sollte längst zurück sein.«

»Zurück? Was soll das jetzt schon wieder heißen, Eudora?« fragte Quintin gedehnt. »Vielleicht erzählst du mir am besten alles, was du über meine Schwester weißt.«

Eudora setzte zu ihrer Erzählung an. Anfänglich sprach sie zögernd, dann überstürzten sich die Worte fast.

»Sie hat versucht, davonzulaufen, und sie hätte es auch geschafft, wenn dieser Normanne sie nicht gefunden hätte.«

»Welcher Normanne?«

»Der, der hierhergekommen ist, um die Baronin von Louroux zu suchen«, erklärte Eudora.

»Roland von Montville?«

»Ja... ich glaube, so hieß er. Sie ist mit dem normannischen Ritter losgezogen.«

»Ja, das erklärt alles«, sagte Quintin. »Roland von Montville ist derjenige, der die Neuigkeiten gebracht hat, daß ich nicht tot bin.«

»Aber das haben wir erst eine Woche später gehört«, erwiderte Eudora eilig. »Und Fräulein Brigitte hat es gar nicht erfahren. Da bin ich mir ganz sicher.« Dann fragte Eudora voller Überschwang: »Was ich nicht verstehe, ist, daß Eure Tante gehofft hat, *all* das vor Euch...« Eudora unterbrach sich und sah mit weit aufgerissenen Augen die drei Hunde zu Füßen des Barons an. »Was fehlt Euren Hunden, Herr?« flüsterte sie.

Als Quintin sich umdrehte, sah er, daß zwei der Hunde zusammengebrochen waren und sich vergeblich bemühten, aufzustehen. Der dritte fiel gerade hin. Die Beine sackten unter ihm zusammen. Er starrte erst die Hunde an, dann die Fleischbrocken, die neben ihnen lagen. Er brauchte Zeit, um zu verstehen, was hier passiert war, doch dann verstand er es nur allzugut. Quintin sah das üppige Mahl auf dem Tisch an, das seine Tante eigens für ihn zubereitet hatte.

»Der schwarze Hund liegt ungewöhnlich still da, Herr«, sagte Eudora mit zitternder Stimme.

»Ich fürchte, ich habe meine eigenen Hunde vergiftet«, sagte Quintin erschreckend ruhig.

»Ihr?«

»Ich habe ihnen etwas von dem Fleisch gegeben, das für mich zubereitet worden ist«, erwiderte er grimmig. »Mir scheint, ich sollte jetzt schon nicht mehr atmen.«

»Ihr habt von diesem Essen gegessen?« keuchte Eudora voller Entsetzen.

»Keinen Bissen. Ich habe nur den Wein getrunken.«

»Sie hat... sie hat versucht...«

»... mich umzubringen«, beendete Quintin den Satz. »Die Schwester meiner Mutter. Mein eigenes Blut. Und jetzt liegt auf der Hand, warum sie ihre Sünden nicht bekannt hat und mich um Nachsicht bat. Wenn ich beim Abendessen nicht gestorben wäre, hätte sie morgen wieder versucht, mich zu vergiften. Irgendwann wäre es ihr auch gelungen, weil ich nie erfahren hätte, was sie vorhat. Ich hätte keinen Argwohn geschöpft. Eudora, du hast mir das Leben gerettet, indem du hierhergekommen bist. Verdammt noch mal! Was hat sich meine Tante von dieser Übeltat erhofft?«

»Wenn Eure Schwester fort ist und Ihr tot wärt, Herr, könnte sie Louroux dann nicht für sich beanspruchen?« schlug Eudora vor.

Quintin seufzte. »Ich nehme an, Arnulf hätte sie zuvorkommend behandelt, weil sie blutsverwandt mit mir ist. Diese Hexe!

Mein Gott... wo ist Brigitte? Wenn Druoda mich umbringen könnte, könnte sie ebensogut Brigitte umbringen!«

»Das glaube ich nicht, Herr. Fräulein Brigitte ist mit dem Normannen davongeritten. Ihr kann nichts zugestoßen sein.«

»Aber wohin hat Roland sie gebracht?« stöhnte Quintin. »Bei Gott, wenn Druoda mir nicht sagen kann, wo ich Brigitte finde, werde ich sie mit bloßen Händen töten!«

Quintin schritt aus dem Saal. Er war jetzt vollkommen nüchtern und nur noch von kalter Wut erfüllt.

26

»Bringt mich zurück!«

Bei diesem gequälten Aufschrei riß Brigitte die Augen auf. Dann drehte sie sich in dem breiten Bett um und sah Roland an.

Er schlief fest, aber er redete – oder, genaugenommen, flehte er.

»Bringt mich zurück!«

Roland warf seinen Kopf von einer Seite zur anderen und schlug unter der Decke um sich. Mit einer Hand schlug er Brigitte auf die Brust. Sie schnappte nach Luft und setzte sich auf.

Sie rüttelte seine Schulter. »Wach auf!« Er öffnete die Augen und sah ihr ins Gesicht, und sie sagte gereizt: »Du behandelst mich schon schlecht genug, wenn du wach bist, Roland. Ich brauche deine Mißhandlungen nicht auch noch, wenn du schläfst.«

»Was soll der Unsinn, Weib?« Er seufzte verärgert. »Was habe ich denn jetzt schon wieder getan?«

»Ich bin davon wach geworden, daß du im Schlaf laut geschrien hast, und dann hast du mich geschlagen. Hast du so schlecht geträumt?«

»Dieser Traum bringt mich immer aus der Fassung. Ich verstehe ihn nicht und habe ihn noch nie verstanden.« Er sah sich finster im Dunkeln um.

»Du hast diesen Traum schon öfter geträumt?« fragte sie überrascht?

»Ja. Er verfolgt mich schon, soweit ich mich erinnern kann.« Er schüttelte den Kopf. »Du hast gesagt, ich hätte geschrien. Was habe ich gesagt?«

»›Bringt mich zurück.‹ Es klang ganz hilflos und verlassen, Roland.«

Roland seufzte noch einmal. »In dem Traum kommen nur Gesichter vor, das eines jungen Mannes und einer Frau, Gesichter, die ich nicht wiedererkenne. Ich sehe sie, und wenn ich sie nicht mehr sehen kann, habe ich das Gefühl eines so entsetzlichen Verlustes, als würde ich alles verlieren, was mir lieb und teuer ist.«

»Aber du weißt nicht, was es ist?«

»Nein. Ich habe nie etwas so hoch geschätzt, daß ich Angst gehabt hätte, es zu verlieren.« Er sah sie mit einem seltsam zärtlichen Blick an. »Bis jetzt.«

Brigitte wandte errötend ihren Blick ab. »Vielleicht vergißt du deinen Traum leichter, wenn wir jetzt nicht mehr darüber sprechen.«

»Ich habe ihn schon vergessen«, sagte er lächelnd und fuhr mit einem Finger über ihren nackten Arm.

Brigitte wich zurück. »Roland ...«

»Nein!« Er schlang einen Arm um ihre Taille, um sie an seiner Seite festzuhalten, doch sie riß in heller Panik die Augen auf. Er seufzte. »Ach, Brigitte, laß dich doch von deinen Gefühlen leiten.«

»Das tue ich doch!« schrie sie.

Roland drückte sie gewaltsam auf das Bett, beugte sich über sie und flüsterte: »Du lügst, mein kleines Juwel. Du hast überhaupt nichts gegen meine Aufmerksamkeiten. Wenn du ehrlich wärst, würdest du zugeben, daß du das magst.« Er küßte ihren Nacken. »Und das.« Er knetete zart ihren Busen unter dem dünnen Leinengewand. »Und das.« Seine Lippen senkten sich auf ihre nieder und neckten sie liebevoll. »Und ...«

»Nein!« Sie packte seine Hand, ehe sie den Hügel zwischen ihren Beinen erreicht hatte. »Hör auf!«

Als er auf sie niederblickte, stand in seinen Augen glühende Begierde. Sie nahm sein Gesicht zwischen ihre beiden Hände. »Bitte, Roland. Mach nicht alles kaputt.«

»Kaputt?«

Trotz ihrer Bemühungen, ihn zurückzuhalten, küßte er sie noch einmal, diesmal leidenschaftlich. Doch dann ließ er sie abrupt los und setzte sich im Bett auf.

»Das einzige, was ich gern kaputtmachen möchte, ist deine Entschlossenheit, mir gegenüber ungerührt zu bleiben, aber ich weiß, daß du weiterhin Teilnahmslosigkeit heucheln willst.«

Brigitte sagte nichts darauf, denn etwas in ihr hatte sich geregt, als seine Lippen sie versengt hatten. Spürte er es? War ihm bewußt, daß sie sich nicht widersetzt hätte, wenn er sie nicht aus seinem Kuß entlassen hätte? Sie war sogar enttäuscht darüber, daß er so leicht aufgegeben hatte. Was war mit ihr los? War sie wollüstig geworden, ohne es selbst zu bemerken?

»Du bist doch nicht böse auf mich?« fragte sie zögernd. Sie hoffte inständig, daß er nicht böse war.

»Nicht böse. Enttäuscht und reichlich ungehalten, aber nicht böse. Ich nehme an, ich muß dir Zeit lassen, damit du dich an mich gewöhnen kannst.«

»Ihr seid sehr großzügig, Herr«, sagte sie bissig. Sie war jetzt ebenso ungehalten wie er. »Laßt mir weiterhin Zeit, und ich bin fort, ehe Eure Geduld am Ende ist.«

Zu spät wurde ihr klar, was sie gesagt hatte, und sie lief dunkelrot an und fing an zu stottern, doch sein Gelächter übertönte ihr Gestammel.

»So! Mir scheint, meine Geduld ist uns beiden nur ein Ärgernis, was?«

»Nein, Roland«, warf Brigitte eilig ein. »Du hast mich falsch verstanden.«

»Das glaube ich kaum.« Er lächelte vielsagend.

Er wollte sie packen, doch sie entwischte aus dem Bett und lief eilig zu ihren Kleidern. Sie zog sich etwas Gelbes über, strich das Kleidungsstück glatt und sah zögernd zu ihm hinüber. Er saß kopfschüttelnd im Bett.

Während er aufstand und nach seinen Kleidern griff, sagte er: »Nun gut. Eines Tages wirst du lernen, daß die Beziehung zwischen einem Mann und seiner Frau etwas sehr Intimes ist, und zwar nicht nur ab und zu.« Nach einer Pause fügte er hinzu: »Wir könnten eine ebenso vertrauliche Beziehung zueinander haben.«

»Heißt das, daß du mir einen Heiratsantrag machst?«

Er sah sie so lange und so aufmerksam an, daß sie nervös wurde. »Würdest du annehmen?«

»Ich...«

Sie runzelte bestürzt die Stirn. Ihr Impuls, die Vorsicht in den Wind zu schlagen und ja zu sagen, war sehr stark, doch sie unterdrückte ihn sofort.

»Nun, was ist?«

»Natürlich würde ich nicht annehmen«, antwortete sie mit schneidender Stimme.

Roland zuckte die Achseln. »Dann besteht für mich kein Anlaß, dir dieses Angebot zu machen.«

Brigitte wandte sich ab. Sie war zutiefst verletzt. Er machte sich nicht viel aus ihr. Die Ehe bedeutete ihm nichts. Vielleicht bedeutete *sie* ihm nichts.

Mit steifen Schritten ging sie zur Tür und wandte sich zu Wolff um. Sie schnippte mit den Fingern, um ihm zu bedeuten, daß er mitkommen sollte. Dann verließ sie den Raum, ohne auf Roland zu warten. Wie hatte sie nur zulassen können, daß er sie überredete, die Nacht in seinem Zimmer zu verbringen?

Zum Teufel mit diesem Mann? Schattierungen gab es bei ihm nicht. Entweder er verbarg seine Gefühle sorgsam, oder er ließ sie in Ausbrüchen blinden Zorns explodieren. Wie mochte er wirklich für sie empfinden? Würde er sie vermissen, wenn sie fort war?

Sie wagte kaum, sich zu fragen, wie die Antwort lauten mochte.

27

Der Ritt mit Roland durch die frische Morgenluft war belebend. Es war nicht wärmer geworden, und der kalte Wind, der ihr entgegenschlug, hatte Brigittes Wangen gerötet, doch sie genoß den Ausritt und war in gehobener Stimmung.

Es war schon spät am Morgen, als sie zur Burg zurückkehrten. Roland blieb noch eine Weile im Stall, und Brigitte ging allein in sein Zimmer. Sie setzte sich hin, um zu nähen, und verlor sich in ihren Grübeleien.

Als die Tür aufging, war Brigitte froh, aus ihren düsteren Überlegungen gerissen zu werden. Doch dann sah sie, daß es nicht Roland war, sondern daß Roger von Mezidon das Zimmer betrat, als sei es sein eigenes. Er schloß die Tür hinter sich, ging durch den Raum und blieb wenige Schritte vor ihr stehen. Brigitte war reichlich überrascht, und sie überlegte sich, aus welchem Grund er hier sein mochte, doch es gab keinen anderen Grund als den, den Roland ihr zur Warnung genannt hatte. Als Rogers blaue Augen über sie glitten, merkte sie, wie recht Roland gehabt hatte.

»Du bist genauso hübsch, wie ich dich in Erinnerung hatte«, sagte er routiniert.

Seine Schmeichelei rief Brigittes Unbehagen wach. »Ihr solltet nicht hier sein.«

»Du kannst mir glauben, daß ich das selbst nur allzugut weiß.«

»Warum seid Ihr...«

»Du heißt Brigitte«, unterbrach er sie. Er trat einen Schritt näher. »Ein alter fränkischer Name. Er paßt zu dir. Ich habe schon viel von dir gehört.«

Sein selbstbewußtes Auftreten und sein vertrauter Ton gefielen ihr nicht. »Mich interessiert nicht, was man Euch erzählt hat«, sagte sie mit Schärfe. Sie war froh, daß Wolff unter Rolands Bett lag.

»Dein Tonfall ist verletzend, Mädchen. Ich nehme an, daß Roland dich vor mir gewarnt hat?«

»Er glaubt, daß Ihr ein Auge auf mich geworfen habt und auf Vergewaltigung aus seid.«

»Ach, warum sagst du so etwas, Kleine? Es muß nicht so kommen.«

Brigitte sprang sofort auf. »Wollt Ihr damit sagen, daß Roland recht hat?«

Roger stand so dicht vor ihr, daß er nur die Hand auszustrecken brauchte und mit einem Finger über ihre Wange streichen konnte. »Ich bin hier«, sagte er zur Antwort, und als sie zusammenzuckte, kicherte er. »Ich habe dich letzte Nacht schon lange gesucht, bis ich endlich dahintergekommen bin, daß Roland eine so gute Beute nicht aus seiner Reichweite läßt. Er kann sich wirklich glücklich schätzen, aber jetzt ist es an der Zeit, daß ich an seinem Glück teilhabe.«

»Ihr werdet mich nicht anrühren!« fauchte Brigitte.

Roger ließ sich dadurch nicht abschrecken. Er streckte seine Hand nach ihr aus, und sie schlug seine Hand zur Seite. Sofort griff seine andere Hand nach ihrem Nacken. Ehe sie schreien konnte, hatten sich Rogers Lippen auf ihren Mund gepreßt.

Brigitte war wie betäubt und reagierte zu langsam. Rogers Kuß war nicht unangenehm, aber er ging ihr auch nicht nah. Wenn sie das Zittern in ihren Knien gespürt hätte, das rasche Wirbeln in ihrem Magen oder auch nur das leiseste Prickeln, hätte es durchaus sein können, daß sie den Kuß geduldet hätte, denn sie hätte mit Dankbarkeit zur Kenntnis genommen, daß Roland nicht der einzige war, der sie aufwühlen konnte. Das war jedoch nicht der Fall, und so versuchte sie schließlich, Roger von sich zu stoßen. Er hielt sie nur noch fester und packte mit beiden Händen ihren Kopf, um seinen Mund auf ihre Lippen zu pressen.

Brigitte geriet nicht in Panik. Die lange Nadel, die sie noch eingefädelt in der Hand hielt, war genau das, was sie brauchte. Schnell stach sie die Spitze in Rogers Arm. Mit einer derart verblüfften Reaktion hatte sie nicht gerechnet. Er sprang zurück, und die Nadel schlitzte den Baumwollstoff seines langärmeligen Hemdes auf und ritzte einen roten Strich in seinen Arm.

Beide standen einen Augenblick lang wie hypnotisiert da und starrten die Blutspur an. Dann richtete Roger seinen Blick wieder auf sie, und sie zuckte unter seinem Ausdruck zusammen. In diesem Moment konnte sich Brigitte ohne weiteres vorstellen, daß Roger unehrenhafte Mittel einsetzte, um einen Mann zu töten. Er hatte etwas Teuflisches an sich. Sie wich eilig zurück und zog den hochlehnigen Stuhl zwischen sich und ihn.

»Du brauchst nicht vor mir davonzulaufen, Kleine.« Der finstere Ausdruck auf seinem Gesicht strafte seinen sanften Tonfall Lügen. »Du hast mich nur mit einer Nadel gestochen. Deine Nägel könnten weit mehr Unheil anrichten ... und ich schwöre dir, daß ich dir Gelegenheit geben werde, sie zu benutzen.«

»Ihr habt einen Fehler gemacht. Dafür wird Roland Euch töten.«

Er zog spöttisch die Augenbrauen zusammen. »Wirst du es ihm denn auch sagen? Wagst du etwa zu beichten, daß ich dich gehabt habe? Glaubst du, er will dich noch, wenn er das weiß?«

»Glaubt Ihr, Ihr lebt lange genug, um das noch zu erfahren?« setzte sie dem entgegen. »Roland ist jeder Grund recht, Euch zum Duell zu fordern. Wißt Ihr denn wirklich nicht, wie sehr er auf eine Gelegenheit wartet, Euch zu töten? Ich weiß nicht genau, wie es dazu gekommen ist, aber ich bin inzwischen ziemlich sicher, daß Ihr seinen Haß verdient habt.«

»Du kleines Miststück«, zischte Roger.

Er riß den Stuhl zur Seite, und Brigitte rief Wolff, ohne erst lange nachzudenken. Der riesige Hund kroch unter dem Bett heraus, sprang in die Luft und warf Roger flach auf den Rücken. Wolff stürzte sich auf Rogers Kehle, und der großgewachsene Mann brauchte seine gesamte Kraft, um den Hund zurückzuhalten.

»Ruf dieses Ungeheuer zurück! Um Gottes willen, Weib! Ruf ihn zurück!«

Brigitte zögerte gerade so lang, daß Roger in Panik geriet. Dann rief sie Wolff widerwillig zurück. Er gehorchte ihr. Sie kniete sich neben ihn, um ihn zu loben, doch sie behielt Roger, der langsam aufstand, im Auge.

Er warf ihr einen ungläubigen Blick zu. »Du mußt verrückt sein, dieses Ungeheuer auf mich zu hetzen. Das Vieh hätte mich umbringen können!«

»Ja, das hätte er ohne weiteres tun können«, erwiderte Brigitte mit einem Anflug von Bosheit. »Vielleicht hätte ich ihn nicht zurückrufen sollen. Er hat schon Männer getötet, die mich überfallen wollten. Zweifellos hat es ihm Spaß gemacht. Seht Ihr, der Hund ist wild und ungezähmt.«

»Jesus! Du bist so heidnisch wie Roland!«

»Und was seid Ihr, edler Herr?« gab sie verächtlich zurück. »Seid Ihr denn nicht gekommen, um Euch auf mich zu stürzen? Ich nehme an, Ihr seht nichts Böses darin, über ein kleines Dienstmädchen herzufallen, was? Ihr seid ein Schwein!« zischte sie wutentbrannt.

»Du wagst dich weit vor, freches Gör!« knurrte er, und seine Augen funkelten gefährlich.

»So?« Sie lachte bitter. Von ihrer Furcht war nichts geblieben. »Ich wage viel, weil meine Erziehung es mir gebietet. Ihr sagt, Ihr hättet viel über mich gehört? Nun, Ihr seid falsch unterrichtet, denn hier weiß niemand, wer ich bin. Ich bin Brigitte de Louroux aus Berry, die Tochter des früheren Baron de Louroux und jetzt Mündel des Grafen von Berry sowie auch Erbin von Louroux und der gesamten Umgebung.«

»Du konntest es wohl kaum erwarten, ihm das zu erzählen, was?«

Roger und Brigitte drehten sich beide erschrocken um. Roland stand mit undurchsichtiger Miene in der offenen Tür.

»Wenn du schon länger dort stehst, weißt du selbst, daß ich ihm nur erklärt habe, warum ich die Kühnheit besitze, ihn als Schwein zu bezeichnen, Roland.«

Sie sagte das so ruhig und sachlich, daß Roland in Gelächter ausbrach.

»Spricht sie die Wahrheit, Roland?« fragte Roger. »Ist sie von edler Herkunft?«

Rolands Antwort verschlug Brigitte den Atem.

»Sie ist alles, was sie zu sein behauptet.«

»Warum gibt sie dann vor, eine Dienerin zu sein? Das ist ja empörend!«

»Bist du empört, Roger?« fragte Roland hämisch, während er in sein Zimmer trat. »Willst du mich zum Duell herausfordern, um die Ehre dieser Dame zu verteidigen?«

Roger zögerte. Er wich Rolands durchdringendem Blick aus. Brigitte hatte den Eindruck, daß er unmerklich erblaßte. Roland war nicht annähernd so ruhig, wie er sich den Anschein gab. Er wirkte wie ein wildes Tier, das sich an seine Beute heranpirschte. Er war frei von jeder Furcht und von reiner Vorfreude erfüllt. Er wollte von Roger zum Duell herausgefordert werden – um jeden Preis.

»Roger?«

»Ich fordere dich nicht heraus, Roland, nicht hier in Montville. Mir ist klar, daß du glaubst, moralisch im Recht zu sein, wenn du mich tötest. Der Zorn verdoppelt deine Kraft. Aber du täuschst dich in mir, Roland.«

»Ich glaube dir kein Wort.«

»Deshalb bin ich trotzdem nicht so dumm, mich hier und jetzt mit dir zu duellieren. Ich war nur neugierig und wollte wissen, warum die Dame unter Vorspiegelung falscher Tatsachen hier lebt.«

Brigitte mischte sich impulsiv ein. »Das geht Euch nichts an.«

»Das hast du schön gesagt, Brigitte«, sagte Roland mit kalter Stimme. »Aber sollten wir meinen reizenden Freund nicht aufklären? Schließlich steht ihm für seine Bemühungen mehr als ein Kratzer auf seinem Arm zu.« Roland starrte Roger mit haßerfülltem Blick an. »Wie kommst du überhaupt zu diesem Kratzer, Roger? Könnte es sein, daß die Dame gezwungen war, sich zu verteidigen? Hat sie dich deshalb als Schwein beschimpft?«

Brigitte stellte sich schnell zwischen die beiden Männer. »Hör auf, Roland. Ich weiß genau, worauf du hinauswillst, aber ich habe dir bereits gesagt, daß ich mich nicht in diese Dinge hineinziehen lasse.«

»Du warst fassungslos, als ich eingetreten bin«, rief er ihr ins Gedächtnis zurück. »Warum?«

»Das Benehmen dieses Herrn hat mich beleidigt – es war dem deinen allzu ähnlich«, sagte sie spitz, und es war ihr vergönnt, daß er zusammenzuckte.

Roger lenkte ihre Aufmerksamkeit mit einer beredten Verbeugung auf sich. »Wenn ich gewußt hätte, daß Ihr eine Dame seid, gnädiges Fräulein, hätte ich es nie gewagt, Euch zu beleidigen.«

»Das ist keine Entschuldigung«, erwiderte Brigitte kühl.

»Scher dich raus, Roger!« knurrte Roland mit wildem Blick. »Mit dir befasse ich mich später, falls mir die Dame nicht eine unschuldige Erklärung dafür geben kann, daß sie Euer Blut sehen wollte. Bis dahin kann ich Euch nur warnen, nie mehr in ihre Nähe zu kommen.«

Roger verließ eilends den Raum.

Brigitte war wütend, weil Roland versucht hatte, sie als Vorwand zu benutzen, um einen Mann zu töten. »Ich bin also die Dame? Seit wann bin ich für dich eine Dame?« fragte sie, sobald Roger die Tür geschlossen hatte. »Glaubst du mir endlich, oder hast du nur ihm gegenüber so getan?«

»Erst wirst du meine Fragen beantworten, Brigitte!«

»Das werde ich nicht tun!« schrie sie und reckte ihr Kinn in die Luft.

Roland wandte seinen Blick ab. »Na, meinetwegen. Ja, ich habe ihm gegenüber so getan. Wäre es dir lieber gewesen, wenn ich mich vor ihm von dir als Lügner bezeichnen ließe?«

»Ich wünschte nur, deine Gründe wären weniger abscheulich«, entgegnete sie enttäuscht. »Du hast gehofft, daß er dich herausfordern würde.«

»Das streite ich nicht ab«, erwiderte Roland barsch. Er sah ihr fest in die Augen. »Als ich ihn mit dir zusammen gesehen habe, wollte ich ihn in Stücke reißen. Gleichzeitig wollte ich nicht, daß du das Gefühl hast, etwas mit seinem Tod zu tun zu haben. Wenn er mich herausgefordert hätte, hätte ihn allein die Schuld an seinem Tod getroffen.«

»Du bauschst die Sache zu sehr auf, Roland«, sagte sie ärgerlich. »Er hat mich nur geküßt, und dafür hat er bekommen, was er verdient hat.«

Roland drehte sich um und stürzte zur Tür. Brigitte rief ihm nach: »Roland! Ich bin froh, daß er mich geküßt hat!«

Er hielt in der Bewegung inne, blieb einen Moment lang stehen und wandte sich dann langsam um und sah Brigitte an. »Hast du ihn dazu ermutigt?« fragte Roland leise.

»Nein.«

»Aber du hast dich gern von ihm küssen lassen.«

»Wenn ich mich gern von ihm hätte küssen lassen, hätte ich ihn dann zurückgestoßen?« schrie sie. »Ich habe nur gesagt, daß ich froh bin, daß es passiert ist. Es hat mir nämlich etwas bewiesen.«

»Was?«

Sie senkte die Lider und flüsterte mit kaum hörbarer Stimme: »Ich habe nichts dabei empfunden.«

Das sagte Roland mehr als tausend Worte. Er verstand. Er allein konnte Empfindungen in ihr auslösen. Roger nicht. Vielleicht kein anderer Mann auf Erden. Und das hatte sie wirklich zugegeben...

Er trat langsam zu ihr, nahm ihr Gesicht zwischen seine Hände und küßte sie zart. Ihre Knie wurden weich, in ihrer Magengrube braute sich ein Sog zusammen, und ihr ganzer Körper prickelte. Als er sie auf seine Arme nahm und sie zu seinem Bett trug, hatte sie nichts dagegen einzuwenden. Sein Wille war auch ihr Wille.

Sie wollte diesen Mann. Als er ihr das Kleid auszog und es in seiner Ungeduld, seine bloße Haut an ihren nackten Körper zu pressen, zerriß, konnte sie an nichts anderes mehr denken als daran, wie sehr sie ihn wollte. Dieser schöne, starke Mann, dieser zarte Mann, dieser aufbrausende, rachsüchtige Mann – er war der einzige Mann, den sie in ihren Armen halten, den sie streicheln und den sie auskosten wollte. Und als er sie mit dem Rhythmus seiner Bewegungen mitriß, als er sie zu diesen unglaublichen ekstatischen Höhen hinauftrieb, fragte sie sich einen Moment lang, ob sie sich in Roland von Montville verliebt hatte.

28

Der Tag begann mit strahlendem Sonnenschein, zu jener kalten Jahreszeit ein Anlaß zur Fröhlichkeit. Als Roland den Saal verlassen und sich zu dem morgendlichen Exerzieren in den Burghof begeben hatte, machte sich Brigitte auf die Suche nach Goda. Sie fand sie in der Speisekammer vor. Goda zog einem Kaninchen, das später zum Essen serviert werden sollte, die Haut ab.

»Wenn es dir recht ist, könnte ich deine Hilfe brauchen, Goda«, sagte Brigitte vorsichtig. Sie setzte sich neben das Mädchen auf die Bank. »Roland besteht darauf, daß ich eine Weile nichts für ihn nähe, sondern mir selbst ein Kleid schneidere. Ich brauche Hilfe beim Zuschneiden.«

»Ich helfe Euch sehr gern, wenn ich hier fertig bin. Baronin Hedda hat mich mit dieser Arbeit beauftragt, und ich wage es nicht, fortzugehen, ehe ich fertig bin.«

Bei der Erwähnung von Rolands Stiefmutter erwachte Brigittes schon seit langem unterdrückte Neugier. »Haßt Hedda Roland? Er hat mir gesagt, daß sie ihn haßt, aber es fällt mir schwer, das zu glauben.«

»Oh, doch, gewiß. Es war schon immer so. Baron Roland hat es hier schwer gehabt. Ich darf gar nicht daran denken, was er als Kind hier alles erlitten hat.«

»Erzähl mir von seiner Kindheit. Du warst damals schon hier?«

»Ich war damals noch zu jung, um im Haus zu arbeiten, aber meine Mutter hat hier gearbeitet. Ach, und welche Geschichten sie zu Hause im Dorf erzählt hat! Damals dachte ich wirklich, sie hätte diese Geschichten erfunden, um mir angst zu machen, damit ich brav bin. Später war ich dann ganz entsetzt, als ich erfahren habe, daß alles wahr ist.«

»Was für Geschichten?«

»Wie die Baronin Hedda den armen kleinen Jungen behandelt hat«, erwiderte Goda. Dann verstummte sie. Sie zog dem Kaninchen die Haut ab und griff nach einem Beil.

»Und weiter?« fragte Brigitte ungeduldig. »Erzähl mir mehr.«

Goda sah sich nervös um, ehe sie antwortete. »Die Baronin Hedda hat ihn bei jeder Gelegenheit fürchterlich geschlagen, und wenn Baron Luthor nicht in der Nähe war, hat sie ihn auch grundlos verprügelt. Ilse und die Baronin Brenda waren genauso schlimm wie ihre Mutter, wenn nicht gar schlimmer. Eines Tages hat man die Baronin Brenda dabei ertappt, daß sie ihn mit einer Peitsche geschlagen hat, und der Junge war blutüberströmt und bewußtlos, aber sie hat nicht aufgehört, ihn auszupeitschen.«

»Wieso?« keuchte Brigitte.

»Er hat es gewagt, ›Schwester‹ zu Baronin Brenda zu sagen.«

»Mein Gott!«

Goda lächelte schwach. Sie verstand Brigittes Entsetzen. »Er hat es sehr schwer gehabt, und es ist nie besser geworden. Als er so groß und stark war, daß er sich gegen die Damen wehren konnte, mußte er es mit seinem Vater aufnehmen. Und unser Herr ist der strengste Lehrmeister, den man sich denken kann. Wenn Roland nicht sofort alles konnte, was Luthor ihm beigebracht hat, hat er für sein Versagen schreckliche Hiebe einstecken müssen. Und außerdem mußte er sich noch gegen die beiden älteren Jungen behaupten.«

Brigitte sah Goda stumm bei der Arbeit zu. Während sie über Rolands schreckliches Leben nachdachte, überkam sie große Traurigkeit. Ihr Herz strömte für den kleinen Jungen über, der so übel mißhandelt worden war. Um so mehr wußte sie jetzt Rolands Bemühen um Zartgefühl zu schätzen, das er ihr gegenüber schon an den Tag gelegt hatte. Es war bemerkenswert, daß er überhaupt zu Zärtlichkeiten in der Lage war.

Kurz darauf ging Brigitte mit Goda durch die große Eingangshalle. Brigitte freute sich darauf, den Stoff für ihre neuen Kleider zuzuschneiden. Sie war so sehr in Gedanken verloren, daß sie unachtsam mit Goda bis zur Treppe ging. Doch die schrille Stimme, die sie aus ihren Gedanken riß, ließ beide Mädchen stehenbleiben.

»Was soll das heißen, hier einfach zu verschwinden?«

In Godas Augen trat Entsetzen. Brigitte drehte sich um und sah Hedda, die auf die Treppe zustampfte. Sie war gefolgt von Ilse, Amelia und Ilses Kammerzofe.

»Nun?« schrie Hedda, als sie die Mädchen erreicht hatte. Sie stemmte die Hände auf ihre knochigen Hüften und sah Goda böse an. »Antworte, Mädchen!«

Goda wurde weiß, denn es war ihr wohl bewußt, was es bedeutete, von Hedda einzeln vorgenommen zu werden. »Ich ... ich ...«

Weiter kam sie nicht. Brigitte geriet in Wut, als sie sah, wie eingeschüchtert ihre Freundin war. »Goda wollte mich in das Gemach meines Herrn begleiten«, sagte Brigitte barsch zu Hedda. Sie bemühte sich nicht, ihre Abneigung für diese Frau zu verbergen.

»Wie das? Er braucht meine Dienerin nicht. Er hat jetzt selbst eine Dienerin.«

Der Spott der Frau blieb nicht ohne Wirkung auf Brigitte, und das Kichern der drei Frauen, die hinter Hedda standen, brachte sie in Rage, doch sie kämpfte gegen ihre ausbrechende Wut an.

»Baron Roland braucht Goda nicht, aber ich habe sie gebeten, mir zu helfen.« Brigitte hatte mit ruhiger Stimme gesprochen.

Heddas Reaktion verblüffte sie. »Du!« schrie die Frau heraus. »Bei allen Heiligen! Bei Gott ...«

»Madame, Ihr braucht gar nicht erst so zu tun, als sei ein Verbrechen begangen worden«, unterbrach Brigitte sie scharf. »Ich habe Goda lediglich gebeten, einen Moment mit mir zu kommen. Sie hat ihre Pflicht erledigt. Ich wollte sie nicht von ihrer Arbeit abhalten.«

»Ruhe!« schrie Hedda wütend. »Godas Pflichten sind nie erledigt. Sie kann nicht über ihre Zeit verfügen. Sie dient mir und denen, denen ich ihre Dienste anbiete – aber bestimmt nicht der Hure eines Bastards!«

Brigitte schnappte nach Luft. Sie wäre nicht überraschter gewesen, wenn Hedda sie geschlagen hätte. Das gehässige Kichern der anderen Frauen dröhnte lauter und lauter in ihrem Kopf, und sie stellte fest, daß diese Frauen den Vorfall genüßlich auskosteten.

»Goda!« fauchte Hedda. »Geh wieder an die Arbeit. Mit dir befasse ich mich später.«

Goda eilte mit Tränen in den Augen davon. Brigitte sah ihr nach. Sie wußte, daß sie schuld war, wenn das Mädchen bestraft wurde. Aber was hatte sie eigentlich Schreckliches getan? Hedda mußte nur auf einen Vorwand gewartet haben, Goda mit ihrer Grausamkeit zu bestrafen.

»Und jetzt zu dir!« Hedda wandte ihre Aufmerksamkeit wieder Brigitte zu. »Verschwinde aus diesem Raum. Mir bleibt nichts anderes übrig, als deine Anwesenheit zu dulden, wenn dieser Bastard in der Nähe ist, aber wenn er nicht da ist, hast du hier nichts zu suchen.«

Brigitte richtete sich stolz auf. Am liebsten hätte sie die alte Hexe geschlagen. Mit beherrschter, ruhiger Stimme sagte sie: »Madame, Ihr habt das Benehmen einer Kuh.« Heddas Gesicht lief dunkler an, und sie sprudelte Beschimpfungen hervor, doch Brigitte fügte hinzu: »Und wenn Euch jemand als Dame bezeichnet, so tut er das nur, um sich über Euch lustig zu machen.«

Brigitte wandte ihr den Rücken zu, doch ehe sie die erste Treppenstufe erreicht hatte, krallte sich Heddas klauenähnliche Hand in ihre Schulter und wirbelte sie herum. Die Frau schlug ihr fest ins Gesicht, und Brigittes Kopf fiel auf die Seite. Ihre Wange brannte teuflisch, doch sie rührte sich nicht. Sie blieb still stehen und sah Hedda verächtlich an.

Brigittes Geringschätzung entlockte Hedda einen Schrei. Hedda war es gewohnt, daß Diener ihr zu Füßen fielen, wenn ihr Zorn sie traf. Sie geriet außer sich und hob erneut die Hand, doch plötzlich wurde ihre Hand von hinten festgehalten. Dann wurden Hedda die Füße unter dem Körper fortgerissen, und sie wurde zwischen ihr weibliches Gefolge geschleudert. Alle vier Frauen wurden von Heddas Gewicht zu Boden gerissen.

Amelia war die erste, die sich von ihrem Erstaunen erholte, aufstand und zurückwich. Ilse und ihre Kammerzofe zogen sich kurz darauf auf die Füße und rannten aus dem Saal, ohne sich umzusehen. Hedda erhob sich unter Mühen, und als sie wankend dastand, ragte Roland über ihr.

»Wenn du noch einmal Hand an sie legst, bringe ich dich um, du alte Hexe!« sagte Roland mit einer Stimme, die ihr das Blut gefrieren ließ. »Mit meinen bloßen Händen werde ich den letzten Funken deines erbärmlichen Lebens aus dir herausquetschen! Ist das klar?«

Anstelle einer Antwort schrie Hedda so laut sie konnte. Im nächsten Moment stürzten Ritter, Schildknappen und Edelknaben aus dem Burghof ins Haus, und aus allen Ecken liefen Dienstboten zusammen. Brigitte flüchtete erschrocken einige Stufen höher und verbarg sich ängstlich im Schatten. Hatte sie diesen Aufstand verursacht?

Niemand näherte sich den beiden Gegnern, sobald die Leute sahen, wer neben ihrer Herrin stand. Wenn es jemand anderes gewesen wäre, hätten sie die Frau ihres Herrn mit ihrem Leben beschützt. Doch niemand hätte sich gegen den Sohn des Barons gestellt. Alle wußten, wem die Gunst des Barons galt.

»Was, zum Teufel, ist hier los?« Luthor bahnte sich einen Weg durch die Menge und trat vor. Als er Hedda und Roland sah, die einander wütend anfunkelten, verfinsterte sich sein Gesicht.

»Luthor!« wimmerte Hedda. »Er hat versucht, mich umzubringen!«

Luthor sah Roland an und begegnete seinem wütenden Blick. »Wenn ich die alte Hexe hätte töten wollen, dann wäre sie jetzt tot«, fauchte Roland. »Ich habe sie gewarnt und ihr gesagt, daß ich sie umbringe, wenn sie jemals wieder Hand an Brigitte legt. Niemand hat anzurühren, was mir gehört, niemand! Auch du nicht«, warf er Luthor entschlossen an den Kopf.

Vollkommenes Schweigen herrschte im Saal. Alle Anwesenden warteten gespannt darauf, wie sich der Hausherr verhalten würde. Vor nicht allzu vielen Jahren hätte Roland sich mit dieser Äußerung Schläge von Luthor eingehandelt.

»Er ist nicht der Hausherr«, meldete sich Hedda zu Wort. »Mit welchem Recht sagt er *dir*, was du tun darfst und was nicht?«

»Schweig, Frau!« Luthor sah seine Frau kühl an. Dann brüllte er: »Raus! Raus mit euch allen!«

Alles drängte sich zu den Türen, und auch Hedda wollte entfliehen, doch Luthor knurrte: »Du nicht, Frau!«

Schnell leerte sich der Saal bis auf Luthor, Hedda, Roland und Brigitte, die alle auf der Treppe vergessen hatten. Jetzt hatte sie Angst, sich von der Stelle zu rühren. Sie hielt den Atem an. Würde Roland aus dem Haus gejagt werden? Wie konnte er es wagen, vor allen Anwesenden so mit seinem Vater zu sprechen?

Doch Luthors Zorn galt nicht seinem Sohn. Er versetzte Hedda einen wuchtigen Schlag, und wieder flog sie die Stufen hinunter. Dann stellte er sich über sie. Sein Gesicht war dunkelrot angelaufen.

»Du hast Roland zu dieser Äußerung gezwungen, Weib. Er hat seine Befugnisse nicht überschritten, denn ich habe nichts mit diesem Mädchen zu tun. Sie gehört ihm allein!«

Luthor wandte sich angeekelt ab. Dann fuhr er sehr kühl fort: »Du warst gewarnt, Hedda. Du wußtest, daß das Mädchen dich nichts angeht. Sie ist Rolands Sache, und er hat geschworen, sie zu beschützen. Glaubst du, bloß weil du meine Frau bist, brauchtest du seine Warnungen nicht zu achten? Frau, wenn er dich wegen dieses Mädchens umbringt, werde ich ihn nicht daran hindern. Er würde mich nur von einem eklen Geschwür befreien, von dem ich mich selbst vor Jahren schon hätte befreien sollen.« Als Hedda nach Luft schnappte, fügte er hinzu: »Du kannst froh sein, daß ich dich mit diesen Worten nicht vor den anderen beschämt habe. Beim nächsten Mal nehme ich keine Rücksicht mehr auf dich, Hedda.«

Mit diesen Worten verließ Luthor den Saal.

29

Zwei Tage waren seit Brigittes Wortwechsel mit Hedda vergangen. Die Tage verliefen ruhiger, denn Hedda und ihre Kammerzofe wagten sich nicht in den Saal, wenn Brigitte dort anwesend war. Sie hatte die beiden seit da an nicht mehr gesehen, und dafür war sie dankbar.

Es waren bitterkalte Tage mit violettgetönten Wolken, die ständig neu heranzogen. Wieder braute sich ein Sturm zusammen. Der letzte Schnee war noch nicht geschmolzen, und bei einem neuerlichen Schneesturm würde der weiße Teppich, der sich erstreckte, so weit das Auge reichte, bald dicker werden.

Brigitte machten diese düsteren Tage jedoch gar nichts aus. Sie war glücklich. Sie verstand sich selbst nicht, und sie versuchte erst gar nicht zu verstehen, warum sie glücklich war. Sie fühlte sich prächtig. Alle bemerkten diese Veränderung. Ihr übersprudelndes Lachen war häufig zu hören. Ihr Lächeln führte zu Äußerungen der anderen, und manchmal kam auch ein scheues, verstecktes Lächeln zurück. Auch die Blicke, mit denen sie Roland ansah, entgingen niemandem.

Der alte Baron sah all das und freute sich. Die jungen Schelme sind verliebt, dachte er versonnen. Sehnsüchtig erinnerte er sich an seine erste Liebe, die er verloren hatte, ehe er die Schreckschraube kennengelernt und geheiratet hatte, die heute seine Frau war. Luthor hatte seine Gerda nie vergessen. Nie hatte er eine andere Frau geliebt. Wenn sie am Leben geblieben wäre, hätte Gerda ihm Söhne geschenkt.

Söhne. Vor Luthors Augen trat immer ein Schleier, wenn er an Söhne dachte. Ein Mann von seinem Betragen, der zudem solche Kraft besaß, hätte Söhne haben müssen. Doch Luthor hatte

Töchter, verfluchte Töchter, die genauso schrecklich wie ihre Mutter waren. Hedda war nach Ilse nicht mehr schwanger geworden, und auch seine übrigen Bettgefährtinnen hatten nicht von ihm empfangen.

Doch Luthor hatte Roland, und Roland war ein Mann, auf den man stolz sein konnte, die Erhörung seiner Gebete. Was Roland nicht über seine Geburt wußte, konnte ihm auch nicht weh tun. Nein, Luthor würde das Geheimnis mit sich ins Grab nehmen, und Montville würde nach Luthors Tod einen mächtigen Herrscher haben. Dafür hatte er gesorgt.

Roland streifte Brigittes Wange mit einem federleichten Kuß. Sie hatten gerade gegessen, und er lachte über ihre Verlegenheit, ehe er aus der Halle schlenderte. Sie blieb zurück und lächelte ihm nach, zugleich verlegen und doch über seine zum Abschied gezeigte Zuneigung erfreut.

Roland ging mit großen Schritten zum Stall. Sein Pferd stand schon gesattelt dort und erwartete den morgendlichen Ausritt, den Roland seinem prächtigen Hengst selten versagte. Die dunkleren Wolken im Norden schwebten immer noch dicht über dem Horizont. Sie trieben nach Osten, dann nach Westen und wieder nach Osten, als seien sie unentschieden, nach welcher Richtung sich der Sturm entfesseln sollte. Roland hoffte, daß diese dunklen Wolken im Norden bleiben würden. Er ließ sich ungern auf der Burg festhalten, und der Sturm versprach heftig zu werden.

Das Pferd begrüßte Roland mit einem Schnauben und blies ihm seinen warmen Atem ins Gesicht, der in der eisigen Luft gefror. Roland sprach fröhlich mit dem Tier, während er es aus dem Stall führte. Das Pferd war kribbelig und angespannt.

In der Stalltür traf Roland Gui, der sein eigenes Pferd gerade wieder in den Stall brachte. Beide blieben stehen, um sich zu unterhalten, doch auf die alten Freunde legte sich ein unbehagliches Schweigen.

»Du hast mir einiges voraus«, bemerkte Roland beiläufig. Er hoffte, Gui würde zur Abwechslung freundlich reagieren.

Guis knappes ›Ja‹ enttäuschte ihn.

Roland sah Gui nach, der ihm den Rücken zugewandt hatte, zuckte gereizt die Schultern und wollte auf sein Pferd steigen. Dann überlegte er es sich anders und folgte Gui in den Stall.

»Was ist los mit dir, alter Freund?« fragte Roland. »Hast du Brigitte in jener Nacht nicht geglaubt?«

Gui wollte ihm nicht antworten, doch als er sah, wie bestürzt und getroffen Roland war, ließ er sich erweichen. »Wenn es damals zwischen euch so gewesen wäre wie heute, hätte ich ihr vielleicht geglaubt. Ich lasse mich nicht zum Narren halten, Roland. Es war eine edle Lüge, daß sie den Tod von einem von uns beiden verhindert hat – meinen Tod«, räumte er ein. »Ich bin mir vollkommen darüber klar, daß ich es nicht gegen dich aufnehmen kann.«

»Verdammter Kerl!« sagte Roland verärgert. »Warum hast du mich dann kein zweites Mal herausgefordert?«

»Damit die Dame sich umsonst bemüht hat?« fragte Gui erstaunt.

Roland fühlte sich äußerst unbehaglich, denn Gui war verbittert. »Ich mißhandele sie nicht, Gui. Du siehst doch, daß sie glücklich ist. Kannst du denn nicht verstehen, daß ich mich und unsere Liebe verfluche, wenn ich zugebe, daß sie das ist, was sie zu sein behauptet? Du kennst die näheren Umstände nicht. Ich habe sie aus Louroux mitgebracht, und niemand hat etwas dagegengehabt. Sie ist mir geschenkt, mir *aufgezwungen* worden. Wenn sie wirklich die Tochter eines Barons wäre – glaubst du, dann wäre das passiert? Verdammt noch mal, ganz Berry wäre hier und würde fordern, daß ich sie freilasse!«

Guis Augen verengten sich zu wütenden Schlitzen. »Wer sagt, daß das nicht noch passiert? Und wer kann behaupten, daß die Dame nicht vielleicht deshalb glücklich ist, weil sie sicher sein kann, daß es bald dahin kommt? Und so ist es auch, denn sie hängt der irrigen Annahme nach, daß du einen Boten nach Berry geschickt hast. Aber ich weiß, daß du niemanden ausgeschickt hast!«

Roland schnappte nach Luft. »Woher weißt du das?«

Gui zuckte die Achseln. Er freute sich über Rolands Fassungslosigkeit. »Wenn man bedenkt, wieviel die Dienstboten klatschen, ist es ein Wunder, daß die Dame noch nicht selbst weiß, daß du sie hintergangen hast. Ich bin gespannt, wie sie reagiert, wenn sie dahinterkommt. Glaubst du, daß sie dann immer noch so glücklich ist?«

»Sie hat inzwischen nicht mehr den Wunsch, mich zu verlassen«, sagte Roland steif.

»Bist du dir so sicher?«

Einen Moment lang hätte Roland gern seine Faust auf Guis höhnischen Mund geschmettert. Dieser Drang war sehr ausgeprägt, doch statt dessen stieß er einen Zorneslaut aus und schwang sich auf sein Pferd, um möglichst viel Entfernung zwischen sich und den Mann zu legen, der seine eigenen Zweifel laut aussprach.

Er sprengte sein Pferd so plötzlich in den Hof, daß ein Ritter und ein Edelknabe, die sich gerade im Schwertkampf übten, zur Seite springen mußten und langgestreckt in den Schnee fielen. Roland gab dem Hengst grausam die Sporen und flog dem offenen Feld entgegen.

Doch zum erstenmal in seinem Leben hatte Roland keine Kontrolle über sein Pferd. Der Hengst machte eine scharfe Drehung, und Roland konnte ihn nicht dazu bewegen, die gewünschte Richtung wieder einzuschlagen. Das Roß galoppierte an den Hütten der Diener vorbei, wirbelte mit seinen Hufen Schlamm auf, der die unbehauenen Bretter bespritzte, galoppierte zurück in den Hof, unterbrach wiederholt den Schwertkampf, schoß dann wie verrückt durch den Hof und machte unberechenbare Kehrtwendungen.

Roland war außer sich. Er konnte das Tier nicht zum Stehen bringen, und das Pferd schien völlig blind herumzulaufen und schoß direkt auf die Steinmauer neben dem Gutshaus zu. Erst im letzten Moment machte es eine neuerliche Kehrtwendung und galoppierte in wilden Sätzen auf den hinteren Burghof zu. Sobald der Hengst den freien Hof hinter dem Gutshaus erreicht hatte, bockte er. Er versuchte verzweifelt, seinen Reiter abzuwerfen. Das gelang ihm schließlich auch. Roland flog über den Kopf seines Pferdes und landete im Schlamm. Dann wälzte er sich so schnell wie möglich aus dem Weg, denn die Vorderfüße des Pferdes hätten ihm fast die Schulter gebrochen.

Roland setzte sich langsam auf. Sein ganzer Körper tat ihm weh. Er sah seinem Pferd zu, das noch einige Minuten lang bockte, ehe es schließlich still stehen blieb. Roland machte es nichts aus, daß er so schmählich abgeworfen worden war. Statt dessen empfand er große Trauer über den Verlust seines Pferdes, als ihm klar wurde, daß der Hengst durchgedreht hatte und beseitigt werden mußte. Bei dieser Vorstellung zerriß es Roland die Eingeweide. Dieses Pferd war sein Stolz, der edelste Hengst, den die Zucht von Montville je hervorgebracht hatte. Ein solches Pferd würde es kein zweites Mal geben.

Von allen Seiten kamen Männer hinzugelaufen, die sich um Roland versammelten, als er aufstand. Reitknechte näherten sich vorsichtig dem Hengst, doch Roland rief sie zurück. Man würde dem Pferd ein Messer in die Kehle stoßen müssen, doch das war ganz seine Sache und nicht die eines anderen.

Gui kam auf Roland zu und bot ihm ein Tuch an, mit dem er sich den Schlamm aus dem Gesicht und von den Händen wischen konnte. »Bist du verletzt?«

Roland schüttelte den Kopf. »Kleine Schrammen, mehr nicht.«

»Mein Gott, wie kann das nur kommen? Ich habe noch nie ein so besessenes Pferd gesehen. Hund und Wölfe, ja, aber nie ein Pferd, und erst recht nicht dieses!«

Roland war ebenso bestürzt wie Gui. »Er ist besessen.«

Der schmerzliche Ausdruck, der in Rolands Augen stand, sagte Gui, was hier getan werden mußte. »Es tut mir so leid, Roland. Willst du, daß ich ...«

»Nein«, fiel ihm Roland ins Wort. Er zog seinen Dolch und ging mit schweren Schritten auf sein Pferd zu.

Gui folgte ihm. »Laß dir wenigstens helfen. Du wirst ihn nicht allein festhalten können.«

Roland nickte, und gemeinsam gingen sie auf das ungebärdige Pferd zu. Das Tier wich aus und verrollte die Augen. Seine Füße wühlten den Schlamm auf, doch endlich ließ sich das Tier von Rolands beschwichtigender Stimme soweit beruhigen, daß Roland nach seinen Zügeln greifen konnte.

»Ich werde ihn abschirren«, bot Gui an. »Es wäre schwierig, den Sattel zu entfernen ... hinterher.«

Roland sah ihn böse an. »Zum Teufel mit dem Paradegeschirr! Das Pferd ... ah ...«, rief er aus. Dann sackten seine Schultern herunter, und er gab sich geschlagen. »Schon gut. Mach, was du willst. Ich halte ihn fest.«

Behutsam sattelte Gui das Pferd ab und drückte einem Stallburschen den Sattel in die Hand. Es herrschte Schweigen im Hof, und alle Anwesenden beobachteten mit feierlicher Stille, wie Roland sich wappnete, seinem geliebten Pferd die Kehle durchzuschneiden. Guis greller Aufschrei durchdrang die Stille wie ein Donnertosen.

Als Roland das Blut und all die Dornen sah, die in dem Rücken des Pferdes steckten, Stachel, die er mit seinem eigenen Körpergewicht tief in den Rücken des Pferdes getrieben hatte, durchflutete ihn Erleichterung. Doch in diese Erleichterung mischte sich Entsetzen, denn schließlich war er schon drauf und dran gewesen, den Hengst zu töten. Wenn Gui nicht gewesen wäre, hätte er das Pferd nicht abgesattelt und die Dornen zu spät gemerkt.

»Roger«, zischte Roland.

Gui, der neben Roland stand, spürte, wie ihm eine Gänsehaut

über den Rücken lief. »Das kannst du nicht mit Sicherheit sagen, Roland.«

Roland schien kein Wort gehört zu haben. Er drehte sich auf dem Absatz um und lief auf das Haus zu. Gui eilte ihm nach.

»So hör doch, Roland«, sagte er, als er ihn eingeholt hatte. »Du hast keine Beweise.«

Roland blieb stehen und drehte sich zu Gui um. Er hatte sich kaum noch unter Kontrolle. Er konnte seinen Haß nicht zügeln, doch er durfte ihn nicht an Gui auslassen.

»Ich habe nicht den geringsten Zweifel daran.«

»Und was ist, wenn du dich irrst?«

»Jetzt versuchst du schon zum zweitenmal, diesen Lump zu verteidigen. Deine Mühe ist vergebens, Gui«, sagte Roland düster. »Ich sollte mir das Genick brechen oder mein edles Pferd töten. Mein Leben lang habe ich unter anderen zu leiden gehabt, und damit reicht es jetzt. Endgültig.«

»Und wenn du dich doch täuschst?« sagte Gui hartnäckig.

»Das ist mir, ehrlich gesagt, egal. Ich hätte Roger schon längst in Stücke reißen sollen.«

Gui rannte nicht hinter ihm her, als Roland seinen Weg zum Haus mit unerschütterlicher Entschlossenheit fortsetzte. Gui seufzte. Selbst wenn Roger nicht die Schuld an dieser entsetzlichen Tat trug, so trug er doch die Schuld an vielem anderen.

30

Brigitte war mit Kleidungsstücken beladen, als sie Rolands Zimmer verließ. Sie stieß die Tür mit ihrem Fuß zu und ging durch den Korridor. Sie blieb abrupt stehen, als sie Roger von Mezidon sah, der in dem Bogenfenster saß, von dem aus man den Saal überblicken konnte. Er sah jedoch nicht auf den Saal hinunter, sondern er sah sie direkt an, als habe er schon länger hier gethront, um sie abzufangen.

Schnell warf sie einen Blick hinter sich, und als sie merkte, daß Wolff ihr nicht gefolgt war, sondern hinter verschlossener Tür in Rolands Zimmer saß, stöhnte sie. Sie wollte das Bündel, das sie im Arm hatte, fallen lassen, als Roger aufstand und auf sie zukam, doch dann fiel ihr wieder ein, daß Roland Roger gewarnt hatte, ihr nicht noch einmal zu nahe zu treten. Gewiß würde er nicht so dumm sein, diese Warnung zu ignorieren.

»So, so, Fräulein Brigitte«, sagte Roger spöttisch, »Ihr gebt also nicht nur vor, eine Dienerin zu sein, sondern Ihr spielt die Rolle zudem ausgezeichnet. Darf ich fragen, warum?«

»Laßt mich vorbei.«

»Stoßt mich nicht zur Seite, gnädiges Fräulein, nachdem ich so lange vergeblich auf Euch gewartet habe. Ich bin schon fast daran verzweifelt, Euch jemals ohne eines Eurer Ungeheuer auf den Fersen zu finden. Der Wolf und der Löwe bewachen Euch gut.«

»Ich bin sicher, daß Roland sich über Eure Beschreibung seiner Person amüsieren wird«, erwiderte sie. »Ich höre sein brüllendes Gelächter ganz deutlich.«

»Ihr spielt mit mir«, sagte Roger mißmutig. »Glaubt Ihr, daß ich diesen Tölpel fürchte?«

Sie zog eine Augenbraue hoch. »Das tut Ihr nicht? Aber es stimmt, ich kann selbst sehen, daß Ihr ihn nicht fürchtet, denn Ihr habt Rolands Warnung in den Wind geschlagen. Ihr lebt sehr gefährlich. Eines Tages wird man Balladen von Eurer Tapferkeit singen.«

»Euer Spott ist unangebracht, Fräulein.« Roger machte keine Anstalten, seine Wut zu verhehlen. »Hebt ihn Euch für Roland auf, denn er verweichlicht, während Ihr ihn zähmt.«

Er griff nach ihr, doch sie trat schnell einen Schritt zurück. In ihren Augen stand eine Warnung. »Ich schreie, wenn Ihr mich anrührt. Ihr seid abscheulich!«

»Das mag wohl sein, doch zumindest würde ich Euch als Gemahlin nehmen.«

»Als Gemahlin?«

»Ihr wirkt überrascht. Roland hält nicht genug von Euch, um Euch die Ehe anzubieten?«

»Er weiß nicht, daß ...«

Brigitte unterbrach sich. Sie staunte über sich selbst. Wie kam sie dazu, Rolands Verhalten ihr gegenüber zu verteidigen? Respektierte Roland sie nicht? Sie hatte sich ihm ganz hingegeben. Hatte er deshalb eine schlechte Meinung von ihr?

Sie warf Roger einen haßerfüllten Blick zu, denn er hatte Zweifel in ihr wachgerufen. Dann sagte sie: »Ich habe alles gesagt ...«

Eine Stimme, die sie beide kannten, brüllte Rogers Namen von der Halle her und übertönte Brigittes Worte. Sie starrte Roger an und glaubte, seine Angst riechen zu können. Roland war einmal mehr zu ihrer Rettung herbeigeeilt. Andererseits konnte er gar nicht wissen, daß Roger ihr den Weg verstellt hatte. Gab es einen anderen Grund für den tödlichen Klang, den Rolands Stimme hatte?

Roland stürzte die Treppe hinauf und warf sich mit Wutgeheul auf Roger. Brigitte stand erstarrt da, und ihr Atem stockte, als Rolands große Hände sich um Rogers Kehle schlossen. Roger schlug rasend um sich. Er erwischte Brigitte, die auf den Boden fiel, und die Kleidungsstücke, die sie an sich gedrückt hatte, verteilten sich über den Fußboden. Als sie zu den beiden Männern aufsah, war Roger am Ersticken. Es war ihm nicht gelungen, Rolands Finger von seinem Hals zu lösen. Ihr Magen drehte sich um, als ihr klar wurde, daß sie Zeugin eines Totschlags war. Die Vorstellung, daß Roland Roger wirklich umbringen könnte, war ihr unerträglich.

»Halt!« schrie sie, als sie es nicht mehr aushielt.

Roland sah auf, und das war Rogers Gelegenheit, beide Arme zwischen Rolands Arme zu strecken und seinen Griff zu lösen. Er holte zu einem Schlag auf Rolands Kiefer aus, doch Roland rührte sich auf diesen Treffer hin nicht von der Stelle. Der Schlag schien ihm nicht das geringste auszumachen. Roger geriet in Panik. Er konnte Roland nichts anhaben. In seiner Panik trat Roger blind um sich. Mit einem Stiefel trat er gegen Rolands Brust, und Roland taumelte zurück und auf das Bogenfenster zu. Brigitte schrie laut auf, als das Fenstersims, das keine sechzig Zentimeter über dem Fußboden war, sich in Rolands Kniekehlen bohrte und er durch die Öffnung fiel.

Brigitte schloß die Augen. Alles in ihr wehrte sich gegen die Vorstellung, daß es aus war mit Roland. Wie oft war sie an diesem Fenster stehengeblieben und hatte einen Blick nach unten geworfen, ehe sie die Treppe hinuntergegangen war? Es war eine mörderische Höhe, und der harte Steinfußboden des Saals lag viele Meter tiefer. Roger hatte ihn hinabgestoßen. Roger!

Sie schlug die Augen auf, doch Roger stand nicht mehr neben ihr. Er stand am Fenster und lachte sich ins Fäustchen. Als sie sah, wie er dortstand und durch das Fenster sah, überkamen Brigitte plötzlich Gelüste, die ihr bislang unbekannt gewesen waren – Mordlust. Aus diesem Antrieb stand sie auf und bewegte sich langsam und vorsichtig auf das Fenster zu. Sie ging in sich und fand dort wirklich Mordlust vor. Während sie sich zentimeterweise vorwärts bewegte, hatte sie Zeit, sich zu sagen, daß es wirklich Mord war, und dennoch blieb sie nicht stehen. Ihre Hände streckten sich aus.

Roger, der immer noch am Fenster stand und nach unten

schaute, hatte sich nicht von der Stelle gerührt. Sie nahm ihre Kraft zusammen. Ihre Hände waren nur noch Zentimeter von Rogers Rücken entfernt. Sie brauchte sich nur noch vorzubeugen. Doch in dem Moment beugte sich Roger vor und fing an, mit seinen Fäusten auf das Fenstersims zu hämmern. Dann sah sie Finger, die sich an das Fenstersims klammerten. Rolands Finger! Es war ihm gelungen, sich im Sturz am Fenstersims festzuhalten, und jetzt versuchte Roger, auf seine Finger einzuschlagen, bis er losließ.

Brigitte verstand auch im nachhinein nie, woher sie die Kraft genommen hatte, Roger von diesem Fenster fortzuziehen und ihn die wenigen Meter bis zur Treppe zu stoßen, bis er taumelnd die Steinstufen hinunterfiel und Roland Zeit fand, durch das Fenster in die Sicherheit zu klettern. Roger war nicht verletzt. Er kam auf die Füße, rannte die restlichen Stufen hinunter und floh. Roland stürzte ihm nach.

Im Stall holte Roland Roger ein, und Roger sprang eilig durch die offene Tür und glitt auf dem schlammigen Hof aus. Roland stürzte sich auf ihn. Bald hatte sich eine größere Menschenmenge angesammelt, und Brigitte traf gleichzeitig mit Gui dort ein. Luthor war schon dort und sah zu, wie sein Sohn mit bloßen Händen tötete. Gui stellte sich neben Luthor und sah ebenfalls zu. Brigitte rannte zu den beiden und grub ihre Finger in Luthors Arm. Er sah sie mit seinen unergründlichen Augen an. »Könnt Ihr sie auseinanderbringen?« flehte sie.

»Nein, Kleines«, sagte Luthor barsch, ehe er sich dem blutigen Geschehen wieder zuwandte.

»Bitte, Luthor!«

Falls er sie gehört hatte, ließ er es sich nicht anmerken. Sie warf noch einen Blick auf die beiden Männer, die am Boden lagen. Roger bewegte sich nicht mehr, doch Roland hämmerte immer noch mit seinen Fäusten auf ihn ein.

Brigitte wandte sich ab, und als sie wieder ins Haus lief, brannten Tränen in ihren Augen. Sie sah nicht, daß Roland aufhörte zuzuschlagen, und sie sah auch nicht, daß er angewidert den Hof verließ. Roger war übel zugerichtet, aber er war noch am Leben.

31

Brigitte verbrachte den Rest des Tages hinter verschlossener Tür in Rolands Zimmer. Sie grübelte vor sich hin, weinte und verfluchte Roland. Erst spät am Abend erfuhr sie, daß Roland Roger doch nicht getötet hatte.

Goda überbrachte ihr die Neuigkeiten. Roland hatte das Mädchen nach oben geschickt, damit sie Brigitte holte. Er war immer selbst gekommen, um in ihrer Begleitung zum Abendessen zu gehen, doch heute hatte er Goda geschickt. Brigitte sollte gleich erfahren, woran das lag.

»Er ist vollständig betrunken, gnädiges Fräulein«, teilte Goda Brigitte widerwillig mit. »Sobald Roger von Mezidon von seinem Schildknappen durchs Tor geführt worden ist, hat er angefangen, dem Bier zuzusprechen. Gut, daß wir den jetzt los sind.«

»Ist er halbwegs auf den Beinen?«

»Er beschimpft Gott und die Welt, und er ist schlechter Laune«, erwiderte Goda. »Aber das ist der Alkohol. Ich glaube, er weiß selbst nicht mehr, was er redet.«

»Ich habe Roger gemeint. Wie geht es ihm?«

»Nicht schlechter, als zu erwarten war«, antwortete Goda. »Sein Gesicht ist schrecklich geschwollen, und ein paar Knochen sind gebrochen – ich glaube ein Finger und mehrere Rippen. Aber ich glaube, daß sich das alles wieder flicken läßt. Eigentlich ein Jammer!«

»Du bist grausam, Goda«, fauchte Brigitte. Dann seufzte sie bedrückt. »Verzeih mir. Es steht mir nicht zu, dich zu verurteilen. Schließlich hätte ich Roger beinahe umgebracht.«

»Wann denn das?« Goda machte vor Staunen Kulleraugen.

»Heute morgen«, gab Brigitte zu. »Als der Kampf gerade angefangen hatte.«

»Aber der junge Baron ist nicht tot. Warum seid Ihr so ärgerlich?«

»Wieso?« fragte Brigitte mit schriller Stimme. »Wie kannst du das noch fragen? Roger ist ein schlechter Mensch, aber das ändert nichts daran, daß er schreckliche Angst vor Roland hatte. Es war kein fairer Kampf, und das macht mich krank. Roland war zu wütend, um fair zu kämpfen. Er wollte Blut sehen, und das hat er auch bekommen. Er wollte Roger mit bloßen Händen umbringen.«

Goda legte sachte eine Hand auf Brigittes Schulter. »Hattet Ihr nicht ganz das gleiche vor?«

»Das ist etwas ganz anderes«, erwiderte Brigitte unerschütterlich. »Ich dachte, Roland sei tot.«

Kurz darauf zog Goda sich stumm zurück, und Brigitte ließ sich auf einen Stuhl fallen. Nein, sie wollte Roland jetzt nicht sehen – nicht, wenn er betrunken war.

Roland war nicht so betrunken, daß ihm entgangen wäre, daß hier etwas nicht stimmte. Goda kam allein zurück. Warum wollte Brigitte nicht zu ihm kommen? Seine Miene verfinsterte sich. Die Antwort lag nur zu klar auf der Hand. Der Grund war der, aus dem er sich den Krug ständig nachfüllte. Aus demselben Grund hatte er sich auch den ganzen Tag in der Halle aufgehalten. Er hatte Angst, Brigitte zu sehen. Sie wußte, daß er sie hintergangen hatte. Jemand mußte es ihr erzählt haben. Vielleicht sogar Roger. Warum sonst hätte sich dieser Schurke heimtückisch an sie heranschleichen sollen, obwohl Roland ihn gewarnt hatte, nicht in Brigittes Nähe zu kommen? Ja, das war es. Brigitte wußte, daß er sich nicht an ihre Abmachungen gehalten hatte und doch keinen Boten zum Grafen Arnulf geschickt hatte.

Er legte den Kopf auf die Arme und stieß einen tiefen Seufzer aus. Verdammt noch mal! Warum mußte das passieren, wenn sich gerade alles zum Besseren wendete? Er wünschte diesen Tag zum Teufel. Es blieb ihm trotzdem nichts anderes übrig, als sich mit ihr auseinanderzusetzen. Sie wußte, daß er gelogen hatte, und sie würde wütend sein. Das beste war, wenn er es gleich hinter sich brachte. Roland verließ den Saal. Kurz darauf trat er in sein Zimmer. Er fand Brigitte vor, die gerade dabei war, das Bündel mit ihrer Habe zusammenzuschnüren, das sie mitgebracht hatte, als sie in sein Zimmer eingezogen war.

Dieser Anblick brachte ihn aus der Fassung. Er sah sich Brigitte verlieren. Er sah vor sich, daß sie einander wieder fremd würden, und diese Vorstellung war ihm unerträglich.

»Muß das wirklich sein?« fragte Roland leise, denn etwas anderes fiel ihm nicht ein.

Brigitte geruhte, ihn flüchtig anzuschauen. »Natürlich muß es sein. Roger ist fort. Für mich besteht kein Anlaß mehr, in diesem Zimmer zu bleiben. Du wolltest doch nur seinetwegen, daß ich hier schlafe, oder?«

»Und wenn ich dich bitte zu bleiben? Ich weiß, daß Roger ursprünglich der Grund dafür war, daß du hier geblieben bist, aber...«

»Du kannst darauf bestehen, daß ich in diesem Zimmer bleibe, aber ich will nicht mehr hier wohnen. Nicht nach dem, was heute war.«

Ihre Stimme war eisig, und Rolands Hilflosigkeit nahm zu.

»Brigitte, ich weiß, daß du verärgert bist...«

»Das ist reichlich milde ausgedrückt«, fauchte sie.

»Dann laß deinen Zorn an mir aus. Aber tu es gleich, damit das erledigt ist. Wenn es möglich wäre, würde ich rückgängig machen, daß ich dich belogen habe.«

»Belogen?« fragte sie bestürzt.

Roland bemerkte ihr Staunen, und er hätte sich am liebsten die Zunge abgebissen. Doch wenn sie gar nicht wütend war, weil er sie hintergangen hatte, dann...

»Warum bist du mir böse?«

Sie ging nicht darauf ein. »Wieso belogen, Roland?«

Er spielte den Unschuldigen. »Wovon sprichst du?«

»Du... oh!« rief sie aus. »Ich weigere mich, mit dir zu reden, solange du betrunken bist!«

Brigitte ging zur Tür. Sie vergaß das Bündel mit ihrer Habe, doch Roland verstellte ihr eilig den Weg. »Warum bist du so wütend?« Er bemühte sich, einschmeichelnd zu wirken. »Weil ich ein bißchen zuviel getrunken habe?«

»Von mir aus kannst du dich in Bier ersäufen«, zischte sie, und ihre blauen Augen sprühten Funken. »Was mich abstößt, ist deine Brutalität. Deine Blutrünstigkeit heute morgen war geradezu bestialisch. Fast hättest du Roger umgebracht!«

»Aber ich habe ihn nicht umgebracht, Brigitte«, erwiderte er behutsam. Er versuchte, sie zu verstehen, doch ihr Zorn war ihm unergründlich.

Roland hob eine Hand, um ihre Wange zu streicheln, doch sie fuhr zusammen. »Ich ertrage es nicht, mich von dir berühren zu lassen, nachdem ich eine solche Grausamkeit beobachtet habe.«

Jetzt reichte es Roland doch. »Du wagst es, die Seite dieses Unholdes zu ergreifen und dich gegen mich zu stellen! Meine Berührung ist dir wohl widerlich? Verdammt noch mal, Dirne, du kommst in den Vorzug, von mir beschützt zu werden. Du bist eine Leibeigene, und doch behandele ich dich wie eine Königin. Ich bin dein Herr, und doch verdammst du mich!«

»Ich habe dich nicht darum gebeten, mich zu beschützen«, warf Brigitte eilig ein.

»Bei Gott, dann werde ich dir meinen Schutz entziehen, und du kannst selbst sehen, wie du ohne mich zurechtkommst!«

»Roland!«

»Deine Untreue macht mich krank. Verdammt noch mal!« tobte er. »Ich habe üblere Schläge von Roger eingesteckt, als ich jünger war. Jetzt habe ich ihm endlich heimgezahlt, was er verdient hat, und du verdammst mich und erträgst es nicht, von mir berührt zu werden.«

»Bitte, Roland«, rief Brigitte. »Ich wollte nicht den Eindruck erwecken, daß ich nicht zu dir halte.«

»Die Angst gibt dir einen neuen Tonfall ein, aber ich kenne deine wahren Gefühle!« Rolands Wut war schrankenlos. »Mach, daß du wegkommst, Brigitte. Ich gebe dir, was du willst. Du bist jetzt frei. Du bist mich los!«

Brigitte hatte einen solchen Kloß im Hals, daß sie nichts sagen konnte. Sie packte ihr Kleiderbündel und lief aus dem Zimmer. Ohne sich umzusehen, schloß sie die Tür hinter sich. Sobald die Tür zwischen ihnen war, brach sie in Tränen aus. Was hatte sie bloß getan? Was, um Himmels willen, hatte sie getan?

32

»Roland hat dich also von deinen Diensten entbunden?«

Brigitte stocherte abwesend in ihrem Frühstück herum. Luthors prüfender Blick bereitete ihr Unbehagen. Sie konnte seinen Blick nicht erwidern. Sie saß auf einer der Bänke, auf denen die Dienstboten aßen, und dieser Umstand tat allen kund, daß zwischen Roland und ihr etwas nicht stimmte. Roland schien ihre Gegenwart nicht wahrzunehmen, und das bestätigte den Verdacht. Luthor wußte, was vorgefallen war, denn Roland hatte es ihm erzählt.

»Warst du nicht ein wenig zu hart zu ihm?« fuhr Luthor fort. Er blieb neben der Bank stehen und sah auf Brigitte hinab.

Brigitte hielt den Kopf weiterhin gesenkt, um Luthor nicht ansehen zu müssen. »Doch, das war ich.«

»Warum, Kleines?« fragte Luthor freundlich. »Er hat nichts getan, wofür er sich schämen muß.«

»Das ist mir inzwischen auch klar«, gestand sie. »Gestern sind zu viele verwirrende Dinge direkt hintereinander passiert, und ich war außer mir und wütend.«

»Im Moment ist er gut aufgelegt. Wenn du ihm sagen würdest, was du mir gerade gesagt hast, würde er es vielleicht verstehen.«

Endlich sah sie Luthor an. »Das glaubt Ihr ebensowenig wie

ich. Ich habe ihn verletzt, und jetzt will er, daß ich dafür leiden muß.«

»Roland wird sich erweichen lassen«, sagte Luthor brummig.

»Das mag sein«, sagte sie versonnen. »Aber bis es soweit ist, bin ich nicht mehr hier.«

Luthor sah sie fest an. »Und wo willst du hin, Kleine?«

»Ich kann hier nicht mehr bleiben. Ich gehe noch heute.«

»Zu Fuß?«

»Ich besitze kein Pferd, Herr Baron.«

Luthor schüttelte heftig den Kopf. »Ich werde nicht zulassen, daß du zu Fuß fortgehst.«

»Rolands Ansprüche auf mich sind hier allgemein anerkannt worden, und jetzt müßt Ihr anerkennen, daß ich keinem Herrn mehr unterstehe, denn er hat mir die Freiheit gegeben. Niemand kann mich mehr davon abhalten, fortzugehen, und zwar wohin ich will.«

»Das kann ich wohl«, sagte Luthor gereizt. »Als Hausherr kann ich nicht zulassen, daß du etwas so Dummes tust, wie von hier zum nächsten Lehen zu laufen.«

»Ich habe Euch einmal um Hilfe gebeten, und Ihr habt meine Bitte abgeschlagen. Jetzt bietet Ihr mir Hilfe an, obwohl ich keine Hilfe will.«

»Damals hast du von mir gewollt, daß ich mich gegen meinen Sohn stelle«, rief ihr Luthor ins Gedächtnis zurück.

»Ach! Ihr sorgt Euch nicht um meine Sicherheit. Euch interessiert nur Roland. Ihr wollt mich hier behalten, weil Ihr glaubt, daß er seine Meinung über mich ändert.«

»Ich weiß, daß er es sich anders überlegen wird.«

»Soll ich das so verstehen, daß Ihr mir Euren Schutz anbietet?«

»Ja.«

»Roland wird Euch Eure Einmischung nicht danken, Baron. Er erwartet von mir, daß ich gehe.«

»Unsinn«, schalt Luthor. »Mein Sohn wird wieder zu Verstand kommen.«

Brigitte zuckte die Achseln. »Nun gut, dann werde ich noch eine Weile bleiben. Es wird nicht mehr allzu lange dauern, bis mein Herr mich holen läßt. Dann werdet Ihr mich gehen lassen müssen, wenn Ihr nicht riskieren wollt, Krieg gegen den Grafen von Berry zu führen.«

»Was, zum Teufel, soll das heißen?« brummte Luthor, der sich über die neuerliche Wendung des Gesprächs ärgerte.

Brigitte lächelte. »Roland hat einen Boten nach Berry geschickt, der meine Behauptungen überprüfen wird. Dann wird Roland erfahren, daß ich die Tochter des früheren Baron von Louroux bin. Wenn Graf Arnulf nach mir schickt, wird Roland endlich wissen, daß ich ihn nicht belogen habe und daß alles ein Irrtum ist.«

»So, einen Boten?« sagte Luthor mehr zu sich selbst als zu Brigitte. »Roland hat dir gesagt, daß er jemanden losgeschickt hat?«

»Ja«, antwortete sie. »Er hat sich damit einverstanden erklärt, und ich mußte ihm dafür versprechen, daß ich nicht wieder davonlaufe.«

»Ich verstehe«, sagte Luthor nachdenklich.

»Ist dir klar, was es für Roland bedeutet, wenn deine Behauptung bewiesen wird? Er ist ein Ehrenmann, Kleines, und er wird jede Form der Wiedergutmachung akzeptieren, die Graf Arnulf von ihm fordert. Wenn der Graf fordert, daß Roland sich mit einem Helden aus Berry duelliert, bis einer von beiden tot ist, wird Roland sich einverstanden erklären. Dabei könnte er sterben.«

»Nein!« sagte Brigitte nachdrücklich. »Ich werde nicht zulassen, daß es dazu kommt. Es war alles nicht seine Schuld. Die Schuld trifft einen anderen. Und ich ... ich hege keinen Groll gegen Roland.«

»Nun, dann müssen wir wohl abwarten, was die Zukunft bringt«, sagte Luthor kichernd. »Vielleicht verläßt du uns, aber vielleicht bleibst du auch hier, damit zwischen dir und meinem Sohn wieder alles so wird, wie es war.«

»Zwischen uns wird es nicht mehr so werden, wie es war.«

»Wie ich schon sagte – wir werden es ja sehen. Es wird übrigens nur ein paar Tage dauern, bis Roland sich erweichen läßt«, prophezeite Luthor. »Denk an meine Worte, Kleines.«

Brigitte runzelte die Stirn. Vor wenigen Sekunden hatte er noch die Folgen des Zorns des Grafen Arnulf gefürchtet, und jetzt war er seelenruhig. Ein eigentümlicher Mensch, dieser Mann.

Als er gehen wollte, sagte sie plötzlich: »Ich nehme Euren Schutz an, Baron, aber ich bin nicht bereit, Euch zu dienen.«

Luthor drehte sich um, sah sie kurz an und brüllte vor Lachen. »Das habe ich auch nicht von dir erwartet, Kleines. Du kannst tun und lassen, was du willst. Versuch bloß nicht, Montville allein zu verlassen.«

»Und was ist mit Baronin Hedda? Werdet Ihr sie von mir fernhalten?«

»Sie wird dich nicht belästigen.« Luthor neigte den Kopf zu einer leicht spöttischen Verbeugung und ging.

Brigitte war sehr erleichtert. Sie hatte Montville nicht ohne ein Pferd verlassen wollen. Jetzt konnte sie warten, bis Graf Arnulf oder sein Gesandter sie nach Hause brachte.

Kurz darauf verließ sie den Saal, um in ihre Hütte zurückzukehren. Sie hatte eine schreckliche Nacht dort verbracht. Allein und unglücklich. Im Hof begegnete sie Roland. Er sah sie, und sie blieb stehen, doch er wandte sich sofort ab. Sie warf ihm einen wütenden Blick nach und eilte weiter.

Schweren Herzens schloß sie die Tür der Hütte hinter sich. Ihr war elend zumute. Sie setzte sich auf ihr Bett und stöhnte: »Ich sollte mir nichts daraus machen, aber ich ... ich ... ich mache mir etwas daraus.«

Während des Vormittags blieb sie auf dem Bett liegen und weinte die meiste Zeit. Gegen Mittag zog sie sich mühsam auf die Füße und trat zu der alten Truhe, in die sie in der vergangenen Nacht ihre Habe geworfen hatte. Sie sah sich ihre Kleider an und entschloß sich, sie alle zu waschen, selbst das blaue Leinenkleid, das sie seit der Nacht nicht mehr getragen hatte, in der sie Roland zum erstenmal gesehen hatte. Sie strich mit den Fingern über die funkelnden Saphire auf dem Mieder, und sie fragte sich, wie Roland reagieren würde, wenn sie am Abend mit einem solchen Gewand zum Essen erscheinen würde. Sie seufzte. Es würde Ärger geben. Man würde sie vielleicht sogar des Diebstahls bezichtigen. Doch waschen würde sie das Kleid trotzdem.

Sie hing sich die Kleider über den Arm und ging zur Tür, doch in dem Moment, in dem sie die Tür öffnete, kam Amelia auf sie zu und starrte Brigitte voller Bosheit an.

»Was willst du?«

Amelia lachte hämisch, warf ihr rotbraunes Haar zurück, verschränkte die Arme vor ihrem üppigen Busen und lehnte sich an den Türrahmen, um Brigitte den Weg zu verstellen. »Immer noch die hochnäsige kleine Hure, was? Ich nehme an, du glaubst, daß er dich wieder in sein Bett läßt?«

Brigitte errötete. Sie bemühte sich, nicht zu zeigen, wie schokkiert sie war. Sie würde sich nie an Amelias rüde Art gewöhnen können, doch es ging Amelia nichts an, daß sie sich von ihrem vulgären Gerede vor den Kopf stoßen ließ.

»Wie soll ich das beantworten?« erwiderte Brigitte mit ruhiger Stimme. »Natürlich könnte ich ihn wieder haben, wenn ich ihn wollte, aber ich will ihn nicht.«

Amelia riß die Augen auf und kniff sie dann zusammen. »Lügnerin! Er ist fertig mit dir. Es hat nicht gerade lange gedauert, bis er dich satt gehabt hat.« Sie lachte. »Mir hat er wesentlich länger gehört als dir, und ich kriege ihn auch wieder. Er wird mich heiraten und nicht eine elende französische Hure, die gar nicht wissen kann, was ihm gefällt. Du hast ja gesehen, wie schnell er dich satt hatte.«

Brigittes Wangen brannten. Amelia hatte sie tief getroffen, all ihren Anstrengungen zum Trotz.

»Ich habe nur einen Mann gekannt, Amelia«, rutschte es ihr heraus, ohne daß sie die Worte zurückhalten konnte. »Du magst noch so oft glauben, daß es ihm nicht mit mir gefallen hat, aber ich weiß es besser. Roland weiß, daß ich unschuldig war, als er mich genommen hat. Das kannst du von dir wohl kaum behaupten, oder?«

»Du gemeines Luder!«

Brigitte lachte freudlos. »Meinetwegen, aber die Hure von uns beiden bist du. Ich habe gehört, was über dich geredet wird, und sicher hat Roland auch davon gehört.«

»Lügen! Man breitet Lügen über mich aus!« fauchte Amelia, und ihre braunen Augen wurden schwarz.

»Ich glaube, daß Roland sehr viel von dir weiß, Amelia«, gurrte Brigitte.

»Dann will ich dir mal was sagen, was *du* nicht weißt«, kreischte Amelia erbost. »Er hat dich belogen, und mich hat er nie belogen!« Sie strahlte vor Vergnügen über die Verwirrung, die auf Brigittes Gesicht stand. »Du bist eine Närrin! Alle wissen von dem Handel, den du mit ihm abgeschlossen hast. Die kleine Goda hat nichts Besseres zu tun, als zu schwätzen. Alle wissen, daß Roland sich nicht an eure Abmachung gehalten hat. Er macht sich so wenig aus dir, daß ihm selbst diese Mühe zuviel ist.«

Brigitte ballte die Hände zu Fäusten, und ihre Nägel gruben sich in ihre Handflächen. »Willst du damit sagen, daß er keinen Boten nach Berry geschickt hat?«

»Natürlich nicht. Wozu auch?« höhnte Amelia. »Wie dumm du bist.«

»Das ist nicht wahr!« rief Brigitte. Sie warf ihre Kleider auf ihr Bett, lief an Amelia vorbei und rannte auf den Hof hinaus, um Roland zu suchen.

Er saß auf einem Pferd. Es war nicht sein eigenes, denn die Wunden waren noch nicht verheilt.

Brigitte lief auf ihn zu und rief unvermittelt: »Hast du dich an unsere Abmachungen gehalten? Hast du einen Boten zum Grafen Arnulf geschickt?«

»Nein, das habe ich nicht getan«, sagte er, und seine Augen flackerten einen Moment lang auf.

Nach dem benommenen Schweigen, das folgte, stieß Brigitte einen gequälten Schrei aus. »Warum nicht?«

»Es war eine unsinnige Bitte«, sagte er schlicht. Er bemühte sich, seine Beschämung nicht zu zeigen.

»Du hältst so wenig von mir, daß du mich belügst?«

Roland beugte sich vor, und seine blauen Augen waren nachtschwarz, doch ehe er etwas erwidern konnte, fuhr Brigitte fort. »Du bist ein Lump! Das werde ich dir nie verzeihen!«

Er riß sein Pferd herum und ritt davon, ohne etwas zu antworten. Seine augenscheinliche Gleichgültigkeit raubte ihr die letzte Selbstbeherrschung, und sie schrie seiner kleiner werdenden Gestalt nach: »Ich hasse dich, Roland! Ich hoffe, der Teufel erwartet dich schon voller Ungeduld! Verdammter Kerl, verdammter Kerl, verdammter Kerl!«

Hände führten sie zu ihrer Hütte zurück, doch sie spürte sie nicht. Über einen längeren Zeitraum nahm sie nichts um sich herum wahr.

In jener Nacht schritt Roland den Hof ab wie eine Wildkatze ihren Käfig. Einmal, zweimal, dreimal ging er auf Brigittes Hütte zu, doch im letzten Moment wandte er sich abrupt ab. Jedesmal hörte er ihre Tränen und zog sich wieder zurück. Es würde zu nichts führen, sie jetzt um Verzeihung zu bitten. Sie brauchte Zeit.

In jener Nacht träumte Roland wieder den alten Traum, der ihn verfolgte, so weit er zurückdenken konnte. Doch als er diesmal erwachte, war er nahe daran, den Traum zu verstehen. Diesmal hatte er wirklich verloren, was ihm am teuersten war.

33

Drei Tage waren vergangen, und Brigitte war erschöpft bis auf die Knochen, als sie ihr Ziel erreichte. Während der beiden ersten Tage war sie erbarmungslos weitergeritten, und sie wäre am frühen Morgen des dritten Tages in Angers angekommen, wenn kein Schneesturm aufgezogen wäre. Zum Glück war der Sturm am späten Nachmittag weitergezogen. Von da an war es nur langsam weitergegangen, denn sie mußte durch Schneewehen von einem Meter Höhe reiten und hatte Wolff immer wieder aus den Augen verloren. Doch den schlimmsten Teil der Reise hatte sie hinter sich.

Brigitte fand im Kloster ein warmes Bett, wenn auch kein Einzelzimmer, denn man hatte sie als eine arme Reisende angesehen und in den großen Schlafsaal gesteckt. Aber Bett war Bett, und sie war zu müde, um Einwände zu erheben. Außerdem hatte sie auch keine Münzen bei sich, mit denen sie hätte zahlen können, und so war sie tatsächlich eine Bettlerin. Doch am nächsten Morgen würde sie auf dem Weg zu einer Audienz bei dem Grafen von Anjou sein. Sie kannte ihn nicht, aber sie zweifelte nicht daran, daß er ihr helfen würde, sobald sie ihm ihre Geschichte erzählt hatte. Sie schlief mit der Zuversicht ein, am kommenden Morgen endlich in sicheren Händen zu sein.

Es tat ihr leid, daß sie den freundlichen Gui um ein Pferd gebracht hatte, aber er hätte ihr kein Pferd gegeben, wenn er gewußt hätte, daß sie die Flucht plante, und sie hatte keine andere Möglichkeit gesehen, zu einem Pferd zu kommen. Die üble List war notwendig gewesen.

Nur allzubald nahte der Morgen, und Brigitte bat um ein Einzelzimmer und Wasser zum Waschen. Der junge Geistliche runzelte bei diesem Ansinnen die Stirn, doch nichtsdestoweniger brachte er ihr das Wasser. Sie verbrachte zwei Stunden mit ihrer Körperpflege, putzte sich mit besonderer Sorgfalt heraus und zog ihre blauen Leinengewänder an.

Als sie sich so prächtig herausgeputzt hatte und die Saphire ihre Augen dunkelblauer wirken ließen, die Kapuze ihres Umhangs ihre ordentlich geflochtenen goldenen Zöpfe bedeckte, war Brigitte eine königliche Erscheinung. Sie ging dem jungen Geistlichen aus dem Weg, um keinen Aufstand durch ihre Verwandlung hervorzurufen. Ungesehen verließ sie das Kloster und begab sich zum Hof des Grafen.

Selbst ohne Begleitung war es kein Problem für sie, durch das Tor zum Palast eingelassen zu werden. Ein Stallknecht nahm ihr das Pferd ab und wies ihr die Richtung zum großen Saal, in dem der Graf von Anjou Hof hielt. Der Anblick der vielen Edelleute, die durch die Gänge eilten, machte Brigitte nervös. Der Graf von Anjou war ein sehr mächtiger Mann. Würde er sich die Zeit nehmen, sich ihr Anliegen vortragen zu lassen? Sie wollte nichts weiter, als um eine Eskorte bitten, ein paar Männer, die sie nach Berry brachten. Sie würde den Grafen mit ihren Saphiren zahlen, falls es sich als notwendig erweisen sollte.

Der Saal war von gewaltiger Größe, mindestens so groß wie die große Halle von Montville. Hunderte von Leuten eilten umher, ausschließlich Edelleute und feingekleidete Damen. Ein beeindruckenderer Anblick hatte sich Brigitte noch nie geboten, und sie empfand Ehrfurcht und Entsetzen zugleich. Welcher dieser prächtig ausstaffierten Männer war der Graf von Anjou? Es gab keine erhöhten Sitzgelegenheiten, und aus nichts ließ sich schließen, wer der Graf war.

»Ihr seid gekommen, um den Grafen zu sprechen, gnädiges Fräulein?«

Sie drehte sich zu dem stattlichen, kahlköpfigen Mann um, der neben ihr stand, und lächelte voller Unbehagen. »Ist er hier?«

Der Mann schmunzelte, und seine grauen Augen leuchteten auf. »Seine Hoheit ist allerdings anwesend, gnädiges Fräulein.«

Die offen ausgedrückte Geringschätzung des Mannes bereitete Brigitte Unbehagen. Ein Feind des Grafen? Ein eifersüchtiger Baron? Gott sei Dank war sie noch nie in höfische Intrigen verwickelt gewesen. Druoda würde sich hier wohl fühlen, doch Brigitte nicht.

»Ich kenne ihn nicht«, sagte Brigitte in der Hoffnung, der Mann würde ihr nicht allzu viele Fragen stellen.

»Ihr könnt ihn mühelos an seiner Pracht erkennen. Dort.« Der Mann deutete mitten in den Raum. »Der im roten Samt mit einem Smaragd um den Hals, der so groß wie seine Nase ist. Dieser Edelstein hat mir gehört, und ich habe ihn für eine Gunst hergegeben, die mir nie erwiesen worden ist.«

Brigittes Mut sank. Würde der Graf auch sie herzlos behandeln? Würde er sich bereit erklären, ihr zu helfen, ihre Saphire nehmen und sie dann vergessen?

Während sie den Mann im roten Samt musterte, fiel ihr Blick auf einen großgewachsenen Mann, der neben dem Grafen stand. Sie erstarrte.

Roland! Das konnte nicht sein! Doch er stand dort. Er trug eine gute schwarze Hose, ein Hemd aus einem schimmernden schwarzen Stoff, der mit Juwelen besetzt war, und einen Umhang aus schwarzem Samt. Sie hatte gar nicht gewußt, daß er solche edlen Gewänder besaß. Offensichtlich hatte er sie belogen, als er behauptet hatte, niemanden in Angers zu kennen, denn der Graf sprach mit ihm, als seien sie alte Freunde. Brigittes Verblüffung nahm zu, als sie bemerkte, daß sich eine junge Frau bei Roland eingehängt hatte, eine schöne junge Frau. Auch jemand, den er nicht kannte? O Gott! Sie trat hinter eine Säule, ehe er sie sah. Was hatte er mit dem Grafen zu bereden? Daß er mit einer Petition von einer Leibeigenen rechnen mußte, die sich als Dame ausgab? Daß er selbige auf direktem Wege zu ihm bringen lassen sollte? Verdammter Kerl! Natürlich würde er dem Grafen diese Geschichte auftischen. Das sah ihm ähnlich! Dieser hinterhältige Schurke. Verdammt noch mal, warum mußte er vor ihr ankommen? Wie hatte er das überhaupt geschafft?

Sie drehte sich um und verließ unauffällig den Saal. Sie hatte sich die Kapuze ins Gesicht gezogen, doch sobald sie den Korridor erreicht hatte, rannte sie los und blieb erst stehen, als sie den Stall erreicht hatte. Sie stieß fast mit dem jungen Stallknecht zusammen, der ihr das Pferd abgenommen hatte.

»Wo ist meine Stute? Wo? Ich habe es eilig!«

»Da... gnädiges Fräulein«, stammelte der Junge. Er wies auf eine Box. Brigitte lief die wenigen Meter und führte die Stute eilig aus dem Stall.

Ohne fremde Hilfe stieg sie auf. Sie zwang sich, im Schritt zu reiten, bis sie das Palasttor hinter sich gelassen hatte. Es erforderte ihre gesamte Willenskraft, den Hof langsam zu durchqueren. Sie fürchtete, Roland könnte ihr jeden Moment nachlaufen. Mehrfach konnte sie es nicht lassen, einen Blick zurückzuwerfen.

Endlich befand sich Brigitte außerhalb des Gemäuers. Niemand folgte ihr. Zumindest bisher nicht. Sie schlug im Galopp die Richtung nach Süden ein, doch plötzlich hielt sie ihr Pferd so abrupt an, daß sie fast gestürzt wäre. Wolff! Sie hatte ihn im Kloster zurückgelassen. Sie machte eilig kehrt und ritt zum Kloster zurück. Jetzt achtete sie wieder darauf, nicht zu schnell zu reiten, um keine Aufmerksamkeit zu erregen. Während des Ritts machte sie sich Gedanken über das Dilemma, in das sie jetzt geraten war, und fortwährend sah sie über ihre Schulter zurück. Der kleinste Laut, den sie hörte, war Roland, der hinter ihr hergaloppierte.

Plötzlich war er wirklich da. Er kam ihr auf der Straße entgegen. Sie hielt ihr Pferd an, denn sie war zu überrascht, um sich zu fragen, wieso er vor ihr war und von Norden kam. Er hätte hinter ihr sein und vom Schloß her kommen müssen. Zutiefst verwirrt schüttelte sie den Kopf. Er kam immer näher, und sein schwarzer Umhang bauschte sich hinter ihm im Wind. In heller Panik wirbelte sie ihr Pferd herum und bohrte ihm die Fersen in die Seiten. Doch kurz darauf war Roland dicht hinter ihr. Er konnte nicht nach den Zügeln ihres Pferdes greifen, da sie sich von ihm abwandte, und daher griff er statt dessen nach ihr und zog sie über den Zwischenraum zwischen den beiden Pferden auf seinen Schoß. Sie wand sich los und machte es ihm nahezu unmöglich, sein Pferd unter Kontrolle zu behalten.

»Hör auf, Brigitte. Sonst fallen wir beide runter«, sagte er.

»Dann fallen wir eben!« schrie sie.

Es gelang ihm, sie mit einem Arm festzuhalten und mit der anderen Hand sein Pferd zum Stehen zu bringen. »So. Und wenn du jetzt nicht aufhörst zu schreien, lege ich dich übers Knie und verpasse dir eine Tracht Prügel, bei der es zu einem Menschenauflauf kommt.«

Roland hatte leise gesprochen, dicht neben ihrem Ohr, und sie wurde augenblicklich ruhiger. »Dir ist das zuzutrauen, du brutaler Kerl«, sagte sie gefaßter.

Daraufhin kicherte er. »Du hast mir wieder einmal eine fröhliche Jagd eingebrockt, mein kleines Juwel.«

»Du hattest kein Recht, mir nachzujagen«, fauchte sie. »Hast du vergessen, daß du mich freigelassen hast?«

»Ich habe es mir anders überlegt«, sagte er langsam.

Sie war außer sich. »Du unerträglicher Lümmel! So kannst du nicht mit mir umgehen, und das weißt du ganz genau. Du kannst mich nicht nach Lust und Laune freilassen und mich zurückholen! Und überhaupt warst du nie mein Herr. Ich habe dir nie die Lehenstreue geschworen.«

»Ich habe dir die Treue geschworen. Das reicht. Komm jetzt, wir brauchen uns nicht länger zu streiten. Hör auf zu zappeln. Ich habe dich, und du weißt, daß du gegen mich nichts ausrichten kannst.«

Sie verstummte, und Roland ritt weiter, um Brigittes Stute einzufangen. Er hatte Brigitte wieder. Sie war wutentbrannt, und sie war selig. Er war ihr nachgeritten, war ihr den ganzen Weg gefolgt.

»Wohin bringst du mich?« fragte sie ruhig.

»Nach Hause.«

»Nach Berry?« fragte sie schnell.

»Nach Montville. Du bist jetzt dort zu Hause, und so wird es immer sein. Ich habe geschworen, daß du nie nach Berry zurückkehren wirst, und dieses Versprechen hatte ich vergessen, als ich dich freigelassen habe.«

Brigitte erstarrte. »Deshalb bist du mir also gefolgt! Nur deshalb! Ich hasse dich!«

»Brigitte«, knurrte Roland. Er hielt sie fester. »Was willst du von mir hören? Daß ich es nicht ertragen konnte, dich gehen zu lassen? Daß ich mich fühle, als sei ein Teil von mir fort, wenn du nicht in meiner Nähe bist? Ich bin ein Krieger, Brigitte. Ich kenne keine zärtlichen Worte. Erwarte sie nicht von mir.«

»Du hast sie gerade gesagt, Roland«, flüsterte sie leise.

Beide verstummten. Brigitte entspannte sich in Rolands starken Armen. Zufriedenheit durchflutete sie. Sie versuchte nicht, gegen sich selbst anzukämpfen, sondern ließ ihren Gefühlen freien Lauf. Dann fiel ihr plötzlich Wolff ein.

»Warte!« Sie richtete sich so abrupt auf, daß sie mit ihrem Kopf gegen Rolands Kinn stieß. Er fluchte. Sie erklärte ihm, was ihr eingefallen war, und Roland richtete sich nach ihren Wünschen.

Als sie im Kloster eintrafen, war Wolff nicht aufzufinden. Kurz nachdem Brigitte fortgeritten war, war er mit einem Rudel anderer Hunde davongelaufen und noch nicht zurückgekehrt. Sie konnten nichts anderes tun, als seine Rückkehr zu erwarten.

Roland zahlte für ein privates Gemach und erzählte dem Geistlichen schamlos, Brigitte sei seine Frau. Selbst wenn der Geistliche ihm nicht glaubte, ließ der junge Mann sich nichts anmerken. Brigitte fand das gar nicht komisch.

»Sonst erzählst du jedem, daß ich deine Dienerin bin«, sagte sie, sobald sie mit Roland allein war. »Warum nicht dem Geistlichen?«

Er wollte sie packen, doch sie duckte sich unter seinem Arm durch und wich zurück. »Was tust du da eigentlich?«

»Komm schon, *cherie,* du weißt genau, was ich im Sinn habe. Es ist sieben Tage her, seit ich dich in meinen Armen gehalten habe, und das ist zu lange.«

»Du hast mich auf dem Weg hierher im Arm gehalten«, erwiderte sie spitz.

»Verdammt noch mal, du weißt genau, was ich gemeint habe.«

»Verfluchter Kerl, ich bin gar nicht sicher, ob ich mit dir zusammensein will.«

»Du Lügnerin. Du paßt in niemandes Arme so gut wie in meine. Jetzt komm.«

»Roland«, protestierte sie. »Das ist ein geheiligter Ort. Hast du denn kein Schamgefühl?«

»Nicht, wenn es um dich geht.«

Er griff nach ihrer Schulter und drehte sie zu sich um. Ihr Körper schmiegte sich an ihn, und nach wenigen Sekunden hatte sie das Gefühl, als sei ihr Körper ein Teil seines Körpers. Sie sah das Feuer in seinen Augen, ehe sein Mund sich fordernd auf ihre Lippen senkte. Ihre Lippen öffneten sich und kamen seinem zarten Angriff entgegen. Sein warmer Atem war betäubend. Wenn er sie nicht festgehalten hätte, wäre sie auf den Boden gefallen. In seine Arme passen? Sie war ausschließlich für seine Arme geschaffen.

Er gab ihre Lippen frei und hob sie auf seine Arme. Sie versank in einen Traum, einen Traum, in dem seine Augen sie liebten und vor Sehnsucht nach ihr brannten. Doch als sie unter sich das Bett und auf sich Rolands Hände spürte, wußte sie, daß es kein Traum war.

Er entkleidete sie langsam und flocht ihre Zöpfe auf, um seine Finger spielerisch durch ihr Haar gleiten zu lassen. Sie kostete seine prickelnden Berührungen aus und konnte es nicht lassen, ihn bei jeder sich bietenden Gelegenheit zu berühren. Eine Hand, einen Arm, seine Wange. Es war ein Genuß, ihn zu fühlen.

Als auch Roland nackt war, strich Brigitte über die harten Muskeln auf seiner Brust und richtete sich auf, um seine Schultern zu küssen. Dann drängte sie ihn, sich hinzulegen. Sie wollte ihn lieben, ihm zeigen, wie froh sie war, wieder bei ihm zu sein.

Sie beugte sich über ihn, und ihr strohblondes Haar fiel wie eine seidige Liebkosung auf seine Brust. Sie küßte seine Lippen und neckte ihn, küßte ihn zärtlich und ließ dann wieder ihre kleine Zunge spielerisch in seinen Mund eindringen. Sie knabberte an seinem Ohr und fuhr dann mit ihren Lippen und ihrer Zunge über seinen Hals und seine Brust. Während seine Hände ihre Brüste streichelten, spielten ihre Lippen mit seinen Brustwarzen. Sie wollte seinen ganzen Körper küssen, wie er es so oft bei ihr getan hatte, doch als ihre Lippen tiefer glitten, packte Roland sie an den Schultern und zog sie zu sich hinauf.

»Du kleine Hexe«, keuchte er heiser. »Du hast mich bereits in Flammen gesetzt. Noch nie habe ich dich mehr begehrt als jetzt. Noch tiefer, und ich würde meinen Samen zu schnell ergießen.«

»Dann nimm mich jetzt, mein Liebhaber.« Sie grinste. »Nimm mich.«

Er rollte sich auf sie und nahm sie leidenschaftlich und wild, und sie kostete jeden seiner Stöße genüßlich aus. Sie erreichten gemeinsam den Höhepunkt, ein langes, wunderbares Wogen.

Roland löste sich von ihr, rutschte zur Seite und zog Brigitte dicht an sich. Sie kuschelte sich an seine Schulter, schlang ein Bein zwischen seine Beine, und ihre Hand ruhte besitzergreifend auf seiner Brust. Nie war ihr friedlicher zumute gewesen als in dem Moment, in dem der Schlaf über sie hereinbrach, und sie fühlte sich sicher und geborgen. Die Zukunft lag in weiter, weiter Ferne.

34

»Brigitte!«

Die Hand, die auf ihrer Hüfte lag, schüttelte sie sanft, und ein Lächeln trat auf ihr Gesicht, noch ehe sie die Augen öffnete. Roland beugte sich über das Bett und drückte einen zarten Kuß auf ihre Wange. Er war angezogen.

»Du hast eine Stunde geschlafen, mein kleines Juwel. Komm jetzt. Wir können bei Sonnenuntergang schon weit geritten sein.«

Brigitte lachte und streckte sich träge. »Bist du sicher, daß du jetzt losreiten willst?« fragte sie mit einem schelmischen Blick in den Augen.

»Ach, Kleines, führ mich jetzt nicht in Versuchung«, stöhnte er. Er drehte sich um und suchte ihre Kleider zusammen. Sie kicherte, und zur Strafe warf er mit den Kleidern nach ihr. »Dafür wirst du mir heute nacht noch bezahlen, das verspreche ich dir«, knurrte er.

Sie war übermütig und bester Laune. Glücklicher hätte sie nicht sein können.

»Ist Wolff wieder da?« fragte sie, während sie in ihre Kleider schlüpfte.

»Ja.«

Roland setzte sich auf die Bettkante und sah ihr beim Anziehen zu. Dann legte er seine Hand um ihr Handgelenk und zog sie dichter zu sich, bis sie zwischen seinen Beinen stand. Sie war erstaunt und tief gerührt, als er seine Arme um sie schlang und seinen Kopf an ihre Brust drückte. Eine ganze Weile hielt er sie so fest. Sie war tief bewegt und schlang ihre Arme um seinen Kopf, um ihn festzuhalten, denn sie verstand, was er ihr damit sagen wollte.

»Liebst du mich, Brigitte?«

Diese Frage brachte sie fast zum Weinen, denn sie wußte es wirklich nicht. »Mir ist in meinem Leben viel Liebe entgegengebracht worden. Die Liebe meiner Mutter und meines Vaters, die meines Bruders und die Liebe von Dienstboten und Freunden. Aber das, was ich für dich empfinde, ist ganz anders als das, was ich für alle anderen empfunden habe. Ich bin nicht sicher, ob das, was ich empfinde, Liebe ist, Roland. Ich habe nie einen Mann geliebt, und daher kann ich es dir nicht sagen.«

»Auch nicht...« Er brachte es nicht über die Lippen. Er wollte sie nicht an ihren Herrn in Louroux erinnern, der sie geliebt und verwöhnt hatte. Wahrscheinlich war er es auch gewesen, der ihr das saphirbesetzte Kleid geschenkt hatte.

Sie nahm seinen Kopf zwischen ihre Hände und zwang ihn, sie anzusehen. »Auch nicht wen?«

»Ich dachte nur, daß es in Berry jemanden geben muß«, sagte er ausweichend. »Jemanden, den du heiraten wolltest oder mit dem du einen großen Teil deiner Zeit verbracht hast?«

Sie lächelte. »Es hat niemanden gegeben. Und ich kann dir eins sagen, Roland: Ich bin gern mit dir zusammen. Ich war verzweifelt, als du mich abgeschoben hast. Die Vorstellung, daß du dir zu wenig aus mir machst, um dich an unsere Abmachungen zu halten, hat mich völlig fertiggemacht. Sagst du mir jetzt, warum du mich belogen hast?«

»Ich hatte Angst, daß jemand kommen und dich mir wegnehmen würde«, sagte er schlicht, ohne sie aus den Augen zu lassen. Sie drückte ihn dichter an sich.

»Willst du immer noch, daß ich jemanden nach Berry schicke?« flüsterte er.

»Nein«, entgegnete sie flüsternd. »Jetzt nicht mehr.« Sie wollte gar nicht mehr daran denken.

Er preßte sie noch einmal an sich. Dann ließ er sie los und gab ihr einen Klaps auf den Hintern. »Zieh dich endlich an, Dirne.«

Er griff wieder auf seine rauhe Art zurück, denn die zärtlichen Gefühle, die sie in ihm hervorrief, machten ihn hilflos. Er brauchte sie weit mehr, als daß es mit der Vereinigung ihrer Körper getan wäre. Und wenn sie ihn nicht liebte – liebte denn er sie? Er hatte nie Liebe gekannt, keine Form von Liebe. Er wußte nichts über die Liebe, aber er wußte, daß er von Brigitte geliebt werden wollte. Vielleicht würde sie sich eines Tages sicher sein und es ihm sagen. Im Moment reichte das Wissen, daß sie glücklich war, daß nichts Bedrohliches aus Berry zu erwarten war und daß sie ihn nicht noch einmal verlassen würde.

»Das Kleid ist zu dünn für den Ritt«, unterbrach sie seine Überlegungen. »Ich sehe, daß du dich umgezogen hast.« Sie hatte das braune wollene Hemd bemerkt, das er unter seinem schwarzen Umhang trug.

Er sah an sich herunter. »Ich habe mich nicht umgezogen,

cherie. Ich habe nichts anderes zum Anziehen mitgenommen. Dazu war keine Zeit.«

»Roland, du lügst mir frech ins Gesicht«, sagte Brigitte überrascht.

»Ich lüge?«

»Du sagst, daß du nichts anderes zum Anziehen mitgenommen hast. Ich habe dich heute morgen im Palast gesehen, und du hast ein juwelenbesetztes Hemd getragen.«

Roland lachte. »Du irrst dich. Ich bin gerade erst in Angers eingetroffen, als ich dir begegnet bin.«

»Aber ich sage dir doch, daß ich gesehen habe, wie du dich mit dem Grafen unterhalten hast«, beharrte sie.

»Nein, das hast du nicht«, erwiderte er mit fester Stimme. »Jemand muß mir ähnlich gesehen haben.«

»Ich erkenne dich doch, wenn ich dich sehe, Roland«, sagte sie verbittert. »Ich war schockiert, dich dort vorzufinden. Und diese Frau, die sich bei dir eingehängt hatte! Du hast dich mit dem Grafen unterhalten, als wärt ihr alte Freunde. Du hast mir erzählt, daß du niemanden in Angers kennst.«

»Ich habe dich nicht belogen, Brigitte. Ich war nicht im Palast. Ich habe den Grafen von Anjou noch nie gesehen. Das kann ich beschwören.«

Sie runzelte die Stirn und sah ihn bestürzt an. Warum sollte er sie in diesem Punkt belügen? Sie rief sich in Erinnerung zurück, wie er auf sie zugeritten war. In dem Moment hatte sie gewußt, daß er unmöglich aus dieser Richtung kommen konnte, nachdem sie ihn im Palast gesehen hatte, und doch war er dort gewesen. Außerdem konnte sie sich nicht erinnern, das juwelenbesetzte Hemd an ihm gesehen zu haben, als sie zum Kloster geritten waren. Als sie dieses Zimmer betreten hatten, hatte sie keine Augen für Kleider gehabt.

»Das verstehe ich nicht, Roland«, sagte sie langsam. Es war ihr ein Rätsel. »Du warst der Mann, den ich im Palast gesehen habe. Er hatte dein Gesicht... deinen Körperbau. Und er war so groß wie du. Wie viele Männer von deiner Größe kennst du? Sein Haar hatte dieselbe Farbe wie deines.« Sie unterbrach sich und riß entgeistert die Augen auf. »Vielleicht hatte er eine weniger breite Brust? Nein, ich glaube nicht.«

Roland war ebenso verwirrt wie sie. »Wer war der Mann, der mir so rundum gleicht?«

»Es schien ein Edelmann zu sein. Die Frau an seiner Seite war mit edelstem Samt bekleidet und reich mit Juwelen geschmückt.

Der Graf hat sich freundschaftlich mit ihm unterhalten. Ich kann es dir nicht erklären, Roland. Es war weit mehr als eine Ähnlichkeit. Was ich gesehen habe, war das, was du siehst, wenn du in einen Spiegel schaust. Er hätte dein Zwillingsbruder sein können.«

Roland brummte unwillig. »Ausgerechnet Zwillinge. Wenn Luthor zwei Söhne geboren worden wären, dann kannst du dein Leben darauf setzen, daß er beide zu sich nach Hause geholt hätte. Ich würde mir diesen Mann gern selbst ansehen«, sagte er plötzlich. »Zieh deinen Hofstaat an, Brigitte. Wir reiten zum Hof des Grafen.«

35

»Evarard de Martel. Ihr solltet Euch schämen.«

Roland sah belämmert die plumpe Frau an, die ihm einen finsteren Blick zuwarf, ehe sie Brigitte vernichtend ansah und kehrtmachte. Sie hatten gerade den Palast betreten. Der Graf gab einen Empfang in seinen Privatgemächern. Dutzende von Männern und Frauen warteten in dem großen Saal, weil sie hofften, zum Grafen vorgelassen zu werden. Es war schon Nachmittag, und viele würden ein anderes Mal wiederkommen müssen.

»Hat diese Frau mit mir gesprochen?« flüsterte Roland Brigitte zu. Sie hatte sich bei ihm eingehängt und stand dicht neben ihm.

»Allerdings, und gegen mich hat sie einiges gehabt.«

»Sie hat mich Evarard de Martel genannt.«

Brigitte nickte. »Offensichtlich ist ihr derselbe Irrtum unterlaufen wie mir, nur diesmal umgekehrt. Der Mann muß Evarard heißen.«

»Wie sollen wir ihn finden?« fragte Roland, dem in diesem Punkt unwohl zumute war.

Das höfische Leben hatte ihm nie behagt. Im Lauf der Jahre, die er im Dienste des Königs von Frankreich gestanden hatte, hatte er sich dem königlichen Hof mit Vorbedacht ferngehalten.

»Siehst du ihn?« fragte Roland.

Brigitte hatte sich bereits zweimal im Saal umgesehen. »Er ist nicht hier.«

»Ach, Baron Evarard, Ihr seid wieder da. Diesmal auf freier Wildbahn?« Der stattliche Mann, der Brigitte bereits am Vormittag angesprochen hatte, kam auf sie zu. »Seid Ihr Eurer jungen

Braut schon so schnell überdrüssig geworden?« fügte er mit einem gehässigen Zwinkern hinzu, ehe er sich an Brigitte wandte. »Gnädiges Fräulein, habt Ihr Eure Audienz bei dem Grafen bekommen?«

»Nein, ich fürchte, ich bin zu schnell wieder gegangen«, sagte sie ausweichend.

»Es reicht«, sagte Roland unwirsch. Er zog Brigitte von dem redseligen Herrn fort. »Ich weiß jetzt, daß du heute morgen hier warst, aber warum? Du wolltest den Grafen sprechen. Warum?«

»Du hast keinen Grund, dich aufzuregen, Roland«, sagte Brigitte, während sie seine Finger von ihrem Arm löste. Roland hatte fest zugedrückt. »Ich war hier, um eine Eskorte nach Berry zu erbitten. Du hast doch nicht etwa geglaubt, ich hätte vor, den ganzen Weg allein zurückzulegen?«

»Verzeih mir«, seufzte er und strich mit seinen Fingern durch ihr Haar. »Die Sache mit diesem Evarard de Martel hat mich aus der Fassung gebracht.« Dann grinste er. »Ich nehme an, ihm habe ich zu verdanken, daß du dir nicht den Schutz des Grafen gesichert hast, sondern mir wieder in die Arme gelaufen bist?«

»Ich nehme an, du hast recht.«

»Dann suchen wir ihn doch, damit ich mich bei ihm bedanken kann. Warte hier. Ich werde mich erkundigen, wo er wohnt.«

Brigitte hielt seinen Arm fest, als er sich abwandte, um zu gehen. »Das kannst du nicht machen, Roland. Alle werden dich für verrückt halten, weil alle glauben, daß *du* Baron Evarard bist. Überlaß mir das Fragen. Ich finde heraus, wo dieser Mann wohnt und was sich sonst noch über ihn in Erfahrung bringen läßt.«

Roland nickte widerstrebend. Brigitte sprach mit zwei Damen, ehe sie jemanden fand, der den Baron Evarard kannte. Die ältere Dame, eine Cousine des Grafen von Anjou, war äußerst gesprächig.

»Ich hoffe, Ihr habt kein Auge auf den lieben Evarard geworfen, denn er ist frisch verheiratet und sehr in seine Braut verliebt«, sagte sie in vertraulichem Ton. »Ich fürchte, Ihr würdet sehr enttäuscht sein.«

»O nein, gnädige Frau«, versicherte Brigitte ihr. »Ich frage aus reiner Neugier. Der junge Baron sieht einfach unverschämt gut aus. Seine Frau hat wirklich Glück gehabt.«

»Ja, die beiden sind ein nettes Paar«, antwortete die Cousine des Grafen. »Der Graf selbst hat diese Hochzeit arrangiert, um dem Baron Goddard de Cernay einen Gefallen zu tun.«

»Baron Goddard?«

»Evarards Vater. Der Baron ist eng mit meinem Cousin befreundet.«

»Cernay ist recht weit von hier, nicht wahr?« tastete sich Brigitte, die noch nie von Cernay gehört hatte, vor.

»Nicht allzu weit. Gleich am anderen Ufer der Loire und dann ein Stück nach Westen. Cernay liegt in Poitou.«

Brigitte wußte, daß eine alte Römerstraße direkt von Berry nach Poitou an der Westküste führte.

»Aber Baron Evarard lebt doch hier in Anjou, oder nicht?« fragte Brigitte.

»Er lebt in Poitou, in der Nähe seines Vaters, meine Liebe«, sagte die großgewachsene Dame. »Er ist mit seiner Familie hier zu Gast. Die Hochzeit ist hier abgehalten worden, und als die kalte Witterung frühzeitig eingesetzt hat, hat mein Cousin darauf bestanden, daß die ganze Familie den Winter über hierbleibt.«

»Ist es eine große Familie? Hat Baron Evarard Geschwister?«

»Mein Gott, Ihr seid aber wirklich neugierig. Er ist ein Einzelkind. Soweit ich gehört habe, war es eine schwierige Geburt für Baronin Eleonore. Sie ist nie mehr schwanger geworden, die arme Frau. Ich habe selbst sieben Kinder und vierunddreißig Enkel. Und alle bereiten sie mir nur Freude.«

»Ihr könnt Euch glücklich schätzen, gnädige Frau. Ihr habt viel Geduld mit mir gehabt. Meine liebe Mutter hat immer gesagt, ich sei zu neugierig, und das würde mir noch zum Schaden gereichen. Ich danke Euch vielmals.«

Brigitte wandte sich eilig ab, ehe die Frau sie zu ihrer Person ausfragen konnte. Sie ging aus dem Saal, denn sie wußte, daß Roland sie beobachtete. Er folgte ihr, und sie trafen sich im Gang vor dem großen Saal.

»Nun?«

»Er hält sich mit seiner Familie hier im Palast auf. Sie sind bei dem Grafen zu Gast.«

»Seine Familie?«

»Seine Frau und seine Eltern. Sein Vater ist der Baron de Cernay und ein enger Freund des Grafen.«

»Ich habe nie von ihm gehört.«

»Ich auch nicht«, erwiderte Brigitte.

»Und?« fragte Roland ungeduldig. »Ich weiß, daß du diese Frage gestellt hast, Brigitte, also heraus damit.«

»Er ist ein Einzelkind«, gestand sie mit schuldbewußtem Lächeln ein. Er kannte sie zu gut. Er wußte, welchen Verdacht sie geschöpft hatte.

»Ich möchte diesen Mann trotzdem kennenlernen«, sagte Roland.

»Ich auch.« Brigitte grinste keck. »Zu schade, daß er verheiratet ist. Er könnte mehr nach meinem Geschmack sein als du.«

»So, meinst du?« fragte er. Er griff nach ihr.

»Roland«, sagte sie lachend. Sie hielt ihn sich fern und wurde wieder ernster. »Ich werde einen Pagen suchen, der mich zu seinen Gemächern führt. Du folgst mir unauffällig. Paß auf, daß der Page dich wirklich nicht sieht«, warnte sie ihn ernstlich. »Sonst würde er dich für de Martel halten.«

Die Gemächer des Barons de Cernay befanden sich auf der Ostseite des Palastes. Der Page stellte Brigitte keine weiteren Fragen und ließ sie vor einer verschlossenen Tür im Gang stehen. Kurz darauf kam Roland zu ihr.

Brigitte erwartete, daß er klopfen würde, doch er sah nur stirnrunzelnd die geschlossene Tür an, als fürchte er sich vor der Entdeckung, die ihn auf der anderen Seite der Tür erwarten konnte. Sie merkte, daß Roland nicht klopfen würde und daß er eigentlich schon gar nichts mehr wissen wollte.

»Das ist ja absurd«, sagte er mürrisch. »Wir haben hier nichts zu suchen, und es geht nicht an, daß wir diese Leute stören.«

Er wollte wieder gehen, und Brigitte flüsterte: »Es gibt keinen Grund, diese Leute nicht kennenzulernen, Roland.«

»Und was sollen wir ihnen erzählen?« fragte er. »Daß wir neugierig sind?«

»Ich habe den Verdacht, daß wir ihnen gar nichts zu erzählen brauchen«, erwiderte Brigitte leise. Ihr Blick ruhte auf der Tür, als könne sie durch die Tür hindurchsehen.

Sie klopfte an, ehe Roland sie zurückhalten konnte, und anschließend mußte sie dafür sorgen, daß er stehenblieb, bis die Tür geöffnet wurde. Im letzten Moment trat Roland zurück und stapfte durch den Korridor.

»Komm zurück, Roland«, rief Brigitte leise. »Du mußt zurückkommen, weil ich nicht eher gehe.«

Er drehte sich um und sah sie finster an. In dem Moment öffnete sich die Tür. Roland blieb stehen und trat nicht näher. Eine große Frau stand in der Tür und sah Brigitte an, die allein zu sein schien. Die Frau war etwa vierzig Jahre alt und sehr schön. Sie wirkte majestätisch und hatte hellblondes Haar und unglaublich blaue Augen, Augen wie Saphire, Augen wie Rolands Augen.

»Ja, bitte? Was kann ich für Euch tun?« fragte die Frau mit einer angenehm melodischen Stimme.

»Ich möchte Evarard de Martel sprechen, gnädige Frau. Wäre es möglich, ihn einen Moment lang zu sehen?«

»Mein Sohn ist hier, und er wird sich freuen, Euch zu sehen«, erwiderte die Dame freundlich. »Dürfte ich fragen, was Ihr von ihm wollt?«

»Ihr seid die Baronesse de Cernay?«

»Ja, das bin ich.«

»Baronesse, mein Herr, Roland von Montville, würde Euren Sohn gern kennenlernen.« Brigitte drehte sich zu Roland um. »Bitte, Roland«, flehte sie ihn an.

Er trat widerstrebend aus dem Dunkel und schleppte sich vorwärts, als sei er auf dem Weg zu seiner Hinrichtungsstätte. Endlich stand er neben Brigitte. Brigitte nahm seine Hand, um ihn am Fortlaufen zu hindern. Sie war nicht sicher, was sie erwartete.

Die Frau runzelte die Stirn. »Was soll dieser Unfug, Evarard?« fragte die Baronesse streng.

Roland antwortete nicht. Er stand dem Gesicht aus seinem Traum gegenüber, einem Gesicht, das viele Jahre älter war, doch es war dasselbe Gesicht, das ihn seit seiner frühsten Kindheit verfolgte. Er fand keine Worte.

Ein tiefes, klangvolles Lachen drang aus einem der Zimmer hinter der Tür, und dann hörte man die Stimme eines Mannes, der einen anderen im Scherz ausschalt. Die Baronesse erbleichte. Sie trat einen Schritt zurück und schwankte, als fiele sie jeden Moment in Ohnmacht. Roland trat einen Schritt vor, um sie aufzufangen, doch sie schnappte nach Luft und wurde steif. Ihre Augen wurden immer größer, und er rührte sie nicht an. Er konnte seinen Blick ebensowenig von ihrem Gesicht losreißen wie sie den Blick von seinem. Dann streckte sie eine zitternde Hand aus und berührte zart sein Gesicht.

»Raoul.« Das Flüstern entrang sich ihr gemeinsam mit einem Schluchzen. Sie trat noch weiter zurück und schrie: »Goddard! Goddard, komm schnell!« Ein Mann kam eilig durch eine Tür, und als er hinter ihr stand, rief sie mit gebrochener Stimme: »Sag es mir... sag mir, daß es kein Traum ist. Sag mir, daß er es wirklich ist, Goddard!«

Der Mann blieb stehen. Als er Roland sah, wurde sein Gesicht vor Schreck aschfahl. Roland wich zurück und stellte sich neben Brigitte. Es war der Mann aus seinem Traum. Roland war in seinen eigenen Alptraum geraten.

»Raoul!«

Der Mann hatte gesprochen. Roland sah erst Brigitte an, dann den Mann. Seine Bestürztheit verwandelte sich in Zorn.

»Ich bin Roland von Montville«, verkündete er mit Nachdruck. »Ich heiße nicht Raoul!«

Die junge Frau, die Brigitte an jenem Morgen mit Evarard de Martel gesehen hatte, kam in diesem Augenblick hinzu, und als sie Roland sah, blieb ihr die Luft weg. Evarard folgte seiner Frau zur Tür.

»Emma?« fragte Evarard, als er ihren bestürzten Gesichtsausdruck bemerkte. Dann sah er in die Richtung, in die sie schaute, bis sein Blick auf Roland fiel.

»Mein Gott!« brachte Roland unter Mühen hervor. Er ging an dem Baron und der Baronesse vorbei und trat langsam vor Evarard. Er fühlte sich unwiderstehlich zu ihm hingezogen. Er sah in einen Spiegel und fand sich selbst in jeder Einzelheit in einem anderen Mann wieder.

Evarard und er blieben Auge in Auge stehen. Beide waren genau gleich groß. Evarard hob eine Hand und berührte mit einer zarten Geste ungläubig Rolands Wange. Roland stand vollkommen still, und seine Blicke glitten über den anderen.

»Bruder!« rief Evarard aus.

Roland sah ihn gepeinigt an, denn in diesem Schrei war die Wahrheit enthalten. Alle Entsetzen seines Lebens, seines sinnentleerten Lebens, zogen gleichzeitig vor seinen Augen vorüber, und er wandte sich an den Baron und die Baronesse.

»Mußtet Ihr mich weggeben?« flüsterte er gequält. »Waren zwei Söhne zuviel? Hattet Ihr einen Grund, mich nicht zu mögen?«

»Mein Gott, Raoul, du irrst dich!« rief Goddard entsetzt aus. »Man hat dich uns genommen – gestohlen!«

Roland funkelte ihn erbost und ungläubig an und rannte zur Tür.

Brigitte, die wußte, daß er gehen würde, ohne sich anzuhören, was diese Menschen zu sagen hatten, schloß eilig die Tür, lehnte sich daran und verstellte ihm den Weg, doch Roland zerrte sie am Handgelenk zur Seite, riß die Tür auf und zog sie aus dem Raum und durch den Korridor. Sie versuchte, ihn aufzuhalten, und sie schrie: »Du kannst nicht einfach gehen, Roland.«

In seinen Augen stand unendlicher Schmerz, und als er sie ansah, merkte sie, wie aufgewühlt er war. Dann preßte er sie an sich, und sie spürte, daß er von Kopf bis Fuß zitterte.

»Ich darf ihnen nicht glauben, Brigitte. Ich müßte Luthor umbringen!«

»Nein, Roland! Nein. Du mußt bedenken, daß Luthor seine Gründe hatte. Ein Mann, der sich so verzweifelt einen Sohn wünscht, daß er auch vor einem Diebstahl...«

»Mein Leben mit ihm war die Hölle!«

Evarard war ihnen nachgelaufen, doch er blieb stehen und sah, wie sich die beiden aneinanderklammerten, und er hörte, was sie redeten.

»Du mußt wieder zurückgehen, Roland«, sagte Brigitte mit fester Stimme. »Du kannst nicht leugnen, was vorgefallen ist. Und dein Bruder, Roland – bist du denn gar nicht neugierig auf ihn? Willst du ihn nicht kennenlernen?«

Sie wischte mit ihrem Umhang über seine Augen und wunderte sich darüber, daß er weinen konnte.

»Ach, *cherie.*« Roland küßte sie zärtlich. »Was täte ich bloß, wenn du nicht da wärst und mich wieder zur Vernunft bringen würdest?«

»Dann würdest du dich mit mir duellieren müssen«, mischte sich Evarard schließlich ein. »Ich lasse dich nämlich nicht gehen.«

Roland wandte sich seinem Bruder zu. Plötzlich grinste er, als sein Blick auf Evarards schmale Gestalt und seine höfische Kleidung fiel. »Das würde dir gewisse Schwierigkeiten machen... Bruder. Ich sehe, daß du kein Krieger bist.«

»Und ich sehe, daß du einer bist«, gab Evarard mit ebenso breitem Grinsen zurück.

Dann sahen die beiden Männer einander stumm an. Brigitte schüttelte den Kopf. Roland brauchte einen Schubs.

»Jetzt geh schon, verdammt noch mal.« Sie stieß ihn vorwärts. »Begrüße deinen Bruder, wie es sich gehört. Er hat sich von deiner bösen Miene einschüchtern lassen. Sonst hätte er dich längst begrüßt, wie es sich ziemt.«

Roland ging langsam und zögernd auf seinen Bruder zu. Dann schlang er seine Arme um Evarards Hals und drückte ihn heftig an sich. Evarard lachte, und Brigitte weinte.

Als die drei jungen Leute wieder in den Raum traten, lag Eleonore weinend in Goddards Armen. Er schüttelte sie sachte an den Schultern, um ihr zu sagen, daß Roland wiedergekommen war, und als sie ihn sah, weinte sie nur um so heftiger. Sie kam auf den Sohn zu, den man ihr all diese Jahre lang vorenthalten hatte. Eleonore nahm Rolands Gesicht zwischen ihre Hände, und in ihren Augen schimmerten Tränen. Roland wurde plötzlich kalt, dann wurde ihm wieder warm. Er bekam kaum noch Luft, doch er wandte seinen Blick nicht von ihr ab. Das war seine Mutter, seine leibliche Mutter. Aus seinem tiefsten Innern stieg ein Stöhnen auf, und er zog sie in seine Arme und vergrub sein Gesicht in ihrem Nacken und murmelte Dinge, die nur für ihre Ohren bestimmt waren.

»Mein Raoul!« flüsterte sie, während sie ihn an sich drückte. »Als du durch diese Tür gegangen bist, dachte ich, ich hätte dich ein zweites Mal verloren. Ich hätte es nicht ertragen, dich wieder zu verlieren. Aber du bist zurückgekommen, mein Junge, du bist zu mir zurückgekommen.«

Roland weinte. Seine Mutter. Wie sehr er diese Mutter gebraucht hatte, als er klein war. Wie sehr er sich nach ihr gesehnt hatte, und jetzt strömte sie im Überfluß diese Liebe aus, die er sich immer so vergeblich gewünscht hatte.

Goddard trat näher und umarmte wortlos seinen Sohn. Roland war zurückhaltender. Eine Mutter und ein Bruder waren etwas vollkommen Neues, doch einen Vater hatte er bereits. Dennoch war Luthor nicht sein Vater, und er war ihm auch nie wirklich wie ein Vater vorgekommen.

Endlich erwiderte Roland doch die Umarmung seines Vaters, und plötzlich lachte er und zog Brigitte an sich. »Ist dir eigentlich klar, *cherie*, daß ich somit kein illegitimes Kind mehr bin? Ich bin kein Bastard!«

Sie sah fröhlich in sein strahlendes Gesicht.

»Oh, Raoul«, keuchte Eleonore. »Hast du das etwa geglaubt?«

»Es ist mir so erzählt worden, gnädige Frau. Von dem Mann, der behauptet, mein Vater zu sein.«

»Wer ist der Mann, der dich uns weggenommen hat?« fragte Goddard Roland.

»Luthor von Montville.«

»Das wird er teuer bezahlen!« sagte Evarard wütend.

»Darum werde ich mich kümmern, Bruder«, erwiderte Roland unterkühlt. Dann fügte er freundlicher hinzu: »Aber ich will nicht mit ihm reden. Seid ihr Franzosen?« Als Goddard nickte, kicherte Roland. »Dann bin ich also Franzose. Ha!« Er zwinkerte Brigitte zu. »Du kannst mich nicht mehr als Normannen beschimpfen, wenn du mich beleidigen willst.«

»Roland!« rief sie verlegen aus.

»Du bist in der Normandie aufgewachsen?« fragte Goddard jetzt. »Hat er dich dorthin gebracht?«

»Ja.«

»Kein Wunder, daß wir dich nicht gefunden haben. Wir haben ganz Anjou und die angrenzenden Bezirke abgesucht, aber wir wären nie auf die Idee gekommen, in einer so entlegenen Gegend wie der Normandie nach dir zu suchen.«

»Was hat dich nach Angers geführt?« fragte Evarard.

»Meine Jagd nach der Kleinen«, sagte Roland. Er zog Brigitte an sich und kicherte. »Ich muß mich bei dir dafür bedanken, daß ich sie gefunden habe, und ich muß ihr dafür danken, daß ich dich gefunden habe. Sie hat dich heute morgen gesehen, als sie den Grafen sprechen wollte. Doch sie hat dich für mich gehalten und ist aus dem Palast geflohen. Wenn sie nicht fortgelaufen wäre, hätte ich sie nie gefunden.«

Als ihn alle Anwesenden bestürzt ansahen, sagte er: »Das ist eine sehr lange Geschichte, die wir uns für ein anderes Mal aufheben sollten.

Erzählt mir, was damals vor vielen Jahren passiert ist«, sagte Roland dann zu seinen Eltern. »Wie ist es Luthor gelungen, mich euch wegzunehmen?«

Eleonore antwortete. »Wir waren hier in Angers, um das Erntedankfest zu feiern. Der Graf hatte in jenem Jahr eine so prächtige Ernte, daß er ein großes Fest veranstaltet hat, zu dem alle Edelmänner des ganzen Landes geladen waren. Wir hatten dich und Evarard in den großen Saal mitgenommen – ich fürchte, um mit euch zu prahlen. Wir waren so stolz auf unsere Zwillinge. Ihr wart damals noch ganz klein, Wickelkinder, und ihr wart so süß.« Roland errötete, doch Evarard, der es gewohnt war, von seiner Mutter mit solchen Ausdrücken bedacht zu werden, lachte. »Am späten Abend hat meine Kammerzofe euch in das Zimmer, in dem wir jetzt sind, zurückgebracht. Und seit da an haben wir nichts mehr von dir gesehen, Raoul.«

»Roland, mein Liebling«, verbesserte Goddard sie freundlich. »Er hat fast sein ganzes Leben lang Roland geheißen. Wir werden uns von dem Namen trennen müssen, den wir ihm bei seiner Geburt gegeben haben.«

»Für mich wird er immer Raoul bleiben.« Eleonore schüttelte hartnäckig den Kopf.

»Deine Mutter ist eine sentimentale Frau, Raoul«, erklärte Goddard. »Uns beiden ist das Herz gebrochen, als wir in unsere Zimmer kamen und das Mädchen bewußtlos war und Evarard allein im Bett lag. Du warst fort. Ich hatte Feinde. Welcher Mann hat keine Feinde? Ich fürchtete, einer meiner Feinde hätte dich gestohlen, und ich fürchtete, du seist tot. Aber deine Mutter hat nie die Hoffnung aufgegeben. In all diesen Jahren hat sie nie die Hoffnung aufgegeben.«

»War dieser Mann, dieser Luthor, gut zu dir?« fragte Eleonore vorsichtig.

»Gut?« Roland runzelte die Stirn und sah nachdenklich vor sich hin. Es gab Dinge, die er diesen Menschen niemals erzählen würde. Wer konnte schon verstehen, wie hart sein Leben wirklich gewesen war? Wie sollte er ihnen sein Leben erklären?

»Luthor ist ein Krieger, und er ist hart geworden«, setzte Roland an. »In der Normandie wird er hoch geschätzt. Edelmänner warten Jahre, um ihre Söhne bei ihm ausbilden zu lassen. Meine eigene Ausbildung hat begonnen, sobald ich ein Schwert halten konnte. Luthor hat sich besondere Mühe mit mir gegeben. Er war ... ein harter Lehrmeister. Er hat mich nicht nur die Kunst der Kriegführung gelehrt, sondern auch die Strategien. Er hat mich dazu gebracht, Perfektion anzustreben.« Roland grinste, um seine Worte abzuschwächen. »Von früher Jugend an bin ich darauf vorbereitet worden, Montville eines Tages zu übernehmen und es auch gegen andere halten zu können, denn Montville geht an mich, obwohl Luthor zwei Töchter von seiner Gemahlin hat. Jetzt weiß ich, daß ich nicht blutsverwandt mit Luthor bin, und daher nehme ich an, daß Montville mir nicht zusteht.«

»Das steht natürlich außer Frage, da er Töchter hat«, hob Goddard hervor. »Aber du ...«

Roland unterbrach ihn auf äußerst grobe Art. »Ich könnte Montville auch an mich bringen, wenn es mir rechtmäßig nicht zusteht. Daran besteht kein Zweifel.«

Das sagte seiner Familie mehr über ihn als alles andere. Er war ein Krieger, ein verbitterter Mensch, ein tatkräftiger Mann, der sich nahm, was er wollte. Diese sanftmütigen Menschen würden Schwierigkeiten haben, solche kraftvolle Entschlossenheit zu verstehen.

»Roland macht nicht viele Worte«, sagte Brigitte, um das Schweigen zu brechen. »Er will damit nicht sagen, daß er die Absicht hat, Montville gewaltsam einzunehmen, sondern nur, daß er es könnte, wenn er es wollte.«

Roland sah sie finster an, denn er fand nicht, daß seine Worte einer Erklärung bedurften. Sie kniff ihn freundlich und zog sich damit ein noch finstereres Gesicht zu.

»Du sollst nicht das Gefühl haben, daß du etwas verloren hast, weil du nicht der Sohn dieses Mannes bist«, sagte Goddard. »Ich weiß nichts über Montville, aber du hast ein großes Stück Land in

Poitou, das dir mein Lehnsherr, der Graf von Poitou, bei deiner Geburt geschenkt hat. Evarard hat sich mit derselben Sorgfalt um dein Land gekümmert, die er seinen eigenen Ländereien hat angedeihen lassen. Wie deine Mutter hat auch er nie die Hoffnung aufgegeben, daß du eines Tages zu uns zurückkehren wirst.«

»Tja, Bruder«, sagte Roland grinsend, »bin ich ein reicher Mann?«

Evarard beantwortete ihm diese Frage mit Vergnügen. »Du bist um einiges reicher als ich, denn deine Pacht hat sich im Lauf der Jahre angesammelt, wogegen ich von meinen Pachteinnahmen leben mußte. Ich muß gestehen, daß ich im großen Stil lebe.«

Roland lachte. »Wenn das so ist, dann bestehe ich darauf, daß du die Pachteinnahmen behältst, die sich für meine Ländereien angesammelt haben, denn du hast dir sicher viel Mühe für mich gemacht.«

»Das geht nicht an!« protestierte Evarard überrascht.

»Natürlich geht das«, beharrte Roland. »Ich will nichts, was ich nicht selbst verdient habe. Außerdem wäre ich dankbar, wenn du dich weiterhin um meine Ländereien kümmern würdest, bis ich einen Anspruch auf das Land erhebe.«

»Du willst nicht gleich haben, was dir gehört?«

»Jetzt«, sagte Roland finster, »muß ich erst nach Montville zurückkehren.«

»Ich begleite dich in die Normandie«, bot Evarard an.

Doch Roland schüttelte entschieden den Kopf. »Ich muß mich allein mit Luthor auseinandersetzen. Er wird dich hassen wie Tod und Teufel, Bruder, denn wenn du nicht so aussehen würdest, wie du aussiehst, hätte ich nie etwas über meine Familie erfahren, und ich wäre auch nie dahintergekommen, welche Sünde er begangen hat. In Montville würdest du in Lebensgefahr schweben.«

»Und was ist mit dir?«

»Ich kann es mit Luthor aufnehmen. Ich habe keine Angst vor ihm. Er muß sich im Gegenteil vor mir vorsehen.«

»Roland«, setzte Evarard zögernd an. Er runzelte die Stirn. »Vielleicht wäre es das klügste, diesen Mann nicht wiederzusehen. Könntest du weiterleben, wenn du ihn umgebracht hättest?«

»Ich könnte nicht weiterleben, wenn ich mir nicht anhören würde, was er dazu zu sagen hat«, sagte Roland leise. Seine Stimme war ruhig, doch seine Augen waren hart.

Sie zogen in ein anderes Zimmer um, aßen zum erstenmal seit

dreiundzwanzig Jahren als Familie zusammen zu Abend und redeten die ganze Nacht. Roland hörte sich schweigend die Familienerinnerungen an, und Brigitte fragte sich, ob das Gehörte seinen Kummer darüber, nicht an all dem teilgehabt zu haben, nicht noch verstärkte. Er war gebannt und konnte seinen Blick nicht von diesen Menschen losreißen.

36

»Brigitte, ist dir eigentlich klar, daß ich meine Familie vielleicht nie gefunden hätte, wenn du mir nicht davongelaufen und nach Angers geritten wärst? Jahrelang hat Luthor Einwände erhoben, wenn ich nach Angers reiten wollte, denn er hat gewußt, was ich unter Umständen dort vorfinden würde. Ich habe mich nie gefragt, was er gegen Angers hat. Diesmal ist es ihm mißlungen, mich von Angers fernzuhalten, und zwar deinetwegen.«

Sie standen auf dem Hügel südlich von Montville, von dem aus man die Gegend überblicken konnte. Brigitte sah der bevorstehenden Auseinandersetzung sorgenvoll entgegen, denn Roland war drei Tage lang wortkarg neben ihr hergeritten.

Er grinste sie an. »Jedesmal, wenn du mir davongelaufen bist, ist auch etwas Positives dabei herausgekommen.«

»Was war es denn beim erstenmal?«

»Warst du nicht anschließend die meine?«

Sie errötete. »Wirst du dich unter vier Augen mit Luthor unterhalten?« fragte sie, um auf ihre akuten Befürchtungen zurückzukommen.

»Das spielt keine Rolle.«

»Es spielt eine furchtbar große Rolle, Roland. Bitte, du mußt allein mit ihm reden. Niemand in Montville braucht zu erfahren, was vorgefallen ist. Ich weiß, daß du aufgebracht bist, Roland, aber laß sich das nicht in blinder Wut äußern. Luthor hat dich während all dieser Jahre als seinen Sohn angesehen. Dich verbinden Jahre mit Luthor, Jahre, die so schwer wiegen wie Blutsverwandtschaft. Denk daran, wenn du ihm gegenüberstehst.«

Roland antwortete nicht, sondern ritt langsam den Hügel hinunter, und Brigittes Ängste hatten sich keineswegs gelegt.

Als sie eintraten, fanden sie Luthor in der großen Halle. Er sah ihnen mit solcher Wachsamkeit entgegen, daß man glauben konnte, er wisse bereits, was vorgefallen war.

»Du hast sie also wieder einmal mitgebracht«, sagte Luthor fröhlich. Er erhob sich von seinem Stuhl vor dem Feuer.

»Ich habe sie wieder mitgebracht.«

Luthor sah Brigitte an. »Habe ich dir nicht gesagt, daß er sich erweichen läßt, Kleines?«

»Das habt Ihr gesagt, Baron«, antwortete Brigitte leise.

»Du warst eine Woche unterwegs«, sagte Luthor jetzt zu Roland. »Ich nehme an, du hast sie erst in Angers eingeholt?«

»Ja, sie war dort.«

Lange Zeit herrschte Schweigen, und dann stieß Luthor das Seufzen eines gebrochenen Mannes aus. »Du weißt es?«

Roland antwortete nicht. Das war auch nicht nötig. »Ich möchte dich allein sprechen, Luthor«, sagte er. »Reitest du mit mir aus?«

Luthor nickte und folgte Roland aus dem Saal. Während Brigitte den beiden nachsah, war sie von schrecklichem Mitleid mit dem alten Mann erfüllt. Sie hatte gesehen, wie Luthors Schultern zusammengesackt waren, und sie hatte die Resignation bemerkt, die sich auf seinem erschöpften Gesicht ausdrückte.

Roland ritt zügig voraus und stieg auf dem Hügel ab, auf dem er erst vor kurzem mit Brigitte angehalten hatte. Er erinnerte sich an ihre Warnung, doch in ihm stieg eine Wut auf, die darum kämpfte, daß er ihr freien Lauf ließ, die unaussprechliche Wut eines kleinen Jungen, der um Liebe bettelt, die Wut eines kleinen Jungen, der brutal geschlagen, verspottet und gedemütigt wird. Seine Wut erinnerte ihn an all das und machte ihm bewußt, daß nichts von all dem nötig gewesen wäre.

Luthor stieg ab, und als er seinem Sohn gegenüberstand, fragte Roland in einer Mischung aus Wut und gequälter Verzweiflung: »Verdammt noch mal, Luthor! Warum?«

»Ich werde es dir erzählen, Roland«, sagte Luthor leise. »Ich werde dir erzählen, welche Schande es für einen Mann ist, keine Söhne zu haben.«

»Das ist keine Schande«, rief Roland aus.

»Das kannst du nicht wissen, Roland«, sagte Luthor ernst. »Du kannst nicht wissen, wie sehr ich mir einen Sohn gewünscht habe, bis du selbst einen Sohn haben willst. Töchter habe ich – Dutzende von Töchtern, über die ganze Normandie verstreut. Aber nicht einen Sohn, nicht einen einzigen! Ich bin ein alter Mann, fast sechzig Jahre alt. Ich habe mir inbrünstig einen Sohn gewünscht, der meine Ländereien übernehmen kann. Ich hätte Hedda fast umgebracht, als sie mir schon zum zweitenmal eine

Tochter geboren hat. Deshalb hat sie nie mehr Kinder bekommen, und das ist auch der Grund, aus dem sie dich so sehr gehaßt hat.«

»Aber warum mußte es ausgerechnet ich sein, Luthor? Warum nicht ein beliebiger Bauernsohn – ein Kind, das dankbar für das wäre, was du ihm geben konntest?«

»Bist du mir denn nicht dankbar? Ich habe aus dir einen Mann gemacht, den man nicht unterschätzen darf, einen großen Krieger. Dafür bist du nicht dankbar?«

»Du hast mich hierhergebracht und mich von dieser alten Hexe großziehen lassen, mich unter ihr leiden lassen. Du hast mich von einer liebenden Mutter fortgeholt... und mir dafür Hedda gegeben!«

»Ich habe einen starken Mann aus dir gemacht, Roland.«

»Mein Bruder ist stark, obwohl er von liebenden Eltern aufgezogen worden ist. Du hast mir alles vorenthalten, Luthor!«

»Ich habe dich geliebt.«

»Du weißt nicht, was Liebe ist!«

»Du irrst dich«, erwiderte Luthor, nachdem er einen Moment lang schockiert geschwiegen hatte. In seinen Augen stand Schmerz. »Ich weiß nur nicht, wie man anderen seine Liebe zeigt. Trotzdem liebe ich dich, Roland. Ich habe dich geliebt wie einen eigenen Sohn. Ich habe dich zu meinem Sohn gemacht.«

Roland unterdrückte unter Mühen sein Mitleid und fragte barsch: »Aber warum ausgerechnet mich?«

»Sie hatten zwei Söhne, zwei Söhne, die beide zur selben Zeit geboren waren, und ich hatte keinen. Ich war mit Herzog Richard in Angers. Als ich den Baron und seine Frau mit ihren Zwillingen gesehen habe, hat mich diese Ungerechtigkeit überwältigt. Ich hatte nicht vor, dich einfach mitzunehmen. Ich war sehr impulsiv, und plötzlich kam mir eine Idee. Ich habe keine Gewissensbisse gehabt, Roland. Ich kann nicht von Reue sprechen. Die beiden hatten Zwillinge. Wenn ein Sohn fort war, würden sie immer noch einen Sohn haben. Sie würden einen Sohn haben, und ich würde einen Sohn haben. Ich bin zwei Tage und Nächte durchgeritten und habe mein Pferd beinahe umgebracht, um dich so schnell wie möglich hierherzubringen. Du warst mein Sohn.«

»Mein Gott!« schrie Roland zum Himmel gewandt. »Du hattest nicht das Recht, das zu tun, Luthor.«

»Das weiß ich. Ich habe grundlegend in dein Leben eingegriffen, aber ich sage dir eins: Ich werde dich nicht um Vergebung bitten, denn wenn ich es noch einmal tun müßte, würde ich das gleiche wieder tun. Montville braucht dich«, sagte er mit veränderter Stimme. Allmählich richtete er sich wieder ein wenig auf.

»Nach dir wird ein anderer Montville übernehmen, aber dieser andere werde nicht ich sein«, sagte Roland erbittert.

»Nein, Roland, das kann nicht dein Ernst sein. Ich habe fast die Hälfte meines Lebens darauf verwendet, dich auf deine Aufgabe vorzubereiten, hier die Herrschaft zu übernehmen. Du bist nicht blutsverwandt mit mir, aber ich würde Montville niemand anderem als dir anvertrauen.«

»Ich will es nicht haben.«

»Willst du, daß es an Thurston fällt?« fragte Luthor erbost. »Er macht sich nichts aus dem Land und den Leuten und aus den Pferden, die wir beide lieben. Er will nur seinen Besitz vermehren und immer größere Reichtümer anhäufen. Er wird den Zorn des Herzogs Richard mit seinen Kleinkriegen um mehr Land auf sich ziehen, und Montville wird untergehen. Willst du, daß es dazu kommt?«

»Es reicht!«

»Roland...«

»Ich habe gesagt, es reicht!« schrie Roland. Er schwang sich auf sein Pferd. »Ich muß nachdenken, Luthor. Ich weiß nicht, ob ich dich weiterhin ertragen kann, nachdem ich weiß, was ich inzwischen weiß. Ich muß nachdenken.«

Kurz darauf trat Roland in sein Zimmer. Die Wärme, die ihm entgegenströmte, wirkte wie ein Balsam auf seinen Zorn. Noch nie hatte dieses Zimmer Wärme ausgestrahlt, doch wenn Brigitte dort war...

Sie musterte ihn gespannt und besorgt. Roland ließ die Schultern hängen und fiel seufzend auf einen Stuhl. Er wich Brigittes forschendem Blick aus.

»Ich weiß es nicht, Brigitte«, sagte er leise. »Ich kann ihm nicht verzeihen, aber ich bin nicht sicher, was ich tun soll.«

»Habt ihr euch geschlagen?«

»Nur mit Worten.«

»Und welchen Grund hat er genannt?«

»Wie du schon vermutet hast, wollte er unbedingt einen Sohn haben.« Roland legte seinen Kopf in Brigittes Hände. Dann sah er zu ihr auf. »Bei Gott, ich wünschte, er hätte sich nicht mich ausgesucht!«

Auf seinen gequälten Aufschrei hin sank Brigitte vor Roland auf die Knie und zog ihn in ihre Arme. Sie sagte kein Wort.

Roland strich zärtlich über ihr Haar. Er war bewegt. »Ach, mein kleines Juwel. Was täte ich ohne dich?«

37

Durch die dicht vorgezogenen Felle vor den Fenstern drang ein schwacher Lichtschein. Es dämmerte, als Brigitte von Rolands Schritten erwachte. Eine einzige Flamme in einer Ölschale warf dunkle Schatten durch den Raum. Der Talgdocht war fast heruntergebrannt.

Brigitte stützte sich auf einen Ellbogen, und ihr Haar fiel als goldene Woge über ihre Schultern. »Kannst du nicht schlafen?«

Er fuhr überrascht zusammen. »Nein, ich habe gar nicht geschlafen.« Er ging unbeirrt im Zimmer auf und ab.

»Ist es denn so schwierig, Roland? Kann ich dir helfen?«

Roland setzte sich mit dem Rücken zu Brigitte auf die Bettkante. »Ich muß die Entscheidung selbst treffen. Es geht um Montville, nicht um Luthor. Er will nach wie vor, daß ich es übernehme.«

»Was hast du daran auszusetzen? Hast du nicht schon immer gewußt, daß du eines Tages Montville besitzen würdest!«

»Als ich vor sechs Jahren von hier fortgegangen bin, habe ich Montville aufgegeben. Ich hatte vor, nie mehr zurückzukehren. Und jetzt habe ich Montville wieder aufgegeben.«

»Du bist nach Hause gekommen, als du gebraucht wurdest. Du wirst nach wie vor gebraucht. Montville ist noch bedroht. Das macht dir Sorgen. Du kannst nämlich nicht einfach weggehen, solange du weißt, daß du hier gebraucht wirst.«

»Ich könnte beschwören, daß du eine Hexe bist«, sagte Roland. Er sah Brigitte über seine Schulter an.

»Du kannst Montville nicht von Luthor loslösen, Roland. Darin liegt das Problem. Aber das sind zwei getrennte Dinge. Montville wird immer eine starke Hand brauchen.«

Er streckte sich neben ihr auf dem Bett aus. »Aber noch ist Luthor hier. Wenn ich in einem Moment gehe, in dem ich weiß, daß ein Krieg auf Montville zukommt, gebe ich jedes Recht auf, einen Anspruch auf Montville erheben zu können. Aber wenn ich bleibe, muß ich gemeinsam mit Luthor bleiben. Ich bin nicht sicher, ob das geht. Ich wollte ihn töten, Brigitte. Ich wollte ihn zu einer letzten Kraftprobe herausfordern – einem Kampf auf Leben und Tod. Ich weiß nicht, was mich zurückgehalten hat – vielleicht du und das, was du mir gesagt hast. Aber wenn ich bleibe, kann es dazu kommen, daß ich ihn zum Duell fordere.«

»Wer kann sagen, was kommen wird und was nicht?« Brigitte hatte leise gesprochen und ihren Kopf auf seine Brust gelegt. »Du kannst warten, bis die Zeit deine Probleme löst, Roland. Du kannst bleiben und abwarten, was geschieht. Wenn du an den Punkt kommst, an dem deine Erbitterung alles andere überwiegt und du nur noch die Wahl hast, Luthor zu töten oder zu gehen – dann geh. Laß bis dahin alles ruhen. Zügele deinen Groll, und bleib hier. Ist das nicht ohnehin das, was du willst?«

Roland bog ihr Gesicht zu sich und berührte zart ihre Lippen mit seinem Mund. »Wie ich schon sagte – du bist eine Hexe.«

Stunden später, als Brigitte und Roland unten im Saal saßen, kam ein Ritter ins Haus gestürzt. Er eilte auf Luthor zu, um ihm die Nachricht zu überbringen, daß ein Heer im Anmarsch war. »Thurston von Mezidon hat das Ende des Winters nicht abgewartet. Er kommt jetzt schon!«

Roland und Luthor standen beide auf und sahen einander an. »Was denkt er sich bloß dabei?« fragte Roland aufgebracht. »Er weiß, daß wir gegen eine Belagerung gewappnet sind. Sein Heer wird erfrieren.«

»Ist er vielleicht sicher, daß er uns aus der Festung hinauslokken kann?« schlug Gui vor.

»Vielleicht ist er zuversichtlich, daß er einen Weg in die Festung findet«, sagte Luthor finster. Er sah seine Tochter Ilse an, die die Augen auf ihren Schoß senkte. »Wohin ist Geoffrey, dein Mann, wirklich gegangen, als er uns vor drei Tagen verlassen hat? Ist er zu Thurston gegangen?«

»Nein!« Ilse wurde angesichts der Beschuldigung ihres Vaters aschfahl. »Geoffrey ist nach Rouen geritten, um seine Familie zu besuchen, und genau das hat er dir gesagt!«

»Wenn ich ihn gemeinsam mit Thurston vor den Mauern sehe, bringe ich dich um, Frau, das schwöre ich dir. Ob Tochter oder nicht – niemand verrät Montville und bleibt am Leben.«

Bei den herzlosen Worten ihres Vaters brach Ilse in Tränen aus und rannte aus dem Saal. Die Dorfbewohner waren gewarnt worden und stürmten in den Burghof. Die Tore wurden geschlossen, die Mauern bemannt.

Roland wandte sich an Luthor. »Wenn wir sehen, wie Thurston vorgeht, wissen wir, was mit Geoffrey los ist. Wie nah ist das Heer?« fragte er den Ritter.

»Ein Teil – wahrscheinlich die Hälfte des Heeres – ist gerade auf dem Hügel im Süden gesichtet worden. Der andere Teil der Truppen ist noch nicht in Sicht.«

»Das wird nicht lange dauern«, sagte Roland unheilverkündend. »Zweifellos legt Thurston es auf einen großen Auftritt an. Er will uns umzingeln. Los, auf die Mauern.«

Sie rannten hinaus. Roland befahl Brigitte, dortzubleiben und den Raum unter keinen Umständen zu verlassen. »Ich halte dich auf dem laufenden, sobald ich Gelegenheit dazu habe.«

Sie sah ihm nach und spürte, wie sich ihre Brust zusammenzog. Wie schnell sich sein Problem gelöst hatte. Luthor und er hatten an diesem Vormittag nicht miteinander gesprochen. Das eisige Schweigen zwischen den beiden hatte geflüsterte Äußerungen hervorgerufen. Doch jetzt war Montville bedroht, und augenblicklich taten sich die beiden zusammen.

Von seinem Standort auf dem höchsten Punkt der Mauer konnte Roland die schneebedeckten Hügel überblicken. Luthor, Gui und Robert standen neben ihm. Niemand konnte auch nur eine Seele sehen, die sich dort draußen bewegte, weder im Norden, noch im Westen und auch nicht im Süden.

»Er ist verrückt geworden«, sagte Roland zuversichtlich. »Seht euch nur diesen Schnee an. Nach dem letzten Sturm ist der Schnee einen Meter hoch liegengeblieben. Er muß verrückt sein.«

»Oder besonders geschickt«, sagte Luthor. »Ich kann mir beim besten Willen nicht denken, was er vorhat. Ich wüßte nicht, wodurch er sich im Moment einen Sieg erhofft.«

Roland runzelte die Stirn. »Wie groß war das Heer?«

Robert holte den Ritter hinzu, der auf seinem Rundgang das Heer bemerkt hatte.

»Ich habe mehr als hundert Reiter gezählt, und mindestens die Hälfte davon waren Ritter«, antwortete der Mann. »Zwei Wagen waren auch dabei.«

Roland war verblüfft. »Woher, zum Teufel, sollte er so viele Pferde haben?«

»Zweifellos hat er sie gestohlen«, schlug Gui vor. »Vermutlich den Bretonen, die er überfallen hat.«

»Gleichzeitig ist das nur die Hälfte seiner Truppen, wenn nicht gar weniger, soweit wir bisher wissen«, hob Robert hervor.

»Wieviel Fußvolk?« fragte Roland.

»Kein Fußvolk.«

»Gar keins?«

»Genau«, sagte der Ritter nüchtern.

»Aber so viele Reiter! Wir haben nicht halb so viele Männer, die das Reiten gelernt haben«, rief Luthor.

»Das weiß Thurston. Vielleicht ist das der Vorteil, den er sich ausrechnet.«

»Seht euch das an!« Gui starrte auf die Hügelkuppe.

Ein einzelner Reiter kam in Sicht, hielt sein Pferd an und sah sich Montville von oben an. Selbst auf die große Entfernung hin konnte man sehen, daß es sich um einen Ritter in voller Rüstung handelte.

»Ist das Thurston?« fragte Gui.

»Ich bin nicht sicher«, erwiderte Luthor. »Roland?«

Roland kniff die Augen zusammen, um besser sehen zu können. »Er ist zu weit weg.«

Schließlich tauchte ein anderer Reiter neben dem Ritter auf, und dann kamen viele Ritter zu Pferde hinzu, bis sich eine langgezogene Kette von Berittenen über den südlichen Hügel zog. Das war noch längst nicht Thurstons gesamtes Heer. Dennoch waren diese Reiter ein schrecklicher Anblick. Es handelte sich fast ausschließlich um Ritter, und ein Ritter zählte soviel wie zehn Mann Fußvolk.

»Jetzt wird sich herausstellen, was er vorhat«, sagte Luthor mit ruhiger Stimme, als der erste Ritter auf Montville zuritt.

Er kam allein, und Roland sah ihm gespannt entgegen, denn Thurstons Kühnheit überraschte ihn. Was erwartete er sich davon, allein zu kommen? Ein einziger Pfeil würde ausreichen, um seinem Angriff ein Ende zu setzen.

Als der Ritter näher kam, runzelte Roland die Stirn. Es war nicht Thurston.

Der Ritter war jetzt direkt unter ihnen angelangt. Er sah an den hohen Mauern von Montville herauf, und Roland konnte sein Gesicht deutlich erkennen. Er schnappte nach Luft. Das durfte nicht wahr sein. Doch es war so.

»Verdammter Mist!« knurrte Roland.

»Was hat das zu bedeuten, Roland?« fragte Luthor.

»Den hat der Teufel geschickt, um mich zu schikanieren!« krächzte Roland.

»Würdest du dich bitte verständlicher ausdrücken?«

»Das da draußen ist nicht Thurstons Heer, Luthor. Montville wird es erst später mit Thurston aufnehmen müssen. Dieses Heer von Rittern kommt aus Berry!«

»Roland von Montville! Werdet Ihr Euch hinauswagen und Euch mir stellen?« rief der Ritter von unten herauf.

Roland holte tief Atem, ehe er von der Brustwehr hinunterrief: »Ich komme!«

Luthor hielt ihn am Arm fest. »Wer, zum Teufel, ist das?«

»Das ist der Baron de Louroux, der Mann, der mir in Arles das Leben gerettet hat, der Mann, der mich mit der Nachricht nach Louroux geschickt hat, die mich auf dem Weg hierher aufgehalten hat.«

»Louroux? Das Mädchen kommt aus Louroux!«

»Du hast mich richtig verstanden. Das ist der Grund, aus dem er hier ist.« Roland hätte gelacht, wenn er nicht so wütend gewesen wäre. »Ist das noch zu fassen? Mitten im Winter kommt er mit einem ganzen Heer durch Frankreich gezogen, um eine Dienerin zu holen! Eine Dienerin!«

»Dann ist sie vielleicht doch keine Dienerin«, wagte sich Luthor murmelnd vor.

»Mich interessiert einen Dreck, was sie ist!« brüllte Roland. »Er kriegt sie nicht.«

»Du willst gegen einen Mann kämpfen, der dir das Leben gerettet hat?«

»Wenn es sein muß, kämpfe ich gegen sein ganzes Heer.«

»Wenn das so ist, brauchst du nicht vor die Mauer zu gehen, Roland«, sagte Luthor schnell. »Sie können das Mädchen nicht holen, wenn wir ihnen die Tore nicht öffnen.«

Luthor wollte Roland Rückendeckung und Hilfe anbieten, obwohl dies nicht seine Schlacht war. Roland entging nicht, was das bedeutete.

»Ich gehe trotzdem zu ihm«, sagte er mit ruhigerer Stimme. »Diese Höflichkeit bin ich ihm schuldig.«

»Nun gut«, willigte Luthor ein. »Aber bei dem ersten Anzeichen dafür, daß es Ärger gibt, wird ein Pfeil sein Herz durchbohren.«

Roland ritt in schnellem Galopp durch das Tor. Quintin hatte sich zurückgezogen und erwartete ihn auf halber Höhe zwischen Montville und seinem Heer. Soviel zu Luthors Pfeil, dachte Roland mit einem Anflug von schwarzem Humor. Er war erbost, geradezu aufgebracht. Die Baronin Druoda hatte ihn belogen. Quintin konnte beim besten Willen nicht wissen, wo er Brigitte finden würde, wenn Druoda es ihm nicht selbst gesagt hatte. Doch sein Zorn entsprang weniger dieser Tatsache als Rolands Eifersucht. Ein anderer Mann wollte Brigitte so sehr, daß er mit einem Heer anrückte, um sie zurückzuholen. Liebte Quintin de Louroux sie immer noch so sehr?

Quintin sah Roland von Montville mit zusammengekniffenen Augen entgegen. Ein heftiger, bitterer Zorn loderte in ihm, ein Zorn, der nicht nachgelassen hatte, seit er vor mehr als zwei Wochen Louroux verlassen hatte. Sein Zorn hatte sich seit da an nur verstärkt.

Druoda hatte alles gestanden. Sie hatte gestanden, daß sie Ränke geschmiedet hatten, um Louroux an sich zu bringen, gestanden, daß sie Brigitte gezwungen hatte, eine Verlobung mit Wilhelm d'Arsnay einzugehen, gestanden, daß sie ein Zusammentreffen zwischen Brigitte und Arnulf verhindert hatte, gestanden, daß sie Brigitte geschlagen hatte.

Roland von Montville hatte Brigitte vergewaltigt. Druoda hatte gesagt, daß dieser Mann sie vergewaltigt hatte, obwohl er wußte, wer sie war. Damit hatte er Druodas Pläne zu Fall gebracht. Druoda hatte gestanden, daß sie in Panik geraten war, als Quintin zurückgekehrt war, und sie hatte gestanden, daß sie versucht hatte, ihn zu vergiften. Sie hatte ihn um Gnade angefleht. Er war insofern gnädig gewesen, als er sie töten wollte und sie statt dessen nur verbannt hatte.

Roland war es, den er jetzt töten wollte, Roland, den er guten Glaubens nach Louroux geschickt hatte, Roland, der in Quintins Schuld stand und zum Lohn Brigitte vergewaltigt und sie aus ihrer Heimat entführt hatte.

Die beiden Streitrösser trafen im offenen Gelände aufeinander, und Rolands Hengst überragte das andere Pferd um fast zwanzig Zentimeter. Ebenso ungleich wie die Pferde waren auch ihre Reiter. Roland hatte verächtlich auf Helm und Schild verzichtet und sich nur sein Schwert an die Hüfte gehängt, wogegen Quintin ihm in voller Rüstung gegenüberstand. Dennoch war Roland der Größere, der Stärkere und vielleicht auch der Geschicktere von beiden.

»Ist sie hier, Normanne?« fragte Quintin.

»Sie ist hier.«

»Dann muß ich Euch töten.«

»Wenn Ihr mich tot sehen wollt, Baron, dann müßt Ihr ein Dutzend Eurer stärksten Männer schicken, die bereit sind, es mit mir aufzunehmen.«

»Eure Überheblichkeit kann mich nicht umstimmen«, erwiderte Quintin. »Ich schicke keine anderen, die an meiner Stelle kämpfen. Ich selbst werde Euch töten, und dann werde ich Baronin Brigitte nach Hause bringen.«

Roland nahm die Wahrheit hin, ohne sich anmerken zu lassen,

daß sich seine schlimmsten Befürchtungen bewahrheitet hatten. Baronin Brigitte. Es stimmte also.

»Brigitte ist jetzt hier zu Hause«, sagte Roland mit ruhiger Stimme. »Ich werde sie zur Frau nehmen.«

Jetzt lachte Quintin hämisch. »Glaubt Ihr, ich würde zulassen, daß sie Euresgleichen heiratet?«

»Wenn Ihr erst tot seid, könnt Ihr nicht mehr viel dagegen ausrichten«, erwiderte Roland.

»Mein Gebieter, der Graf Arnulf, ist in dieser Hinsicht über meine Wünsche unterrichtet. Wenn ich sterbe, wird er sich Brigittes annehmen, und er ist hier, um sich selbst davon zu vergewissern, daß sie nicht hierbleibt.«

»Ihr habt ganz Berry zu ihrer Rettung hierhergebracht, was? Um die Mauern von Montville zu stürmen, braucht Ihr ein größeres Heer als das, was Ihr zusammengetrommelt habt.«

»Wenn es sein muß, wird es dazu kommen. Aber wenn Ihr Euch auch nur das Geringste aus Brigitte machen würdet, würdet Ihr sie gehen lassen. Wir beide werden trotzdem kämpfen, aber sie darf nicht das Gefühl haben, daß sie die Schuld daran trägt, wenn es Tote gibt. Und hier wird es viele Tote geben.«

»Ich gebe Brigitte nicht her«, sagte Roland leise.

»Dann verteidigt Euch«, erwiderte Quintin barsch. Er zog sein Schwert.

Das Klirren von Stahl lockte Männer auf die Mauern von Montville. Brigitte folgte in ihrer Ungeduld den anderen auf die Mauern.

Sofort erkannte sie Roland und sein Streitroß, und ihr Atem stockte. Er holte zu einem rasenden Angriff auf seinen Gegner aus, doch er trug keine Rüstung. Dieser Narr! Wie leicht er dabei sterben konnte!

Sie sah Luthor, der wenige Meter neben ihr stand, und sie ging zu ihm. »Worum kämpfen die beiden?« fragte sie, und die Angst um Roland ließ ihre Frage schroff klingen. »Kommt es nicht zu einem Krieg? Wird alles in dieser Schlacht entschieden?«

Luthor blickte ernst zu ihr herunter. »Du solltest nicht hier oben sein, Kleines.«

»Sagt mir, was hier vorgeht!« Ihre Stimme war schrill. »Was hat das zu bedeuten? Warum kämpft Thurston gegen Roland?«

»Das ist nicht Thurston. Aber wenn du Angst um Roland hast, dann kann ich dich beruhigen. Du brauchst keine Angst um ihn zu haben«, erwiderte Luthor stolz. »Der Franzose macht es ihm leicht.«

»Ein Franzose? Ein französisches Heer?«

Brigitte sah über die Brüstung der Mauer auf das Heer, das auf dem langgezogenen Kamm des Hügels aufgereiht war. Sie sah viele Flaggen, und manche kamen ihr bekannt vor. Dann sah sie Arnulfs Banner und schnappte nach Luft. Er war doch noch zu ihrer Rettung gekommen! Und neben seinem Banner wehte ... o Gott! Sie ließ ihren Blick zu dem Ritter schweifen, der gegen Roland kämpfte, und stieß einen Schrei aus.

Quintin hörte den Schrei. Brigitte hatte seinen Namen gerufen. Was er hörte, war ihr flehentlicher Aufschrei, gerettet zu werden. Auch Roland hörte den Schrei, doch er hörte Freude aus Brigittes Stimme heraus. Dennoch hatte der Schrei auf beide Männer dieselbe Wirkung. Beide wollten jetzt mehr denn je das Blut des anderen sehen.

Quintin wurde vom Pferd geschlagen, und die Männer kämpften auf dem Boden weiter. Schon jetzt wirkten sich die kraftvollen Schläge, die er abwehrte, auf Quintin aus. Er wußte ebenso genau wie alle anderen, daß er sterben würde. Aber er würde nicht sterben, ehe er alles versucht und seine Kraft bis zum letzten verausgabt hatte.

Es war zwecklos. Roland war einfach zu stark und zu gewandt im Umgang mit dem Schwert, und Quintin hatte keine Chance gegen ihn. Selbst ohne Schild trieb er Quintin in die Enge. Roland trieb ihn minutenlang in die Verteidigung, und dann spürte Quintin, daß Rolands Schwert durch die Glieder seines Kettenhemdes drang und sich in seine Schulter stieß.

Dieser Schmerz! Quintin ließ sich auf die Knie fallen. Er tat es gegen seinen Willen. Seine Beine gaben unter ihm nach. Er versuchte, sein Schwert nicht loszulassen, doch er konnte seine Hände nicht besser gebrauchen als seine Beine. Das Schwert fiel ihm aus der Hand, und im selben Augenblick spürte er Rolands Schwert an seiner Kehle.

»Es wäre mir ein leichtes. Ist Euch das klar?« sagte Roland kalt. Er übte gerade so viel Druck auf das Schwert aus, daß ein kleines Rinnsal aus Blutstropfen an Quintins Hals herunterlief.

Quintin verzichtete auf eine Antwort. Seine Schulter schmerzte rasend. Er hatte versagt. Oh, Brigitte!

Das Schwert löste sich schwungvoll von seiner Kehle. »Ich schenke Euch das Leben, Quintin de Louroux«, sagte Roland mit Nachdruck. »Ich schenke es Euch nur, weil ich Euch das schuldig bin. Somit sind wir jetzt quitt. Ich stehe nicht mehr in Eurer Schuld.«

Roland stieg auf und ritt nach Montville zurück, während vier französische Ritter sich von dem Hügel im Süden näherten, um ihren Herrn zu holen. Brigitte. Sie wußte es... sie wußte es! Sie hatte Quintin gesehen. Und sie war eine Dame, Quintins Mündel. Kein Wunder, daß er sie heiraten wollte. Eine Dame, keine Leibeigene. Druoda hatte ihn belogen! Doch sie hatte nicht gelogen, als sie ihm erzählt hatte, was Brigitte und Quintin füreinander empfanden. Soviel war augenscheinlich. Ebenso deutlich wurde Roland bewußt, daß Brigitte niemals freiwillig bei ihm bleiben würde. Roland hatte ihren freudigen Aufschrei gehört, als sie Quintins Namen gerufen hatte, den Namen dessen, den sie liebte.

38

»Was, zum Teufel, hat Brigitte auf der Mauer zu suchen gehabt?« fragte Roland, als Luthor ihm im Stall entgegenkam.

»Sie ist mit den anderen auf die Mauer gerannt, um Zeugin eines großartigen Duells zu werden«, erwiderte Luthor gut gelaunt. »Bei Gott, du hast diesen Franzosen gezeigt, mit wem sie es zu tun haben!«

»Wo ist sie jetzt?« fauchte Roland gereizt.

»Ach, das Mädchen ist doch nicht so stark, wie ich geglaubt habe. Sie ist ohnmächtig umgefallen, als du den französischen Ritter besiegt hast. Ich habe sie in dein Zimmer bringen lassen.«

Roland stürzte aus dem Stall, eilte hastig durch die Halle, sprang in großen Sätzen die Treppe hinauf und riß die Tür zu seinem Zimmer auf.

Brigitte lag bewußtlos auf dem Bett. Der Lärm drang in ihre Bewußtlosigkeit durch, und sie fing an zu stöhnen, doch sie war immer noch nicht voll bei Bewußtsein und ganz in den Aufruhr versunken, der sich in ihrem Innern abspielte.

Roland setzte sich neben sie und strich ihr das Haar aus dem Gesicht. »Brigitte? Brigitte!« sagte er und tätschelte ihre Wange.

Ihre Augen öffneten sich einen Spalt weit und wurden immer größer, als sie auf Roland fielen. Ein Schluchzen entrang sich ihrer Kehle, und sie hämmerte mit ihren Fäusten auf seine Brust ein, bis er ihre Hände festhielt.

»Du hast ihn umgebracht!« schrie Brigitte mit schriller Stimme. *»Du hast ihn umgebracht!«*

Roland kniff erbost die Augen zusammen. »Er ist nicht tot«, sagte er barsch, »er ist verwundet.«

Er beobachtete den Wandel der Empfindungen, die sich auf Brigittes Gesicht jagten. Sie setzte sich auf.

»Ich muß zu ihm gehen.«

Er drückte sie auf das Bett zurück. »Du wirst nicht zu ihm gehen, Brigitte.«

»Ich muß gehen!«

»Nein«, sagte er barsch, und dann: »Ich weiß, wer es ist, Brigitte.«

Diese Äußerung versetzte ihr einen Schock. »Du weißt es? Du weißt es und kämpfst trotzdem gegen ihn? Mein Gott, wie ich dich hasse!« schluchzte sie. »Ich dachte, daß du dir ein wenig aus mir machst. Aber du hast kein Herz. Du bist aus Stein!«

Roland war überrascht, als er merkte, wie tief ihn ihre Worte verletzten. »Ich hatte keine andere Wahl, als mich mit ihm zu duellieren!« sagte er wütend. »Ich lasse nicht zu, daß er dich bekommt! Du kannst ihn nur über meine Leiche heiraten, Brigitte!«

»Ihn heiraten?« rief sie mit gebrochener Stimme. »Meinen Bruder heiraten?«

Roland ließ Brigitte los und sah sie dumm an. »Deinen Bruder?«

»Wie kannst du es wagen, mir etwas vorzumachen? Du weißt, daß Quintin mein Bruder ist! Du hast es selbst gesagt!«

Roland schüttelte benommen den Kopf. »Ich dachte, er sei dein Herr. Quintin de Louroux ist dein Bruder? Warum hast du mir das nicht gesagt?«

Brigitte hörte seine Worte trotz ihres lauten Schluchzens. »Ich dachte, er sei tot, und es hätte mich zu unglücklich gemacht, über ihn zu sprechen.«

»Wer, um Himmels willen, ist Druoda, wenn sie nicht seine Schwester ist? Sie hat mir erzählt, daß er die Absicht hat, dich zu heiraten, und daß sie diese Heirat verhindern will. Sie hat gesagt, sie würde dich vor seiner Rückkehr nach Louroux töten, wenn ich mich nicht einverstanden erkläre, dich mitzunehmen.«

»Lügen, alles Lügen!« schrie Brigitte aufbrausend. »Sie ist Quintins Tante. Ich habe dir immer wieder gesagt, daß sie gelogen hat. Warum hast du mir nicht geglaubt...?« Brigitte war außer Atem. »Vor Quintins Rückkehr nach Louroux?« keuchte sie fassungslos. »Du wußtest, daß er am Leben ist, und du hast es mir nicht gesagt?«

Roland konnte ihr nicht in die Augen sehen. »Ich dachte, daß du ihn liebst und versuchen würdest, wieder zu ihm zu gehen«, setzte er an.

Doch Brigitte war zu aufgebracht um zuzuhören. »Daß ich ihn liebe? Natürlich liebe ich ihn! Er ist mein Bruder. Er ist alles, was mir von meiner Familie noch geblieben ist. Und ich gehe zu ihm – jetzt sofort!«

Sie sprang auf, doch Roland erwischte sie, ehe sie die Tür erreicht hatte. »Das kann ich nicht zulassen, Brigitte. Wenn ich dich jetzt zu ihm gehen lasse, wird er dich davon abhalten, wieder zu mir zu kommen.«

Sie starrte ihn entgeistert an. »Glaubst du denn, daß ich zu dir zurückkommen will? Ich will dein Gesicht nie wiedersehen! Du hast dich mit meinem Bruder duelliert und ihn beinah umgebracht!«

»Du gehst nicht fort, Brigitte«, sagte Roland mit steinerner Entschlossenheit.

»Ich hasse dich, Roland!« zischte sie. »Du kannst mich hier festhalten, aber mich bekommst du nicht. Wenn du mich hier einsperrst, bringe ich mich um!«

Sie brach schluchzend auf dem Fußboden zusammen. Roland blieb stehen und starrte sie hilflos an. Dann verließ er den Raum.

Es war spät am Abend. Das französische Heer hatte sich vor Einbruch der Nacht zurückgezogen, aber nicht weit. Die Rauchwolken vieler Lagerfeuer, die hinter dem Hügel aufstiegen, bezeugten, daß die Franzosen gleich hinter dem Hügel Deckung gesucht hatten. Sie hatten die Absicht zu bleiben.

Roland war den ganzen Tag über nicht mehr in seinem Zimmer gewesen. Er wußte nicht, wie er sich Brigitte gegenüber verhalten sollte. Er überlegte sich, was er ihr sagen sollte, und jedesmal konnte er sich Brigittes Antwort ausmalen. Ihm wurde klar, daß er ihr nicht entgegentreten konnte.

Er hatte sich hartnäckig geweigert, ihr im Lauf dieser vielen Wochen zu glauben, und doch hatte sie von Anfang an nichts anderes als die Wahrheit gesagt. Er hatte eine Tochter aus gutem Hause vergewaltigt. Er hatte sie gezwungen, ihm zu dienen. Er hatte sie ausnehmend schlecht behandelt. All das hatte sie ihm verziehen, aber sie würde ihm nicht verzeihen, daß er sich mit ihrem Bruder duelliert hatte. Das würde sie ihm nie verzeihen und auch nicht, daß er ihr die Nachricht vorenthalten hatte, daß Quintin noch am Leben war. Es war nicht sein Recht, sie hier festzuhalten, aber der Gedanke, sie zu verlieren, war ihm unerträglich. Außerdem würde Quintin einer Heirat zwischen Brigitte und Roland niemals zustimmen.

Vielleicht würde der Franzose sich erweichen lassen, wenn er feststellte, daß er seine Schwester nie wiedersehen würde, falls er seine Einwilligung zu dieser Ehe nicht gab. Brigitte würde sich nicht zu dieser Hochzeit bereit erklären, aber man konnte eine Frau auch ohne ihre Zustimmung heiraten. Dazu war nur die Genehmigung ihres Vormunds erforderlich.

Wenn er ihr sagte, wie leid es ihm tat, daß er ihr Unrecht getan hatte, würde sie ihn vielleicht nicht mehr ganz so sehr hassen. Er mußte sie sofort sehen. Er hielt es nicht mehr aus, sich ihren Haß auszumalen.

Mit einem schwachen Hoffnungsschimmer öffnete Roland die Tür seines Zimmers. Er war etwas zuversichtlicher als im Lauf des Tages. Doch sein Zimmer war leer. Brigittes Habe war noch da, doch sie war verschwunden. Die Durchsuchung des Gutshauses erwies sich als eine Zeitverschwendung. Weder Brigitte noch ihr Hund waren aufzufinden. Was schließlich entdeckt wurde, war, daß der Hintereingang des Hauses von innen geöffnet worden war. Der Riegel war nicht wieder vorgeschoben worden. Auch der geheime Ausgang in der Mauer war unverschlossen.

Roland eilte in den Stall und sattelte sein Pferd. Brigitte mußte die Burg nach Einbruch der Dunkelheit verlassen haben, denn sonst wäre sie in den Feldern nicht unbemerkt geblieben. Vielleicht hatte sie das Lager der Franzosen noch nicht erreicht. Vielleicht, ganz vielleicht, konnte er sie vorher noch abfangen. Darauf mußte er seine Hoffnung setzen.

Sein Herz schlug rasend, als er endlich die Kuppe des Hügels im Süden von Montville erreichte. Auf der anderen Seite des Hügels lagerten keine Truppen mehr, und er sah nichts als freies Weideland und die Überreste zahlreicher Lagerfeuer, die jetzt verglüht waren. Asche wehte über den zertrampelten Schnee.

»Brigitte! Brigitte!« Es war ein leidenschaftlicher, hoffnungsloser Aufschrei, den nur der Wind hörte.

39

Brigitte kuschelte sich im Wagen dicht an ihren Bruder. Sie hatten keine Eile, denn die Ritter aus Berry hätten es gern mit Verfolgern aufgenommen. Sie setzten ihren Weg langsam fort, doch jede Stunde brachte sie weiter von Montville fort.

Brigitte lehnte erschöpft ihren Kopf zurück und sah zu dem sternlosen Nachthimmel auf. Quintin schlief unruhig. Das Fieber wütete in ihm, und er hatte schreckliche Schmerzen. Er stöhnte im Schlaf, und Brigitte konnte ihm nicht helfen. Sie hatte im Gegenteil zu einer Verschlechterung seines Zustands beigetragen, denn sie hatten sich entsetzlich gestritten, fast so schlimm, wie sie sich mit Roland gestritten hatte.

Quintin war nicht bereit gewesen, die Heimreise anzutreten. Er war wild darauf gewesen zu bleiben. Er wollte Montville angreifen, das ummauerte Lehen dem Erdboden gleichmachen. Was er sich am meisten wünschte, war Rolands Kopf. Als sie das gehört hatte, war Brigitte erbleicht. Sie wußte nicht genau, wie es gekommen war, doch plötzlich hatte sie Roland verteidigt.

»Er hat dich am Leben gelassen! Er hat dir das Leben geschenkt, obwohl er dich hätte töten können!« hatte sie geschrien.

Doch Quintins rasende Wut hatte sich nicht besänftigen lassen. Sie hatte sich sogar noch gesteigert. »Für das, was er dir angetan hat, muß er sterben!«

»Aber es ist doch nicht Rolands Schuld, daß es so gekommen ist«, hatte Brigitte beharrlich betont. »Es ist Druodas Schuld.«

»Nein, Brigitte. Der Normanne hat Druoda überredet, dich mit ihm gehen zu lassen.«

Brigitte hatte darüber nachgedacht und dann bitter über die absurde Vorstellung gelacht. »Hat sie dir das erzählt? Ach, Quintin, du weißt immer noch nicht, wie geschickt sie lügt. Roland wollte mich nicht haben. Er war wütend, weil er mich mitnehmen mußte. Vielleicht will er mich jetzt, aber damals wollte er mich nicht. Druoda hat ihm gesagt, daß sie mich umbringt, wenn er mich nicht mitnimmt. Und weil er selbst etwas falsch gemacht hat, hat er sich einverstanden erklärt.«

»Auch *das* ist ein Grund, aus dem er sterben muß!«

»*Das* hat sich gar nicht in Louroux abgespielt«, hatte Brigitte heftig entgegnet.

»Du ... du willst damit sagen, daß er dich gar nicht vergewaltigt hat?«

»Ja. Er war betrunken, und ich war so entsetzt, daß ich nichts gesagt habe. Wir dachten beide, es sei passiert, aber die Wahrheit ist, daß er eingeschlafen ist und ich ohnmächtig geworden bin. Am nächsten Morgen haben wir beide angenommen, es sei dazu gekommen, und Druoda hat das auch vorausgesetzt. Aber das war alles ein Irrtum.«

»Trotzdem hat er dich mitgenommen, obwohl er wußte, daß du meine Schwester bist und daß Druoda nicht das Recht hatte, dich ihm zu überlassen.«

»Ist das schon wieder eine von Druodas Lügen? Roland hat mich für eine Dienerin gehalten. Er hat mir nicht geglaubt, als ich ihm gesagt habe, daß es nicht so ist, weil Druoda ihm eingeredet hat, daß ich eine Dienerin bin. Selbst heute noch, als du gekommen bist, hat er geglaubt, du seist mein Herr. Er hat nicht gewußt, daß ich deine Schwester bin. Er hat Druoda für deine Schwester gehalten.«

»Warum sollte Druoda mich noch belügen, nachdem sie mir alles andere gestanden hat?«

»Kannst du dir das nicht selbst denken?« fragte Brigitte. »Ich kann dir diese Frage leicht beantworten, denn ich kenne sie, weil ich mit ihr zusammengelebt habe. Wenn sie dich in bezug auf Roland belogen hat, dann nur, um ihre eigenen Übeltaten weniger entsetzlich erscheinen zu lassen. Hast du sie getötet?«

»Nein, ich habe sie verbannt.«

»Siehst du? Sie ist davongekommen, aber du bist hierhergekommen, um Roland zu töten. Du willst ihn immer noch umbringen, obwohl er dir das Leben geschenkt hat.

Aber Roland hat gewußt, daß du am Leben bist, und er hat es mir nie gesagt«, sagte Brigitte dann zu sich selbst. »Bis heute habe ich geglaubt, daß du tot bist.«

»Das kannst du nicht zu seiner Verteidigung vorbringen, Brigitte. Schließlich habe ich ihn nach Louroux geschickt, damit er dir sagt, daß ich noch am Leben bin.«

»Er hat es Druoda erzählt, weil er sie für deine Schwester gehalten hat. Er hat getan, was du ihm aufgetragen hast, Quintin.«

»Du erfindest Ausreden für ihn«, hatte Quintin ihr vorgeworfen. »Wie kommst du dazu, ihn zu verteidigen?«

Brigitte hatte die Augen niedergeschlagen, ehe sie leise eingestanden hatte: »Ich war glücklich hier, Quintin. Am Anfang nicht, aber mit der Zeit bin ich glücklich geworden. Ich will ebensowenig, daß du Roland tötest, wie ich will, daß er dich tötet. Und wenn wir nicht von hier fortgehen, wird mit Gewißheit einer von euch beiden sterben. Ich will nach Hause. Hier haben wir nichts mehr zu tun. Es besteht kein Grund, mich zu rächen, denn mir ist kein Unrecht zugestoßen.«

»Willst du damit sagen, daß er dich während der ganzen Zeit nie angerührt hat?« fragte Quintin zweifelnd.

»Das hat er nicht getan«, erwiderte Brigitte mit fester Stimme. Sie hoffte, die Auseinandersetzung mit dieser Lüge beenden zu können.

So kam es auch. Quintin erklärte sich einverstanden, die Heimreise anzutreten. Es wurde kein Wort mehr darüber verloren.

Sie würde Roland nie wiedersehen. Sie würde ihre Gefühle für ihn tief in sich begraben und sich bemühen, durch nichts mehr an ihn erinnert zu werden. Irgendwie würde es ihr gelingen, alles zu vergessen, was sich zwischen ihr und Roland von Montville abgespielt hatte.

40

Die warme Frühlingsluft ließ das Land auftauen und brachte Thurston von Mezidon nach Montville. Das normannische Heer war nicht allzu beeindruckend, nicht mehr, nachdem Montville erst vor Monaten von bedeutend größeren Truppen bedroht gewesen war. Mindestens zweihundert Männer kämpften auf Thurstons Seite, aber darunter waren nicht mehr als ein Dutzend Reiter.

Roland sah verächtlich die Ansammlung von Männern an, die gekommen waren, um ihm Montville wegzunehmen. Die meisten waren käufliche Gesellen, darunter vielleicht einige gute Kämpfer, doch größtenteils Bauern, die versuchten, ihr Los zu verbessern. Loyalität gab es unter diesen Männern nicht. Männer, die sich für Geld anwerben ließen, kämpften nicht bis zum bitteren Ende.

Vier Ritter kamen auf die Tore von Montville zugeritten. Thurston führte sie an. Roland erkannte einen der drei anderen und grinste hämisch. Roger. Er hatte sich seinem Bruder angeschlossen. Vielleicht wollte er die Schlacht nur nutzen, um Gelegenheit zu finden, Roland endlich zu töten. Roger mußte Thurston berichtet haben, wie gut bemannt Montville war, und dennoch war sein Bruder dumm genug, Krieg zu führen. Roland war sicher, daß auch Geoffrey unter den Männern dort unten war.

»Luthor!« krächzte Thurston von unten herauf. »Ich fordere dich auf, um Montville zu kämpfen!«

»Und mit welchem Recht?« fragte Luthor.

»Mit dem geheiligten Recht der Ehe mit deiner ältesten Tochter. Bei deinem Tod fällt Montville an mich. Ich habe keine Lust, so lange zu warten.«

»Du kleiner Kläffer«, rief Luthor mit einem verächtlichen Lächeln. »Du bist hier ohne alle Rechte. Mein Sohn Roland wird Montville bekommen. Du? Niemals!«

»Er ist ein unehelicher Bastard! Du kannst ihn nicht deiner rechtmäßigen Tochter vorziehen!«

»Das kann ich, und das habe ich bereits getan!« rief Luthor von der Mauer herunter. »Ich habe ihn so aufgezogen, daß er meinen Platz einnehmen wird, und so wird es auch sein.«

»Dann fordere ich deinen Bastard heraus!«

Roland hatte diesen Wortwechsel ungeduldig mit angehört. Er war begierig darauf zu kämpfen. Die Verzweiflung, der er sich überlassen hatte, seit Brigitte fortgegangen war, hatte sich in letzter Zeit in unbeherrschten Zorn verwandelt. Das war die Gelegenheit, die er brauchte, um seinem Zorn Luft zu machen.

Doch Luthor hatte andere Pläne. Er packte Rolands Arm und gebot seinem Sohn Schweigen.

»Du und deine Handlanger!« warf Luthor Thurston an den Kopf. »Mein Sohn würde sich nicht dazu herablassen, sich mit deinesgleichen zu messen. Er verschwendet seine Geschicklichkeit nicht an nichtsnutzige Bauern.«

»Feiglinge!« plusterte sich Thurston auf. »Versteckt Euch ruhig hinter Euren Mauern. Mit mir bekommt Ihr es trotzdem zu tun!«

Die Ritter ritten zu ihren Truppen auf dem Feld zurück. Roland sah ihnen nach und wandte sich wütend an Luthor.

»Warum hast du das getan? Ich hätte mit ihm kämpfen und dem Ganzen ein kurzes, schmerzloses Ende bereiten können.«

»Ja, sicher«, sagte Luthor hintersinnig, »das hättest du tun können – in einem fairen Kampf. Benutz deinen Verstand, Roland. Thurston ist schon in seiner frühen Jugend zu mir gekommen, aber er war immer faul und wollte nichts lernen. Er ist der jämmerlichste Ritter, der je durch diese Mauern geritten ist. Rechne dir aus, wie seine Chancen gegen dich oder gegen mich stehen. Thurston weiß ganz genau, daß er nicht gewinnen kann, und trotzdem sagt er uns den Kampf an. Warum? Er hätte es nie getan, wenn er nicht einen hinterhältigen Plan hätte, der ihm den Sieg sichert.«

»Soll das heißen, daß du vorhast, dich hinter diesen Mauern zu verstecken?«

»Natürlich nicht«, brüllte Luthor. »Möglicherweise hat er damit gerechnet, einen Krieg umgehen zu können, indem er mich umbringt, aber er wird seinen Krieg bekommen. Wir lassen es zu einer Schlacht auf dem Gelände kommen, aber zu einem Zeitpunkt, den ich bestimme.«

»Und in der Zwischenzeit läßt du zu, daß er Montville verheert?« fragte Roland. Er sah Thurstons Truppen nach, die sich mit angezündeten Fackeln teilten und sich in Richtung auf das Dorf in Bewegung setzten.

Luthors Augen flackerten gefährlich auf, als er sah, was Roland gerade beobachtet hatte. »Dieser Schurke! Nun denn«, grollte er. »Wir reiten sofort hinaus und beenden möglichst schnell diese Angelegenheit.«

Roland bemühte sich, Luthor von einem vorschnellen Schritt abzuhalten, aber es war zu spät. Luthor hörte nicht auf ihn. Er konnte nicht mehr klar denken, sondern ließ sich sein weiteres Vorgehen von seinem Zorn diktieren, und das konnte sich kein Krieger leisten. Dennoch hatte Roland keine andere Wahl, als sich Luthor anzuschließen. Kurz darauf saßen vierzig Männer auf vierzig der besten Streitrösser des Landes, und Luthor erteilte den Befehl zum Angriff. Die Ritter und Soldaten von Montville ritten durch die Tore, um gegen den Baron von Mezidon und seine Männer zu kämpfen.

Roland führte die Hälfte der Verteidiger Montvilles an. Sie ritten hinter den Fackelträgern her. Das Dorf stand bereits in Flammen, und aus jeder Hütte und Scheune drangen schwarzer Rauch und orange Flammen. Thurstons Männer hatten das Feuer sich selbst überlassen und sich ihren Kameraden wieder angeschlossen. Roland kehrte um und ritt mit seinen Leuten hinter ihnen her.

Als er das Schlachtfeld erreichte, gefror sein Blut angesichts dieses Gemetzels. Dann packte ihn das Entsetzen, und ein wilder Schmerz durchzuckte ihn, als er sah, daß Luthor fiel. Es war schon passiert, ehe Roland Luthor eingeholt hatte, und er sah, wie Thurston sie in die Falle gelockt hatte. Über den Hügel im Süden waren dreißig weitere Reiter gekommen, um Luthor und seine Männer zu überfallen. Eine alte Kriegslist, aber sie hatte sich bewährt. Luthor war gefallen, und die Hälfte seiner Männer war gefallen.

Roland konnte nicht mehr klar denken. Luthor hatte sich von seinen Gefühlen lenken lassen, und jetzt ging es Roland ebenso. Wie ein Verrückter stürzte er sich ins Gefecht, und seine zwanzig Krieger folgten ihm. Er durchbrach die Flanke und hieb nach allen Seiten mit seinem Schwert um sich, bis er mitten im Getümmel war. Dort fand er Luthor. Thurstons Schwert hatte ihn durchbohrt.

Thurston von Mezidon erstarrte, als er Rolands Augen sah. In ihnen stand der Tod geschrieben. Rolands Pferd stürzte auf ihn zu, und Roland hob sein blutiges Schwert. Thurston saß in der Falle. Er konnte nicht entkommen, und bei Rolands Wutgeheul gerann ihm das Blut und er blieb wie versteinert stehen.

Thurston kämpfte wild und ziellos und war schnell erledigt. Doch als Roland sein Schwert aus Thurstons Leiche zog, drang eine Klinge in seinen Rücken. Er riß vor Erstaunen die Augen auf, doch er reagierte augenblicklich, indem er seinen rechten Arm mit dem Schwert nach hinten riß. Er traf etwas, aber er sah nicht, was es war. Er hatte zu große Schmerzen, um sich umzudrehen. Seine Blutrünstigkeit hatte nicht nachgelassen, und das Schlachtgetöse dröhnte noch in seinem Kopf, aber er war fast blind und zudem verwirrt, denn er konnte nichts anderes mehr sehen als Luthor, der fiel, den starken, unschlagbaren Luthor, der unter dem Schwert eines anderen fiel.

Ein anderes Pferd stieß mit Rolands Pferd zusammen, und Roland fiel vom Pferd. Unter betäubenden Schmerzen fiel er auf den Boden. Dann sah und hörte er nichts mehr.

»Er ist tot!« rief Hedda, als zwei Ritter Roland ins Haus trugen. »Oh, endlich!«

Gui sah sie finster an, während er dafür sorgte, daß Roland neben den anderen Verwundeten gelegt wurde. Dann schickte Gui die Ritter wieder hinaus. Er wandte sich an Hedda und sagte kühl: »Er ist nicht tot, noch nicht.«

Sie riß ihre braunen Augen enttäuscht auf. »Aber er wird doch sterben?«

Der hoffnungsvolle Klang ihrer Stimme war für Gui abscheulich, und er gestattete sich, ihre Stellung in Montville zu vergessen. »Raus mit Euch! Ihr habt Euren Gatten verloren. Habt Ihr keine Tränen für ihn übrig?«

Hedda sah ihn wütend an. »Ich werde Tränen um meinen Herrn vergießen, sobald dieser Bastard tot ist!« zischte sie. »Er hätte schon viel eher sterben sollen. Sein Pferd hätte ihn umbringen müssen. Ich war so sicher, daß es klappt! Es hätte damals schon zu Ende mit ihm sein sollen!«

»Gnädige Frau?« sagte Gui, der davor zurückschreckte, die Frage zu formulieren.

Sie wich zurück und schüttelte den Kopf. »Ich habe nichts gesagt. Ich war es nicht. Ich war es nicht!«

Hedda lief zu Luthor. Seine Leiche war auf Stroh gebettet worden. Sie warf sich auf ihn, und ihre Klagelaute hallten durch den Saal, doch Gui wußte, daß ihre Tränen nicht echt waren.

»Dann habe ich mich also in Roger getäuscht.«

Gui sah Roland an, der die Augen geöffnet hatte.

»Hast du gehört, was sie gesagt hat?« fragte er Roland.

»Ich habe es gehört.«

Gui kniete sich neben Roland. In seiner Stimme lag Erbitterung, als er sagte: »Du hast dich nur in diesem Punkt in Roger getäuscht. Seinetwegen liegst du jetzt hier.«

Roland versuchte, sich aufzurichten, doch er ließ sich mit schmerzverzerrtem Gesicht wieder zurückfallen. »Wie schlimm bin ich verwundet?«

»Sehr schlimm«, gab Gui zu, »aber du bist stark.«

»Luthor war auch stark«, sagte Roland, und wieder sah er das blutige Schauspiel vor sich. Ohne Pause lief es vor seinen Augen ab.

»Es tut mir leid, Roland. Er ist tot. «

Roland schloß die Augen. Natürlich. Er hatte es schon gewußt, als er gesehen hatte, wie Luthor fiel, Luthor. Nicht sein Vater und doch sein Vater. Die langen Jahre, die sie miteinander verbanden, hatten ihn zu seinem Vater gemacht – genauso, wie Brigitte es gesagt hatte. Die Bande waren stärker, als Roland es sich je hätte vorstellen können. Der Schmerz, der tief in seinem Inneren einsetzte, war stärker, als er erwartet hatte.

»Er wird in Frieden ruhen«, sagte Roland schließlich. »Er ist gerächt.«

»Ich habe es gesehen«, erwiderte Gui leise. »Und ich habe auch gesehen, wie du dich selbst gerächt hast.«

Roland runzelte die Stirn. »Was soll das heißen?«

»Weißt du denn nicht, wer dir das Schwert in den Rücken gebohrt hat?« fragte Gui. »Roger. Du hast ihn mit deinem Schwert aufgespießt, und er ist noch vor dir vom Pferd gefallen. Roger ist tot.«

»Bist du ganz sicher?«

»Ja. Thurstons Männer haben sich in alle Winde verstreut, aber

Rogers Verrat steht außer Zweifel. Es tut mir leid, daß ich dir nicht eher geglaubt habe. Ich habe selbst bei Roger für ausgeschlossen gehalten, daß er seinen Feind von hinten angreift. Aber du hast ihn besser gekannt als ich.«

Roland hörte Guis letzte Worte nicht, weil eine segensreiche Bewußtlosigkeit über ihn gekommen war. Er konnte den Schmerz über seinen Verlust und den Schmerz seiner Wunde nicht mehr spüren.

Während Roland seinen Kampf um Leben und Tod ausfocht, sah Brigitte dem Erwachen des Frühlings mit schwerem Herzen entgegen. Sie konnte ihr Geheimnis nicht länger für sich behalten. Quintin war außer sich, als sie es aufgab, Ausreden für ihr Gewicht zu erfinden, und die Wahrheit eingestand.

»Ein Kind?« schrie er aufgebracht. »Du wirst das Kind dieses Normannen zur Welt bringen?«

»Mein Kind.«

»Du hast mich belogen, Brigitte!« brüllte Quintin.

Der Grund für seinen grenzenlosen Zorn lag darin, daß sie ihn zum erstenmal in ihrem Leben belogen hatte. Sie hatte ihren Zustand vor ihm geheimgehalten, seit sie nach Louroux zurückgekehrt waren, obwohl sie es zu diesem Zeitpunkt bereits gewußt hatte. Es stand fest, daß sie es damals schon gewußt hatte, denn sie war jetzt im vierten Monat schwanger.

»Warum? Warum hast du mich belogen?« fragte Quintin.

Brigitte hatte den Schmerz in seinem Tonfall wohl gehört. »Wenn ich dir die Wahrheit gesagt hätte, wärst du doch nicht von Montville aufgebrochen, oder?«

»Natürlich nicht.« Er war schockiert.

»Da hast du deine Antwort, Quintin«, erwiderte Brigitte erbarmungslos. »Ich wollte nicht zulassen, daß Männer sich wegen meiner Ehre bekämpfen, wenn ich selbst zugelassen habe, daß man mir diese Ehre raubt. Es bestand kein Anlaß für eine Schlacht.«

»Worin hast du mich denn noch belogen?«

Sie senkte die Lider, denn sie brachte es nicht über sich, seinem anklagenden Blick zu trotzen. »Ich habe dir nicht gesagt, was ich wirklich empfinde«, gestand sie schließlich ein. »An jenem Tag war ich wütend. Ich habe Roland gehaßt, weil er sich mit dir duelliert hat. Das hat mich so sehr verletzt, daß ich am liebsten gestorben wäre.«

»Und doch hast du ihn mir gegenüber verteidigt.«

»Ja«, hauchte sie leise.

Quintin verließ den Raum, und Brigitte blieb tränenüberströmt zurück. Er war von ihr enttäuscht, und das brach ihr das Herz. Nur sie selbst wußte, wie sehr sie sich nach Roland sehnte. Täglich betete sie, er möge kommen, um sie zu holen. Aber wie sollte sie Quintin das erklären?

41

Roland streckte sich stöhnend. Es erschien ihm, als würde er immer steif bleiben und sich nie mehr wirklich von seiner Verwundung erholen. Er drehte sich zu seinem Bruder um, der ihn anlächelte.

»Ich möchte wetten, daß du keine Narben hast. Sonst fändest du meine Schmerzen nicht so lustig, Bruder«, brummte Roland.

»Die Wette gewinnst du«, sagte Evarard kichernd. »Ich halte nichts von einem kriegerischen Leben, und ich habe wenig Mitleid mit denen, die Krieg führen und stöhnen, wenn sie ihre Wunden spüren.«

Roland fand das gar nicht lustig. »Ich stöhne nicht wegen Kleinigkeiten.«

»Nein, nur wegen ihr.«

Roland sah ihn finster an. »Ich will nicht mehr über sie sprechen. Ich habe dir gestern abend ohnehin schon zuviel erzählt.«

»Und dabei gestöhnt.« Evarard lachte.

Roland sprang auf. Ein stechender Schmerz durchzuckte ihn, und er krümmte sich. Seine Wunde war erst zwei Monate alt und noch äußerst empfindlich. »Ich brauche deinen Spott nicht«, sagte er mürrisch.

Evarard ließ sich durch Rolands Verdrossenheit nicht aus der Fassung bringen.

»Wo ist dein Humor, Mann? Ist er dir gemeinsam mit dieser Dame abhanden gekommen?«

»Evarard, ich schwöre dir, daß ich dich in Stücke reißen würde, wenn du nicht mein Bruder wärst!« knurrte Roland mit geballten Fäusten. »Fang nie wieder von ihr an, wenn ich in der Nähe bin.«

»Gerade weil ich dein Bruder bin, kann ich sagen, was ich denke«, sagte Evarard ernst. »Du würdest es dir zweimal überlegen, ehe du mir deine Faust ins Gesicht schlägst, denn es wäre dasselbe, als würdest du dich selbst schlagen.«

»Sei dir nicht zu sicher, Bruder.«

»Siehst du?« sagte Evarard feierlich. »Du reagierst viel zu ernst, wenn ich nur einen Spaß mache. In dir lebt Zorn, Roland. Du läßt ihn in deinem Innern gedeihen, statt zuzusehen, daß du ihn loswirst.«

»Du unterstellst mir zuviel.«

»So, tue ich das?« wagte sich Evarard vor. »Sie hat dich verlassen. Sie wollte lieber mit ihrem Bruder weggehen als bei dir bleiben. Hast du das etwa leichtgenommen?«

»Es reicht, Evarard!«

»Du wirst diese Dame nie wiedersehen. Das ist dir völlig gleich, was?«

»Es reicht!« schrie Roland aufbrausend.

»Und das bezeichnest du nicht als Zorn?« fuhr Evarard gewagt fort, denn Rolands Gesicht drückte blanke Wut aus. »Sieh dich an, Bruder. Du würdest mich am liebsten zusammenschlagen, weil ich dir genau sage, was an dir nagt. Warum setzt du deinem Leben nicht einfach ein Ende? Du kannst offensichtlich nicht ohne diese Frau leben, und doch unternimmst du nichts, um sie wieder zu erobern.«

»Verdammt noch mal, Evarard. Sag mir, wie ich sie wieder erobern und ihr Herz gewinnen kann, wenn sie mich verachtet? Sag mir, wie ich in ihre Nähe kommen soll, wenn ihr Bruder mich umbringen würde, wenn ich ihm unter die Augen komme?«

»Ach, Roland, das sind nur Hindernisse, die du dir selbst in den Weg legst. Sie sind kleiner, als du glaubst. Du versuchst es gar nicht erst. Du hast Angst, du könntest versagen. Wenn du versagst, wäre es wirklich das Ende, aber du weißt nicht, ob du versagen wirst, und solange du es nicht versuchst, wirst du es auch nie wissen.«

Als Roland schwieg, nutzte Evarard seinen Vorteil. »Was ist, wenn das Mädchen ebenso verzweifelt ist wie du? Was, wenn sich ihr Bruder wieder beruhigt hat? Ich werde den Mund nicht halten. Alles, was du falsch gemacht hast, geht nur dich und das Mädchen etwas an. Du mußt dich mit ihr aussprechen. Vielleicht versteht sie dich viel besser, als du glaubst. Aber woher willst du das jemals wissen, solange du sie nicht siehst? Geh. Geh nach Berry, Roland. Sprich mit ihrem Bruder. Dann sprichst du mit ihr und sagst ihr, was du auf dem Herzen hast. Du hast nichts zu verlieren, und wenn du gar nicht erst hingehst, ist ohnehin alles verloren.«

Roland dachte an sein Gespräch mit Evarard zurück, als er Louroux näher kam. Der gesunde Menschenverstand seines Bruders war nötig gewesen, um ihm zu zeigen, was für ein dickschädeliger Narr er war.

Es war Sommeranfang. Zu lange hatte er sein Elend hingenommen und nichts getan. Zu lange war er von Brigitte getrennt gewesen und hatte über diesen Tatbestand gewütet. Er hätte eher zu ihr kommen sollen, um sie zu holen. Und überhaupt hätte er sie gar nicht erst gehen lassen dürfen.

»Baron Roland von Montville, gnädiger Herr«, kündigte Leandor voller Unbehagen an.

Quintin sprang auf, als Roland dem Gutsverwalter in den Saal folgte, und er legte seine Hand auf das Heft seines Schwerts.

»Wenn Ihr mich zum Duell herausfordert, Baron, nehme ich die Herausforderung nicht an«, sagte Roland sofort. Damit verschaffte er sich einen Vorteil vor Quintin. Quintin war sprachlos. Rolands Auftauchen brachte ihn aus der Fassung. In seinen kühnsten Träumen hätte er sich nicht ausgemalt, daß der Normanne so dreist sein könnte, nach Louroux zu kommen. Schließlich hätte Quintin ihn in Ketten legen und nie wieder freilassen können. Er war der Hausherr.

»Ihr müßt ein Mann sein, der sein Leben nicht zu Ende leben will, oder Ihr seid der größte Narr der Christenheit«, sagte Quintin, als er seine Stimme wiedergefunden hatte. »Ich habe Euch bisher nicht für einen Dummkopf gehalten, Normanne, aber schließlich habe ich mich von Anfang an in Euch getäuscht. Ich habe mein Vertrauen in Euch gesetzt, aber Ihr habt mir eine Lektion von unschätzbarem Wert erteilt.«

»Ich bin nicht gekommen, um mit Euch zu streiten«, erwiderte Roland. »Ich bin gekommen, um Frieden zu stiften.«

»Frieden?« schrie Quintin, den Rolands Ruhe in Wut brachte. Ohne zu zögern, schlug er dem größeren Mann ins Gesicht. Roland schien den Schlag gar nicht wahrzunehmen. Er war ungerührt.

»Verdammt noch mal!« brüllte Quintin. »Wie könnt Ihr es wagen, hierherzukommen?«

»Weil ich sie liebe«, erwiderte Roland schlicht und mit einer Festigkeit, die sich nicht leugnen ließ. Die Worte klangen echt.

Er hatte sie mühelos gesagt, und er sagte sie noch einmal. »Ich liebe Brigitte. Ich möchte sie zur Frau nehmen.«

Quintin erstickte fast. »Ihr habt sie auch schon aus reiner Wollust begehrt und nicht davor zurückgeschreckt, sie gewaltsam zu nehmen! Ihr habt sie gewaltsam genommen!«

»Hat sie Euch das erzählt?«

»Ihr habt sie genommen, und das spricht für sich!«

»Ich habe Brigitte nie Gewalt angetan«, erwiderte Roland. »Ich bin anfangs unsanft mit ihr umgegangen, das gebe ich zu, denn ich war verbittert. Aber es hat nicht lange gedauert, bis Eure Schwester mich verändert hat, weil ich ihr unter allen Umständen gefallen wollte.«

»Das zählt nicht.«

Roland verlor die Geduld. »Verdammt noch mal! Versetzt Euch doch an meine Stelle. Druoda hat mir Brigitte geschenkt. Ich habe Druoda für Eure Schwester gehalten. Brigitte war mir als Dienerin anvertraut worden. Allein mit ihr nach Montville zu reisen, war eine Qual, und das wäre es für jeden Mann gewesen, wenn er sich einer solchen Schönheit gegenübersieht. Wir haben beide geglaubt, ich hätte sie schon hier in Louroux entjungfert. Wenn ich gewußt hätte, daß sie noch Jungfrau war, hätte ich sie vielleicht in Ruhe gelassen – das kann ich nicht sagen. Aber so war es nicht. Habt Ihr denn nie eine Frau ohne ihre Zustimmung in Euer Bett geholt?«

»Wir sprechen von meiner *Schwester* und nicht von irgendeinem Dienstmädchen, das nichts anderes erwarten kann und von Geburt an dazu erzogen worden ist, seinem Herrn zu dienen. Brigitte ist eine Tochter aus gutem Hause, und das, was sie Euretwegen durchgemacht hat, sollte keine Dame erleiden müssen!«

»Sie hat mir verziehen«, sagte Roland leise, aber beharrlich.

»So, hat sie das wirklich getan? Das wäre mir neu, denn sie spricht nie von Euch.«

»Mein Duell mit Euch hat sie gegen mich aufgebracht«, gab Roland zurück.

»Das bleibt sich gleich, denn sie wird Euch nie wiedersehen.«

»Seid doch vernünftig. Ich biete ihr die Ehe an. Ich habe inzwischen die Herrschaft über Montville, und auch in Cernay besitze ich viel Land. Als meine Frau würde es ihr an nichts fehlen, vor allem nicht an Hingabe. Ich würde ihr Leben lang täglich wiedergutmachen, was ich ihr an Unrecht angetan habe.

Was geschehen ist, läßt sich nicht ändern. Ich kann Euch wirklich schwören, daß ich ihr nie mehr ein Leid zufügen würde.«

»Das, was Ihr Brigitte angetan habt, läßt sich durch nichts wiedergutmachen«, sagte Quintin kalt.

»Was sagt Brigitte dazu?«

»Das ist nicht ausschlaggebend.«

Roland verlor erneut die Geduld. »Würdet Ihr zumindest gestatten, daß ich selbst mit ihr spreche?«

»Ich sagte Euch bereits, daß Ihr sie nie wiedersehen werdet. Jetzt macht Euch schleunigst wieder auf den Weg, Normanne, solange ich Euch noch in Frieden ziehen lasse. Ihr vergeßt, wo Ihr seid.«

»Das habe ich keineswegs vergessen, Baron«, erwiderte Roland leise und mit festem Blick. »Brigitte bedeutet mir mehr als mein Leben.«

Quintin sah ihm schweigend nach, als Roland sich umdrehte und das Haus verließ, aber er hatte keine Zeit, über diese letzten tiefempfundenen Worte nachzudenken, denn in dem Moment kam Brigitte ins Zimmer. Verdammter Mist! Das letzte, was Brigitte jetzt gebrauchen konnte, war, daß sie diesen Mann sah und außer sich geriet. Sie war in einer elenden Verfassung und in letzter Zeit oft schnippisch.

»Leandor sagt, daß Besuch gekommen ist«, sagte Brigitte, als sie auf Quintin zukam.

»Leandor hat sich geirrt«, erwiderte Quintin barscher, als er es gewollt hatte.

»Sich geirrt?«

»Es war nur ein Bote«, erwiderte er. Am frühen Morgen war ein Bote gekommen, von dem seine Schwester nichts wußte. »Arnulf gibt im kommenden Monat ein Fest anläßlich der Hochzeit einer seiner Nichten. Ich bin eingeladen.«

»Dann bist du vielleicht gar nicht hier, wenn ...«

»Nein«, schnitt er ihr das Wort ab. »Vielleicht nicht.«

Eilig verließ er den Raum, denn Gespräche über die bevorstehende Geburt waren ihm peinlich. Brigittes Zustand war ihm peinlich, das Wissen, was ihr angetan worden war, war ihm peinlich, und die Tatsache, daß der Mann, der sie in diese Lage gebracht hatte, noch am Leben war, war ihm peinlich. Es fiel ihm zusehends schwerer, Brigitte anzusehen. Sie wußte, wie schmählich er versagt hatte, als er sie rächen wollte. Sie hatte versucht, diesen Umstand herunterzuspielen, doch Quintin wußte, wie sie empfinden mußte. Er konnte ihr nicht vorwerfen, daß sie ihren Glauben an ihn verloren hatte.

42

Brigitte schlenderte langsam und träge durch den Obsthain. Immer wieder versuchte sie, die welken Blätter zu fangen, während sie zu Boden schwebten. Dann legten sich ihre Hände um ihre Taille und tasteten über die flache Stelle. Sie hatte ihre Last lange getragen, aber jetzt war diese Zeit vorbei. Die Geburt war nicht schwierig gewesen, oder zumindest hatte Eudora das gesagt. Brigitte war zu jenem Zeitpunkt anderer Meinung gewesen, ganz anderer Meinung.

Doch sie konnte sich nicht allzu deutlich an die Schmerzen erinnern, und sie war glücklich, jetzt Mutter zu sein. Doch wenn sie wie jetzt allein war, brach Unglück über sie herein. Sie haßte es, an Roland zu denken, und dennoch konnte sie nicht aufhören, an ihn zu denken. Sie haßte den Schmerz, den der Gedanke an ihn in ihr auslöste, und sie haßte ihre Sehnsucht nach ihm, doch sie dachte immer nur an ihn.

Brigitte glaubte, einer Einbildung erlegen zu sein, als sie einen Reiter sah, der sich den Toren von Louroux näherte. Sie ging unter den Bäumen zum Rand des Obstgartens, denn sie war sicher, daß die Erscheinung verschwinden würde. Etwas an dem Pferd erinnerte sie an Rolands Hengst. Sie schalt sich für ihre zügellose Fantasie.

Brigitte raffte ihre Röcke und ging auf das Haus zu. Mit jedem Meter beschleunigte sie ihre Schritte, und als sie durch die Tore lief, rannte sie bereits. Sie blieb erstarrt im Hof stehen, denn sie war schon so nah, daß sie das Pferd, das der Reitknecht zum Stall führte, deutlich sehen konnte. Der Reiter war nicht dort. Ihr Herz überschlug sich. Sie rannte auf das Haus zu, stolperte durch die Tür und blieb wieder erstarrt stehen. »Roland!« keuchte sie.

Doch niemand hätte ihre Stimme hören können, denn sie wurde von Quintins Geschrei übertönt. Roland und Quintin standen einander gegenüber. Quintin war außer sich vor Wut, und Roland wollte eben sein Schwert ziehen.

»Hört auf!« schrie Brigitte, während sie sich zwischen die beiden stellte. »Ich sage euch, daß ihr aufhören sollt!« Sie stieß Roland an, und er starrte sie verblüfft an. Dann wandte sie sich an ihren Bruder. »Was hat das alles zu bedeuten?«

»Er ist hier nicht willkommen.«

»Du würdest ihn hinauswerfen«, fragte sie erhitzt, »ohne erst zu fragen, warum er gekommen ist?«

»Ich weiß, warum er gekommen ist.«

»Warum?«

»Deinetwegen.«

Roland hatte die Antwort gegeben. Brigitte gestattete sich, sich umzudrehen. Sie sah ihn an. Ihre Blicke streiften über ihn. Sie war gänzlich unfähig, ihren Blick von ihm loszureißen, und er verschlang sie mit diesen dunkelblauen Augen.

»Laß uns allein, Quintin«, sagte Brigitte leise, ohne ihren Bruder anzusehen.

Quintin packte ihren Arm und wirbelte Brigitte zu sich herum. »Ich lasse dich nicht allein mit ihm.«

»Ich will mit ihm reden, Quintin.«

»Nein.«

»Das ist mein gutes Recht. Laß uns jetzt allein. Bitte.«

Quintin war wütend, doch er verließ den Raum. »Ich bin in der Nähe, wenn du mich brauchst, Brigitte.«

»Verdammt noch mal«, sagte Roland, sobald die beiden allein waren. »Dein Bruder ist ein streitsüchtiger, halsstarriger...«

»Sieh dich vor, Roland«, schnitt Brigitte ihm das Wort ab. Ihre Augen waren eisblau.

»Sowie ich durch die Tür gekommen bin, hat er angefangen zu schreien. Wenn du nicht in genau dem Moment gekommen wärst, hätte ich...«

Roland errötete schuldbewußt, und die Feindseligkeit in Brigittes Augen ließ ihn verstummen.

»Ich weiß genau, was du getan hättest, Roland«, sagte sie ungerührt. »Ich kenne dich nur zu gut. Du hättest dich mit meinem Bruder geschlagen.«

»Nein, das nicht«, versicherte er ihr eilig. »Ich wollte nur dafür sorgen, daß er aufhört zu schreien.«

»Sag mir lieber, warum du hier bist«, sagte sie barsch.

Roland stieß einen tiefen Seufzer aus. Schreckliches stand ihm bevor, und der Anfang war am schwersten. Doch Brigitte stand vor ihm, und wie schön sie war, bei Gott! Sie war sogar noch schöner, als er sie in Erinnerung gehabt hatte.

»Wie sehr ich dich vermißt habe, *cherie*«, sagte Roland impulsiv. Brigitte war überrascht.

So hatte er nicht anfangen wollen. Die Worte hatten sich selbständig gemacht und waren ihm von allein über die Lippen gekommen. Damit hatte Brigitte nicht gerechnet.

»Wir waren viele Monate lang getrennt, Brigitte«, fuhr Roland leise fort. »Mir sind sie vorgekommen wie Jahre, denn ohne dich war diese Zeit unerträglich lang.«

Brigitte kniff die Augen zusammen. »Erwartest du etwa, daß ich dir glaube, daß du mich so sehr vermißt hast?«

»Ich meine es ernst, und ich meine noch viel mehr ernst«, erwiderte Roland mit Wärme in der Stimme. »Ich möchte, daß du mit mir nach Montville kommst. Luthor ist tot, und Montville gehört jetzt mir.«

Sie riß die Augen auf. »Luthor ist tot? Du hast ihn doch nicht...«

»Nein, nicht ich. Thurston ist im Frühling gekommen, und wir haben eine Schlacht geschlagen. Ich habe Luthor persönlich gerächt. Ich bin dahintergekommen, daß ich... daß ich den alten Mann viel mehr mochte, als mir klar war.«

»Das mit Luthor tut mir leid«, sagte sie ernst. »Sind viele umgekommen?«

»Nein, es hat mehr Verwundete als Tote gegeben. Aber Thurston und Roger sind beide unter meinem Schwert gefallen. Sie werden uns in Zukunft keinen Ärger mehr machen.«

»Roger ist tot?«

»Er hat mich erstochen, und ich habe rein aus Reflex nach ihm ausgeholt. Ich habe ihn gar nicht mehr gesehen, ehe ich vom Pferd gefallen bin.«

»*Du* hast ein Schwert zu spüren bekommen? Du bist verwundet worden?« Ihre Blicke wanderten ängstlich über ihn.

»Am Rücken«, sagte Roland langsam.

Sie riß die Augen auf. »Dann hat er also wieder versucht, dich von hinten zu ermorden? Genauso wie damals in Arles?«

»Das weißt du?«

Sie funkelte ihn böse an. »Eine bedeutungslose Angelegenheit, die du nie erwähnt hast – mein Bruder hat dir das Leben gerettet! Und du hast es ihm angemessen entgolten, nicht wahr?« fauchte sie erbittert.

»Brigitte...«

»Ich weiß, daß du mich nicht für seine Schwester gehalten hast, aber du hast ihn für meinen Herrn gehalten. Du hast geglaubt, daß er vorhat, mich zu heiraten. Und trotzdem hast du mich mitgenommen! Du hast sein Vertrauen enttäuscht und ihn betrogen.«

»Das habe ich ohne mein Wissen getan, Brigitte, denn wir sind beide davon ausgegangen, daß ich dich hier in Louroux schon vergewaltigt habe. Das ließ sich nicht mehr rückgängig machen. Glaubst du etwa, ich sei stolz darauf gewesen? Ich war wütend auf mich, und ich war auch wütend auf mich, weil ich ihn betrogen habe, indem ich dich mitgenommen habe. Aber was blieb mir denn sonst noch übrig? Druoda hat damit gedroht, dich zu töten, wenn ich dich nicht mitnehme. Was hättest du denn an meiner Stelle getan?«

»Du hättest eins tun können, Roland: Du hättest mich kampflos freigeben können, als Quintin gekommen ist, um mich zu holen!«

»So einfach war es nicht, *cherie*«, sagte er zärtlich. »Ich konnte dich ihm nicht geben, weil ich davon ausgehen mußte, daß *er* dich heiraten will. Ich wollte, daß du *meine* Frau wirst.«

Brigitte wandte sich ab. Die Worte hallten in ihrem Kopf nach. *»Ich wollte, daß du meine Frau wirst.«*

Roland legte die Tatsache, daß sie sich abwandte, als Zorn aus. »Jetzt weiß ich, daß er dein Bruder ist, Brigitte, und ich würde mich nie mehr mit ihm duellieren. Ich habe versucht, Frieden mit Quintin zu schließen, aber er wollte mir nicht zuhören. Ich habe bei ihm um deine Hand angehalten, und er hat abgelehnt. Ich kann deinetwegen nicht mit ihm kämpfen, und er will dich mir nicht geben. Brigitte, ich will dich zur Frau haben. Ich habe noch nie etwas so sehr gewollt, wie ich dich will.«

Brigitte spürte, daß ihr die Tränen kamen. Wie viele Male hatte sie gebetet, diese Worte eines Tages zu hören? Aber das war lange her, und sie hatte auch aufgehört zu beten, daß er kommen würde. Ihr Stolz war verletzt. In ihr war nur noch Bitterkeit, weil er sie im Stich gelassen hatte. Während der langen Monate ihrer Schwangerschaft, während dieser langen Monate, in denen sie ihn gebraucht hätte, war er nicht dagewesen.

»Es ist zu spät, Roland«, flüsterte sie schließlich.

Rolands Herzschlag setzte aus. »Du bist verheiratet?«

»Nein.«

»Dann ist es nicht zu spät«, sagte er hoffnungsvoll.

Er streckte die Hände nach ihr aus, doch sie machte sich steif. Mit abgewandtem Gesicht sagte sie: »Rühr mich nicht an, Roland. Du hast nicht das Recht, mich anzurühren. Du hast nicht das Recht, jetzt hierherzukommen und mir einen Heiratsantrag zu machen. Wo warst du vor Monaten, als ... als ...« Ein Kloß in ihrer Kehle drohte, sie zu ersticken. Sie hätte am liebsten geweint und kämpfte verzweifelt gegen die Tränen an. »Ich heirate dich nicht, Roland. Du hättest eher kommen sollen, als ... als ich noch etwas für dich empfunden habe. Ich ... ich empfinde nichts mehr für dich.«

Roland packte sie wütend an den Schultern und zwang sie, ihn anzusehen. »Ich bin eher gekommen, vor Monaten schon, doch dein Bruder hat mich rausgeworfen! Seit da an bin ich auf der Wanderschaft. Ich konnte nicht nach Hause gehen. Ohne dich bedeutet mir mein Zuhause nichts.«

Sie schüttelte entschieden den Kopf. »Ich glaube dir kein Wort. Quintin hätte mir erzählt, wenn du hier gewesen wärst.«

»Verdammt noch mal, Brigitte!« schrie Roland. »Ich liebe dich!«

»Wenn du mich lieben würdest«, schrie sie zurück, »dann wärst du eher gekommen!«

In seiner Verzweiflung zog er sie roh an sich und bestürmte ihre Lippen mit einem wilden Kuß. Er hatte ihr sein Herz geöffnet, und sie wollte ihn vernichten. Sie riß ihn in Stücke.

Brigitte stieß Roland heftig von sich, bis er gezwungen war, sie loszulassen. Mit Augen, die ihn verfluchten, sagte sie: »Das hättest du nicht tun sollen. Ich liebe dich nicht, Roland!«

Roland fand seinen Stolz wieder. Er drehte sich um und ging, ohne sich auch nur noch einmal nach ihr umzusehen.

»Mein Gott, das macht mir auch nichts aus!« schrie sie laut in die leere Halle.

»Was macht dir nichts aus?«

Als sie sich umdrehte, stand Quintin in der Tür. Sie ballte die Fäuste, um nicht augenblicklich zu weinen.

»Es macht mir nichts aus, daß Roland wieder gegangen ist«, erwiderte Brigitte steif.

»Es freut mich, das zu hören«, sagte Quintin, doch in seiner Stimme schwangen Zweifel mit.

Er wußte nicht, was er sagen sollte, denn seine Reue überwältigte ihn. Er hatte alles mitgehört, und jetzt wünschte er, er hätte die beiden nicht belauscht. Er kannte seine Schwester sehr gut. Sie meinte nicht alles, was sie zu Roland gesagt hatte, so, wie sie es gesagt hatte. Warum hatte er als ihr eigener Bruder nicht gemerkt, wieviel sie sich aus diesem Mann machte? Warum hatte er zugelassen, daß sein Zorn ihn Brigitte gegenüber blind gemacht hatte?

Es war noch nicht zu spät, um die Angelegenheit in Ordnung zu bringen. Doch wie sollte er ihr sagen, welche Schrecklichkeit er begangen hatte? Würde diese Enthüllung sie gegen ihn aufbringen? Quintin wappnete sich und nahm seinen Mut zusammen.

»Dein Roland ist dreister als jeder andere, den ich kenne«, setzte Quintin an. »Oder verliebter.«

»Was sagst du da?«

»Er war schon einmal hier, Brigitte. Ich habe es dir nicht gesagt, weil ich dachte, du würdest außer dir sein, vor allem in deinem

Zustand. Er hat versucht, Frieden mit mir zu schließen, aber ich habe ihn zurückgewiesen. Ich habe ihn davor gewarnt, sich hier jemals wieder blicken zu lassen, aber wie du selbst siehst, hat er sich meine Warnung nicht zu Herzen genommen. Und jetzt kann ich dich nur noch bitten, mir zu verzeihen, daß ich dir nichts davon gesagt habe. Er ist ein barbarischer Rohling, aber wenn du ihn haben willst, hole ich ihn zurück.«

»O Gott! Quintin!« Brigittes Tränen strömten über. »Ist es zu spät?«

Er lächelte schwach. »Ich werde ihn zurückholen.«

»Nein!« schrie sie. »Ich bin es, die ihn zurückholen muß.«

Brigitte rannte aus dem Haus. Quintin folgte ihr bis zur Tür und sah ihr nach, als sie durch den Hof rannte, durch die Tore lief und aus seiner Sicht entschwand. Er zwang sich, stehenzubleiben, wo er stand. Er durfte sich nicht noch einmal einmischen.

Roland ritt auf dem Lehmweg fort, doch er war noch so nah, daß er ihren rasenden Aufschrei hören konnte. Er hielt nicht an. Er warf nicht einmal einen Blick zurück.

Sie lief hinter ihm her und rief wieder und wieder seinen Namen. Ihr verfluchter Stolz war schuld, daß Roland jetzt fortritt. Ihr Stolz! Zum Teufel mit ihrem Stolz. Sie fing an zu schluchzen, weil sie fürchtete, es sei wirklich zu spät, weil sie fürchtete, ihn zu sehr verletzt zu haben.

»Roland, bitte!«

Unter heftigem Schluchzen stolperte sie über ihre Röcke, fiel hin und riß sich die Haut an den Handflächen auf. Sie zog sich auf die Füße und taumelte weiter, doch die Entfernung zwischen ihr und Roland war größer geworden, und sie zweifelte daran, daß er sie noch hören konnte.

»Roland... komm zurück!«

Es war ihr letzter erbärmlicher Aufschrei, und Roland ignorierte ihn. Brigitte brach mitten auf der Straße zusammen und fiel auf die Knie. Ihr Kopf fiel resigniert vornüber, und ihr Körper wurde von gepeinigten Schluchzlauten geschüttelt.

Sie sah nicht, daß Roland sich umdrehte und sie auf der Straße kauern sah. Er hielt sein Pferd an, zögerte einen Moment lang und galoppierte dann zu Brigitte zurück. Sie hörte den Hufschlag seines Pferdes und stand auf. Doch als sie Rolands rasenden Zorn erkannte, brachte sie kein Wort heraus.

»Was soll dieser Irrsinn?« fragte er aufgebracht. »Ist dir noch mehr eingefallen, womit du mir das Herz durchbohren kannst?«

Brigitte konnte ihm keinen Vorwurf machen. Sie war herzlos gewesen.

»Roland.« Zögernd streckte sie eine Hand aus und legte sie auf sein Bein. Ihre Augen flehten ihn an, ihr Glauben zu schenken. »Roland, ich liebe dich.«

Seine Augen durchbohrten sie tiefer als je zuvor. »So«, sagte er eisig. »Und was soll ich jetzt tun? Dich noch einmal bitten, die meine zu werden, damit du noch einmal ablehnen kannst? Hat dir ein Hieb mit der Klinge in mein Herz nicht gereicht?«

»Roland, ich war verletzt, weil du so lange nicht gekommen bist. Ich habe so oft gebetet, du mögst kommen, aber ich hatte die Hoffnung aufgegeben. Ich war unglücklich, und ich war verbittert, weil ich dachte, du machst dir nichts mehr aus mir. Ich habe mich verzweifelt bemüht, dich zu vergessen, aber das ist mir nicht gelungen.«

Rolands Miene wurde nicht freundlicher. »Wenn du mich lieben würdest, Brigitte, dann hättest du mich nicht zurückgewiesen.«

»In dem Moment hat nur mein verletzter Stolz aus mir gesprochen. Ich habe geglaubt, wenn du mich liebtest, wärst du eher gekommen.«

»Das habe ich getan.«

»Das weiß ich inzwischen. Quintin hat es mir gerade gestanden. Er hat mir damals nichts gesagt, weil er nicht wußte, daß ich dich liebe. Ich konnte es ihm nicht sagen, weil er dir nicht vergeben wollte.«

»Willst du damit sagen, daß du mir verziehen hast, was zwischen Quintin und mir war?«

»Ich liebe dich, Roland. Ich würde dir alles verzeihen ... alles. Bitte, laß deinen Stolz nicht zwischen uns stehen, wie ich es getan habe. Ich würde es nicht überleben.«

Roland sprang vom Pferd und zog sie in seine Arme.

»Mein kleines Juwel«, sagte er heiser. »Kein Mann kann eine Frau mehr lieben, als ich dich liebe. Jetzt gehörst du für immer mir. Nichts auf Erden kann das verhindern, solange ich weiß, daß deine Liebe mir gehört.« Er sah ihr tief in die Augen. »Du bist sicher? Du hast keine Zweifel?«

»Ich bin sicher. Ganz, ganz sicher.« Sie lächelte in sein gutgeschnittenes, ausgeprägtes Gesicht hinauf.

Roland lachte freudig. »Jetzt können wir nach Hause gehen.«

43

Quintin war nicht überrascht, als Brigitte und Roland Arm in Arm und dicht aneinandergeschmiegt das Haus betraten. Roland hatte seinen Arm besitzergreifend um Brigittes Taille gelegt. Doch die himmelhohe Freude, die seine Schwester ausstrahlte, machte Quintin sprachlos.

Sie blieben mitten im Raum stehen, und Roland sah Quintin wachsam an. Quintin sprang von seinem Stuhl auf. »Um Gottes willen, Roland. Ich bin doch kein Menschenfresser«, sagte er mit einem gutgelaunten Grinsen. »Ich bin auch nicht so stur, daß ich nicht zugeben kann, wenn ich mich geirrt habe. Ich will, daß Brigitte glücklich wird, und ich sehe selbst, daß sie das nur an deiner Seite wird.«

»Heißt das, daß wir deinen Segen haben?«

»Meinen Segen und meine besten Wünsche für ein langes, glückliches Leben zusammen«, sagte Quintin feierlich.

»Siehst du jetzt, warum ich Quintin so sehr liebe?« fragte Brigitte lächelnd. Sie ging zu ihrem Bruder und umarmte ihn. »Danke, Quintin.«

»Bedank dich nicht bei mir, Kleines. Es tut mir nur leid, daß du so lange von dem Mann getrennt warst, den du liebst. Ich hoffe, du kannst mir verzeihen, daß ich dir soviel Kummer bereitet habe.«

»Natürlich verzeihe ich dir. Jetzt habe ich ihn, und nichts kann uns mehr trennen.«

Quintin lächelte sie liebevoll an. »Hast du ihm schon erzählt, daß ...«

Brigitte drehte sich zu Roland um und nahm ihn an der Hand. »Komm. Ich muß dir einen großen Schatz zeigen.«

Sie zog ihn hinter sich her, die Treppe hinauf, durch den Korridor und bis zu einer geschlossenen Tür. Ein zotteliges Tier lag neben der Tür auf dem Boden und machte den beiden Platz.

»Ich hoffe, du hast mich nicht hinter dir hergezogen, um mir dann nur Wolff zu zeigen«, sagte Roland mit gespielter Strenge.

Sie grinste und sah ihm fest in die Augen. »Nein, nicht ihn.«

»Dann hat es sicher noch solange Zeit«, murmelte er heiser, während seine Lippen sich auf ihren Mund preßten. Er drückte ihre zierliche Gestalt an sich und küßte sie ausdauernd.

Doch Brigitte wand sich aus seiner Umarmung. »Roland, bitte ...« Sie sah ihn lächelnd an, schüttelte den Kopf und öffnete dann ganz behutsam die Tür. Brigitte ging voraus. Sie bedeutete

Roland, leise zu sein, und zog ihn mitten ins Zimmer. Dort stand ein Bett mit hohen Gitterstäben, über die weiße Spitzen drapiert waren. Was er auch erwartet haben mochte – gewiß nicht das, was in diesem Bett lag.

Er sah Brigitte stirnrunzelnd an. »Säuglinge? Du hast mich hierhergebracht, damit ich mir Säuglinge ansehe?«

»Sind sie nicht schön?«

»Ich denke, schon«, brummte er.

Sie beugte sich über das Bett, und eine winzige Hand griff nach ihrem spielerisch ausgestreckten Finger. »Sie sehen einander gleich, findest du nicht?«

»Ich denke, schon.«

»Genau gleich?«

Er sah von einem der kleinen Gesichter ins andere, und ihm fielen die blonden Haarbüschel auf, die dunklen kleinen Augen, die identischen Züge. Dann lachte er verständnisvoll.

»Ha, Zwillinge! Du wolltest mir die Zwillinge zeigen, weil du an Evarard und mich gedacht hast.«

Brigitte war enttäuscht. Er hatte sie nicht verstanden.

»Diese Zwillinge sind ganz besondere Zwillinge.« Sie nahm eins der Kinder auf den Arm und hielt es Roland hin. »Das ist Judith. Hier, halt sie mal.«

»Nein!« Er trat entsetzt einen Schritt zurück.

»Sie tut dir nichts, Roland«, sagte Brigitte grinsend.

Er sah sie finster an. »Das Baby ist zu klein. Ich könnte ihm aus Versehen weh tun.«

»Unsinn.«

Sie drängte ihn nicht. Offensichtlich hatte er noch nie ein Baby im Arm gehabt, aber das würde er lernen.

Sie legte Judith wieder ins Bett und hob das andere Kind hoch. »Und das ist Arland.«

»Ein Junge?« fragte er ungläubig.

Sie war belustigt. »Ein Junge.«

»Aber du hast doch gesagt, daß es Zwillinge sind.«

»Das sind sie auch.«

Er sah sich die beiden Säuglinge genauer an und fragte zögernd: »Woher hast du gewußt, welcher welcher ist?«

Sie legte Arland wieder hin und kitzelte spielerisch seinen Bauch. »Ich weiß es, Roland. Und du wirst es auch lernen.« Sie sah ihn erwartungsvoll an, aber er hatte es immer noch nicht erraten. Daher sagte sie betont: »Ich finde, daß sie dir beide ähnlich sehen.«

In dem Augenblick, in dem Roland klar wurde, was ihre Anspielungen zu bedeuten hatten, und er endlich verstand, warum diese Zwillinge ihr so nahegingen, wich ein Großteil der Farbe aus Rolands Gesicht. »Deine ... und meine?«

»Unsere Kinder, mein Liebster.«

Er zog sie an sich und sah über ihre Schulter die Babys an. »Ich darf mir gar nicht vorstellen, daß du das alles ohne mich durchgemacht hast. Ich wäre nie auch nur auf die Idee gekommen ...« Plötzlich schob er sie auf Armeslänge von sich. »Und du hättest mich gehen lassen, ohne mir das zu sagen?«

»Das hätte ich getan«, gab sie zu. Sie reckte ihr Kinn auf die ihm so vertraute Weise in die Luft.

Roland schüttelte den Kopf. »Du bist ein stures Weibsstück«, sagte er seufzend.

»Das bin ich«, gab Brigitte zu. Sie zog die Mundwinkel hoch.

Er zog sie wieder in seine Arme. Seine Stimme war zärtlich. »Aber du bist *meine* sture kleine Hexe. Meine!« Er drückte sie ganz dicht an sich. »Und die gehören auch mir, ein Junge und ein Mädchen, zwei Juwelen von meinem kleinen Juwel. Was bist du doch für ein Wunder! Und wie sehr ich dich liebe, Mädchen. Mein Gott, wie sehr ich dich liebe! Ich werde dich nie mehr fortgehen lassen.«

Dann besiegelte er dieses Gelübde mit einem Kuß, und Brigitte fand keine Gelegenheit, ihm zu sagen, wie sehr sie ihn liebte. Doch sie würde es ihm noch sagen, später und für den Rest ihres Lebens.